도시를 그리는 건축가

도시를 그리는 건축가

김석철의 건축 50년 도시 50년

김석철 오효림 대담

창비
Changbi Publishers

김석철이 가리키는 미래는, 있어도 그만 없어도 그만인 그런 무난한 골짝이 아니다. 몇개의 날선 지평선들이 필요한 행성(行星) 위의 공간이다. 이런 공간을 담고 있는 그의 언설은 덜 씹은 중산층의 음식물이 아니다.

실컷 소화되었다. 실컷 발효되었다. 그러므로 말의 천연스러운 광채가 여기저기 사금파리로 번쩍대도 아무렇지 않다. 그의 기발한 재능은 단순을 복합으로 또는 전체를 하나로 변환시킨다.

이런 말과 행위의 주인공 석철은 도저히 한 우물로 살 수 없다. 불가피하게 건축은 어떤 초건축이다. 그의 선천적인 반역정신이 마침내 대국(大局)의 도(道)에 이르러야 한다. 예컨대 도시 및 도시문명을 향한 포부와 경륜에 그의 기하학적인 두뇌회전이 더해져 나온 불꽃 튀는 설계현상은 드넓고 아득하다.

그는 하나의 나라, 하나의 대지를 가슴에 품어야 하는 들짐승이다. 그의 의외성과 예외성이 사고투성이의 여러 고비들로 점철되건 만 놀랍게도 그는 언제나 악동처럼 태연자약이다. 그는 식도도 위장 도 없이 학부 하급생처럼 싱싱하다. 과연 한반도의 문화특산물이다. 좀더 두고 본다면 아마 그는 저 창공 속에도 인류문명의 구름 도성을 쌓으리라.

아, 그 황막한 공항 활주로에 퍼질러앉아 진도 홍주를 몇병이고 함 께 들이켜던 10년 연하의 그대여. 그대는 감동이다.

2014년 봄
고은

한 건축가의 인생이 아닌 한국의 현대건축사

세상에 건물을 세울 수 있는 건축가는 수없이 많다. 하지만 도시를 세울 수 있는 건축가는 역사상 손에 꼽을 만큼 드물다. 그뿐 아니라 도시설계는 능력이 뛰어나다고 해서 한 개인이 할 수 있는 일이 아니다. 도시설계는 국가적 프로젝트이기 때문에 아무리 능력이 있다 해도 실제 도시설계를 해볼 기회를 얻는 건 또다른 문제다. 건축가이자 도시설계가인 김석철 교수는 보기 드물게 이러한 능력과 운을 모두 거머쥔 이다.

김석철 교수는 불과 스물아홉살 때 모래땅으로 이루어진 쓸모없는 벌판이던 여의도에서 국제금융센터로의 미래를 내다보고 여의도를 다국적기업 아시아본부와 금융산업의 허브로 키운다는 마스터플랜을 그렸다. 철저하게 파괴될 뻔했던 경주의 구시가지를 보존하고 대신 신시가지인 보문단지를 만들어 역사유적단지와 관광단지를 구분해 개발한다는 아이디어도, 쿠웨이트 외곽의 신도시도 그의 머릿속에서 나왔다. 그뿐 아니라 본업인 건축가로서 그는 예술의전당, 제주 영화박물관, 한샘 시화공장, 씨네시티, 베네찌아 비엔날레 한국관 등을 설계했다.

서른아홉살에는 유럽과 미국의 대표적 건축가그룹인 하바드 교수팀 TAC와 바비칸 아트센터를 설계한 영국의 대표적 건축가그룹인 CPB 그리고 당대의 두 거장 건축가이자 자신의 스승인 김중업(金重業)과 김수근(金壽根)을 제치고 예술의전당 현상설계에 당선돼 10년에 걸쳐 예술의전당을 완성했다. 그러고는 해외로 눈을 돌려 이딸리아의 베네찌아대학, 중국의 칭화대학, 그리고 미국의 컬럼비아대학에서 건축과 도시를 가르쳤다. 그러다가 쉰아홉과 예순일곱이 되던 해 암으로 생사를 오갔다. 두번의 큰 수술을 받았지만 그는 이겨냈고 고희의 나이에도 정열적으로 일하고 있다.

일견 김석철 교수는 성공한 인생을 산 듯하다. 하지만 조금만 가까이서 들여다보면 그의 인생은 실패와 좌절의 연속이었다. 그만큼 많은 좌절을 겪은 이도 없다. 시대를 앞서간 탓에 그의 도시설계와 건축설계는 늘 그의 뜻과 다르게 마무리됐다. 공업생산주택 프로젝트, 제주 영상단지 등 용두사미로 끝난 프로젝트도 많다. 심지어 현상설계에 당선됐지만 지어지지 않거나 현상설계 자체가 무효가 된 것도 있다. 하지만 그는 좌절하지도 낙담하지도 않았다. 꿈을 접지도 않았다. 그는 늘 당대가 아닌 역사를 보고 일했기 때문이다. 남들이 인생을 정리할 고희에도 그는 아직 꿈을 꾼다. 그리고 "지금부터가 건축가, 도시설계가로서의 시작이다"라고 말한다.

그는 아름다운 건물보다는 논리적이고 공학적인 건물을 지으려고 노력한다. 그가 건물을 지을 때 고려하는 것은 주변과의 조화다. 그의 건축은 수사학보다 논리학이 우선한다. 이 때문에 그의 건물은 '합리적'이다. 그러면서도 "아름다움을 추구하지 않은 위대한 건축은 없다"라는 표현에 부합한다.

김석철 교수의 생각의 스케일은 일반 사람은 상상할 수도 없을 만큼 크다. 이십대 중반에 이미 '여의도 및 한강연안 개발계획'(이하 여의도 마스터플랜)을 만들며 생각의 스케일을 키운 덕이다. 그가 인생의 경쟁자로 생각한 사람은 동시대 건축가들이 아니었다. 매번 프로젝트를 맡을 때마다 그가 경쟁자로 생각한 사람은 역사 속의 인물인 600년 전 사대문 안 서울을 만든 정도전, 르네상스시대의 전인적 인간 레오나르도 다빈치, 러시아의 새 수도 쌍뜨뻬쩨르부르그를 만든 뾰뜨르 대제였다. 그는 '초인'이 세상을 바꿀 수 있다고 믿는다. 또한 건축가라면 자신이 속한 도시의 역사와 지리와 사회의 소명을 자신의 사명으로 삼을 수 있는 사람이어야 한다고 믿는다. 이러한 믿음이 '희망의 한반도 프로젝트' '새만금 아쿠아폴리스' 등 아무도 그에게 발주한 적 없는 프로젝트를 아픈 몸을 이끌고 돈과 시간을 직접 들여 끊임없이 내놓는 이유다.

기자를 그만두고 미국 로스쿨에 유학을 가 있던 중 김석철 교수한테서 대담 형식의 회고록을 함께 쓰고 싶다는 제안을 받았을 때 솔직히 감당할 수 있는 일일까 싶었지만 한편으로는 욕심이 나서 거절할 수 없었다. 종종 취재를 통해 겉으로만 알아온 한 건축가의 인생의 이면을 알 수 있다는 매력이 건축과 도시설계에 문외한이라는 필자 스스로의 겸연쩍음보다 앞섰다. 인터뷰에 들어가기 한참 전에 김석철 교수는 필자에게 "도시를 설계한다는 것은 하나의 문명을 만들어내는 일"이라고 말했다. 건축가 스스로 던져놓은 이 거대한 화두가 이 인터뷰에서 어떻게 풀릴지 독자 여러분과 함께 확인해보고 싶다.

2014년 봄

오효림

차례

푸른 태양

평생의 모티브, 푸른 태양을 만나다
사서삼경에 빠져든 고등학생

제1장

평생의 모티브, 푸른 태양을 만나다

1978년 사우디아라비아의 수도 리야드의 호텔방에서 잠을 자던 김석철은 문득 바다가 보고 싶어졌다. 초등학교 3학년 부산으로 이사 간 어느날, 태어나 처음으로 바다를 본 그날부터 그에게 바다는 늘 안식의 공간이었다. 하늘과 맞닿아 어디까지가 바다이고 어디서부터가 하늘인지 알 수 없는 푸른 바다 위에 떠 있는 태양을 보고 있으면 어느 순간 붉은 태양이 파랗게 변하며 푸른 태양으로 그의 눈앞에 나타났다. 그날 밤 갑자기 푸른 태양이 보고 싶었던 그는 일어나자마자 두 시간을 달려 해안으로 갔다. 10년 만에 보는 바다였다. 바닷가에 서서 하염없이 태양을 바라봤다. 형용할 수 없는 만족감과 성취감이 끓어올랐다. 붉은 태양이 서서히 푸르게 변해갔다.

1976년 쿠웨이트 자흐라(Jahra) 주거단지 국제현상설계에 당선되어 중동에 진출한 김석철은 리야드에 사무실을 내고 2년째 중동에서 활동하고 있던 참이었다. 1970년대 후반 오일머니가 넘쳐나던 중동은 세계적인 건축가와 건축회사의 각축장이었다. 사우디아라비아 왕자가 건축주인 압둘 아지즈 메디컬센터를 설계하고 있던 김석철은 중동에서도 가장 지명도 높은 건축가였다.

그는 세계 건축의 최전선이자 부(富)의 상징인 리야드에서 2년간 자흐라 신도시, 알코바 신도시 등 2개의 도시와 압둘 아지즈 병원, 아울라야 백화점, 제다 빌딩 등 3개의 건물을 설계하며 한국에서는 상상할 수도 없을 만큼의 부를 이뤘다. 그러나 그의 가슴 한구석은 늘 허전했다. 철학 대신 건축을 선택하면서 인류의 문명을 다루는 건축을 통해 보다 큰 철학을 하고자 했던 자신이 세계적 건설사들의 천문학적 규모의 사업에 시간과 두뇌를 빌려주고 있다는 생각에서였다. 스물여섯 젊은 나이에 여의도 마스터플랜을 그리며 꿈꿨던 미래는 이런 게 아니었다. 르꼬르뷔지에(Le Corbusier)나 프랭크 로이드 라이트(Frank Lloyd Wright)가 하던 건축으로 돌아가자는 결심이 들었다. 결심이 서면 행동은 따르기 마련이다. 곧장 리야드의 사무실을 정리하고 서울로 향했다. 그리고 우여곡절 끝에 예술의전당 현상설계에서 당시 세계 최고로 꼽히던 유럽과 미국의 두 팀과 두 스승 김중업(金重業)과 김수근(金壽根)을 제치고 당선했다. 마침내 리야드 바닷가에서 푸른 태양을 보며 세운 결심을 예술의전당을 통해 이루게 된 것이다.

2011년 봄, 7년간 기자로 일하다 그만두고 미국 유학을 가 있던 나에게 김석철은 자신의 고희를 맞아 인터뷰 형식의 대담집으로 회고록을 내고 싶다는 뜻을 비쳤다.

"사람의 기억은 이기적이고 자의적입니다. 싫었던 일은 기억에서 지우고, 잘한 일은 아주 작은 부분까지도 자세하게 기억하죠. 부처라 해도 사람은 그렇게 돼 있어요. 자서전을 쓰면 그렇게 됩니다."

두달여의 고민 끝에 인터뷰를 위해 김석철 앞에 앉은 필자에게 김석철이 꺼낸 첫마디였다. 그만큼 자신을 객관적으로 볼 준비를 마쳤다는 뜻이었다. 동시에 기자에게 자신을 객관적이고 철저하게 파헤쳐달라는 주문이었다. 이후 2년에 걸쳐 총 30여회 진행된 인터뷰에서 김석철은 때로는 꺼내기 어려운 기억도 끄집어내며 약속한 대로 솔직하게 자신의 인생을 드러내 보였다.

김석철은 1943년 함경남도 안변군 외가에서 태어나 6·25전쟁이 발발할 때까지 서울 영등포에서 자랐다. 하지만 그가 고향으로 생각하는 곳은 한학자이자 의사였던 할아버지의 집이 위치한 경상남도 밀양 내일동이다.

1943년생이시면 해방과 6·25전쟁을 모두 겪은 세대입니다.

김석철 1945년 해방과 1950년에 발발한 6·25전쟁은 우리 역사에서 엄청나게 큰 사건입니다. 그런데 정작 저의 인생에 미친 영향은 크지 않았습니다.

한국사의 가장 큰 사건인 6·25전쟁이 교수님 인생에 거의 영향을 미치지 않았다는 사실이 언뜻 이해가 안 되는데요.

김석철 당시 저는 예닐곱살이었고 어른들에 의해 모든 정보가 차단되어 있었기 때문에 6·25전쟁을 경험했다고 할 수 없습니다. 저는 자신이 제대로 겪어보지 못한 시대에 대해 지식이란 이름으로 함부로 쓰는 지식인을 싫어합니다.

함경남도 안변군에서 태어나셨다고 했는데 교수님께서 늘 고향이라고 지칭하는 곳은 밀양입니다. 밀양에서는 언제부터 사셨나요?

김석철 함경남도 안변은 외가가 있는 곳이죠. 당시에는 많은 사람들이 외가에서 태어났습니다. 외가가 석왕사(釋王寺) 바로 아랫집이었다고 합니다. 어머니는 안변에서 태어나 원산 루씨여학교를 졸업

유년시절을 보냈던 밀양의 당시 풍경을 떠올리며 그린 김석철의 그림

한 인텔리셨죠. 아버지는 한마디로 낭인이셨어요. 서울대 치과대학을 졸업했지만 치과의사로 일한 적이 없으시죠. 평생 유일한 환자가 어머니였습니다. 토오꾜오 미술학교에 진학하고 싶어 하셨는데, 할아버지께서 의대를 가야 한다고 엄명을 내리셔서 어쩔 수 없이 치과대학에 진학하셨다고 합니다. 졸업 후에는 친구들과 일본인이 운영하던 회사를 인수해서 사업을 하셨죠. 6·25전쟁이 일어났을 때 우리 가족은 일본인 사택이 있던 영등포에서 살고 있었어요. 한강철교가 무너진 것도 모른 채 전쟁이 났다니까 일단 밀양 할아버지 댁으로 내려갔죠.

다행히 한강 남쪽에 계셨던 거네요.

김석철 그렇죠. 그래서 그냥 밀양까지 올 수 있었습니다. 우리 가족이 밀양에 도착한 뒤 닷새쯤 지나니까 피란민이 쏟아져내려오기 시작했어요. 할아버지께서 밀양에서 병원을 운영하고 계셔서 저희 가족은 할아버지 댁에 들어가 살았습니다. 그래서 6·25전쟁은 나에게 별 뜻 없는 사건이 됐죠. 밀양서 우리 가족은 피란민이 아니라 오히려 정착민에 가까웠으니까요. 종전 후 부산으로 이사한 뒤에야 전쟁의 참상을 더 많이 봤고, 또 전쟁에 대해 고민했습니다.

　김석철의 조부 김종영(金鐘瑛)은 한말 중추원 의관이었다. 증조부 때까지 김천에서 살다가 조부 대에 밀양으로 이주했다. 그래서 의원 이름도 '김천의원'이었다. 세브란스병원을 세운 오긍선 선생과 죽마고우인 조부는 당대 대학자들과 교우하는 유학자였다. 이러한 조부의 영향을 받아 김석철은 한글보다 먼저 한문을 배웠다. 조부는 정좌하고 손자에게 『천자문』 『명심보감』 『소학』을 차례로 가르쳤다. 오래된 한옥마을이 어린 시절 김석철 교수의 세계였다. 전쟁 중이었지만 밀양은 전쟁과 멀리 떨어져 있었다. 신문과 방송으로만 전쟁이 있다는 것을 알았다.

밀양에서의 어린 시절은 어땠나요?

김석철　동네 아이들과 놀기보다는 할아버지 사랑채에서 더 많은 시간을 보냈습니다. 큰아버지가 북한에서 활동해 생사를 몰랐기 때문에 사실상 제가 장손이었죠. 할아버지의 사랑채는 근교의 유학자들이 모이는 사랑방이었습니다. 여자들은 근처에도 못 갔지만 저는 드나들 수 있었어요. 제2대 대통령선거 때 이승만 대통령이 부통령 후보로 철기(鐵驥) 이범석(李範奭) 장군 대신 함태영(咸台永) 목사를 선택한 것에 대해 영남지역 학자들이 할아버지 사랑방에서 논쟁을 벌이던 모습이 아직도 눈에 선합니다. 논쟁 끝에 이승만 대통령의 선택에 반대하여 이범석 장군을 지지하면 표가 갈려 내분이 생긴다며 이승만을 한번 더 믿고 가보자라는 결론이 났는데, 어린 나이였지만 여론을 주도한다는 영남 학자들의 수준이 겨우 이 정도인가 싶어 불만스러웠던 기억이 납니다.

어린 시절 기억과 관련해 6·25전쟁보다도 더 강렬한 기억은 처음으로 접했던 '죽음'과 '무당굿'에 관한 것입니다. 당시 남자아이들 사이에서는 밀양 한가운데를 흐르는 남천강에서 수영하는 것이 가장 용감한 놀이였어요. 여자아이들은 멀리서 구경했죠. 가장자리는 안전하지만 깊이 들어가면 꽤 위험해서 매년 한두명씩 물에 빠져 죽었습니다. 그해에도 한명이 빠져 죽어서 부모가 무당굿을 했는데, 그걸 보면서 굉장한 충격을 받았습니다.

어떤 의미의 충격인가요?

김석철　무당이 죽은 아이와 이야기를 나누는 모습에서 충격을 받았어요. 무당이 연기한 것일 수도 있지만 제 눈에도 혼이 보이는 듯했거든요. 어린 저에게는 굉장한 충격이었죠. 죽음이 삶의 종말이 아니라 다른 형태의 무엇인가로 바뀌는 것이라는 생각이 들었죠. 사람이 죽으면 저승에 가는 것이 아니라 형태를 바꿔 이 세상에 그대로 존재한다고 느꼈습니다. 그 아이와 제가 같이 물에 들어갔는데 그 아이는 혼으로 변해 실재하고 나는 사람으로 실재하는구나라는 생각을 했습니다. 그때의 경험이 지금까지도 제 내세관을 지배하고 있는 것 같습니다. 굿에 빠져서는 안 될 것 같아 그 뒤로 다시는 굿을 구경하지 않았습니다.

전쟁이 전국을 휩쓸 때도 별 동요가 없던 밀양은 오히려 휴전 후 급속도로 외래 흐름에 노출되며 근대화가 이루어졌다. 부산으로 가는 정기 버스 노선이 생기고 외지로 나가는 사람이 많아졌다. 휴전협정이 체결된 1953년 여름, 그의 가족은 밀양을 떠나 부산으로 이사했다. 밀양에서 부산을 가려면 낙동강을 건너야 했다. 남천강만 보고 자란 그에게 낙동강은 유유하고 장대한, 마치 바다 같은 강이었다. 새벽에 밀양을 떠났지만 당시 부산 외곽이었던 낙동강의 끝 사하에 도착했을 때는 이미 밤이었다. 김석철은 미지의 나라에 온 듯했다고 했다.

밀양을 떠나 부산에는 어떻게 가게 된 건가요?

김석철 아버지 때문이었죠. 아버지가 수완도 없으면서 사업을 여러번 크게 하셨어요. 광산을 샀다가 망했고 LG(당시 금성사)가 플라스틱과 라디오를 만들기 시작할 무렵 아버지도 플라스틱 사출 공장과 라디오 공장을 차렸죠. 아버지는 꼭 친구들과 동업을 했어요. 옆에서 보면 할아버지께 친구들과 술 마실 돈을 타내기 위한 핑곗거리로 사업을 하는 것처럼 보였죠. 사업을 차려놓고 매일 하는 일은 친구들과 술 마시는 일뿐이었습니다. 세번째로 차린 간장 공장이 망하고, 네번째 사업을 새로 시작하기 위해 할아버지께 돈을 타러 갔을 때, 할아버지께서 결국 크게 노하셨죠. 마침 6·25전쟁이 끝나고 큰아버지가 밀양으로 돌아오시기도 했고요. 큰아버지의 생사를 모르는 동안에는 할아버지께서 아버지를 하나뿐인 아들이라고 생각해서 무조건 지원해주셨는데 큰아버지가 돌아오시자 아버지를 어느정도 제어해야겠다는 생각을 하셨던 것 같아요.

할아버지께서 부산으로 이사 가라고 하셨던 것인가요?

김석철 부산으로 이사 간 것은 아버지의 선택이었습니다. 할아버지께서는 우리 가족이 살던 기와집에서 쫓아내고 일체의 경제적 도움을 끊고 다른 분들도 돕지 못하도록 하셨습니다. 그래서 처음에는 동네 초가집으로 이사했습니다. 지역 주민이 전부 할아버지와 얽혀 있었으니 어느 누구도 우리 식구를 도와주지 않았죠. 할아버지의 뜻을 거스를 수 없었던 게지요. 아버지는 여전히 직업이 없었고요. 하는 수 없이 제가 집에서 토끼랑 오리를 키워서 내다 팔았습니다. 그것을 아버지 친구분이 몰래 사줬는데 그 사실이 할아버지께 전해져서 아버지 친구분이 할아버지께 불려가서 혼이 나셨죠. 이 일이 있고 아버지도 생각한 바가 있었는지 야반도주하듯 부산으로 이사 갔죠. 그때가 1953년 여름으로 제가 초등학교 3학년 때였습니다.

부산에는 연고가 있었나요?

김석철 전혀 없었습니다. 김천, 대구 사람들은 해변가 사람들을 하대했어요. 학문이 없는 동네라고 여겼죠. 부산으로 이사 간다는 것이 자랑할 일이 못 됐습니다. 그래도 아버지는 부산이 임시수도이고 친구들도 있으니까 다시 사업을 해볼 기회가 있다고 보신 거겠죠.

김석철 교수의 아버지는 평생 사진을 찍고 그림을 그리고 여행을 다니며 살

1953년 여름 부산 다대포에서 처음 바다를 보았던 순간을 떠올리며 그린 그림

았다. 명품 카메라 핫셀블라드(Hasselblad)를 우리나라에서 맨 처음 소유했고 아사히펜탁스 사장 구보 씨와 친구였다. 현실주의자인 조부는 로맨티스트 막내아들을 마땅찮아했다. 김석철은 언제나 조부 편이었다.

부산에서의 어린 시절은 어땠나요?

김석철　부산에 와서 처음 1년은 잘살았어요. 짐작이지만 아버지가 밀양을 떠나면서 할머니께 금붙이를 조금 받아왔던 것 같아요. 부산 외곽이었던 낙동강 하류 사하의 마당이 넓은 큰 기와집에서 살았죠. 그때 전학 간 학교가 사하초등학교이고요. 마침 사하에 서울대 교수들이 많이 피란 와서 사하초등학교에는 서울대 교수 자제들이 많이 다녔어요. 그래서 학교에는 서울말 쓰는 애들이 대부분이었죠. 그러던 중에 경상도 말을 쓰는 제가 나타나니까 오히려 눈길을 끌었죠.

사하에 와서 한달쯤 됐을 때 김석철 교수는 동네 아이들과 다대포에 갔다 바다를 처음 봤다. 사하에서는 바다가 보이지 않기 때문이다.

김석철 집에서 한 4킬로미터를 걸어갔는데 산허리를 돌자 갑자기 바다가 나타났습니다. 한없이 펼쳐진 푸른 바다와 바다로부터 이어지는 하늘에 압도됐습니다. 무당굿 소리를 처음 들었을 때처럼 가슴 깊은 곳이 한참 울리는 듯했죠.

김석철은 그날 처음 해를 정면으로 바라봤다.

김석철 모든 것이 다 푸르렀습니다. 해가 푸르다는 것을 그날 처음 깨달았죠.

푸른 태양을 처음 본 그날 김석철은 밤새 잠을 이루지 못했다. 이후 답답한 날이면 드러누워서 하늘의 푸른 해를 바라봤다.

김석철 당시 사하초등학교에는 서울서 대학교수를 하다 피란 온 선생님들이 많았습니다. 그래서 수업의 질도 훌륭했죠. 하루는 선생님이 시간과 공간에 대한 이야기를 했어요. 선생님이 "우주에는 끝이 없다"라고 하는데 그 말을 이해할 수 없었죠. 끝이 없다는 것이 무엇인지, 끝이 없으면 '존재'할 수 있는지 이해가 안 됐거든요. 선생님도

김석철의 어린 시절. 경남중학교 재학
중(위), 좌측 하단이 김석철(아래)

명확한 설명을 해주지 못했죠. 그래서 답답할 때면 드러누워 하늘을 봤습니다. 그러면 태양밖에 안 보여요. 태양이 파랬다가 일그러지면서 하얗게 됐다가 다시 파래지는데 이 세상에 그렇게 아름다운 색이 없습니다.

이즈음 김석철의 어린 시절에서 무당굿만큼이나 큰 영향을 준 사건이 일어났다. 부산 송도에서 열린 전국 어린이 미술대회에 학교 대표로 나갔다가 낙선한 것이다.

김석철 한 학교에서 한명씩 대표로 나가는 큰 대회였는데 6학년 형들을 물리치고 3학년이었던 제가 학교 대표로 뽑혔습니다. 미술을 배워본 적이 없어서 제가 그린 그림은 아무 격식이 없는 시각적 자기표현에 불과했죠. 마침 그즈음 제 버릇 중 하나가 태양을 물끄러미 쳐다보는 거였고, 사생대회가 열린 장소가 송도여서 다대포에서 보았던 바다와 해를 그렸습니다. 부산에 와서 처음 본 바다와 거대한 고철더미 같은 배와 이글거리는 푸른 태양을 표현했죠. 지금 생각하면 모네의 인상파 그림 식으로 그렸던 것 같아요. 크레용으로 그렸는데 크레용은 색이 섞이지 않으니까 갖은 애를 써서 푸른 파도와 푸른 태양을 표현했죠. 저는 제 그림에 매우 만족했습니다. 휴전협정이 맺어졌으나 아직 대부분의 사람들이 부산에 남아 시국을 관망하던 때에 모처럼 열린 문화행사라 신문에도 기사가 났고 학교에서도 다섯 명이나 저를 응원하러 왔죠. 심사 전에 그림 전시가 있었는데 발표를 기다릴 필요도 없이 제 그림이 최고였습니다. 내심 수상 소감을 뭐라고 말할지 고민하고 있었는데 보기좋게 가작에도 못 들고 낙선했죠.

그때 푸른 태양이 노래졌습니다. 있을 수가 없는 일이었으니까요.

김석철 교수는 "그날의 수상작들은 어른 그림을 흉내낸 것들이었다. 내 그림이 뽑히지 못했다는 실망도 컸지만, 뽑힌 그림들이 더 실망스러웠다"고 말했다.

김석철 그후 『새벗』에 강소천 선생의 「푸른 태양」이라는 동화가 실렸어요. 가난한 학생이 붉은 크레용이 없어서 푸른 크레용으로 태양을 그려서 상을 못 받는다는 내용이었죠. 그 동화를 읽고 강소천 선생에게 크게 실망했습니다. 태양이 푸르다는 것을 모르고 붉은 크레용이 없어서 푸르게 그렸다고밖에 생각을 못하는가 싶었죠. 어쨌건 그 미술대회 이후로 전 그림과 조금이라도 연관된 분야에는 근처에도 안 갔어요. 그림을 다시는 그려본 적도 없고요. 대신 책을 많이 읽었습니다. 어린 시절 제게는 매우 큰 사건이었죠.

부산에서는 사하에 쭉 사셨나요?

김석철 아버지께서 친구분들과 극장을 차렸다가 또 망한 뒤 사하를 떠나 부산 산동네로 이사했습니다. 이번에는 아주 망한 거였어요. 방 다섯개 화장실 하나 있는 집에 방 한칸을 얻어 온 식구가 같이 지냈습니다. 각 방마다 한 가족씩 살았으니까 아침이면 화장실에 가기 위해 전쟁을 치렀죠. 서른 가구가 우물 한개를 사용했기 때문에 아침마다 물을 긷기 위해 새벽 4시부터 세시간씩 줄을 서야 했고요. 그 집에서 막내동생이 태어났습니다.

할아버지께서 전혀 안 도와주셨나요?

김석철 할아버지께 인사도 안 드리고 밀양을 떠나왔으니까 아버지 입장에서는 아무리 경제적으로 궁핍해도 밀양으로 돌아갈 수는 없었죠. 대신 종종 편지를 써서 저한테 밀양에 가져다주도록 심부름을 시키셨어요. 할아버지께서 편지를 읽으시고는 아무 말 없이 붓글씨를 써서 돈과 함께 다시 봉투에 넣어주셨어요. 애들 굶기지는 말라는 뜻이셨겠죠.

초등학교 때 직접 장사를 벌여 꽤 큰돈을 버셨다고 들었습니다.

김석철 부산 산동네에 살던 초등학교 4학년 1학기 때 도저히 안 되겠어서 직접 돈을 벌어야겠다고 마음먹었습니다. 할아버지께 돈을 얻으러 가는 일이 번번이 제 몫이었는데 너무 싫었거든요. 그래서 여기저기서 돈을 마련해서 부산 국제시장에 가서 만화를 사다가 부산 진역 광장에 만화가게를 차렸죠.

만화가게요?

김석철 그때는 길거리에 만화, 빵, 학용품 좌판이 많았어요. 전쟁이 끝나고 피란민들이 부산을 떠나면서 학교에 책걸상이 많이 남았는데 그중 몇개를 빼내와서 부산진역 광장에 좌판을 차렸죠. 만화책은 광고가 없었기 때문에 읽어보기 전에는 어떤 책이 재미있는지 알 수가 없었습니다. 그래서 제가 미리 읽어보고 재미있는 책만 골라서 열권씩 사왔어요. 다른 책방에는 책이 한권씩만 있어서 다른 사람이 먼저 빌려가면 며칠씩 기다려야 했지만 제 책방에서는 언제 와도 보고 싶은 책을 빌려갈 수 있었죠. 이 때문에 요즘 말로 대박이 났습니다. 종전 직후여서 여자고 남자고 직장에서 먹고 자며 일하는 사람들이 많을 때여서 제가 밤마다 찾아다니며 만화책을 빌려주고 아침이면 걷어왔죠. 이러면 낮 아니라 밤에도 한번 더 대여를 할 수 있어서 하루에 두번 장사를 할 수 있거든요. 사람들이 만화책을 보면서 옆 빵가게에서 빵을 사다 먹는 것을 보고 빵도 팔았죠. 냄비에 송곳으로 구멍을 뚫어서 호빵 찌는 통 비슷한 것을 직접 만들었습니다. 그랬더니 사람들이 만화책을 보며 호빵을 사먹을 뿐만 아니라 집에까지 사가서 매출이 세배로 늘었죠. 나중에는 고객 중 학생들이 많은 점에 착안해서 학용품도 같이 팔았고요.

경영에 대한 소질은 할아버지한테 물려받으신 건가요?

김석철　그런 것 같습니다. 우리 아버지는 돈 쓰는 데는 선수였어도 스스로 돈을 벌어본 적은 없는 분이니까요.

모처럼 옛 이야기에 흥이 난 김석철은 초등학교 시절 부산에서 장사하던 이야기 보따리를 풀었다. 그는 계속 장사를 했으면 김우중 전 대우 회장보다 더 큰 돈을 벌 수 있었을 것이라고 농담을 했다.

김석철　당시 부산 서면에 하야리아(Hialeah) 미군부대가 있었어요. 여기서 별의별 물건들이 다 나왔죠. 그중에서도 가장 많이 내다

버리는 것이 만화책이에요. 대부분 미군을 교육시키기 위한 정훈만화였죠. 섬광같이 '아, 이것이 노다지구나' 하는 생각이 들었어요. 영어를 잘하는 아버지께 번역을 부탁드리고 싶었지만 제가 장사하는 것을 자존심 상해하셨던 분이라 부탁드릴 수가 없었죠. 그래서 학생 다섯명을 고용해 대화가 쓰여 있는 말풍선에 전부 흰 종이를 붙였어요. 그러고는 그 흰 종이에 제가 아무 말이나 적어넣었죠. 저는 영어를 한마디도 모를 때였으니까 그림에 맞춰 대강 썼는데 그럴듯했는지 대박을 쳤어요. 학교 다니는 애들 대부분이 제 좌판 앞을 지나다니면서 만화책을 빌려갔죠. 당시 6학년이었던 누나는 창피해 죽겠다고 했지만, 어쨌든 제가 그 일대를 완전히 장악했죠.

학교를 다니면서 장사를 하셨던 것인가요?

김석철 학교는 전혀 안 나갔어요. 그런데 한때 장손이었던 손자가 부산진역 앞에서 만화가게를 한다는 소문이 밀양까지 흘러가서 할아버지 귀에 들어갔죠. 할아버지께서 직접 부산진역에 오셔서 보시고는 부산 수정동에 굉장히 좋은 집을 한채 사주시고 가셨어요. 어느 날 갑자기 다시 부자가 된 거죠.

장사는 그만두신 건가요?

김석철 그만뒀죠. 할아버지 엄명이 있었으니까요. 이사하면서 사하초등학교에서 부민초등학교로 전학을 갔습니다. 전학 수속을 하는데 제가 4학년 1년을 통째로 학교에 안 가고 장사를 했으니 4학년 성적이 아예 없었죠. 일제 전통이 남아 있을 때라 성적관리가 철저해서 4학년을 다시 다녀야 한다고 하더군요. 그런데 마침 전학 간 날 그 학교가 시험을 봤어요. 선생님이 장난기가 발동했는지 저한테 시험을 치게 했죠. 잘 보면 5학년으로 올려주겠다는 조건으로요. 제가 모든 과목에서 1등을 해서 5학년으로 들어갈 수 있었습니다.

1년을 학교를 안 나가셨다면서 어떻게 모든 과목에서 1등을 할 수 있었죠?

김석철 책방을 하면서 미군 정훈만화를 번역했던 덕분이죠. 군인들이 지식을 쌓도록 하기 위해 만든 책이 정훈만화니까 그 만화를 매일 보면서 자연스럽게 어느정도 지식을 쌓았습니다. 어쨌거나 덕분에 5학년으로 입학할 수 있었고 6학년 1학기 때 전교회장을 했습니다.

사하에서 일년 반을 지낸 뒤 쫓기듯 부산 산동네 마을로 이사 갔던 김석철은 손자의 만화장사 사건을 알게 된 조부의 조치로 바다가 내려다보이는 수정동 축대 위 근사한 일본식 저택으로 이사한다. 밤이면 배가 가득한 부두에 불이 밝혀지고 밤새 뱃고동 소리가 은은히 들리는 마을이었다. 부민초등학교로 전학한 뒤에도 방학이면 밀양에 가서 조부와 함께 지냈다. 여전히 조부 사랑채에는 정정한 한학자들이 드나들고 있었다.

부민초등학교에서 5학년과 6학년을 별일 없이 마친 김석철은 부산에 남아 경남중학교에 진학했다. 일찍 부산을 떠나 서울로 유학하는 친구도 있었지만 어려서부터 서울서 공부했던 아버지의 주장은 어려서는 집에서 커야 한다는 것이었다. 김석철보다 학업 성적이 뛰어났던 누나도 부산서 중학교를 다니고 있었다. 누나는 당시 전국 중고등학생 모두가 치르는 부일장학회(정수장학회 전신) 제1회 장학생 선발시험에서 남녀 통틀어 1위를 해서 부산일보 1면 톱 기사로 나기도 했다.

김석철 중학교 때 전교 백일장대회에 나가 장원으로 뽑혔고 이를 계기로 진주백일장, 밀양백일장 등에 학교 대표로 나갔습니다. 하지만 저는 글 쓰는 일에는 뜻이 없었어요. 그때는 과학자가 되는 것이 꿈이었죠. 학교 공부에도 큰 흥미가 없었습니다. 혼자 책을 읽는 편이 더 좋았어요. 『달과 6펜스』『의사 지바고』를 감동적으로 읽었습니다. 중국 고전도 열심히 읽었고 막 국내에 나오기 시작한 한국문학전집과 세계문학전집도 전부 읽었지요. 사춘기였지만 이성(異性)보다는 삶과 죽음에 대한 관심이 더 많았습니다. 건축을 처음 접한 것도 중학교 때였습니다. 별별 책이 다 있어 거의 매일 다니던 부산 미국문화원에서 열린 '현대 미국 건축가 6인전'을 우연히 보게 됐죠. I. M. 페이(Ieoh Ming Pei)와 미노루 야마사끼(Minoru Yamasaki)가 인상적이었습니다. 미국 최고의 건축가가 동양인이라는 것이 뜻밖이기도 했지만, 여느 건축가와 다른 독특함이 있었던 것으로 기억합니다. 무엇보다도 건축이 대단한 것일 수 있겠구나 하는 생각을 처음으로 했죠. 하지만 그러곤 잊었습니다.

중학교 2학년 여름방학 때 김석철의 인생을 뒤흔든 일이 일어난다. 그의 정신적 지주이자 인생의 멘토인 조부가 갑작스럽게 돌아가셨다.

조부께서 마음의 지주셨던 만큼 그분의 죽음이 큰 충격이었겠어요.

김석철 제 인생의 큰 전기였죠. 인간은 죽는다라는 자명한 사실을 처음으로 체험했죠. 여름방학이라 해운대에 놀러 갔다가 연락을 받고 부랴부랴 밀양으로 내려갔을 때는 이미 돌아가신 지 이틀이 지난 뒤였어요. 방문을 열면 늘 그렇듯 할아버지가 삼베옷을 입고 앉아 계실 것만 같았는데 할아버지 대신 관이 있고 이미 시신에서 냄새가 나고 있었습니다. 그건 뭐라 표현할 수 없는, 인간의 언어 영역을 벗어난 충격이었습니다. 그뒤 사람들을 만나는 것도 싫었고 방에 틀어박혀서 책만 읽었어요. 서점에서 선 채로 책 한권을 다 읽고는 했죠. 책만 읽고 나오면 책방 주인한테 미안하니까 새 책 한권을 사서 또 밤새 읽었죠.

할아버지께서 돌아가신 뒤 경제적 어려움은 없었나요?

김석철 할아버지가 제법 유산을 주셨고 그 영향은 지금까지도 이어지고 있습니다. 8·3조치(1972년 발표된 '경제의 안정과 성장에 관한 대통령의 긴급명령 15호'로 대기업에 특혜를 준 사채동결 조치) 때문에 조금 힘들었던 적이 있긴 했었죠.

교수님께 말씀을 듣다보면 교수님은 아버지보다는 할아버지의 영향을 더 많이 받으신 것 같습니다.

김석철 할아버지는 제 인생의 영원한 멘토셨죠. 아버지는 반면교사였고요. 어려서 저는 할아버지를 아버지로 생각하고 살았던 것 같아요. 아버지는 저와 동격으로 생각했고요. 그런데 최근 몇년간 죽을 고비를 여러번 넘기면서 생각보다 제가 아버지께 물려받은 것이 더 많다는 것을 느껴요. 아버지가 이루려 했으나 이루지 못한 것들을 제가 물려받은 것 같아요.

어머니에 대한 말씀이 거의 없습니다. 어머니는 어떤 분이셨나요?

김석철 어머니는 원산에서 태어나 루씨여학교를 졸업했어요. 이화여대에 합격했지만 폐결핵 때문에 입학을 안 했다고 해요. 하지만 공부는 잘했다고 합니다. 저희한테 맨날 1등을 했다고 자랑했죠. 환경부장관을 지낸 김명자 씨가 어머니 학교친구여서 하루는 제가 "두 분이 다 맨날 1등을 했다고 하는데 누가 거짓말을 하는 것이냐"라고 짓궂게 여쭤기도 했죠. 아마 이대에 진학하셨으면 충분히 총장을 하셨을 분입니다. 아버지가 워낙 파란만장하게 살아서 어머니는 속 편할 날이 없었죠. 지금은 어머니께서 저를 높게 평가해주시지만 자랄 당시에는 저를 문제아 정도로 생각하셨던 것 같아요. 다른 형제들에 비해 어머니 사랑을 많이 받았다는 기억은 없습니다. 저 역시도 할아버지를 아버지처럼 생각하고 살았기 때문에 어머니를 제 어머니로서보다는 집안의 며느리로 생각했던 것 같아요. 밀양에 사는 동안 늘 저는 할아버지 무릎에 앉아 있었고, 아버지는 할아버지 앞에서 무릎 꿇고 앉아 있었거든요. 자연스럽게 저 스스로를 최소한 아버지와는 동격으로 생각하게 됐고, 이런 생각이 어머니에게까지도 이어졌던 것이죠.

형제가 어떻게 되시나요?

김석철 6남매 중 제가 장남이죠. 위로 누나가 있고, 아래로 여동생이 둘, 남동생이 둘입니다. 손위 누나는 미국 컬럼비아대학에서 미술사를 전공해 현재 뉴욕에서 아트 딜러로 일합니다. 손아래 누이는 고소정(小亭) 변관식(卞寬植) 선생의 제자입니다. 원래 소정 선생은 제자를 들이지 않는 분인데 "백농의 손녀라면……" 하면서 받아주셨습니다. 바로 아래 남동생이 김석동 전 금융위원장입니다. 막내 남동생은 중학교 때 '민전(民展)'에 조각이 당선돼 부산 미술계를 놀라게 한 적이 있죠.

아버지는 언제 돌아가셨나요?

김석철 벌써 한 20년 됐죠. 병원에 입원해서도 매일 술을 드셨어요. 그리고 돌아가시기 전날 저한테 오랫동안 그리시던 설악산 그림을 주셨죠. 아버지는 참 잘생기셨는데, 제가 외모는 아버지를 닮지 않았어요.

김석철이 경기고등학교에 진학한 것은 갑자기 내린 선택이었다. 김석철은 경기고등학교에 진학하지 않고 부산에서 계속 학교를 다녔으면 아마도 지금과는 매우 다른 삶을 살았을 것이라고 말한다.

김석철 중학교를 다닐 때만 해도 전쟁을 피해 부산으로 피란 왔던 사람들이 대부분 그대로 부산에 머무르고 있었습니다. 부산고등학교

김석철의 경기고등학교 재학 시절.

와 경남고등학교에 우수한 학생들이 모여 있었죠. 그래서 저도 서울에 있는 고등학교에 진학해야겠다는 생각은 하지 않았습니다. 그런데 갑자기 우리 학교 우수생들 대부분이 서울 경기고등학교에 가겠다는 겁니다. 또 그즈음 부산 광복로의 다방에 가면 늘 있던 김동리(金東里), 황순원(黃順元) 선생님도 서울로 올라가셨고요. 모두가 떠난 부산에 나만 남는 것이 아닌가 하는 생각이 덜컥 들었죠.

할아버지가 돌아가셔서 밀양에 갈 일도 없어졌습니다. 할아버지께서 살아 계실 때는 수시로 할아버지 댁에 가서 공부를 점검받아야 했거든요. 그동안 『대학』을 어디까지 읽었는지 보고해야 했죠. 보고를 드리면 할아버지는 "그래, 잘했다" 딱 한마디 하셨죠. 이 보고를 드리는 것이 저에게 매우 큰일이었는데, 더이상 그럴 필요가 없어졌죠. 그래서 고등학교는 서울로 가야겠다고 결심하고 아버지께 말씀드렸습니다. 아버지는 평생 자식들 성적에 관심이 없었어요. 성적표를 가져가면 귀찮다고 알아서 도장 찍어가라고 하신 분이셨죠. 그런데 경기고에 진학하고 싶다고 말씀드리자 뜻밖에 전교 1등을 해야 보내주겠다는 겁니다. '아, 난 부산에 살아야겠구나' 싶었죠. 제가 수학은 잘했지만 영어를 아주 못했거든요. 영어를 처음 배우던 중학교 1학년 때 선생님이 애들을 한대씩 쥐어박으면서 'th' 'r' 발음을 시키는데, 그때부터 영어가 싫어졌습니다. 아무튼 선생님께 경기고등학교에 진학하고 싶다고 말씀드렸더니 수학 성적이 워낙 뛰어나서 가능할 것 같다고 말씀해주셨죠. 그 말이 큰 힘이 됐습니다.

결국 경기고등학교에 입학하셨습니다. 6·25전쟁 때 서울을 떠났다가 십년 만에 고등학교에 입학하며 다시 올라온 셈이네요.

김석철　어려서 외갓집에서 쭉 살다가 서울에서는 아버지가 취직했던 1~2년 정도만 살았기 때문에 서울에 대한 기억은 거의 없어요. 우리 가족이 살았던 영등포의 일본 사택 정도만 기억이 나죠. 제 본격적인 서울살이는 고등학교에 입학하면서부터입니다.

서울생활은 어땠나요?

김석철　손이 컸던 아버지는 고등학생한테 경무대가 내려다보이는 2층집의 다다미 10장짜리 방을 구해주셨죠. 대개 두명이 한방을 썼는데 저는 그 하숙집에서 가장 큰 방을 혼자 썼어요. 같은 하숙집에 당시 경기고등학교 국어교사이던 신동욱(申東旭) 연세대 교수가 살

왔죠. 역시 경기고등학교에 국어교사로 있던 이어령(李御寧) 선생이 신동욱 교수와 친구여서 1주일에 두세번씩 놀러 왔습니다. 제 방이 신동욱 교수 방보다 크고 좋아서 주로 제 방에서 두분이 대화를 나눴습니다. 가장 많이 나왔던 말이 싸르트르, 까뮈, 앙드레 말로 등이었던 것으로 기억합니다. 말씀을 나누다가 담배가 떨어지면 늘 저한테 "희망 사와라" 하며 심부름을 시켰고요. 당시 나온 담배 이름이 '희망'이었거든요.

김석철 교수는 부산에서 살 때와는 전혀 다른 세상이었다며 "서울에서의 삶은 누구의 간섭도 받지 않고, 학교에 안 가도 뭐라 하는 사람 없는 청년 시절의 시작이었다"라고 회상했다.

제2장
사서삼경에 빠져든 고등학생

서울에서의 삶은 할아버지께서 돌아가신 후 다소 방황하던 김석철의 삶을 다시 제 궤도에 들어서게 하는 계기가 됐다. 아는 이 하나 없는 이역 땅에서 비로소 혼자 서게 된 것이다. 삼청동 학교 바로 뒤 하숙집에서는 아침에 일어나면 경무대가 보이고 인왕산과 경회루가 성큼 다가왔다.

경기고등학교에서 그가 유일하게 좋아했던 공간은 아무 책이나 볼 수 있는 개가식 학교 도서관이었다. 김석철은 도서관에 가기 위해 학교에 갔다. 방학 때는 넉달 내내 도서관에서 살며 책을 읽었다. 하지만 여전히 학교보다는 바깥세상이 더 좋았다. 서울에는 산이 있었고, 오래된 궁이 있었고, 또 한강이 있었다. 김석철 교수는 "궁을 처음 봤을 때의 감격을 아직도 잊을 수 없다"라고 말한다. 일요일이면 고궁에 가고 북한산에 오르고 걸어서 한강까지 다녀오기도 했다.

김석철 제가 생각하는 청년 시절은 이성(異性)을 불완전한 자기를 채울 수 있는 육체적 대상으로 생각하게 되는 시절이에요. 소년 시절에도 이성에 호감이 있을 수 있지만 어디까지나 자신과 성이 다른 인간에 대해 느끼는 막연한 감정이었다면, 청년 시절에는 이 막연했던 감정이 구체적 감정으로 변하죠. 또 소년 시절이 초자아의 시절이라면 청년 시절은 자아가 생기는 시절이고요. 밀양에서는 할아버지 할머니의 대가족체제에서 살았고, 부산에 와서도 형제가 여섯이나 됐기 때문에 저만의 공간이나 시간이 없었죠. 그런데 서울에 오면서 온전한 나만의 공간, 나만의 시간이 생겼습니다. 학교 공부는 문제가 되지 않았기 때문에 저한테 한도 끝도 없는 시간이 주어졌죠.

부산에서와 달리 전국의 수재가 모인 경기고등학교인 만큼 경쟁이 치열했을 텐데요. 당시 교수님께 공부는 문제가 되지 않았나요?

김석철 당시만 해도 수재들은 서울보다 지방에 많았어요. 저한테는 서울대에 들어가는 것이 중요한 일도 아니었고요. 유일무이한 삶을 대학입시에 걸 이유가 없잖아요. 학교에서 제 짝이 제가 벙어리인 줄 알 정도로 말수가 적었죠. 제 표정이 하도 심각해서 말을 걸 수도 없었다고 합니다. 다행이었던 것은 당시 경기고등학교는 도서관 씨스템이 매우 훌륭했어요. 무엇보다도 도서관에 책을 못 갖고 들어가게 했죠. 도서관에는 도서관 책을 읽으러 와야지 왜 자기 책을 가져와서 공부하느냐는 것이었죠. 학생들이 읽고 싶은 책을 신청하면 구입해주고요. 제가 토인비(A. J. Toynbee)의 『역사의 연구』를 신청해서 도서관에서 구입했죠. 수업이 끝나면 곧장 도서관에서 가서 문 닫을 때까지 책을 읽다 나왔어요. 1학년 끝날 때쯤 도서관 책의 절반을 다 읽은 듯했죠. 당시에는 길거리 좌판에서도 책을 많이 팔았는데 어느 날 『씨뛰아시옹』(Situation)이라는 제목의 책이 있길래 내용이 궁금해서 사왔는데 알고 보니 저자가 싸르트르였어요. 그 책을 읽고 충격을 받았죠. 사서삼경을 상당부분 읽은 다음이었는데, 이 책은 공자나 맹자와는 아주 달랐어요. 군이 비교하자면 순자와 비슷하달까? 학교 도서관에 가보니까 싸르트르의 책이 몇권 더 있어서 읽었죠. 그리고 그에게 완전히 빠져들었습니다. 사서삼경과 전혀 다른 세계가 있다는 것을 처음 접했으니까요. 글에서 싸르트르의 머리가 상당히 좋다는 것을 느꼈죠. 경외심이랄까 질투심도 느꼈고요. 이 사람 글에 비트겐슈타인이 언급되어 있어서 비트겐슈타인이 누구인지도 궁금해졌죠. 과연 싸르트르가 경외하는 이 사람은 누구일까 하고요. 하지만 제 관심사는 곧 불교로 옮겨갔죠.

불교에 대한 관심은 돌아가신 할아버지의 영향이었나요?

김석철　할아버지께서 오랜 불교신자셨으니까 그런 셈이죠. 마침 큰댁 사돈이 불교신도회 부회장이셔서 사돈집에서 청담(靑潭)스님을 자주 뵐 수 있었고, 수덕사 일엽(一葉)스님도 서울에 오시면 그 집에 기거하여 말씀을 들을 기회가 많았죠. 어느날 청담스님께 모든 것이 멸하는데 그럼 지금의 실재는 무엇인지 여쭈었습니다. 그랬더니 대뜸 내게 "한강을 보았으냐"라고 되물으시는 거예요. "한강을 가보기도 했고 강가에서 하룻밤을 자고 오기도 해서 잘 압니다"라고 대답했습니다. 그랬더니 "네가 본 것이 무엇이냐"라는 거예요. 그래서 "한강이란 것이 물 아닙니까. 물을 보고 왔습니다"라고 대답했고요.
　"한강은 있었던 적이 없다. 네가 본 것은 곧 바다로 흐른다. 그렇다면 한강이 실재하지 않는 것이냐. 네 삶도 바로 한강과 같다." 이렇게 말씀하시는데 꽝 소리가 나는 것 같았어요. 한동안 불교 공부를 열심

김석철은 고교 재학 시절 학보인 『주간경기』에 '삼인행필유아사(三人行必有我師)'라는 『논어』 구절의 주해를 논한 작은 논문을 싣기도 했다. 이 글씨는 김석철이 쓴 것이다.

히 하는 계기가 됐죠.

　불교뿐만 아니라 고등학교 때 작심하고 한문 공부를 하셨던 것으로 압니다.

　김석철　불교를 공부하기 위해서 한문 공부가 필요하기도 했지만 무엇보다도 한국의 정신세계를 알고 싶어 시작했죠. 한문 가르치는 곳이 아무 데도 없어서 이가원(李家源) 선생이 쓴 『한문강독』이라는 책을 혼자 공부하고 있었는데 어느날 혜암 선생께서 『한국일보』에 한문강좌 개인교습 광고를 내셨어요. 그 광고를 보고 서대문의 선생님 댁을 찾아갔죠. 혜암 선생께서 지금까지 무슨 책을 읽었냐고 하시길래 저는 사서삼경도 싫고, 불경도 싫고, 중국 고전을 읽고 싶다고 했죠. 그래서 혜암 선생이 『적벽부』 『홍루몽』 등을 읽게 했죠. 『홍루몽』을 그때 처음 읽었어요. 원래 한문은 띄어쓰기가 없어요. 그것이 한문의 맛이에요. 간자체로 쓰고 띄어쓰기를 한 뒤로 한문의 맛이 없어졌죠. 아무튼 내용이 재미있으니까 밤을 새워서 읽고 갔죠. 그랬더니 반년 만에 혜암 선생께서 더 가르칠 것이 없다며 저를 은퇴한 한학자이신 호정 선생께 데려갔어요. 호정 선생께서 지금까지 읽은 책이 무엇인지 물으시더니 "잡문만 읽었군" 하셨죠. 그리고 『대학』부터 시작해 하루에 세시간씩 다시 사서삼경을 읽었습니다. 꿇어앉아 혼자 읽고 해석하면 선생께서는 2~3일에나 한번씩 한마디를 하셨어요. 그때 제가 고3이었습니다.

학교 공부는 안 하셨나요?

김석철 안 했죠. 학교에 가도 한문책만 읽었습니다. 호정 선생 앞에서 세시간 배우기 위해서는 세시간을 예습해야 했거든요. 그렇지 않으면 학교를 결석하고 여기저기를 혼자 돌아다녔죠. 1년에 70여일을 결석했던 것으로 기억합니다. 제가 아침잠이 매우 많거든요. 아침에 눈을 떠서 시계를 보면 이미 지각이에요. 지각하면 혼나는데, 혼나러 학교 갈 이유가 없잖아요. 그냥 결석하는 것이죠.

김석철은 "약간의 협심증과 자폐증이 겹쳐" 학교를 빠지는 일이 잦았다고 했다. 시간이 지나 중학교 2학년 여름방학 때 돌아가신 할아버지의 죽음을 실감하게 된 것이다. 고등학교 시절 내내 미래는 현재가 되고 삶은 결국 죽음으로 이르는 과정이라는 생각이 머리를 떠나지 않았다. 유일무이한 시간이 결국 무로 돌아가는 삶이 무의미하게 느껴졌다. 죽음의 그림자가 머리를 떠나지 않는 나날이었다. 인문학에서 가장 중요한 분야가 종교와 철학이라고 생각했기에 불교와 서양철학을 열심히 공부했지만, 죽음과 내세에 대한 답을 얻지는 못했다. 한문 공부와 독서만이 그가 모든 것을 잊을 수 있는 시간이었다.

고등학교 시절 내내 죽음의 의미를 고민하시기도 했지만, 이때 지금의 사모님을 만났다고도 들었습니다.

김석철 하하. 그랬죠. 2학년 때까지는 아까 말한 가회동 하숙집에 살다가 3학년 때 돈암동에 있던 각시(김석철 교수는 부인을 늘 '각시'라고 불렀다)의 집으로 들어가서 그 집에서 1년을 살았죠.

고등학교 때 사모님 댁에서 1년을 함께 사셨다고요?

김석철 우리 아버지와 장인께서 친구예요. 장인어른은 의사였는데 굉장한 로맨티스트이자 공산주의자였습니다. 제 손위 처남이 부산에 있는 국립수산대학에 입학하면서 두 집안이 서로 아들을 바꿔서 데리고 있는 것이 어떻겠느냐 이야기가 된 모양입니다. 장인 댁은 한옥과 일본식 집 두채가 나란히 붙어서 한옥은 가정집으로 쓰고 일본식 집은 병원으로 쓰고 있었어요. 보통 하숙생은 문간방을 주지만 저는 친구 아들이라 안쪽 방을 썼죠. 하숙집을 나와 장인 댁으로 이사하던 날 각시를 처음 봤습니다. 제가 날마다 한권씩 책을 샀으니까 이삿짐에 책이 엄청 많았죠. 가회동에서 돈암동까지의 구불구불한

길을 책을 가득 실은 리어카로 두번 정도 왕복해서 짐을 옮겨야 했어요. 짐을 옮기느라 안마당을 들락날락하는데 누가 계속 저를 쳐다보고 있는 것을 느꼈죠. 각시가 아파서 학교를 결석하고 집에 있다가 파란 교복을 입은 애가 집을 들락날락거리니까 관심이 있어서 쳐다봤던 것입니다. 안 보는 척하면서요. 그렇게 눈이 마주쳤죠. 고등학교 때까지 저는 여자에 대한 막연한 호기심이나 성적 충동은 있었지만 구체적인 누군가에게 그런 감정을 느껴본 적은 없었습니다. 저는 그때 각시의 얼굴조차 제대로 보지 못했지만 직감적으로 '아 이제 내 인생에서 여자 선택은 끝났구나. 저 여자하고 살게 되겠구나' 하는 강한 느낌을 받았습니다.

서로가 한눈에 반했던 것인가요?

김석철 첫 만남에 이 여자랑 결혼까지 하겠구나라는 느낌을 받았던 것은 한번 스윽 지나가는 감정이었지 반복된 예감은 아니었어요. 나중에 돌이켜보니 그랬었구나 하는 것이죠. 고등학교 당시에는 데면데면 지냈어요. 각시는 저보다 한 학년 아래로 동대문에 있는 학교를 다녔는데 집에서 15분 거리였어요. 반면 경기고등학교는 돈암동 집에서 40분이 걸렸죠. 저는 늘 지각을 하는 학생이었는데도 제가 등교를 할 때면 꼭 각시도 함께했죠. 일찍 학교에 가면 큰일이 나는 것처럼 각시는 늘 아슬아슬하게 학교를 갔죠. 두 학교를 모두 지나는 버스가 있어 같은 버스를 타게 되는 날이 많았죠. 하지만 한번도 둘이 무슨 대화를 나누거나 하진 않았어요.

김석철 교수는 "아마도 각시가 일부러 내가 등교하는 시간에 맞춰 등교를 했던 것 같다"라고 은근슬쩍 덧붙였다.

김석철 그러던 중 하루는 제가 써머싯 모옴의 『인간의 굴레』를 읽고 있는데 각시가 저한테 와서 읽을 만한 책을 추천해달라고 했어요. 자칭 문학소녀라면서 수학청년인 저한테 책을 추천해달라는 거였죠. 그래서 제가 읽고 있던 『인간의 굴레』를 그 자리에서 빌려줬습니다. 그런데 일주일이 지나도 안 돌려주는 거였어요. 두권짜리 책이었는데, 두권이면 하루에 한권씩 이틀이면 다 읽어야 하는 거 아니냐고 타박을 했던 일이 있었죠. 그 일 말고는 특별한 일 없이 지냈습니다.

사모님께서 이대를 다니시던 중에 청혼하셨다는 인터뷰 기사를 읽은 적이 있습니다. 데면데면 지내던 두분이 어떻게 결혼까지 이르게 된 건가요?

김석철 당시에는 서울대학 합격자 명단이 신문에 실렸습니다. 당연히 각시가 제 이름을 찾아봤을 것 아닙니까. 제가 수학과 한문 공부를 좋아하니까 수학과나 철학과만 찾아보고는 떨어졌다고 생각했죠. 그러다가 제가 서울대 건축학과에 합격했다는 사실을 알고 저를 다르게 봤다고 해요. 그때는 서울공대 커트라인이 의대보다 높았으니까요. 대학에 입학하고도 첫 학기에는 그 집에 살았습니다. 입학하자마자 곧장 기숙사에 들어갔으면 각시와 결혼하지 않았을 텐데…… (웃음) 1학기를 마친 뒤 여름방학에 고향에 내려갔다 2학기 때는 학교 기숙사로 들어가겠다고 하자 방학기간에 와서 수학과외를

김석철과의 그의 부인(이향림)의 신혼 시절

해줄 수 없겠냐고 묻더군요. 생각해보니까 열흘만 가르치면 입시 수학을 한번 훑을 수 있겠더라고요. 1층을 병원으로 쓰는 일본식 집 2층 방을 내주어 그 방에서 가르쳤죠. 저는 그때까지만 해도 각시를 이성으로 생각하지는 않았습니다. 귀엽다고는 생각했죠. 어려서부터 누나 친구들이 저를 귀여워하고 좋아했어요. 그래서 여자들한테 둘러싸여 있는 상황이 어색하지도 않았고, 저를 좋아하는 것에도 익숙했죠. '여자들은 대개 나를 좋아하는구나'라고까지 생각했습니다. 그런데 과외 마지막날 각시가 수업 끝나고 할 말이 있다고 하는데 갑자기 정전이 됐습니다. 당시에는 종종 정전이 일어날 때라 정전 자체가 놀랍지는 않았는데 상황이 상황인 만큼 순간 어색해졌죠.

할 말이 있다는 것이 좋아한다는 고백이란 걸 눈치채셨나요?

김석철 느낌이란 것이 있지 않습니까. 서로 어색하니까 일단 제가 밖으로 나가자고 했죠. 저는 위기의 순간에는 남자가 나서야 한다고 생각하거든요. 고백도 마찬가지고요. 어차피 할 거라면 남자가 해야지 여자가 하게 할 수는 없다는 생각에 '실은 나도 너를 좋아한다'라고 말해버렸죠. 한번 내뱉은 말은 책임을 져야 하는 것이고요. 그때 정전만 안 됐어도. 하하.

건축가가 되기로 결심하신 건 언제인가요?

김석철 고등학교 3학년 때까지 대학은 수학과나 철학과에 진학할 생각이었어요. 『추상대수학』이라는 책을 읽고 크게 감동받았거든요. 특히 해석기하학이 흥미로워서 대학 교과서까지 구해 읽었죠. 건축에 대해서는 한번도 생각해본 적이 없었어요. 집에다 철학과에 지원하겠다고 말하자 할아버지의 대를 이어야 한다고 할아버지께서 쓰시던 왕진가방을 꺼내놓고 의대 지원을 강권했죠.

하지만 뜻을 바꿀 생각이 없었던 김석철은 대학에서 공부할 것을 미리 한다는 생각으로 이과의 시험과목에는 없는 독일어와 한문 공부, 미분방정식, 함수론 등에 몰두했다. 입시 수학은 그에게 초보단계 수학이었기 때문에 공부할 것도 없었다. 고등학교 3학년 여름방학 때 대학을 포기한 친구들과 함께 부산 송정해수욕장에도 보름간 다녀왔다.

김석철 대학시험을 두달 남기고 원서를 써야 할 때 누나가 난데없이 건축과를 가보는 것이 어떠냐라는 얘기를 꺼냈어요. 부산 사하에

김석철의 대학 시절

서부터 집안끼리 왕래하던 박종홍(朴鍾鴻) 선생께 상의드렸더니 그분도 좋은 생각이라고 하셨고요. 인류의 문명을 다루는 건축을 통해 보다 큰 철학을 하는 것이 어떠냐는 의견이셨죠. 건축을 제대로 하기 위해서는 결국 한국의 옛 도시와 건축을 알아야 하고, 건축은 수학과 논리학과 미학의 연장선상에 있으니 그동안 해온 여러 공부가 하나의 길이 될 수 있을 것이라며 권하셨죠. 집에서도 박종홍 선생의 중재안을 받아들여주셨고요.

건축과에 진학하기로 마음을 먹은 김석철은 우선 과학센터에 가서 프랭크 로이드 라이트(Frank Lloyd Wright)가 쓴 『젊은 건축가에게』와 『테스터먼트』를 사서 며칠간 사전을 찾아가며 읽었다. 기디온(Sigfried Giedion)의 『공간, 시간, 건축』도 이때 읽었다. 라이트의 책을 읽으며 건축에 대한 공감이 생기기 시작했다. 대학입학시험은 그에게 별일이 아니었으므로 입학식에도 가지 않았다. 대신 밀양의 영남루에 갔다.

한문 공부는 그뒤 영영 그만두신 건가요?

김석철 입시가 두달밖에 안 남았을 때니까 한문 공부와 독일어 공부를 미뤄둘 수밖에 없었죠. 입시가 끝나면 다시 한문 공부로 돌아가고 정식으로 수학 공부를 해야겠다는 생각이었습니다. 호정 선생께 말씀드렸더니 아무 말씀 없이 내일 다시 오라고 하셨습니다. 다음날 갔더니 성균관에서 정장을 하고 계셨어요. 그리고 "말년에 좋은 제자를 보나 했더니 결국 뜻을 이루지 못하였다. 사서삼경을 마치기를 바랐는데 아쉽다. 같은 길이 아니므로 다시 한학을 하기는 어려울 것이다. 언제든지 다시 공부할 생각이 있으면 기다리고 있겠다"라고 하셨죠. 제가 두달 뒤에 다시 오겠다고 말씀드렸으나 그냥 웃으면서 갖고 계시던 책을 몇권 주셨는데, 정말 그게 마지막이었습니다. 다시는 뵙지 못했죠.

교수님께 호정 선생은 인생의 사부셨나요?

김석철 호정 선생은 젊은 시절의 사부셨죠. 제가 인생의 사부로 모시는 분은 김중업 선생과 김수근 선생입니다.

순수의 시대

제3장
두 스승, 김중업과 김수근

건축가이자 도시설계가인 김석철은 우리나라 건축사의 양대 거목인 김중업과 김수근을 모두 사사했다. 김중업 선생과 김수근 선생이 당대의 라이벌이었던 탓에 두 거장을 모두 사사한 이는 우리나라 건축계에서 그가 유일하다. 특히 김중업 선생은 생전에 김석철을 그의 "유일한 제자"로 꼽았다. 김수근 선생 역시 당시 불과 스물여섯이던 김석철에게 국가적 프로젝트인 여의도 마스터플랜을 맡길 정도로 그의 능력을 높이 샀다. 당대의 두 거장 밑에서 20대를 보낸 그의 행운은 역설적이게도 그가 서울대 건축과에 적응하지 못했기 때문에 얻어졌다.

김석철은 입시만 끝나면 한문 공부로 돌아가리라고 생각했지만 인생은 다르게 흘러갔다. 경기고등학교에서 조퇴와 결석을 밥먹듯 하던 그가 서울대 공대에 우수한 성적으로 합격했다는 사실은 입학하기도 전부터 서울대생 사이에서 화제였고, 자연스럽게 그는 주목의 대상이었다. 기숙사 입사 첫날부터 기숙사 동기들이 싸움을 걸어왔다. 그리고 한바탕 격투 끝에 그들과 친구가 됐다. 그뒤 그는 도서관보다는 술집에 더 자주 갔다. 소주 한병은 술을 마시기 전의 통과의례였고 일행 중 술에 취해 쓰러지는 사람이 있을 때까지 마셨다. 싸움도 잦았다. 싸우다보니 도처가 싸울 일투성이였다. 북창동 깡패들과 싸우다 즉결재판에서

서울대학교 건축학과 재학 시절(1962년)

한달 구류를 받기도 했다. 김석철은 "일년 가까이 열병처럼 삶을 탕진하며 살았다"라며 대학 시절을 회상했다.

김석철 한강에서 배를 빌려 상류의 율도(밤섬)에 가서 갈대숲을 태우기도 하고 한달이 멀다 하고 패싸움을 했죠. 한번은 구치소에 면회 온 누나가 "세계적 학자가 될 줄 알았더니 이제 갈 데까지 가는구나"라며 울어서 미안했던 적도 있습니다. 배갈 열일곱병을 마시고 사흘간 깨어나지 못한 적도 있고요. 집에서는 제가 고등학교 때 정신적으로 많이 방황했던 것을 알아서인지 이해하는 분위기였습니다.

대학생활에 적응을 못한 특별한 이유가 있었나요? 서울대 건축과의 어떤 면이 실망스러웠던 것인가요?

김석철 제가 생각했던 것보다 대학이 유치했습니다. 당시에는 1학년 때 조선, 항공, 건축학과가 한반이 돼서 교양과정으로 수학을 배웠어요. 그래서 1학년 때는 양자역학에 빠져 지내며 그럭저럭 견뎠습니다. 2학년 때 전공과목을 배우기 시작하면서 좌절했습니다. 동기들은 물론 교수들도 너무 비지성적이라고 느껴졌죠. 오죽하면 제가 동기들한테 '너네와 나는 다른 인간이니까 반말하지 말라'고까지 말했습니다. 제도, 도학, 설계 등을 배웠는데 단순한 기능공 수업이었습니다. 구조역학 수업에서는 초보 수준의 수학을 배웠고요.

서울공대는 당시까지만 해도 일제시대 식민지의 기술자 양성을 위해 세워진 경성공고의 커리큘럼을 그대로 답습하고 있었다. 건축과 커리큘럼도 건축에 대한 역사성이나 철학성, 예술성보다는 엔지니어링 수업 위주로 짜여 있었다.

김석철 대학 때도 수업은 안 들어가고 도서관에서 외국 건축잡지나 읽으면서 시간을 보냈죠. 외국 건축잡지가 대부분 영어였는데, 그때 고등학교 때 영어 공부 안 한 것을 후회했습니다. 제가 고등학교를 영어사전 없이 졸업했습니다. 교과서 단어는 맨 뒤에 전부 정리되어 있으니까 그것만 공부했죠. 그러다가 대학에 와서 외국 건축잡지를 읽기 위해 영어사전을 샀습니다. 하지만 건축에는 관심도 능력도 없는 것 같아서 수학과나 철학과로 전과하려고 마음을 먹었죠. 당시 서울대는 전과를 하기 위해서는 학생지도연구소의 추천서가 필요했습니다. 미국에서 교육학을 마치고 돌아온 젊은 교수가 저를 사흘 동안 테스트했어요. 처음 보는 방식의 지능검사도 받고, 서너시간에 걸친 인터뷰도 했습니다. 조각난 코끼리를 맞추는 독특한 검사를 받기도 했고요. 지금 생각해보면 저를 대상으로 사흘 동안 실험을 했던 것 같아요. 그러고는 저한테 '당신은 건축을 계속하는 게 좋을 것 같은데 제도교육에는 맞는 성격이 아니니 실제 현장에 직접 나가보는 것이 어떻겠느냐? 일년을 현장에서 일해보고도 안 되겠으면 어떤 과든 추천을 해주겠다. 그러니 자퇴나 휴학하지 말고 설계사무실에 다녀봐라'라고 의견서를 써줬어요.

학교에서 김중업 선생님을 추천해주셨던 건가요?

김석철 제가 직접 찾아갔습니다. 그때까지 제가 아는 건축가는 프랑스대사관 설계자인 김중업 선생과 국회의사당 설계자인 김수근 선생뿐이었습니다. 그래서 두 사무실 중 한곳을 찾아가자 했죠.

왜 김수근 선생이 아닌 김중업 선생을 찾아갔던 건가요?

김석철 말하자면 우연이었습니다. 처음에는 김수근 선생 사무실을 찾아갔어요. 근데 마침 김수근 선생이 일본에 가 있어서 윤승중(尹承重) 씨만 봤죠. 기다릴 마음의 여유가 없어서 김중업 선생을 찾아갔던 것이고요. 김중업 선생 집 앞에서 밤늦게까지 기다렸다 김중업 선생님을 만나 사정을 말씀드렸죠. 실습생으로서가 아니라 학교를 그만두고 일하고 싶다고 말씀드렸습니다. 하지만 김중업 선생이 학교는 졸업해야 한다며 대신 정직원 대우를 해주겠다고 하셔서 서울대에 적을 둔 채로 2년 반을 김중업 선생 밑에서 일했습니다. 집에서도 자퇴하지 않는 조건으로 승낙을 받았고요. 김중업 선생 사무실에서 일을 시작한 것이 사실상 제 건축인생의 시작이죠. 서울대에서는 제도밖에 배운 것이 없으니까요.

김중업 선생은 우리나라에서 처음으로 현대건축을 시도한 건축가다. 1922년 평안남도 평양에서 태어난 그는 고등학교 시절 수학여행 갔던 요꼬하마의 이국적 풍광에 빠져 요꼬하마 공업고등학교 건축학과에 입학했다. 광복 후 귀국해 1946년부터 서울대 공과대학 조교수로 재직하다 한국전쟁 중이던 1952년 유네스코 주최 제1회 국제예술가회의 때 한국 대표로 오영진(吳泳鎭), 윤효중(尹孝重) 씨와 베네찌아에 갔다가 프랑스에 눌러앉았다. 이 회의에서 우연히 만난 르꼬르뷔지에 사무실에서 일하기 위해서였다. 4년간 르꼬르뷔지에 사무실에서 일한 후 1956년 귀국한 그는 홍익대 건축미술과 교수로 있으면서 '김중업합동건축연구소'를 설립해 프랑스대사관, 삼일빌딩, UN기념공원 대문 등을 잇따라 설계했다.

김석철 교수는 김중업 선생이 건축가로서 전성기를 구가하던 1964년부터 2년간 서울대에 적을 두고 김중업 선생의 인의동 사무실로 출근했다. 학교는 일주일에 한번만 갔다. 1966년 김중업 선생이 인의동 사무실을 닫고 두명의 직원과 함께 성북동 사저에서 일할 때 김석철도 성북동 집에서 1년여를 함께 살면서 그를 도왔다. 제주대학 본관, 부산 UN기념공원, 서산부인과 등 김중업 선생의 대표작으로 꼽히는 건물들이 당시에 진행됐다.

교수님께서는 자신의 건축인생이 사실상 김중업 선생 사무실에 들어

UN기념공원 추모관(1964년작) ⓒ사이버 유엔기념공원

가면서부터 시작된다고 하셨는데, 김중업 선생이 서울대 교수들과 달랐
던 점은 무엇이었습니까?

김석철 김중업 선생과 김수근 선생께는 문기(文氣)가 있었습니다.
특히 김중업 선생한테는 르꼬르뷔지에 사무실에서 4년간 일했다는
아우라가 있었죠. 프랭크 로이드 라이트가 죽은 뒤 르꼬르뷔지에는
당시 세계 건축계에서 살아 있는 신이었으니까요. 당시 미스 반데어
로에(Mies van der Rohe)도 생존해 있었지만 미스는 주로 철물을 소
재로 건물을 지었기 때문에 한국 건축가들이 따라할 수가 없었어요.
반면, 르꼬르뷔지에는 1차 세계대전 이후 쓰던 재료로 건물을 지었
기 때문에 한국에서도 쉽게 모방이 가능했죠. 김중업 선생은 르꼬르
뷔지에 밑에서 4년을 있다 섬광처럼 서울에 나타나 부산대 본관, 서
강대 본관, 프랑스대사관을 연이어 내놓고 있던 참이었죠. 김수근 선
생도 막 귀국했을 때에는 김중업 선생 사무실로 오려고 했을 정도였

습니다.

교수님의 건축의 뿌리는 김중업 선생에게 있는 건가요?

김석철 김중업 선생이라기보다는 르꼬르뷔지에라고 할 수 있죠. 김중업 선생으로부터 르꼬르뷔지에를 배웠으니까요. 김중업 선생은 "르꼬르뷔지에 선생은……"으로 시작하는 특유의 간접화법으로 하루도 거르지 않고 르꼬르뷔지에 이야기를 하셨거든요. 늘 그의 이야기를 하시며 제가 그린 것을 호되게 몰아붙였죠. 선생 사무실에서는 르꼬르뷔지에와 가우디(Antoni Gaudí i Cornet)의 작품집 외에 다른 건축가들의 작품집은 금기였고, 건축잡지도 보지 못하게 했습니다. 르꼬르뷔지에 작품집은 전부 구해 공부했습니다. 결과적으로 김중업 선생보다도 제가 르꼬르뷔지에에 대해 더 많이 알게 됐죠.

김중업 선생 사무실에서 처음으로 하셨던 작품이 기억나십니까? 교수님의 첫 건축작품일 텐데요.

김석철 일을 시작하자마자 얼마 안 돼서 UN기념공원 채플 디자인을 맡았습니다. 아무 훈련 없이 중요한 일을 하게 됐던 것이죠. 사무실에서는 UN 로고를 바탕으로 안을 만들자고 했지만 저는 싫었습니다. 희생된 병사들이 그 깃발 아래서 싸웠을 텐데 추모관을 그 형태로는 못하겠더군요. 대신 식도를 표현하고자 한 걸 보면 운명이라는 것이 있나봅니다. 나중에 식도암으로 고생할 줄은 꿈에도 몰랐는데, 왜 식도를 그리고자 했을까요. 그때 누나가 그레이 박사의 『아나

토미』를 사다달라고 했어요. 의대생이라면 누구나 읽어야 하는 책이었죠. 갖다주기 전에 무심코 펼쳐보았더니 인체가 있었습니다. 두경부와 흉부에 관심이 가더군요. UN기념공원 채플에서 이걸 형상화해보자는 생각이 들었죠. 바로 사무실로 와서 그린 게 지금의 추모관입니다. 채플을 하고 나니 대문 디자인도 맡게 되었습니다. 당시 제가 글렌 밀러(Glenn Miller) 음악에 빠져 있었는데 제가 그린 스케치를 본 김중업 선생이 "재즈를 좋아하는구면"이라고 했던 기억이 있습니다. UN에 안을 내고 승인을 받아야 하는데 제가 군대에 가게 되어 중간에 그만둬야 했습니다. UN기념공원 대문은 결과적으로 제가 그린 안과 비슷한 틀로 마감됐지만 제 안이라고는 할 수 없죠. 뉴욕박람회 한국관 일도 했었는데 그 일은 조수로만 일해서 제가 한 작품이라고 말하긴 힘듭니다. 제가 실제로 건물을 그렸던 것은 지금은 없어진 해방촌 군인아파트의 퍼블릭홀이었습니다. 르꼬르뷔지에의 스위스 학생관을 변형한 안이었는데 김중업 선생이 알아보지 못하고 칭찬을 해서 오히려 당황스러웠습니다.

건축의 맛을 김중업 선생 사무실에서 처음으로 느끼셨던 거네요.

김석철 쓴맛을요. 단맛은 별로 없었던 것 같아요.

김중업 선생은 인의동 사무실을 정리하고 성북동 사저로 들어갈 때에도 교수님을 데려갈 만큼 교수님을 아끼셨던 것으로 압니다. 왜 김중업 선생 사무실을 그만두고 김수근 선생 사무실로 가셨던 것입니까?

김석철 성북동 김중업 선생 집에서 지내는 동안에는 밤새 함께 대화하고 토론했죠. 그 시기에 제가 김중업 선생의 영향을 많이 받은 것은 사실이지만 이래서는 안 되겠단 생각이 들었습니다. 그분의 한계를 느끼기 시작했습니다. 그래서 돈 한푼 없이 김중업 선생 집에서 무작정 나왔습니다. 삼성에 다니고 있던 고향 친구한테 돈을 빌릴 생각이었는데 그 친구가 해외출장을 가서 연락이 안 되는 거예요. 남대문 지하도에서 노숙자들과 같이 사흘을 노숙하다 버틸 수가 없어서 김중업 선생 집으로 돌아갔죠. 근데 한번 마음이 떠나니까 더이상 못 있겠더라고요. 그렇다고 집으로 갈 수도 없고 학교로 돌아갈 수도 없어서 군대나 가자는 마음에 공군에 지원했죠. 당시 공군은 5년을 복무해야 했는데 오히려 잘됐다 싶었고요. 쌩떼쥐뻬리(Saint-Exupéry)의 영향도 있었습니다. 공군이면 졸병도 비행기 모는 줄 알았거든요. 못해도 옆에는 탈 수 있는 줄 알았죠. 하하.

교수님께서 공군을 지원하셨다고요? 그런데, 결국 군대에 안 가고 김수근 선생 사무실로 가시지 않으셨나요?

김석철 신체검사 과정에서 떨어졌거든요. 제 왼쪽 귀가 전혀 안 들린다는 것을 그때 알았어요. 환송회까지 했는데 다시 김중업 선생 사무실로 갈 수는 없었죠. 앞도 막힌 것 같고, 뒤도 막힌 것 같았죠. 잠을 자면 앞은 낭떠러지고 뒤는 벽인 곳에 서서 오도 가도 못하는 꿈을 꿨어요. 그후에도 10년에 한번씩 간헐적으로 비슷한 꿈을 꿉니다. 마침 그때 김수근 선생 사무실에서 직원을 모집한다는 광고를 『한국일보』에 냈죠. 저에게는 구원 같은 소식이었습니다. 조선호텔에서 김수근 선생을 만나 면접을 보고 바로 일을 시작했습니다.

김수근 선생과 김중업 선생은 당시 라이벌 관계가 아니었나요?

김석철 그때는 두분이 라이벌이라고 할 수 없을 정도로 김중업 선생이 압도적이었습니다. 김수근 선생은 떠오르는 별이었고요. 하지만 김중업 선생 사무실은 일감이 없던 데 반해 사방팔방으로 발이 넓은 김수근 선생 사무실에는 일이 넘쳐났죠. 김중업 선생 성격이 워낙 별났거든요. 경주박물관을 설계할 때 문교부장관한테 "이 새끼야 전화 끊어" 하고 전화를 끊는 양반이었으니까요. 반면 김수근 선생은 사람을 끌어들이는 힘이 있었습니다. 김중업 선생 사무실에는 직원이 5명이었는데 김수근 선생 사무실은 직원이 100명이었습니다. 윤승중, 공일곤(公日坤), 유걸(劉杰), 김원(金洹) 선생 등이 전부 김수근 선생 사무실에서 일했죠.

개인적으로는 군대 입대가 좌절돼서 김수근 선생 사무실에 가게 된 것이긴 하지만, 말 그대로 김중업 선생과 김수근 선생이 건축계의 양대 거장이었던 만큼 김중업 선생의 수제자가 김수근 선생 사무실로 옮긴다는 사실은 꽤 화제가 됐을 것 같은데요.

김석철 말이 많았죠. 그래서 제가 김수근 선생 사무실에서 건축은 안 하고 도시설계만 하겠다고 선언을 했어요. 그래야 옮긴 명분이 생기니까요. 김수근 선생이 토오꾜오대학에서 도시계획 박사를 하고 돌아오셔서 말이 되는 명분이었죠.

하지만 교수님은 그때까지 도시설계를 해보신 적이 없지 않았나요?

김석철 직접 해본 적은 없지만 지적 재산은 있었죠. 김중업 선생이 르꼬르뷔지에 사무실에 있을 당시 1950년대 인도 네루 수상의 의뢰로 북부 인도의 '찬디가르 신도시설계' 프로젝트에 참여하셨기 때문에 저는 르꼬르뷔지에를 건축가보다 도시설계가로 더 많이 배웠습니다. 그가 쓴 『미래의 도시를 향하여』라는 책을 밤을 꼬박 새워 읽기도 했었고요. 르꼬르뷔지에의 도시설계를 공부하면서 어쩌면 건축보다 도시설계가 저랑 맞을지도 모르겠단 생각을 하기도 했습니다.

건축과 도시 모두 인간이 사는 환경을 만드는 것이니까 건축설계와 도시설계가 비슷한 일이라고 흔히 생각하는데, 완전히 다른 작업입니다. 위대한 건축가가 위대한 도시설계가였던 적은 거의 없습니다. 도시설계와 건축을 모두 이룬 건축가로는 오스트리아의 오토 바그너(Otto Wagner)와 일본의 탄게 켄조오(丹下健三) 정도가 있죠. 오토 바그너는 제가 『20세기 건축』이라는 책을 쓰면서 제일 처음에 소개한 건축가입니다. 건축가라면 최소한 자신이 속한 도시의 역사와 지리, 사회적 소명을 자신의 사명으로 여기는 사람이어야 한다고 생각하는데, 바그너는 이를 직접 실천한 사람이기 때문입니다. 바그너는 교육과 저술활동, 그리고 건축가로서 작품활동을 통해 빈의 현대건축과 도시계획에 선구적 역할을 했습니다. 탄게 역시 토오꾜오가 전쟁으로 처참하게 파괴됐을 때 어떻게 재건해야 할지, 토오꾜오의 과거를 어떻게 도시의 미래에 접목시켜야 할지에 대한 토오꾜오개조계획을 1964년에 냈죠. 저는 탄게를 상당히 존경합니다. 당대의 건축가라면 도시에 위기가 왔을 때 그에 대한 제안을 할 수 있어야 한다는 것을 탄게를 통해 배웠습니다. 정릉 시절에 쓴 『서울 비전 플랜 1970』도 탄게의 영향을 받은 거였죠. 탄게는 훗날 사우디아라비아로부터 초청을 받아 사우디아라비아에 몇개의 도시를 만듭니다.

건축과 도시설계가 전혀 다른 분야의 일이고, 둘을 동시에 이루는 것이 힘든 일임을 알면서도 교수님께서는 왜 건축을 버리고 도시설계를 하시겠다고 선언하셨던 건가요? 단지 김중업 선생에 대한 예의 때문이었나요?

김석철 그런 것도 있었죠. 오갈 곳이 없던 차에 마침 김수근 선생도 저를 필요로 했고요.

김수근 선생이 교수님을 필요로 했다는 것은 어떤 의미인가요?

김석철 당시 김수근 선생은 도시설계를 본격적으로 하고 싶어했습니다. 도시설계를 하기 위해서는 IBRD(국제부흥개발은행)의 원조를 받아야 했기 때문에 IBRD를 설득시킬 수 있는 보고서를 영어로 제출해야 했죠. '그림을 그리는 사람(설계자)'뿐만 아니라 '글을 쓸 수 있는 사람'이 필요했던 것입니다. 제가 글이 됐기 때문에 적임자였죠. 저 외에는 할 수 있는 사람도, 하겠다는 사람도 없었고요. 김수근 선생 사무실에서 일하는 동안 건축설계는 조선호텔과 김포공항 복수안을 만든 것밖에 없습니다.

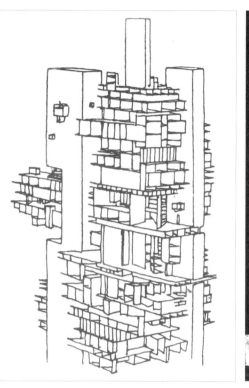

김석철의 1968년 조선호텔 설계안(좌)과 조선호텔 제안 모형(우)

'복수안'이란 무엇을 말하는 건가요?

김석철　김수근 선생 사무실에 출근하기 시작했을 때 김수근 선생이 반도호텔을 허물고 조선호텔을 짓는 일을 맡고 있었습니다. 이 프로젝트는 박정희 대통령의 관심사였던 터라 김수근 선생이 직접 그림을 그렸죠. 그런데 청와대에서 갑자기 복수안을 내라고 연락이 온 것입니다. 보통 군대에서는 수의계약으로 결정이 나 있어도 형식상 장군이 선택하는 모양새를 갖추기 위해 최소한 두개의 안을 올린다고 합니다. 조선호텔도 김수근 선생 안으로 이미 결정이 나 있었지만 들러리로 복수안을 하나 더 만들어오라고 연락이 온 것이죠. 마침 김수근 선생도 제가 어떤 놈인지 궁금했으니까 제게 복수안을 만들어보라고 한 것이죠.

그러면 지어질 가능성이 0퍼센트라는 것을 알면서도 그리셨던 건가요?

김석철　들러리란 것을 알았지만 반도호텔은 제가 대학 때부터 자주 다녔던 호텔이었고, 무엇보다도 그 터가 너무 좋아 한번 해보고 싶단 생각이 들었죠. 원구단이 있던 곳으로 고종이 대한제국을 선포한 곳 아닙니까. 안 지어져도 상관없으니까 그 땅에 무엇을 하나 만들어 보고 싶다는 생각으로 그렸습니다.

그래서 어떤 건물을 그리셨나요?

김석철　그때까지만 해도 고층건물에 대해 부정적인 생각이 있을 때였거든요. 서울에서 가장 높은 건물이 9층짜리 반도호텔이었어요. 9층에 스카이라운지가 있었을 정도니까요. 때문에 제 고민은 고층건물이 저층 도시에서와 같은 공동체적 상황을 유지하기 위해서는 어떻게 해야 하는가였습니다. 고민 끝에 생각해낸 것이 '스카이빌리지'였습니다. 즉 길이 하늘을 향해 수직으로 올라가고 그사이에 층층이 집이 박혀 있는 것을 생각했습니다. 이런 아이디어를 김수근 선생께 말했더니 "역시 석철이다"라며 "한번 해봐라" 하셨어요. 그래서 죽기 살기로 했죠. 원래는 1주일 만에 복수안을 마련했어야 하는데 박정희 대통령의 일정이 미뤄지면서 석달의 시간이 생겼습니다. 제게는 행운이었죠. 안을 완성해서 가져갔더니 김수근 선생이 "이게 통과되면 할 수 있겠어?" 그러시는 거예요. 그래서 "스무명을 붙여주시면 2년 안에 하겠습니다"라고 대답했죠.

하지만 결국 조선호텔은 미국인 윌리엄 테이블러의 설계로 지어졌습니다. 왜 김수근 선생님의 안이 채택되지 않았던 것이죠?

김석철 아메리칸 에어라인이라는 미국회사 돈으로 짓게 되면서 그 회사가 직접 고용한 건축가가 설계를 하게 됐던 것이죠.

교수님의 안은 결국 나중에 다른 건물로도 지어지지 못한 건가요?

김석철 1990년대 중반 한샘타워를 설계할 때 삼면이 도로로 둘러싸인 것 등 땅의 조건이 조선호텔 안과 비슷한 점이 많아 조선호텔 안을 기초로 했습니다. 여러 소송문제가 엮이면서 한샘빌딩 역시 중단되었다가 최근에 동작팰리스라는 이름으로 다시 진행되고 있죠. 순복음중앙교회 안과 함께 스물아홉살 때 그린 이 조선호텔 안을 저는 제 건축 인생의 이정표 같은 작품이라고 생각합니다.

교수님의 첫 고층빌딩 설계이기 때문에 애착이 가는 건가요?

김석철 현대문명은 결국 고층으로 갈 수밖에 없습니다. 문제는 도시가 고층화되면서 저층의 중세도시가 무너진다는 것이죠. 서울도

정도전이 세운 중세도시가 고층건물에 의해 무너졌잖아요. 때문에 저는 고층빌딩 한채를 하나의 작은 도시로 보고 그 안에 건축적 도시공간을 어떻게 만들까를 고민했죠. 정도전이 세웠던 서울 같은 것을 하나의 건물 안에 넣고 싶었습니다. 여의도 마스터플랜은 제 마지막 안과 최종보고서를 기반으로 만들어졌지만 온전한 제 작품이라고는 할 수 없습니다. 김수근 선생을 위시해서 뒷날 포스코 회장을 지낸 정명식(丁明植) 회장 등을 모시고 한 일이니까요. 하지만 조선호텔 안은 스물아홉살 제가 오롯이 건축가로서 했던 일이니까 애착이 가죠. 비록 건물은 서지 못하고 스케치와 모델로만 남아 있지만요.

김포공항 복수안은 어떤 안인가요?

김석철　김포공항 안은 김수근 선생의 스케치를 기반으로 기본계획까지 마쳤는데 결국 지어진 건 다른 안이었습니다. 이때 유걸 선생과 제가 각각 복수안을 만들었습니다. 이 프로젝트를 받고 난생처음

비행장을 가보았는데, 처음 바다를 본 날처럼 얼얼했습니다. 관제탑, 활주로, 유도로가 이루는 황폐한 그 감상은 제트기 분사 소음만큼이나 강렬했습니다. 직감적으로 공항설계에는 건축과는 다른 토목적 스케일이 필요하다는 것을 깨달았죠. 비록 복수안이었지만 제게는 도시적 스케일로 건축에 접근해본 첫 시도였습니다. 또 김수근 선생은 터미널을 설계하는 데만 관심이 있었기 때문에 영어로 된 김포공항 마스터플랜 보고서는 제가 만들었죠. 그때 만든 김포공항 마스터플랜 보고서는 아직도 제가 갖고 있습니다.

교수님는 흔히 건축가로 알려졌지만 지난 인생을 통틀어 보면 건축보다는 도시설계에 바친 시간이 더 많습니다.

김석철 도시설계에서는 제가 가장 높은 곳에 올라 있다고 자부합니다. 건축가로서는 아직 평가가 이르고요.

도시설계 분야에 더 애정이 있었던 것인가요?

김석철 애정은 여전히 건축에 더 있죠. 하지만 건축은 아직 제가 제 대표작이라고 자신있게 말할 만한 건물을 짓지 못했습니다. 반면 도시설계는 중국의 취푸 신도시 등 자신있게 내놓을 만한 것들이 있고요.

교수님의 첫 도시설계 프로젝트는 어떤 거였나요?

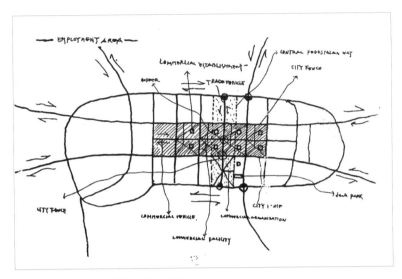

종묘-남산 간 종로3가 재개발계획안 스케치

김석철   종묘와 남산을 잇는 종로3가 재개발계획이 실질적인 저의 첫 도시설계 프로젝트였습니다. 일제가 마지막으로 계획한 대로인 인현로가 종묘 건너편에서 시작해 지금의 청계천-을지로를 가로질러 퇴계로에 닿아 있었는데, 한국전쟁 때 피란민들이 도심 한복판 위에 도시를 만들었죠. 종묘 일대에는 성매매업소가 들어섰고요. 이 동네의 판자촌과 성매매업소를 밀어내고 재개발하는 프로젝트를 맡아서 진행했습니다.

김수근 선생의 대표작 중 하나인 세운상가가 이때 지어진 건가요?

김석철   제가 재개발 프로젝트를 맡았을 때는 이미 김수근 선생이 세운상가 설계를 맡으신 뒤였죠. 하지만 제 생각엔 세운상가는 지어져서는 안 될 건물이었습니다. 조선시대 이래 종묘에서 남산에 이르는 인현로는 세종로와 함께 서울의 가장 중요한 녹지축의 하나였습니다. 이 때문에 제가 생각한 안은 종묘의 자연이 남산과 이어지도록 슬럼화된 그 지역을 녹지로 다시 만들어야 한다는 것이었습니다. 같은 서울시 용역인데, 건축부에서는 세운상가를 짓고 있고 도시계획부에서는 세운상가를 부숴야 한다는 보고서를 쓰고 있으니 서울시가 발칵 뒤집어졌죠. 김수근 선생이 막아주셨어요. 어쨌거나 반년 가까이 대지여관에서 살다시피 하면서 원고, 편집, 인쇄 작업의 대부분을 혼자 하면서 「원남로-퇴계로 간 도시계획 연구보고서」(1969)를 완성했습니다.

김석철 교수는 김수근 사무실에서 일하며 건축과 도시설계 모두에 회의를 느꼈다. 몇번의 일이 그의 뜻과 다르게 진행되면서 그는 "더이상 일할 용기도 자신도 없었다"라고 회상했다. 그즈음 김석철은 느닷없이 결혼을 선언했다.

김수근 선생 사무실을 나올 무렵 사모님과 결혼하셨습니다.

김석철 고등학교 때 처음 만나 이 여자랑 살겠구나 하는 느낌은 받았지만 그때부터 결혼할 때까지 계속 각시와 만났던 것은 아닙니다. 대학교 4학년 1학기 때까지 만나다 1년 반가량 헤어져 있다가 결혼했죠. 서울대 건축과의 유치함에 실망해 방황할 때 저의 삶을 지탱해준 이가 각시였습니다. 주로 걸어다니면서 연애를 했어요. 종로부터 신설동을 거쳐 보문동 각시집까지 걸어서 데려다주고 저는 공릉동 기숙사로 돌아가는 것이 데이트였죠. 서울공대 기숙사에서 돈암동까지 네시간을 걷는 것이 주 데이트 코스였지요.

사모님이 교수님의 첫사랑인 거네요.

김석철　그렇죠. 첫 키스도 각시와 했죠. 집에 데려다주는 길에서 했는데 둘 다 키스를 할 줄 몰라서 이가 부딪쳤죠. 그날 통금시간을 놓쳐서 성북경찰서에서 하룻밤을 보내야 했고요.

왜 헤어지셨던 거죠?

김석철　얼떨결에 한 키스였지만, 한번 키스를 하고 나니까 아무리 목석같은 저였지만 스스로에 대해 자신이 없어졌죠. 그래서 정혼이라도 해야겠다는 생각을 했죠. 당시 저는 학생 신분이었지만 김중업 선생 사무실에서 가장 많은 월급을 받고 일하고 있었기 때문에 당장이라도 결혼을 할 수 있었습니다. 하지만 각시가 이화여대 3학년이었거든요. 그래서 각시가 졸업하면 결혼하는 것으로 정혼을 시켜달라고 할 요량으로 각시 집에 찾아갔습니다. 그런데 장인어른이 반대했습니다.

두분 아버님이 친구 아니었나요? 왜 교수님을 반대하셨나요?

김석철　장인어른이 제게 하셨던 말씀이 천재와 미친놈은 종이 한장 차이다였습니다.

집안이 반대해서 사모님과 헤어지셨던 건가요?

김석철 정혼의 증표로 금목걸이를 사서 각시 집에 갔다가 장인을 뵙고 오는 길에 전당포에 팔아 그 돈으로 밤새 술을 마셨습니다. 집에서 반대하면 가출이라도 해주길 바랐는데 집안 어른들에게 설득당한 각시에게 야속한 마음이 있었죠. 그래서 4학년 2학기 때 해군과 공군에 잇따라 지원했다 떨어진 것이죠.

어떻게 다시 만나 결혼하시게 된 건가요?

김석철 정혼을 거절당한 뒤 일체 연락을 끊고 지냈죠. 딱 한번, 김수근 선생 사무실에서 일할 때 제가 술이 취해서 전화해 그다음날 만났지만, 결국 말 한마디도 않고 헤어졌죠. 그런데 어느날 각시가 김수근 선생 사무실로 저를 찾아왔어요. 그날이 아마 크리스마스 이브였을 거예요. 그래서 결혼하게 됐죠. 결혼을 하고 바로 정릉으로 들어가 세상과 담을 쌓고 공부했던 것이고요.

사모님과 결혼을 안 하셨으면 정릉 칩거도 안 하시게 됐겠네요?

김석철 다른 여자와 결혼을 했으면 정릉에 안 들어갔겠죠.

사모님 집안에서 이번에는 반대를 안 하셨던 건가요? 어떻게 장인의 허락을 받아내셨나요?

김석철 결국 각시가 가출을 했죠. 저와 함께 부산 아버지 댁으로 내려갔습니다. 아버지께 전후 사정을 말씀드렸더니 딱 한마디 하셨죠. 결혼은 자기가 알아서 하는 거라고요. 그리고 집 마당에 써머하우스를 만들게 해주셨습니다. 아버지 집에서 지낸 지 한달쯤 지났을 때 장인어른한테서 허락할 테니 올라오라는 연락이 왔죠. 장인어른이 우리 아버지한테 굉장히 화를 냈어요. 당장 올려보내야지 데리고 사느냐고요. 우리 아버지는 워낙 그런 데 무심한 성격이었어요.

사모님께서 정말 대단하신 것 같아요. 완전 신여성이시네요!

김석철 장인어른께서 저를 인정해주신 건 그뒤로도 한참 후입니다. 예술의전당 음악당에 오셔서 연주회를 보고는 제 각시한테 "네가 가출을 해서까지 잡고 싶을 만한 남자였구나"라며 저를 비로소 인정해주셨죠.

사모님의 어떤 점이 좋으셨나요?

김석철 어떤 점이랄 것 없이 제가 처음으로 좋아했던 여자죠. 각시가 열다섯살 때 처음 만났으니까, 순진무구함 같은 것이 있었죠. 각시가 평생 읽은 책 거의 다 제가 읽으라고 해서 읽었을 겁니다.

제4장
3년 동안의 칩거

1967년부터 70년까지 정릉에서 보낸 3년여를 김석철은 자신의 '첫번째 황금기'라고 칭한다. 이 기간 동안 그는 「건축의 논리」「도시설계의 수사학」 등의 원고를 쓰며 그의 건축과 도시설계 인생의 이론적 토대를 다졌고, 이러한 공부의 결실을 예총회관과 신문회관에서 열린 '건축의 방법' '서울 비전 플랜 1970' 전시를 통해 정리했다. 여의도 마스터플랜과 서울대 마스터플랜도 정릉에 살던 기간에 맡았던 프로젝트다.

1967년 김수근 선생 사무실을 나오셔서 정릉서 3년간 아무런 적이 없이 지내셨습니다. 1967년이면 김수근 선생 사무실에 들어가신 지 2년 정도밖에 안 됐을 때인데, 왜 다시 나오신 건가요?

김석철 또 군대가 문제가 됐죠. 공군과 해군에 지원했다가 다 퇴짜를 받았는데 난데없이 육군에서 징집영장이 나와 입대했다가 3주 만에 귀가 안 들린다는 이유로 나오게 됐어요. 다시 김수근 선생 사무실로 돌아가 도시설계를 하는 것에 대해서 회의감도 들었고요.

회의감이 들다니 어떤 이유에서죠?

김석철 도시설계는 기본적으로 관과 함께하지 않으면 추진 자체가 안 됩니다. 그래서 몇번의 일이 제 뜻대로 실현되지 못하고 오히려 다른 방향으로 마무리되는 것을 겪으면서 도시설계 일 자체에 대한 회의감이 들었죠. 이참에 공부나 해보자 결심을 했습니다. 김중업 선생 사무실에서 3년을 있은 뒤 김수근 선생 사무실에서 2년을 있었을 때라 두분한테 건축과 도시를 배울 만큼 배웠다는 생각도 들었죠. 김중업 선생 사무실에서 제가 UN기념공원과 뉴욕박람회 한국관, 해방촌 군인아파트 세 프로젝트를 했고, 김수근 선생 사무실에서 종묘–남산 간 마스터플랜과 김포공항 마스터플랜을 그린 뒤였으니까요. 특히, 김포공항 마스터플랜은 마지막 200쪽짜리 보고서를 제가 쓰며 매듭지었습니다. 건축도 연습할 만큼 연습했고, 도시설계도 배울 만큼 배운 만큼 김수근 선생 사무실을 더 다니는 것은 무언가를 더 배우기 위한 일은 아니란 생각이 들었죠. 또 당시 김중업 선생은 르꼬르뷔지에한테, 김수근 선생은 탄게 선생한테 과도한 영향을 받고 있었거든요. 그렇다면 직접 탄게 선생한테 배우는 것이 낫겠단 생각도 들었고요.

유학 대신 정릉에 칩거하셨던 이유는 무엇인가요?

김석철 제가 박사를 우습게 알았던 이유가 크죠. 아버지는 세속적인 분이라 제가 유학을 나가 외국 박사학위를 받기를 바라셨어요. 집에 그 정도의 여유도 있었고요. 마침 컬럼비아대학에 다니고 있던 누나와도 상의를 했죠. 누나는 한국일보사 최초의 여자 사진기자로 뉴욕에 나갔다가 컬럼비아대학에 진학해 있었거든요. 누나 의견은 제가 혼자 한 것은 아니지만 이미 뉴욕박람회 한국관을 설계하고, UN기념공원 채플도 그렸고, 서울서 가장 중요한 종묘 일대 마스터플랜도 만들었는데 굳이 유학을 나와 더 배울 것이 있느냐는 것이었습니다. 저 역시 유학보다는 저 혼자 저의 깊은 곳으로 파고드는 시간이 더 필요하다는 생각이었고요. 유걸 선생이 옆에서 바람을 넣기도 했고요.

유걸 선생이라면 서울시 신청사 현상설계에 당선되신 분 아닌가요? 유걸 선생이 어떤 바람을 넣었다는 말씀이신가요?

김석철 혼자 칩거하며 공부할 수 있는 이런 기회는 평생에 다시 오지 않을 거라는 것이었죠. 집에서 충분히 경제적 지원을 해줄 수 있고, 또 당대의 두 대가로부터 수업도 끝났는데 왜 망설이냐는 거였죠. 마침 김원 선생이 정릉집을 세줄 사람을 찾고 있어 아버지가 신혼집을 사라고 준 목돈으로 그 집으로 전세를 들어간 뒤 남은 돈을 군자금 삼아 3년을 공부했죠. 김원 선생이 직접 설계한 자신의 신혼집으로 방이 3개였는데, 저는 지금도 김원 선생 작품 중에 그 집을 제일 높게 평가합니다. 거실에 벽난로가 있는, 아주 잘 만든 집이었어요. 특히 2층 다락이 환상적이었죠. 물이 안 나오는 것이 문제였지만요.

물이 안 나오다니요?

김석철의 정릉 신혼 시절

김석철　그 집이 물이 안 나와서 직접 물을 길어다 써야 했어요. 그래서 김원 선생은 신혼집으로 직접 설계한 집에서 한달도 못 살고 나왔죠. 우리 각시는 그 집에서 3년을 살림했고요.

교수님의 사모님 역시 갓 결혼한 새색시였는데, 어떻게 설득하셨나요?

김석철　알렉산더 대왕과 함께 원정을 가자고 설득했죠. 각시도 불평 없이 기꺼이 따라와줬고요. 그냥 막연히 공부를 하자 했던 것은 아니었고, 유학 대신 혼자 공부하자 결심을 했을 때 이미 공부하고자 하는 주제도 세워놨죠.

어떤 주제였나요?

김석철 정릉서 「건축의 논리」와 「도시계획의 수사학」이라는 두 권의 책을 쓴다는 것이었죠. 또 하나는 여의도 국회의사당 현상설계 준비였습니다. 당시 여의도 국회의사당 현상설계가 곧 있을 거라는 얘기가 있었거든요. 국회의사당 현상설계를 사람들이 없는 곳에서 혼자 준비해야겠다는 생각이었죠.

이 시절에 대해 김석철 교수는 그의 첫번째 작품집인 『김석철 드로잉/스케치』(세계건축가 드로잉시리즈 1)에 다음과 같이 썼다.

"정릉에서의 생활은 참으로 힘든 나날이었다. 새로운 좌절과 권태와 긴장과 허탈 속에 하루하루 몸이 붓고 마르는 연속이었다. 아무 기한도 약속도 없는 오늘과 내일과 그리고 모레가 모두 한 엉킴, 말하자면 시간이 사방에 날리던 때였다. 나는 그때까지 내가 몸담고 있던 모든 것에서 떠나 나 자신 속에 몰두했으며, 그것은 생각보다 힘든 일이었다. 눈의 아픔이 몸에 배면서 손에 경련이 왔다.

신신파스를 하루에 세통씩 샀다. 온몸에 더덕더덕 파스를 붙이고 손의 통증 때문에 연필을 붕대로 감고 그렸다. 왜 그렇게 많은 것을 그렸는지 지금 생각해도 실감이 없다. 당시 나는 건축의 논리, 건축사의 해명 등을 쓰고 있었다. 그러면서 이전까지 분명했던 것들이 모두 모호해지고, 모습들이 드러나는 듯하던 질서들 뒤에는 모르는 그림자들이 어리기 시작했다. 나는 종일 그 그림자들을 헤치고 다녔다. 그림자들은 어린 시절 같기도 했고 혹은 자식들 같기도 하고, 혹은 죽음 같기도 했다.

정릉에서 살던 3년여간 김석철은 자기 고유의 건축관을 세우기 위해 밤낮없이 매진했다.

나는 그러는 동안 예정조화라는 말 혹은 집단의 기억장치라는 말에 집착했다. 그러면서 차츰 나는 내 이름으로 된 낱말들을 만들고 있었다. 나는 계속해서 집들을 그렸다. 지극히 막연한 주체들이지만, 나는 그 그림자들에 대해서 말하려 했고, 그것을 그릴 용기를 갖기 시작했다. 그렇게 서너달이 지나자 대개 반쯤 쓰다 만 2000매가량의 원고들과 다섯채의 집이 남았다."

정릉 시절 독하게 공부하셨습니다. 그렇게까지 스스로를 극한으로 밀어붙였던 이유가 특별히 있었습니까?

김석철 저는 원래 수학을 하려고 했던 사람입니다. 고등학교 때 나른 친구들은 3당5락이리며 하루 세시간만 자고 공부하면 합격하고 다섯시간을 자면 떨어진다며 입시공부를 할 때 하루에 세시간씩 꿇어앉아 사서삼경을 읽었고요. 고등학교 때 비트겐슈타인의 『논리철학논고』를 읽고 저도 이 정도의 책을 써야겠다고 생각했죠. 'I want to do'가 아니라 'I must do'였습니다. 서울대 입학할 때까지만 해도 저에겐 한국의 철학사를 다시 쓰겠다는 거대한 야망이 있었죠. 저에게 건축이나 도시설계는 수학과 철학으로 가기 위한 하나의 길이자 수단이었습니다. 정릉에 들어간 뒤 하루에 5시간 이상을 잔 날이 없었습니다. 하도 책을 많이 읽으니까 눈이 안 보여서 안약을 넣으면서 책을 읽었습니다. 또 스케치를 하도 많이 하다보니 팔과 손이 아파서 붕대를 감고 일을 하다가 나중에는 연필보다 힘을 덜 줘도 되는 붓으로 그렸어요. 등과 허리의 통증이 심해서 전신에 파스를 붙이고 앉아서 읽고, 쓰고, 그렸습니다. 시작할 때는 한 석달이면 「건축의 논리」와 「도시계획의 수사학」을 쓸 수 있지 않을까 싶었는데 공부가 한도 끝도 없이 길어졌죠. 그래서 무엇인가 한시적 목표가 있어야겠다는 생각이 들어 그동안의 공부의 결과를 발표할 두개의 전시를 기획했죠. 1967년 예총회관에서 열린 '건축의 방법' 전과 1970년 프레스센터에서 열린 '서울 비전 플랜 1970' 전을 그래서 열었던 것입니다. 스스로에게 공부의 데드라인을 주기 위한 거였죠. 공부에도 맺고 끊음이 있어야 하니까요. 잉크로 쓴 2000매가량의 원고들이 1972년 대홍수 때 물에 잠겨 읽을 수 없게 돼버린 것은 지금도 안타까워요.

미술전시와 달리 건축전은 지금도 흔치 않습니다.

김석철 국내 건축전으로는 1967년 예총회관에서 열린 '건축의 방법'이 아마 두번째였을 겁니다. 보통의 건축전이 건축가들이 이미 세운 집의 모형을 모아 전시하는 것이지 저처럼 자신의 건축이상을 주제로 하는 전시는 이전에도 없었고 이후에도 없었습니다. 첫번째 전시인 '건축의 방법'에서 다섯채의 실용주택과 집합주택인 스카이빌리지를 소개했죠. 두번째 전시인 '서울 비전 플랜 1970'도 전시기획부터 전시장 대관까지 혼자서 다 했습니다.

비용도 적지 않게 들었을 텐데요.

김석철 첫 전시를 기획했을 때가 8·3조치가 발표되기 직전이었습니다. 당시 부자들은 대부분 사채업을 겸했습니다. 이자가 월 4부(연 48%)이던 시절이니까요. 우리집도 동아대학 재단에 사채를 주고 있을 때였고, 제 앞으로 된 계좌도 하나 있어서 그 계좌에서 나오는 이자로 살고 있었는데 8·3조치가 발표되면서 수입이 딱 끊겼죠. 청천 벽력이었습니다. 그때부터 드라마틱한 삶이 시작되었죠. 전시회를 한다고 이미 발표도 해놓고, 책도 프린트하고, 전시장도 예약한 상태였거든요. 전시회도 전시회였지만 당장 생활비도 없어 봉지쌀을 사다 먹거나 제 집에 드나들던 후배들이 가져다준 쌀을 먹어야 할 지경이었죠. 제가 전시회 경비를 걱정하고 있을 때 각시가 돈을 마련해왔어요. 결혼반지를 팔았던 거죠. 그 돈으로 전시회 경비를 댔죠.

생활은 어떻게 하셨나요?

김석철 8·3조치 이후에는 닥치는 대로 아르바이트를 했습니다. 석사학위논문 대필을 해서 돈을 벌었죠. 박사학위논문도 한편 썼고요. 300~500쪽짜리 도시계획 보고서를 영문으로 썼던 실력으로 학위논문 영문 요약까지 해주니까 일이 계속 들어왔습니다. 철학 학위논문은 물론, 신학 논문도 썼죠. 당시 썼던 논문 중에 '영원한 현재'라는 제목의 고대 문명도시들에 대해 쓴 논문은 지금 생각해도 아까운 논문입니다. 반년에 걸쳐 연필로 쓴 원고지 400쪽 분량의 논문인데 KBS 방송국에 인터뷰하러 갔다 오는 길에 택시에 두고 내렸거든요. 택시회사는 다 찾아다녔는데도 못 찾았어요. 기억에 의존해서 다시 쓰기는 했는데 처음 원고만 못했죠. 논문 대필로 받은 돈으로 쌀 사고 반찬 사고 했죠. 선배나 후배 들이 자신들 사무실에서 잘 안 풀리는 프로젝트가 있으면 저에게 들고 오곤 했어요. 그런 일들을 도와주고 받는 돈도 좀 있었고요. 그러던 중에 드디어 국회의사당 현상설계가 가시화됐는데, 그게 좀 이상하게 진행됐죠.

여의도 국회의사당에 대해서는 지금도 이야기가 많습니다. 어떻게 된 일이었나요?

김석철 우선 다섯명의 지명 건축가를 선정한 뒤, 현상설계로 한명의 건축가를 뽑아서 앞서 선정한 다섯명의 건축가와 현상설계로 뽑힌 건축가의 안을 종합한다는 것이었어요. 다섯명의 지명 건축가한테도 각기 설계안을 내라고 해서 여섯개의 안 중에서 좋은 아이디어만 추리겠다는 얘기였죠. 다섯명의 지명 건축가 중에는 물론 김중업 선생과 김수근 선생이 포함됐지만, 젊은 건축가는 한명도 없었습니다. 능력있는 젊은 건축가들은 다 빠져 있었지요. 김수근 선생과 배기형 건축가협회장은 부당하다며 지명을 반납했습니다. 그런데 지명을 받은 건축가 한분이 제가 일찍부터 국회의사당 설계안을 그리고 있다는 사실을 알고 저한테 그 안을 함께하자고 했죠.

함께하자는 것이 무슨 뜻인가요? 공동설계를 하자는 제안이었나요?

김석철 제가 그린 설계안을 자신의 이름으로 내겠다는 거였죠. 단칼에 거절했죠. 그러고 있는데 목구회(木口會) 회원이면서 서울대 교수인 선배가 정릉까지 찾아와 현상설계에 안을 내지 말라고 설득했습니다. 자신도 진작부터 안을 그려왔지만, 지명 건축가들이 다 사퇴하는 마당에 우리가 안을 내는 것은 대의에 어긋난다는 거였죠. 결국 저는 6개월 동안 그린 안을 안 냈는데, 정작 그 선배는 안을 내서 당선이 됐죠. 당선된 뒤 당시 서울에서 가장 좋은 식당인 유네스코 명

동빌딩 다이닝 클럽에 건축가들을 초대해 용서를 구했죠.

국회의사당 현상설계를 목표로 정릉에 들어가셨는데, 씁쓸하셨겠네요.

김석철 정릉집에서 시내로 나가는 버스정류장이 두개 있었는데 두 정류장 앞에 상점이 하나씩 있었어요. 시내를 나가기 위해 버스정류장에 서 있으면 두 상점에서 다 저를 불렀어요. 외상값 내라고요. 그런 중에 국회의사당 현상설계에 당선된 선배가 사무실을 차리고 함께 일하게 나오라고 했지만 가지 않았죠. 제 입장에서 국회의사당 현상설계는 원래 제 일이었는데, 남을 돕기 위해 제 머리를 빌려줄 수는 없었죠.

그즈음 해서 여의도 마스터플랜을 맡게 되시지 않았나요?

김석철 자의 반 타의 반이었죠. 하루는 목구회 멤버인 윤승중 씨가 한번 만나자고 해서 나갔더니 여의도 마스터플랜 얘기를 했죠. 김수근 선생 사무실에서 여의도 마스터플랜 프로젝트를 극비리에 추진하고 있었는데 오오사까 엑스포 한국관을 짓는 프로젝트를 맡게 되면서 김수근 선생 사무실의 주력부대가 전부 오오사까 엑스포 한국관 프로젝트에 투입됐다는 겁니다. 오오사까 엑스포 프로젝트는 박정희 대통령이 일일보고를 받을 만큼 챙기는 프로젝트였고, 또 오오사까에 가서 탄게 선생 지휘하에서 일하는 프로젝트였기 때문에 모두가 하고 싶어하는 프로젝트였죠. 윤승중 씨는 여의도 마스터플랜 프로젝트 대표를 맡고 있었는데 지금 김수근 선생 사무실에 여의도 일을 할 사람이 없다며 저한테 와서 일을 해달라고 해서 맡게 됐죠. 그동안 정릉에 있으면서 비공식적으로 몇건의 일을 하기는 했지만, 정식으로 한 일은 정릉에 들어온 이후 여의도 일이 처음이었습니다. 여의도를 하기로 하고 받은 돈으로 두 상점의 빚을 하루 만에 다 갚고, 당시로서는 가장 큰 19인치 텔레비전도 샀죠.

정릉에 계신 동안 여의도 마스터플랜 외에 어떤 일을 하셨나요?

김석철 서울대 마스터플랜 초안까지 정릉에서 했죠. 건축으로는 8개의 실험주택을 중심으로 두번의 전시를 했습니다. 또 김수근 선생 사무실에서 그렸던 조선호텔 안의 모형을 만들었고, 저의 첫 작품인 써머하우스를 부산 아버지 댁 정원에 지었습니다. 그 집으로 인해 조창걸(趙昌杰) 한샘 회장과 인연을 쌓게 됐고요. 생활비를 벌기 위한 아르바이트로 『건축가』와 『현대건축』 주간으로도 일했습니다.

건축실험이란 무엇인가요?

김석철 건축에서 실험이란 소재 때문에 하는 실험이 있고 장소 (site) 때문에 하는 실험이 있습니다. 역사시대 건축의 영원한 소재는 벽돌과 나무입니다. 그리스·로마 시대 이래 대부분의 건축물이 조적조인 벽돌집이고 중국·일본·한국 등 아시아는 목조로 거대한 집을 지었죠. 콘크리트와 스틸(steal)은 20세기에 나온 신소재입니다. 유리를 건축 소재로 최초로 활용한 건축가가 미스입니다. 1930년대 미스는 베를린의 한 도시지역에 그전까지 어느 누구도 생각하지 못했던 집 외부를 모두 유리로 싼 글라스타워를 제안했죠. 집의 틀이 바로 집의 형상이 되는 이 글라스타워는 이후 현대도시의 아이콘이 됐습니다.

"집의 틀이 바로 집의 형상이 된다"라는 말씀은 무슨 뜻인가요?

김석철 예컨대 로마네스크 양식은 로마네스크라는 구조형식의 표현이고, 고딕 양식도 고딕이라는 구조형식 자체가 건물의 형태입니다. 즉 미스 반데어로에 이전까지는 인간의 얼굴 모습이 뼈대인 해골과는 다르듯 건물의 외관도 건물의 골조가 아닌 그 골조를 감싸고 있는 장식들에 의해 형태가 결정됐죠. 다시 말해 건물의 형상은 골조와는 또다른 실재였습니다. 그러나 미스는 집이라는 실체를 만드는 결구가 형태가 되도록 내부를 투명유리로 싸는 것이 시대정신을 표현하는 것이라고 주장했죠.

역사적 건축양식을 부정하고 새로운 건축양식을 만들어냈다는 측면에서 미스는 위대한 20세기 건축가입니다. 르꼬르뷔지에 역시 과거의 문법과 재료를 벗어나 콘크리트라는 신소재를 건축에 사용한 첫 건축가입니다. 르꼬르뷔지에는 콘크리트를 통해서 인간이 자연과 깊이 교감하는 자유로운 공간을 만들어내고자 했죠. 정릉에 있는 동안 각각의 소재를 훈련하는 의미에서 벽돌집(brick house)과 콘크리트집(concrete house), 금속집(metal house)을 그려봤죠. 여기에 더해 제가 실험한 재료가 글라스파이버(glass fiber)이고요. 저는 언젠가 글라스파이버가 건축의 신소재가 될 것이라고 봤거든요. 그래서 글라스파이버를 신소재로 하는 케미컬집(chemical house)을 실험해봤죠.

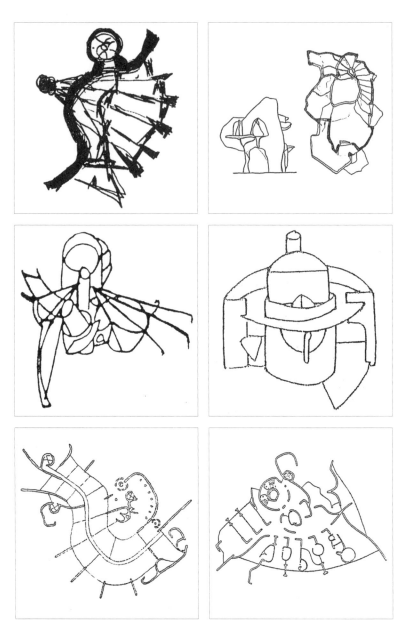

김석철의 실험주택 시리즈. 위 왼편부터 시계방향으로 벽돌집, 콘크리트집, 케미컬집, 강변의 집, 언덕 위의 집, 금속집 스케치.

이렇게 4개의 스케치를 제 첫 전시회에 선보였습니다. 비록 지어지지 못한 채 스케치로만 남아 있지만 이 네채의 집이 저의 첫 작품이라고 할 수 있죠. 그리고 두번째 전시에서는 건축의 장소에 대한 실험작을 전시했고요.

장소에 대한 실험은 어떤 실험을 말하나요?

김석철 집은 어떤 소재로 짓느냐 못지않게 어떤 부지에 짓느냐가 의미를 갖습니다. 부지가 다르면 아주 다른 집이 되죠. 그래서 네개의 극단적으로 다른 부지를 상상하고 4개의 안을 만들었죠. 언덕 위의 집(house on hill)과 강변의 집, 플라자하우스(plaza house), 들판 위의 집, 그리고 김수근 선생 사무실에서 참여했던 조선호텔, 김포공항 등 두번째 전시회에 선보인 작품들이 바로 그것이죠. 건축주가 발주한 건물이 아니라 순수히 각각의 소재와 장소를 연습해보기 위해 그린 스케치라 실험주택이라 부르죠. 이런 과정을 미스는 물론 가우디도 거쳤습니다.

스케치로만 남아 있는 실험주택이 아니라 실제로 지은 집으로는 써머하우스가 교수님의 첫 작품입니다. 써머하우스는 어떤 집이었나요?

김석철 제가 고지식한 부분이 있어서 여자가 결혼을 하면 최소한 반년은 시부모와 함께 살며 그 집안의 가풍을 익혀야 한다고 생각합니다. 첫째 딸이 결혼할 때도 제가 사돈댁에 청해서 첫째 딸을 6개월 시집에서 살게 했죠. 더군다나 당시 저는 정릉에서 칩거할 때라 정

벽돌집 스케치로 부산집 마당에 지은 써머하우스. 실제로 지어진 김석철의 첫 건축작품

룽집은 비워놓으면 되니까 부산 아버지 댁에 내려가 6개월을 살기로
했죠. 지금의 동아대학 정문 자리가 바로 아버지 댁이 있던 곳인데
정원만 70평이 되는 큰 집이었어요. 그래서 아버지 집 정원에 제 신
혼집으로 지은 집이 써머하우스죠. 마침 그때가 4개의 실험주택 설
계를 마쳤던 때라 조적조와 콘크리트를 결합한 집을 직접 지어보기
로 했던 것이죠. 아무리 정원이 넓다 해도 정원에 조적조 집을 지으
면 정원이 꽉 찬 느낌이 드니까 원두막처럼 공중에 떠 있는 집을 지
었습니다. 철근콘크리트로 브리지를 만들어 기존의 일본식 집과 연

결시켰고요. 2층 방 창으로는 구덕산이 보이고, 지붕으로 올라가면 바다가 보이는 멋진 집이 완성됐죠.

교수님의 독특한 이력 중 하나가 『현대건축』이라는 잡지를 1970년에 창간하셔서 주간으로 일하셨다는 경험입니다. 르꼬르뷔지에 역시 사촌 인 피에르 제네레와 함께 자신의 아뜰리에를 차린 후 『에스프리누보』 (*L'esprit Nouveau*)를 창간해 활발한 저술활동을 통한 건축운동을 벌였습 니다. 이 역시 르꼬르뷔지에의 영향인가요? 『현대건축』은 어떻게 창간 하게 된 건가요?

김석철 『현대건축』은 창간호부터 제가 주간을 맡기는 했지만 제 가 창간한 것은 아닙니다. 건축가협회 대표가 어느날 정릉집으로 찾 아와 건축가협회가 반년 전 일본의 한 알루미늄회사 광고를 뒤표지 에 내는 조건으로 매달 70만원을 받고 잡지를 창간하기로 했는데 주 간을 맡아 한달 안에 잡지를 만들어달라고 사정하여 맡게 된 일이었 습니다.

건축가협회 대표가 왜 하필 교수님을 찾아와 주간을 맡아달라고 한 건가요?

김석철 그 이전에 건축사협회가 만든 『건축사』라는 잡지 창간호 를 제가 만들었거든요. 『건축사』도 제가 창간을 주도한 것은 아니고 건축사협회로부터 편집료 명목의 돈을 받고 일했죠. 잡지를 만든다 는 것에 큰 뜻이 있었다기보다 아르바이트처럼 한 일이었습니다.

『현대건축』 창간호 표지

건축가협회와 건축사협회의 차이는 무엇인가요?

김석철　변호사, 의사처럼 건축사도 라이선스 직업입니다. 건축사라는 자격증을 가진 사람들의 모임이 건축사협회죠. 건축사 자격증이 없는 건축가들이 만든 모임이 건축가협회고요. 이미 건축사협회가 있는 상태에서 주로 해외유학파로 이뤄진 일군의 건축가들이 '건축가협회'를 만들어 덜컥 국제건축가연맹(UIA)에 가입을 했죠. 깜짝 놀란 건축사협회가 창간한 잡지가 『건축사』였죠.

건축가협회 대표가 『현대건축』 건으로 저를 찾아왔을 때는 그 잡지의 창간일까지 한달도 안 남았을 때였어요. 제가 『건축사』 창간작업을 한 것을 알고 찾아왔던 것이죠. 일본 회사로부터 받은 반년치 광고료는 다 쓰고 한푼도 안 남았고요. 창간식에 일본 측 광고주가 온다고 해서 이미 예총회관에 파티도 준비돼 있는데 정작 원고는 한개도 없다며 어떻게든 창간식 날짜 전에 책이 나와야 하니 맡아서 진행해달라는 거였죠.

혼자서 한달 만에 잡지를 창간하신 건가요?

김석철 그랬죠. 건축잡지가 있다고 해서 건축이 더 새로워지겠느냐마는 황량한 건축계에 그래도 한가닥의 빛을 던지기 위해 이 잡지를 창간한다고 창간사에 썼습니다. 세계 건축계의 흐름부터 건축의 새로운 움직임에 대한 토론까지 대부분이 번역기사였지만 어쨌든 혼자서 17일 만에 만들었죠. 김수근 선생이 창간한 『공간』이 500~600부 찍을 때 『현대건축』은 3000부를 찍어 매진됐습니다. 제가 파르테논신전을 좋아해서 파르테논신전 사진을 창간호 표지로 썼습니다. 그다음부터는 한국의 초가집을 표지로 했고, 백제건축 씨리즈를 연재하기도 했죠. 전세계 건축가협회가 뽑은 공동체 아파트도 소개했고요. 당시 건축학도들에게 성서 같은 잡지를 만들었죠.

창간호부터 3000부 매진된 잡지를 왜 네번만 내고 그만두셨나요?

김석철 건축가협회 대표가 저를 찾아왔을 때 한국건축가협회에서 광고를 맡고 제가 편집주간을 맡는 조건이었습니다. 창간 당시 광고주는 사실상 애초 매달 70만원을 대기로 한 일본 알루미늄회사 한 곳밖에 없었죠. 그런데 『현대건축』이 두달 연속 3000부씩 매진이 되니까 건축가협회에서 편집권에 관여하지 않기로 했던 애초 계약을 깨고 긴급이사회를 열어서 계약수정을 요구했습니다. 잡지를 인쇄하기 위해서는 종이를 사야 했는데 당시 종잇값을 현금으로 줘야 했습니다. 그런데 건축가협회에서 광고비를 받고 저한테는 한푼도 돈을 안 줬습니다. 종잇값을 대기 위해 제가 당시 일곱번이나 빚을 졌죠.

누구한테 빌리셨나요?

김석철 조창걸 회장한테도 빌리고, 조재현 씨한테도 빌리고, 장모 님한테도 빌렸죠. 잡지에 들어가는 글뿐만 아니라 사진까지도 제가 직접 찍었던 이유가 사진을 부탁할 돈이 없어서였습니다. 마지막 호 는 사진을 찍으러 갈 시간이 없어서 제 스케치를 표지로 냈죠. 그렇 게 어렵게 유지를 했던 건데, 잡지가 잘 팔리니까 과다한 지분을 요 구했고 제가 거부하니까 저를 파면한 것이죠. 제가 주간을 그만둔 뒤 잘나가던 잡지가 망가졌고, 결국 『현대건축』 자체가 폐간됐습니다.

정릉에 계실 때 '아키반 선언'을 쓰셨습니다.

김석철 건축을 시작한 이래 제가 고민하던 문제에 대한 답을 정리 한 것이 '아키반 선언'입니다.

어떤 고민을 하셨는데요?

김석철 현대 건축과 도시의 뿌리는 결국 서양입니다. 때문에 당시 제 의문은 왜 우리가 전혀 다른 문명을 살았던 서구의 건축과 도시를 일방적으로 따라가야 하는가였습니다. 동양문명의 도시와 건축이 있어야 하지 않을까 하는 것이 당시 제가 고민하던 화두였죠.

답을 찾으셨나요?

김석철 아키반 선언에 이전까지의 건축은 개별적 해답이었지만 이제는 건물 하나하나가 답이 될 수 없으며 집합체로서의 건축을 이해해야 한다고 썼습니다. 아키반 선언을 실천하려고 했던 것이 여의 도였습니다.

제5장

여의도를 그리다: 여의도 마스터플랜과 순복음교회

앞서 말한 것처럼, 세상에 건물을 세울 수 있는 건축가는 수없이 많다. 하지만 도시를 세울 수 있는 건축가는 그 예를 찾기가 어렵다. 도시설계는 어느 개인의 능력을 넘어선 국가적 프로젝트이기 때문에 아무리 능력이 있다 해도 실제 도시설계를 해볼 기회를 얻는 건 별개의 문제. 김석철은 능력과 운을 스물여섯 나이에 거머쥐었다.

스물여섯에 여의도 마스터플랜을 쓰실 기회를 얻으셨습니다. 허허벌판이던 여의도에 서울 사대문을 대체할 만한 신도시를 만든다는 어마어마한 프로젝트인데, 이런 프로젝트가 어떻게 당시 스물여섯이던 교수님께 떨어졌나요?

김석철 　여의도 마스터플랜은 김수근 선생 사무실이 한국종합기술개발공사(KECC)로 확대 재편된 이후 도시계획부에서 윤승중, 김원 씨 등이 하고 있던 프로젝트였습니다. 당시 한국종합기술개발공사는 박창권 사장 휘하에 김수근 씨와 정명식 씨가 부사장으로 있었죠. 김원 씨 등이 오오사까 엑스포 프로젝트에 투입되면서 이 프로젝트가 공중에 뜨게 된 것을 제가 맡았던 것입니다. 제가 여의도 마스터플랜을 맡은 뒤 전면적으로 재정리된 새로운 안을 만들었죠.

교수님의 첫 도시설계인가요?

김석철 김수근 선생 사무실에서 일할 때 종묘-남산 간 재개발계획과 김포공항 마스터플랜을 해보긴 했지만 독립된 도시적 규모는 처음이었죠. 저뿐만 아니라 대한민국에 도시설계 도면을 그려본 사람이 아무도 없었습니다. 여의도 마스터플랜 프로젝트는 일종의 신도시 설계 프로젝트인데 대한민국에서 이진까지 도심 재개발이나 울산공단 같은 공단 개발은 있었어도 복합기능을 갖는 신도시를 만든 적은 없었으니까요. 세계적으로도 2차대전 이후 만들어진 신도시는 거의 다 공단도시이거나 주거도시입니다. 3차 산업도시를 만든 경우는 프랑스의 라데팡스 정도밖에 없습니다.

교수님께도 도시설계를 처음 하는 거였다면 어떻게 접근하셨나요?

김석철 우선 여의도가 어떤 도시가 돼야 하는지부터 다시 생각했습니다. 그리고 세계 도시의 역사를 다시 공부했죠. 1000쪽이 넘는 기디온의 『영원한 현재』를 다시 읽었습니다. 정릉 시절 석박사 논문을 대필하면서 했던 공부가 크게 도움이 되었고 19세기의 건축과 도시를 다룬, 역시 기디온이 쓴 『공간, 시간, 건축』이 큰 자극이 되었습니다.

교수님께는 매우 흥분되는 프로젝트였겠네요. 도시설계란 것이 하고 싶다고 할 수 있는 일도 아닐뿐더러, 그동안 혼자 공부했던 것을 현실에 접목시킬 수 있는 기회가 주어졌던 것이잖아요.

김석철 그렇다고 하기에는 제게 주어진 권한이 많지 않았습니다. 제가 투입됐을 때는 이미 윤중제로 둘러싸인 여의도라는 땅의 바운더리가 정해져 있었습니다. 그 안에 어떤 도시형식을 만드느냐가 제게 주어진 과제였죠. 그래도 기왕에 진행되었던 개념 안에서 도시공학이 아니라 도시경영, 나아가 국가경영의 차원에서 전면적으로 재정리된 새로운 도시설계 안을 만들었다는 자부심이 있습니다.

여의도 개발과정에서 교수님의 역할은 정확히 어떤 거였나요?

김석철 도시 기본설계에서부터 본설계 모두를 하고 300쪽의 보고서와 영문 요약서를 쓰고 모형을 만들어 박정희 대통령한테 보고하는 것이 제가 맡은 일이었습니다. 여의도 마스터플랜을 하게 됐을 때 박정희 대통령의 친서를 보았습니다. "400만 인구도 감당 못하는 서울을 확장해 600만 인구를 수용할 수 있는 신도시 구역을 만들어야 한다. 서측은 바다로, 북측과 동측은 산으로 막혔으니 남쪽으로 가야 한다. 한강과 여의도를 개발해 20세기 서울을 만들어야 한다"라는 내용이었죠.

저는 이 친서를 박정희 대통령이 여의도를 개발하려는 이유가 서울의 사대문 안을 대체할 만한 신도심지구를 만들고자 하는 것이라고 읽었습니다. 저는 정조가 수원성을 만들었던 이유도 단지 사도세자에 대한 효심에서가 아니라 노론이 장악한 사대문에 버금가는 도시를 만들고자 했던 것이라고 생각합니다. 당시 서울은 노론이 대부분 장악해서 왕실 토지보다도 노론 세력이 소유한 토지가 더 많았습니다. 왕이 갖고 있는 권력은 군권뿐이었는데 군대도 돈이 없으면 소용이 없었으니까요. 사도세자를 모신다는 것은 단지 수원성을 쌓기 위한 명분이었고 실제 이유는 신도시를 개발해 왕실 토지를 확보하기 위함이었는데 정약용이 인문학자여서 정조의 뜻을 전부 읽지 못한 것이죠. 박정희 대통령 역시 친일파와 자유당의 기득권 세력을 청산하고 새로운 토지의 확보를 위해 여의도를 개발하려 했던 것이라고 저는 이해했습니다. 실제로 사대문 안 서울 토지의 70퍼센트를 친일파 후손들이 소유하고 있었고요. 하지만 땅만 만들어서는 소용이 없으니까 국회의사당, 대법원, 서울시청 및 해외공관을 여의도로 옮기려고 했던 것입니다. 행정부를 제외한 권력의 핵을 옮기려고 했던 것이죠. 권력기관의 이권이 도시산업과 연계되어야 한다고 생각하여 여의도에 금융산업이 들어오면 좋겠다고 생각했죠. 그래서 증권거래소를 여의도에 넣었습니다. 증권거래소가 여의도에 들어오면 자연스럽게 금융회사들이 들어올 테니까요.

국회의사당과 대법원, 시청은 사대문 안의 권력의 축을 이동시킨다는 측면에서 이해가 되는데, 외국공관은 왜 옮기시려고 했던 건가요?

김석철 한국의 근대화는 해외공관과의 연관 속에 이루어졌습니다. 대표적인 예가 아관파천이죠. 또 러시아대사관, 영국대사관, 미

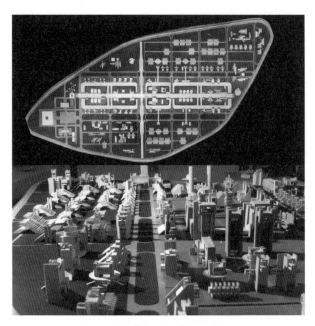

1969년 여의도 마스터플랜 모형

국대사관 관저 등이 전부 당시 왕궁이던 덕수궁 주변에 있습니다. 한 나라의 궁궐터에 외국대사관이 있다는 것이 말이 안 되는 것 아닙니까? 새로 조성하는 여의도, 그것도 국회의사당 바로 옆에 대사관 부지를 공짜로 주겠다고 하면 덕수궁 부지에서 외국공관을 몰아낼 충분한 명분이 된다고 봤죠. 일본도 토오꾜오올림픽을 개최한 요요기경기장을 지으면서 미군부대를 자연스럽게 이전시켰죠. 그래서 제가 서울올림픽 때 주경기장을 용산에 짓자고 했었습니다.

구체적으로 어떻게 하시려고 했던 것인가요?

김석철 제가 여의도 마스터플랜을 맡았을 때는 이미 수만가지 아이디어가 나와 있었습니다. 몇달 동안 수많은 흩어진 안을 모아서 정리해 몇가지 안을 구상하고 글을 쓰고 스케치를 해서 대통령께 전달되도록 했습니다. "그대로 계속 진행하라"는 지시를 받고 대통령이 제 안을 지지한다고 생각해 2년을 몰두해 종합적인 안을 만들었죠.

제가 최종적으로 낸 안은 여의도로 이전한 대법원-시청, 국회의사당-외국공관의 두 동서축을 형성하여 보행 전용의 인공대지(데크)로 묶고 자동차와 사람의 흐름을 이원화하는 안이었습니다. 홍콩에 가보면 집들이 전부 2층에서 연결돼 있잖아요. 프랑스의 라데팡스는 자동차 도로를 전부 지하로 넣어서 지상에 자동차가 없고요. 이 두개를 합쳐서 사람은 지상을 걸어다니고 자동차는 지하로 달리는 두개 층의 도시 지면을 만들려고 했던 것입니다. 도로를 격자로 그물망처럼 만드는 것이니까 결국 자동차도 지하가 아닌 그라운드 플로어를 달리게 되는 것이죠. 이 격자도로 사이사이에 건물이 들어서는 것이고요.

나중에 이 안의 모형을 라데팡스를 만들었던 사람들이 보고 감탄했습니다. 자신들은 자동차 도로를 지하로 넣을 생각만 했지 격자로 만들어 그라운드 플로어로 살릴 생각은 못했다고요. 또 구도심이 안고 있는 모순 및 혼란의 원인이 상업·업무기능과 주거기능 등이 혼재되어 있기 때문이라고 보고, 새 도심이 될 여의도에서는 상업·업무기능과 주거기능을 엄격히 구분하고 섬의 중앙부 동서에 걸쳐 상업·업무지구를 배치했죠. 이 상업·업무지구를 7미터 높이의 인공대지로 둘러싸 보행자 전용공간을 만든다는 구상이었습니다. 이 보행자 전용 데크는 5개의 루프로 둘러졌으며 루프와 루프의 중간을 연결하는 또 하나의 데크를 설치해 상업지구 내 어디를 가든 보행자 전용 데크로 연결되도록 했습니다.

지금 들어도 혁신적인 아이디어네요. 현실화되지 못한 이유는 무엇입니까?

김석철 최종안을 대통령에게 직접 보고하려고 했는데 서울시장이 나서서 보고한 후 내려온 지시가 여의도 마스터플랜의 핵인 국회의사당과 대법원의 가로축을 잘라 그사이에 5·16광장을 만들라는 것이었습니다. 설계자인 제가 직접 보고하며 대통령을 설득했어야 했는데 그러지 못하다보니 결국 원안이 왜곡되어버린 것이죠. 그래서 지금의 여의도가 완전히 동떨어진 두 개의 도시로 이루어지게 됐습니다.

교수님이 1년 반 동안 만든 마스터플랜을 행정가들이 자의적으로 변경할 때, 막을 수 있는 방법은 전혀 없었나요?

김석철 없죠. 국제현상에서 당선된 것이면 설계자가 막을 수 있겠지만 저는 국가용역계약으로 일한 것이니까요. 박대통령이 직접 그린 마스터플랜 변경안을 뒤집는 것은 그때는 상상도 할 수 없었죠.

여의도의 도로를 보행자 전용 데크와 자동차 전용 지하도로의 두개 층으로 건설한다는 안을 구상하면서 교수님의 안이 받아들여질 것이라고 기대하셨나요?

김석철　저는 인간의 의지만 있으면 모든 것이 가능하다고 생각하는 낙관론자입니다. 그래서 여의도 마스터플랜 보고서를 만들면서 "우리한테 필요한 것은 보통의 발전이 아니라 비약적 발전이다. 그래야만 우리가 60년 질곡을 딛고 일어설 수 있다"라고 썼어요. 이런 프로젝트를 하려고 '혁명'을 일으켰던 것 아니냐고 박정희 대통령께 말하고 싶었던 것이죠. 그때는 용감했어요.

1968년이면 우리나라 국민소득이 169달러이던 때입니다. 당시 우리의 경제수준을 고려했을 때 교수님이 만드신 안은 현실성이 결여된 지나치게 이상적인 안이란 평이 있습니다.

김석철　도시계획은 당대가 아니라 40년 뒤 미래를 보고 하는 일입니다. 제가 「여의도 및 한강연안 개발계획」(여의도 마스터플랜)에도 썼지만 당시 저는 제가 만든 이 계획이 실현되기 위해서는 20년 이상이 걸리며 1000억원이 넘는 막대한 투자가 이뤄져야 한다고 생각했습니다. 그래서 먼저 개발당국인 서울시에서 107억원가량을 선행투자하고, 그다음에 1000억원에 달하는 민간투자를 유치해야 한다고 보고서에 썼죠. 오늘날 용산 재개발이 무산된 것도 도시개발자들이 용산의 40년 후가 아닌 오늘만 보고 도시계획이 아닌 부동산계획을 세워서 그렇게 된 것입니다.

결국 교수님이 낸 마스터플랜 중에서 현실화된 것은 거의 없나요?

김석철　제가 오늘의 여의도가 만들어지는 과정에서 한 역할은 여의도에 구체적으로 어떤 건물을 넣자는 것이 아니라 신도시의 내용과 형식의 틀을 만들고 여의도 마스터플랜을 한강연안 마스터플랜으로 규모를 키운 것이라고 할 수 있습니다. 제가 여의도 마스터플랜을 맡은 뒤 보니까 여의도를 개발한다고 하면서 여의도에 무엇을 넣을지만 이야기하지 정작 장차 서울을 어떤 도시로 만들 것인지, 서울 속에서 여의도가 어떤 역할을 담당해야 할지, 큰 그림에 대한 생각은 아무도 안 하고 있었습니다. 그래서 제가 프로젝트 이름을 '한강연안 및 여의도 마스터플랜'으로 바꾸고 한강연안 마스터플랜까지 함께 해서 보고서를 제출했습니다. 여의도 마스터플랜 용역비만 받았으니 한마디로 과잉 써비스를 한 것이죠. 그 보고서에 일곱명의 이름이 올라가 있지만 저를 제외한 나머지 여섯명은 그 보고서를 다 읽지도 않았을 겁니다.

한강연안 마스터플랜은 어떤 내용인가요?

김석철   거대한 바다의 일부였던 한강 하구와 그저 흙더미에 불과했던 여의도를 지금의 모습으로 만들었죠. 여의도에 새로운 도심지역을 만들어 구도심과 잇고 강변도로와 주거단지, 한강 둔치로 이어진 강변 주거단지를 조성하고, 한강을 바다로 잇는 경인운하를 제안했습니다. 한강이 수시로 범람할 때 한강의 범람을 막고 한강변에 새로운 토지를 창출하는 계획을 세워 만든 것이 압구정동과 이촌동, 반포동, 송파구 일대입니다. 저는 한강 마스터플랜이야말로 한강을 개발해서 토지를 창출한 훌륭한 사례라고 생각합니다. 당시 토지를 대거 공급했기 때문에 서울의 중산층 시민들이 땅을 싸게 살 수 있었습니다. 하지만, 지금 생각하면 도시지역을 여의도에 국한시키고 서울의 가장 큰 가능성인 한강변을 주거단지로 만들어 사유공간화했던 것은 후회스러운 일입니다. 현재 한강을 중심으로 500만의 인구가 마주하고 있는 서울의 강변은 모두 아파트가 점령하고 있죠. 하지만 그때 한강은 서울의 막다른 길(dead end)이었습니다. 한강에 한강철교와 인도교 하나만 있을 때니까요. 서울 인구의 상한선을 400만명으로 설정하고 있었고 지금과 같은 한강의 윤곽도 없었습니다. 1995년 『조선일보』에 '꿈꾸는 한강'이라는 제목으로 다섯번에 걸쳐 연재하고, 새로운 밀레니엄을 맞아 20세기 도시를 반성하고 21세기 도시 미래를 보이기로 한 2000년 '베네찌아 비엔날레'에서 '서울 21세기' 안을 냈던 것은 모두 1969년 만든 한강 마스터플랜에서 한강 주변 지역을 주거지역으로 한정했던 것을 보완하기 위함이었습니다.

여의도 마스터플랜 프로젝트를 마친 뒤 김석철은 여의도에 세워진 첫 건물인 여의도 순복음교회 설계를 맡았다.

여의도 순복음교회 설계는 어떻게 맡게 되셨던 건가요? 또 종국에 지어진 지금의 건물은 교수님이 설계하신 건물이 아닌 것으로 아는데, 어떻게 된 일이고요.

김석철 여의도 마스터플랜을 마치고 땅을 분양하기 전 분양가격을 매기는 일까지 제가 했습니다. 여의도에 대법원, 시청, 국회의사당이 들어올 예정이라고 광고했는데 딱 순복음교회 조용기 목사와 가톨릭 두곳에서만 관심을 보였어요. 그래서 순복음교회가 서강대교를 건너자마자 왼쪽에 섰고, 여의도성당과 여의도성모병원이 대법원 부지 옆에 섰죠.

그래서 순복음교회 설계를 맡으셨던 건가요?

김석철 순복음교회는 지명현상설계를 했습니다. 제가 여의도 일을 했던 것은 표면상으로는 한국종합기술개발공사에서 한 일이어서, 한국종합기술개발공사의 부사장이던 김수근 선생이 지명건축가 중 한 명으로 뽑혔죠. 그런데 김수근 선생이 차에서 내리다가 아킬레스건이 끊어져 우석병원에 입원을 했습니다. 마침 제가 다시 건축을 하고 싶었고 순복음교회는 여의도에 서는 첫 건물이라는 의미가 있었기에 김수근 선생 병실에 찾아가 그 지명권을 저한테 달라고 부탁드렸죠. 제 사비를 들여서라도 순복음교회 일을 하고 싶다고요. 그랬더니 김수근 선생이 제가 하는 것은 좋으나 사무실에서 도와줄 수는 없으니 알아서 하라고 했습니다. 김수근 선생 대신 팀을 구성해 정릉집에서 넉달을 일했습니다. 설계는 제가 거의 다 했습니다. 마지막에 모형을 만들 때만 정릉집에서 할 수 없어서 한국종합기술개발공사에서 작업했죠. 여의도 마스터플랜 모형을 만들었던 기흥성 씨가 3박 4일 동안 밤을 새워 순복음교회 모형을 만들었고요. 얼마 후 이 안이 당선됐다고 연락이 와 조용기 목사를 찾아가서 제가 설계를 했다고 말했죠. 당선금은 30만원이었고요. 당시 30만원이면 방 네개짜리 주택의 전셋값이었으니까 큰돈이었습니다.

그런데 왜 무산이 된 거죠?

김석철 지명설계까지 한 마당인데 순복음교회 장로들 사이에서 신도가 설계를 해야 한다는 분위기가 조성됐죠. 결국 신도 중 한분이 설계한 것이 지금의 여의도 순복음교회입니다. 제가 설계했던 순복음교회 안은 제 작품 중에서도 최고였는데, 안타깝죠. 김수근 선생도 제가 만든 순복음교회 모형을 사무실 앞에 2년이나 전시했습니다. 한눈에 보기에도 멋진 안이었으니까요.

여의도 순복음교회 설계안은 어떻게 접근하셨나요?

김석철 순복음교회 지명설계에 참여하기로 결정하고 우선 순복음교회 예배시간에 가봤죠. 순복음교회를 설계하기 위해서는 순복음교회가 어떤 곳인지부터 알아야 하니까요. 통성기도란 것을 그때 처음 접했습니다.

교회 예배에 참석한 것이 그때가 처음이었나요?

김석철 완강한 유교집안에서 자라서 예배 참석은 순복음교회가 처음이었습니다. 통성기도하는 모습에서 큰 충격을 받았죠. 두세번 더 참석하면서, 사람을 영적 세계로 이르게 하는 길이 있고, 그곳에 구원이 있을 수도 있다는 생각이 들었죠. 저는 예수 그리스도의 말씀이 그대로 공간화된 건축양식이 로마네스크라고 생각했습니다. 그래서 순복음교회를 설계할 때 건축의 문법을 로마네스크 양식에서 가져왔죠. 로마네스크 양식은 유럽의 건축기술이 세련되어지기 전인

여의도 순복음교회 설계안

중세 초기의 양식입니다. 우리나라로 치면 불국사를 지었던 삼국시대와 비슷하죠. 그래서 조금 주제넘지만 김대성이 불국사를 지었을 때와 같은 마음으로 순복음교회를 짓는다고 생각하고 설계안을 그렸죠.

교수님께서 그리신 안은 어떤 안이었나요?

김석철 조용기 목사가 2000명이 들어가는 대강당을 원했습니다. 전세계적으로 그런 대강당을 가진 교회가 없을 때였죠. 여기에 더해 저는 교회공동체를 가능하게 하는 주일학교, 신학교, 수도원 등이 함께 있어야 한다고 생각했습니다. 로마네스크는 기독교가 가장 종교 공동체적 삶을 유지할 당시의 양식으로 교회와 수도원, 신학교가 함께 있는 경우가 많거든요. 저도 단순히 거대한 예배당 하나를 덩그러니 짓기보다는 교회공동체의 공간을 만들어보고 싶었죠. 그런데 조용기 목사가 산 땅이 원래는 제가 발전소 부지로 생각했던 삼각형의 자투리땅으로 썩 좋은 자리가 아니었습니다.

자투리땅이요? 여의도 전체가 허허벌판일 때인데 왜 자투리땅을 샀을까요?

김석철 거대한 성전을 지을 생각으로 큰 부지를 원했던 조용기 목사가 여의도에서 상대적으로 저렴한 발전소 부지를 샀던 것이죠.

그러면 교수님이 그린 순복음교회는 성공회교회처럼 로마네스크 양식의 교회였나요?

김석철 그렇지는 않았습니다. 예배당과 수도원 등이 어우러져 교회공동체를 이루는 로마네스크의 공간구성을 따르면서 형태는 불국사의 석축기단 같은 건물이었습니다.

여의도 순복음교회 안이 김수근 선생 사무실에서 일한 마지막 작품인가요? 왜 다시 김중업 선생 사무실로 돌아가셨던 것인가요?

김석철 여의도 마스터플랜을 마친 뒤 다시 김중업 선생 사무실로 돌아갔죠. 김중업 선생이 서울역 재개발계획을 맡았는데 사무실에 도시설계를 해본 사람이 없어서 저를 찾았어요. 애초에 김중업 선생이 맡은 프로젝트는 서부역사 설계를 위한 일종의 도시 기반조사 용역이었는데 제가 또 프로젝트를 확대했습니다. 철로를 복개해 보행 전용 광장으로 만들고 서부역과 동부역을 신설하고 새로운 교통체계인 지하철, 전철을 연계하는 안을 제안했죠. 궤도교통을 통한 서울 인프라스트럭처(infrastructure)의 새로운 차원을 제안했습니다. 물론 이 역시 페이퍼플랜으로 끝나고 말았습니다. 서부역사 설계도 지나친 이상주의적 설계라고 해서 다른 사무실 안으로 대체됐고요. 이 프로젝트를 마지막으로 김중업, 김수근 선생을 떠나 독립해서 일했죠.

교수님께서는 우리나라 건축계의 두 거장이자 라이벌인 김중업 선생님과 김수근 선생님 두분께 모두 사사하셨습니다. 그런데 건축계에서는 교수님을 김중업 '라인'으로 보는 것 같아요. 왜 그렇죠?

김석철　얼마 전에도 그런 말을 들었어요. 김중업파는 괴멸하여 김석철만 남고 김수근파가 한국 건축계로 이끌어가고 있다고 한다죠. 또 김석철이 혐인증이 있어서 그렇다고도 하고요.

교수님께서도 김수근 선생 사무실에서 오랜 기간 일하셨잖아요.

김석철　엄밀히 말하면 저는 김수근 선생의 사무실인 '공간'에서는 일한 적이 없습니다. 김수근 선생이 김수근건축연구소를 정리하고 한국종합기술개발공사를 창설해서 부사장으로 있으면서 도시설계 프로젝트를 시행할 때 제가 합류한 것이죠. 한국종합기술개발공사 내에 건축부, 도시계획부, 해양개발부 등 여러 부서가 있었는데

전 그중에서 도시계획부 소속이었고, 다른 건축가들은 건축부 소속이어서 그들과 같이 일할 기회가 없었어요. 전 도시계획부에서 정명식, 윤승중, 황성부 씨 등과 같이 일했습니다. 윤승중 씨는 도시계획 일을 하고 싶어해서 조금 친해졌죠. '공간'은 김수근 선생이 한국종합기술개발공사에서 나와 세운 사무실입니다. 김수근 선생이 한국종합기술개발공사를 나오면서 저도 나왔습니다. 저는 김수근 선생이 한국종합기술개발공사에서 도시계획을 주도한다고 해서 들어갔던 것이니까 김수근 선생이 나와서 건축사무소를 다시 차린다고 하면 따라 나오는 것이 예의잖아요. 그런데 그때 '공간' 사람들과 척을 지게 됐죠.

김수근 선생과 함께 나오셨는데 왜 '공간' 사람들과 척을 지게 된 거죠?

김석철 김수근 선생이 '공간' 사무실을 차리려고 할 때 제가 이왕 새로 시작하는 거 기존 멤버를 다 자르고 새로운 멤버를 뽑아 새롭게 시작하자는 의견을 냈거든요. 그러던 중에 김중업 선생한테 서울역 재개발계획을 도와달라는 연락이 온 거죠. 사모님까지 나서서 부탁을 하는데 거절할 수가 없어서 그 일을 1년 동안 했습니다. 그사이 '공간'에는 기존 멤버들이 다 복귀했죠. 저는 그들을 내보내려고 했던 사람이니까 '공간'과는 등을 지게 된 것이고요. 제가 지은 건물 중에 '공간'에서 발행하는 잡지 『공간』에 소개된 것이 단 한개도 없습니다. 예술의전당은 물론 제주도 영화박물관이 아시아건축상 금상을 수상한 것조차 한줄도 소개가 안 됐습니다.

제6장

좌절된 젊은 꿈, 대학도시: 서울대 마스터플랜

스물여섯 나이에 여의도 마스터플랜을 맡아 우리나라에서 처음으로 본격적인 신도시 설계도면을 그렸던 김석철 교수는 연이어 전국 각지에 흩어져 있던 단과대학을 관악산으로 모아 서울대 관악캠퍼스를 만드는 '서울대 마스터플랜'을 맡는다. 지금은 하나의 '서울대학교'지만 당시까지만 해도 '경성공업전문학교'에 뿌리를 둔 서울공대는 성북구 공릉동에, '경성의학전문학교'에 뿌리를 둔 의대는 종로구 연건동에, 문리대·법대·미대 등은 종로구 동숭동에 흩어져 이름만인 느슨한 연합대학 형태로 존재하고 있었다. 그 때문에 '관악산 서울대 마스터플랜'은 단순히 캠퍼스를 설계하는 작업이 아니라 사실상 '서울대학교'라는 국립대학 자체를 만드는 작업이었다. 나아가 김석철은 "대학 캠퍼스가 아닌 대학도시를 만들려고 했다"고 말한다.

지금의 관악산 서울대 캠퍼스 마스터플랜을 만드신 분이 교수님이라고 들었습니다. 한샘의 조창걸 회장님도 그 프로젝트에 참여하셨다고 들었는데, 어떻게 된 일인가요?

김석철 여의도 마스터플랜을 끝내고 난 뒤 독립하여 일하고 있을 때였습니다. 말이 서울대학교지 역사도 지리도 인문도 다른 단과대학들이 여러 곳에 흩어져 있어 이름만 종합대학이던 서울대를 관악산 캠퍼스에 모으는 서울대 종합화계획이 박정희 대통령의 지시로 실시됐죠. 이 작업을 서울대 공과대 교수 5명과 졸업생 5명이 맡았는데 저와 조창걸 회장이 실질적인 책임자로 참여했죠.

서울대 건축과 출신 건축가가 한두명도 아니고 명실상부 우리나라 최고의 대학 캠퍼스를 만드는 작업인 만큼 참여하고자 하는 사람이 한둘이 아니었을 텐데요. 당시 이십대의 교수님께서 졸업생 대표로 뽑히셨다는 것이 의외입니다.

김석철 관악산 기슭에 새로운 캠퍼스를 만드는 대역사인 만큼 모든 단과대가 자신들도 참여하겠다고 나섰죠. 그러다가 건축과가 주도하는 것으로 의견이 모아졌는데, 교수들 사이에 또 주류파와 비주류파로 내분이 생겼습니다. 결국 건축과 교수 5명과 건축과 출신 졸업생 5명을 뽑아 서울대학교 응용과학연구소를 만들고, 이 연구소에서 마스터플랜을 만드는 것으로 합의가 됐습니다. 김희춘 교수님이 대표가 됐고, 졸업생 출신 건축가로는 저와 조창걸 회장이 실무책임자로 선정됐습니다.

교수님의 예술적 후원자인 조창걸 한샘 회장님과 인연을 맺게 된 것이 이때인가요?

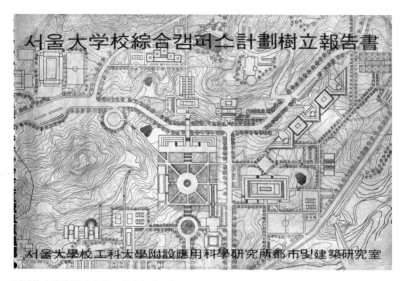

김석철이 함께 참여해 만든 관악산 서울대학교 캠퍼스 종합계획 보고서

김석철　조창걸 회장은 서울공대 건축과의 졸업생 모임인 목구회를 통해 이미 알고 있었습니다. 관악산 서울대 캠퍼스 마스터플랜 일을 함께하기 전부터 목구회 회원 중에서도 건축철학이 잘 맞는 선배였죠. 당시 조회장은 설계사무소를 접고 한샘이란 회사를 만들어서 대한민국 농촌의 구조개혁작업을 하고 있을 때인데, 회사를 남한테 맡기고 서울대 마스터플랜 작업에 1년간 매달렸습니다. 6개월 동안 서울공대 응용과학연구소에서 장기합숙을 하면서 일주일에 하루 옷 갈아입으러 집에 갈 때만 빼고 밤을 새워 토론과 작업을 했죠.

서울 시내 곳곳에 흩어져 있던 서로 다른 역사와 뿌리를 가진 단과대학을 하나의 공간에 모아 하나의 학교로 만드는 작업이었던 만큼 단순히 대학 캠퍼스를 설계하는 일과는 전혀 달랐을 것 같습니다. 어떻게 접근하셨나요?

김석철 제가 학습능력이 상당히 빠릅니다. 서울대 마스터플랜을 맡기로 하고 한달 동안 전세계 대학 캠퍼스와 관련된 책을 거의 구해 읽었죠. 세계적 캠퍼스설계 전문가인 리처드 도버(Richard P. Dober)가 쓴 『캠퍼스 플래닝』을 외우다시피 읽었습니다. 하바드와 예일, 옥스퍼드와 케임브리지가 이루어진 이야기, 칭화대학과 토오꾜오대학 설립과정 이야기 등도 다 찾아 읽었죠. 존 듀이(John Dewey)가 쓴 『교육론』까지 찾아 읽었으니까요.

낭시에는 그린 책을 구하기가 쉽지 않았을 것 같은데요.

김석철 외국대사관 도서관을 많이 이용했습니다. 선진국은 모두 도서관 전통이 발달해 1960년대까지만 해도 대사관 도서목록이 지금보다도 훨씬 훌륭했습니다. 미국대사관 도서관도 예상외로 꽤 훌륭했고, 무엇보다도 무슨 책을 보고 싶다고 주문하면 한 열흘이면 갖다 났습니다. 이런 독서를 바탕으로 해서 서울대가 과연 우리 사회에서 어떤 대학이 되어야 하는지 개념 정리부터 시작했습니다. 그때 우리 의견은 서울대학교는 고구려의 태학 이후 한민족을 대표하는 대학으로 20세기 대학의 모범이 되어야 한다는 거였습니다. 또 21세기 대한민국을 일으키는 동력을 배출하는 대학이 돼야 한다는 생각이었고요. 그런 이유로 저는 서울대 부지로 관악산 기슭이 적합하지 않다고 주장했습니다. 그랬더니 당시 서울대 한심석(韓沁錫) 총장이 '관악산에 서울대학 부지를 정하기 위해 세번 다녀온' 박정희 대통령의

조창걸 회장이 그린 관악산 서울대 마스터플랜

친서를 보여줬죠. 그 친필 편지를 보고 관악산 기슭이 부지로 부적합하다는 주장을 접었죠.

관악산 기슭이 적합하지 않다고 생각했던 이유는 무엇입니까? 교수님이 생각하신 부지는 어디였는데요?

김석철 부지의 위치 자체가 잘못됐다기보다는 관악산 기슭만으로는 부족하다고 판단했습니다. 최소한 낙성대까지는 부지로 편입되어야 하고 지금의 과천까지도 고려해야 한다고 주장했어요. 새로운 서울대 캠퍼스를 대한민국 산업의 메카가 될 대학도시로 만들어야 한다고 생각했거든요. 대학이라는 생태계에서 학부 학생은 4년 학교를 다니고 졸업해서 대학을 떠나잖아요. 즉 학생은 학교 입장에서 주인이지만 한편으로는 거쳐가는 존재죠. 우리는 새로운 서울대를 연구중심 대학원 대학으로 서울대 마스터플랜의 개념을 설정했어요. 저학년은 인문대학, 사회대학, 자연대학 중심의 기초학부로 입학해서 학년이 올라갈수록 전공이 세분화되고, 그 위에 법학대학, 건축대학 같은 전문대학원을 별도로 둬야 한다고 보고서에 썼죠. 어떻게 건축물로 실현하느냐는 이 개념에 따라 스페이스 프로그램을 만든 후 해야 할 일이었고요. 그런데 스페이스 프로그램을 만들기도 전에 누가 각 건물을 설계할 것인가를 두고 건축가들 사이에서 다툼이 벌어졌습니다. 김석철은 배제해야 한다는 이야기와 함께요. 그래서 제가 '나는 연필은 안 쓴다. 만년필만 쓴다'고 미리 선언을 했죠.

연필은 안 쓰고 만년필만 쓴다는 것이 무슨 뜻인가요?

김석철 연필은 설계할 때 쓰고 만년필은 글쓸 때 쓰니까 그림은 그리지 않고 글만 쓰겠다는 선언이었죠. 즉 건축설계는 안 하고, 공간구성을 어떻게 해야 할지 숫자와 글로 이야기해야 하는 스페이스 프로그램만 하겠다는 얘기였습니다. 교수연구실은 어떤 조직으로, 또 어떠한 규모로 몇개를 만들지, 강의실은 어떻게 조직화할지 등을 수학적으로 계산해서 각 단대 학장과 교수들 앞에서 발표했고, 우리가 만든 안이 통과됐습니다.

그러면 지금의 서울대 캠퍼스가 교수님과 조창걸 회장 등으로 이뤄졌던 팀이 만든 마스터플랜에 따라 지어진 건가요?

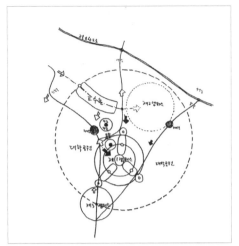

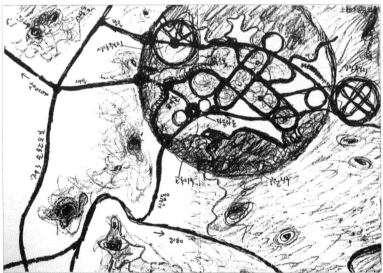

서울대 캠퍼스 마스터플랜 계획안

김석철 서울대 캠퍼스 내의 가로망, 즉 순환도로를 만들고 순환도로 안과 밖을 분리한 것 정도만 우리가 만들었던 마스터플랜대로 이뤄졌습니다. 우리가 냈던 마스터플랜은 순환도로 안 20만평을 보행전용 공간으로 만들어 중심부에 학부를, 외곽에 대학원 등 연구공간을 위치시키고 관악산의 녹지를 방사선 형태로 이어지게 하는 것이었습니다. 공식적으로는 이홍구 씨와 나운백 씨가 아카데미플랜을 만들었지만, 우리 나름대로 서울대를 학부제로 바꾸고 연구중심 대학원 대학으로 만드는 안의 세부안은 우리도 마련했습니다. 한심석 총장이 우리를 적극적으로 밀어줬고요. 서울대를 개혁해야 한다는 데 공감했던 거죠.

그러한 마스터플랜이 현실화되지 못한 이유는 무엇이었나요?

김석철 사람의 인연이란 것이 묘합니다. 그때 박정희 대통령이 월남파병을 계기로 존슨 대통령을 만나러 미국에 갔습니다. 그 전해에 박 대통령이 케네디 대통령을 만나러 갔을 때 푸대접을 받지 않았습니까. 그런데 정상회담에서 존슨 대통령이 환대하니까 회담 의제에도 없던 얘기를 임기응변으로 꺼냈던 겁니다. 한국의 대표적 국립대학의 신캠퍼스를 만들고 있는데 하바드대학 교수를 한국에 보내달라고요. 박정희 대통령은 미국에서 가장 좋은 대학이 하바드대학인 줄 알았으니까요. 그래서 존슨 대통령이 하바드 건축과의 도버 교수와 페독 교수를 보내줬죠. 하바드대학 건축과는 페독 교수가 핵심이었는데, 이 사람이 한국에 와서 저희 팀이 만든 마스터플랜을 보고 놀랐죠. 특히 가로망에 대해서요. 자신들도 그 짧은 시간에 이 정도의 마스터플랜은 못 만든다고요. 우리가 만들었던 마스터플랜을 페독 교수가 발전시켜 2단계 마스터플랜을 만들었고, 이를 서울대학교 건설본부가 정리한 것이 지금의 서울대 캠퍼스입니다. 그러나 근본적인 대학인구 예측이 어긋나고 건축가들이 마스터플랜의 개념을 멋대로 해석해 오늘의 장터 같은 대학 캠퍼스가 만들어진 것입니다.

앞서 말씀하신 응용과학연구소가 아닌 서울대학교 건설본부가 정리 작업을 했나요?

김석철 박정희 대통령이 서울대 건설본부를 만들고 건설본부장을 서울대 부총장급으로 임명했습니다. 그러면서 관악산 서울대 캠퍼스 프로젝트를 응용과학연구소가 아닌 건설본부가 주도하게 됐고요. 응용과학연구소가 해체되면서 조창걸 회장은 한샘으로 돌아가고 저는 건설본부에 남아서 일을 마무리지었습니다. 그런데 건설본부에 남아 일을 마무리짓는 과정에서 해도 너무한 일을 많이 겪었죠.

해도 너무하다니요?

김석철 다른 사람이 마스터플랜과 스페이스 프로그램까지 끝낸 일을 자기 식으로 설계하겠다고 나서는 것은 건축업자나 할 일이지 건축가가 할 일은 아닙니다. 남이 기본 스케치를 다 해놓은 일을 설계하겠다는 것은 설계비를 받자는 것이지 건축가로서 자신의 이상을 펼쳐보겠다는 것이 아니지 않나요. 그런데 건설본부장이 건축가들과 연결이 돼서는 건물을 나눠먹는 일을 하기 시작했죠. 설계도 시행하지 않았는데 건설업자가 결정되는 말도 안 되는 일까지 일어났죠. 그것도 마스터플랜에 대한 기본적인 고려도 없이 평수대로 서로 나눠갖다보니까 건물이 반토막이 나서 서로 다른 건설업자에게 배당되기도 하고…… 이건 아무리 가만히 있으려고 해도 도저히 안 되겠다 싶어서 제가 판을 뒤엎을 준비를 했죠. 훗날 서울대 건축과 교수이자 건축학회장을 지낸 김진균(金震均) 교수가 당시 제 휘하에 있었는데, 김진균 교수를 불러서 판을 엎는다고 선언했습니다.

어떻게 하실 계획이셨나요?

김석철 박정희 대통령이 직접 보고를 받는 자리에서 건설본부장의 전횡에 대해 직소를 하려고 했죠. 밑에서 얼마나 비리가 횡행하고 있는지, 그들이 서울대 마스터플랜을 어떻게 망치고 있는지를요. 너 죽고 나 죽자의 심정이었습니다.

그런데 결국 직소를 못하신 건가요?

김석철 건설본부장이 영민한 사람이라 사전에 눈치를 챘죠. 어느 날 저를 용산에 있는 자기 아파트로 초대해 제게 굉장히 인간적으로 모든 것을 다 열어놓고 얘기를 했습니다. 제가 박정희 대통령한테 직소를 하게 되면 당장 감사위원회에서 조사를 나오고 모든 것이 뒤집히게 된다고요. 김석철 씨야 재능있는 사람이니 무엇을 해도 성공하겠지만 다른 사람들은 어떻게 되겠느냐는 얘기도 했죠. 또 제가 낸 서울대 마스터플랜은 대학원 중심의 학제로 가는 것을 전제로 하는 것인데, 그 플랜을 강행하려면 현재 서울대 교수의 3분의 1을 잘라야 가능하다는 아주 현실적인 얘기도 했고요. 결국 제가 설득당했죠.

교수님께서도 설득을 당해 그런 전횡을 묵인하시다니, 너무 허무한데요?

김석철 물론, 저도 마지막 일격은 하고 나가려고 했죠. 총장 주재 회의에서 이 양반이 해온 전횡에 대해 조목조목 따지려고 준비했습니다. 저한테 동조한 세력도 꽤 있었고요. 실력자인 통제실장과 함께 저도 나가겠습니다라고 하려는 전략이었는데, 그가 또 어떻게 알았는지 회의 나흘 전에 꾀병으로 병원에 입원해버렸습니다. 그래서 그 계획마저도 무산됐죠.

서울대를 학부제로 개혁하는 일은 다른 대학과 또 달라 몇몇 교수들이 계획을 짜서 될 일이 아니라 법이 바뀌어야 하는 것이잖아요. 최근 서울대를 법인으로 만드는 일도 몇년이 걸려서 법제화가 됐는데⋯⋯

김석철 제가 낙천적이거든요. 캠퍼스를 조성하는 데 적어도 5년이 걸릴 텐데, 5년이면 얼마든지 세상이 바뀔 수 있다고 생각했죠. 그사이에 여론을 일으켜 법을 바꾸면 가능하다고 생각했습니다. 제가 할 일은 그러기 위한 판을 벌이는 것이라고 봤고요.

관악산 서울대 마스터플랜 작업을 통해 교수님께서 얻으신 교훈은 무엇입니까?

김석철 세상의 흐름을 배웠죠. 정치를 몰랐기에 제가 가졌던 용기가 얼마나 무모했는지를 뼈저리게 느꼈습니다. 관악산 서울대 캠퍼스 마스터플랜 이후 하드웨어 개조를 통한 사회개혁은 쉽지 않다는 것을 처절하게 깨달았습니다.

제7장

순수의 시대

관악산 서울대 마스터플랜을 맡아 진행하면서 세상의 이면에 숨겨진 쓴맛을 본 뒤 김석철은 건축설계로 돌아왔다. 그리고 처음으로 도전한 일이 여의도 KBS 본관 현상설계다.

관악산 서울대 마스터플랜은 건축이라기보다는 교육도시 프로젝트였습니다. 하지만 관악산 서울대 마스터플랜을 자의 반 타의 반으로 끝내신 뒤 쿠웨이트 자흐라 주거단지 설계에 당선되기 전까지 쭉 건축 일을 하셨습니다. 도시설계를 떠나 다시 건축으로 돌아오신 이유가 있었습니까?

김석철 도시 프로젝트는 정부만이 발주할 수 있습니다. 정부 프로젝트를 개인으로서 했을 때 그 결과가 어떤지를 두번이나 경험하니 더이상 하고 싶지 않았죠. 그래서 이제 무엇을 해야 하나 고민하던 끝에 남은 길은 현상설계밖에 없다는 결론이었습니다. 마침 그때 여의도 KBS 본관 현상설계가 나왔습니다. 여의도 마스터플랜을 만든 사람으로서 당연히 KBS 본관을 내가 지어야겠단 생각이 들었죠. KBS 본관의 현재 위치를 정한 사람이 바로 저였으니까요. 김진균, 방수일, 안건혁 씨 등과 팀을 꾸려 현상설계를 준비했습니다. 김진균 씨와 안건혁 씨는 둘 다 훗날 서울대 건축과 교수가 됐죠. 안건혁 씨는 분당과 일산 신도시를 만들었고요. 시종 심각했던 김진균 교수는 건축학회, 건축가협회, 건축사협회의 건축 3단체장까지 지냈지만, 방수일 씨는 결국 건축계를 떠났습니다.

KBS 본관이 교수님이 처음으로 도전한 현상설계입니까?

김석철 그렇다고 볼 수도 있고, 아니리고 볼 수도 있죠.

무슨 말씀이십니까?

김석철 변용 선배 사무실에 임시캠프를 차리고 넉달 가까이 신세를 지며 만들었는데 마지막에 제가 잠을 이기지 못해 제출조차 못했습니다. 이틀을 꼬박 자다 마감 세시간 전에 깼죠. 비록 마감시간에 맞추는 것은 불가능하게 됐지만, 같이 현상에 참여했던 안건혁 씨와 김진균 씨 등을 설득해 끝까지 해보기로 하고 사흘을 더 일해 도면을 완성시켰습니다. 이 안을 완성하지 못하면 천추의 한으로 남을 것이라고 설득했지요.

마감을 놓친 설계안을 굳이 완성시키신 이유가 무엇입니까?

KBS 현상설계안

김석철 원고도 쓰다가 중간에 그만두면 낙서지 글이 아니지 않습니까? 설계도 완성된 도면으로 정리하기 전까지는 아이디어에 불과하죠. 저는 우리 안이 당연히 최고일 거라고 생각했거든요. 그래서 나중에 당선된 안과 우리 안을 비교해 그것을 저 스스로에게라도 증명해 보이고 싶었죠. 사흘 밤을 새워 완성한 뒤 모든 팀이 함께 나가 밤새 술을 마셨습니다. 아주 맛있게요. 순수했던 시절이죠.

어떤 안이었기에 그렇게까지 하셨던 것입니까?

김석철 서울대 마스터플랜을 만들었던 2년의 경험을 오롯이 쏟아부은 안이었습니다. 당시 막 지어진 오스트리아 빈의 공영방송국에 대해 공부했습니다. 그러면서 깨달은 것이 방송국 건물은 하나의 거대한 기계가 돼야 한다는 거였습니다. 스튜디오와 스튜디오가 거미줄처럼 엮여 있어 방송장비와 인력이 최고의 효율로 움직일 수 있어야 한다는 것이죠. 그래서 저는 타워를 세워 인간과 기계, 영업본부와 방송본부를 분리시키는 안을 만들었습니다. 방송국에는 사장, 피디, 배우는 물론 온갖 소품을 실은 트럭까지 들락날락거립니다. 업무와 용건이 다른 이들이 한 출입구를 사용한다는 것은 말이 안 되는 일이죠. 이 둘을 분리해 업무팀은 타워에 입주하고 제작센터는 저층동에 입주하는 안을 냈습니다.

KBS 본관 외에도 훗날 방송국 설계를 여러 건 하신 것으로 압니다.

김석철 1990년대 중반 여의도 MBC 본사가 일산으로 이사 간다며 현상설계를 발표했을 때, 1970년대에 그렸던 KBS 본관 안이 아까워서 그 안을 한 반년간 발전시켜서 냈죠. 당선은 됐는데, 그뒤 프로젝트 자체가 흐지부지됐습니다.

현상설계를 해서 당선작을 발표한 프로젝트가 무산되기도 하나요?

김석철 현상설계 때는 여의도 MBC 본사 전체가 일산으로 이사 갈 계획이었습니다. 그런데 1997년 외환위기가 터지면서 현상설계를 무효화하더니 2년 뒤 드라마제작센터만 일산으로 이사하는 것으로 결정하고, 현상설계를 다시 했습니다. 이전 현상설계에서 당선된 우리한테는 일언반구도 없이요. 그때 만든 MBC 안도 참 좋았는데 안타깝게 됐죠.

KBS 본관 현상설계를 준비했으나 제출조차 못하고 낙방한 뒤 김석철 팀은 세

세종문화회관 현상설계 당시(1969년). 위의 오른쪽과 아래 왼쪽이 김석철.

종문화회관 현상설계에 도전했다.

세종문화회관 현상설계에도 도전하셨습니다.

김석철 KBS 본관 현상설계를 함께했던 김진균, 방수일, 안건혁 씨 등과 화곡동 집에 베이스캠프를 차리고 준비했었죠. KBS 현상설계 때 시간에 밀려 제출조차 못했던 경험이 있어 세종문화회관 현상설계는 공모 때부터 서둘렀으나 역시 마지막 사흘은 아무도 자지 못했습니다.

교수님 팀이 만든 세종문화회관 안은 지금의 세종문화회관과 어떻게 다릅니까?

김석철 저는 우선 세종문화회관이 지어질 터에 의미를 뒀습니다. 경복궁 근정전에서 광화문으로 이어지는 축의 좌편에 위치한 현 세종문화회관 자리는 과거 의정부가 있던 곳입니다. 우리의 안은 세종문화회관이 북악산, 경복궁, 광화문과 함께 존재하는 것이라 보고 그 규모에 맞는 파사드와 게이트는 길가에 있으면서 본 건물은 뒤로 배치하는 것이었어요. 현재의 세종문화회관은 인왕산을 가리고 서 있습니다. 세종문화회관 내부에서는 물론 외부에서도 인왕산을 볼 수 없죠. 하지만 제가 그린 세종문화회관은 건물 안에서는 물론 외부에서도 인왕산과 북악산, 낙산과 남산을 볼 수 있는 건물이었죠.

그런데 왜 낙선했다고 보시나요?

김석철 서울시가 제시한 스페이스 프로그램 대신 우리 스스로가 만든 스페이스 프로그램을 제안했는데, 그것을 서울시가 이해하지 못했던 것 같습니다.

교수님께서 제안한 스페이스 프로그램은 어떤 것이었나요?

김석철 세종문화회관 현상설계 때 요구사항 중 하나가 4000석 규모의 대극장을 설계하라는 거였습니다. 저는 극장으로서 최대 규모는 2500석이라고 봤습니다. 링컨센터 오페라하우스가 4000석 규모인데 뒷자석은 '데드 스페이스'로 무대가 거의 안 보입니다. 4000석 규모는 정부 행사용으로나 필요하죠. 그래서 4000석이라는 무의미한 규모의 대극장 대신 2500석의 정식극장과 750석 규모의 소극장 두개를 가변으로 잇는 안을 냈죠. 750석 규모의 소극장 두개는 2500석의 정식극장과 객석이 이어지는 가변식 극장으로 만들어 4000석 규모의 행사가 치뤄질 때는 세 극장을 연결하는 스페이스 프로그램을 제안했죠. 당연히 그렇게 되어야 한다고 생각했기 때문에 심사위원들이 충분히 우리의 생각을 이해할 것으로 기대했습니다. 제출일에 저희 팀이 마지막으로 도착해 1미터짜리 판넬 4개를 전시했는데, 응모한 50여개 팀 중 저희 안이 최고라고 생각했습니다. 저희와 비슷한 수준이라고 생각되는 안조차 없었습니다. 그래서 당연히 당선될 것이라고 생각했는데 떨어졌죠.

김석철 팀이 낸 세종문화회관 설계안은 비록 낙선했지만 당선된 안을 제치고 한국건축가협회에서 발행하는 건축잡지 『건축가』 표지에 실렸다.

연이은 현상설계 실패를 겪을 즈음 그에게 국가 프로젝트 하나가 또 떨어졌다. 경주관광종합개발계획을 수립하는 일이었다. IBRD가 도시공학과 교수들이 모여 만든 마스터플랜을 실격시켜 해외자금 유치가 불발되자 강병기 한양대 도시공학과 교수가 그에게 도움을 요청했던 것이다. 그는 이 프로젝트를 맡아 문화재가 모여 있는 경주 구도심과 숙박시설이 모여 있는 보문단지를 이원화시켜 개발한다는 '경주관광개발계획(보문지구)'을 만들었다. 오늘날 경주의 기본 밑그림을 그가 그린 것이다.

관악산 서울대 마스터플랜 프로젝트를 하면서 처절하게 깨지셨는데, 경주 보문단지 개발이라는 국가 프로젝트를 또 맡으신 것은 의외입니다.

김석철 보문단지 일도 제가 처음부터 개입했던 것이 아니라 구원투수로 투입됐던 것입니다. 1970년대까지도 우리나라는 IBRD에서 차관을 받아 국토개발을 했습니다. IBRD로부터 자금지원을 승인받아 그 돈으로 길을 닦은 다음에 투자자를 모집해서 건물을 짓는 식이었죠. 경주는 1971년에 수립된 '제1차 국토종합개발계획'에 의해 경주국립공원을 적극적으로 개발·보전한다는 방침에 따라 '경주관광종합개발계획'이 추진되고 있었습니다. 하지만 도시공학과 교수들이 모여서 만든 안이 IBRD의 타당성 조사를 통과하지 못하면서 큰일이 났던 것이죠.

김중업 선생 사무실에서 일할 때 만난 적이 있는 강병기 교수가 제게 연락해 그 일을 수습해달라고 했지요. 서울대 일을 그만두고 나와서 광화문의 작은 사무실에서 은거하고 있을 때였는데, 저 역시 잇따

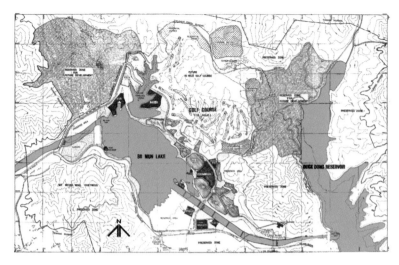

경주 보문단지 마스터플랜 당시 설계도

라 현상설계에 떨어지면서 돈이 없었거든요. 우리 사무실 직원이 김진균, 울산대 교수가 된 이정근, 성균관대 교수가 된 김유일 등 9명이 있었는데 사무실에 책상이 7개밖에 없어서 2명은 출근해도 앉을 자리가 없었습니다. 당시 우리 사무실에서 하루 세끼를 외상으로 먹던 식당이 있었습니다. 그 집 메뉴가 소머리국밥이었는데 어느날 『조선일보』에 그 식당이 가죽신에서 긁어낸 고기로 요리를 했다는 기사가 대문짝만 하게 실렸습니다. 우리는 그 기사를 보고 환호성을 질렀어요. 사람이 먹어서는 안될 음식을 매일 먹었다는 분노보다 두달 밀린 외상값을 안 내도 된다는 사실이 더 기뻤죠.

그러던 터에 받은 부탁이라 거절할 수가 없었죠. 그런데 강병기 교수를 만나 이야기를 들으면서 황당했던 점은 용역비의 대부분을 도시공학과 교수들이 이미 배당받았다는 것이었어요. IBRD의 승인을 받지 못했는데도 보고서를 썼다는 명목으로 다 가져간 거였죠. 그래서 남은 용역비를 받고 일은 처음부터 다시 해야 했습니다. 그리고 또 하나 조건은 극비 프로젝트이기 때문에 청와대에 들어가서 일해야 한다는 것이었고요.

극비 프로젝트요?

김석철　도시계획을 한다는 것이 알려지면 부동산 투기업자들이 몰려들잖아요. 그 때문에 경주를 관광도시로 개발한다는 사실 외에 구체적으로 어느 지역을 어떻게 개발할지는 비밀이었죠. 지금의 국민대학교 건물을 청와대가 분관으로 사용하고 있을 때라 국민대학교 건물에 들어가서 반년 동안 '경주관광종합개발계획'을 만들었습니다. 통금이 있던 시절이니까 근처에 여관을 하나 잡아놓고 통금시간이 지나면 경찰이 여관에 데려다주고 새벽에 또 경찰차를 타고 출근하기를 반년간 했죠.

경주관광종합개발계획은 구체적으로 어떤 것이었고, 교수님께서 하신 일은 구체적으로 어떤 것이었습니까?

김석철　애초에는 경주개발계획이라고 해서 경주 구시가지 정비계획과 신구역 개발계획이 따로 있었는데, 우리 팀이 들어가면서 기존 지역을 보존하고 보문단지에 새로운 관광구역을 만들어 천년 전에 사라진 옛 도시를 이원구도로 유지하는 안으로 바꿨습니다. 이러한 안을 제출했더니 IBRD는 두말없이 승인해주더군요. 그래서 이미 개발이 진행된 불국사 앞 상업단지를 제외하고는 정비계획을 중단시킬 수 있었습니다. 대대적 정비계획이 집행될 뻔한 옛 도시구역을 보존하고 보문단지에 개발을 집중시킨 것은 꽤 잘한 일이라고 자부합니다.

지금의 보문단지는 그러면 교수님께서 만드신 마스터플랜대로 건설된 건가요?

김석철　경주 구도심에는 일체 손을 대지 않고 경주 외곽 보문에 관광시설을 집중시킨다는 것이 핵심이었는데 거의 비슷하게 됐습니다. 하지만 최근에 가보니 아쉬운 점이 많아요. 우선 지금처럼 많은 사람들이 자동차를 타고 보문단지를 찾을지 몰랐습니다.

교수님께서 만드신 많은 도시설계 마스터플랜 중에서 보문단지가 가장 교수님의 뜻과 비슷하게 지어진 경우인가요?

김석철　가장 비슷하게 현실화된 것은 쿠웨이트의 자흐라 주거단지입니다. 자흐라 주거단지 마스터플랜은 국제현상으로 당선된 것이니까 가능했던 일입니다. 경주관광종합개발계획은 우리가 현상설계로 당선된 일이 아니라 정부의 프로젝트를 대행한 경우였고요. 하지만 개인적으로는 보문단지를 만들면서 어반 스케일(urban scale)에 대한 자신감이 생겼죠. 또 보문단지 안이 IBRD의 승인을 얻은 후 가내수공업 시대를 마감하고 처음으로 광화문 고려빌딩 9층에 사무실을 차릴 수도 있었고요. 서울대학교 응용과학연구소 이후 변용 선배 사무실에서 일년, 화곡동 집에서 반년, 사무실을 차리기는 했지만 모두 현상설계를 위한 임시캠프였지 정식 사무실 형태는 아니었거든요.

김석철은 "세종문화회관 현상설계에 떨어진 뒤 심사위원들이 아닌 건축주에게 직접 평가받는 편이 낫겠다는 생각이 들어 정식으로 사무실을 낸 뒤 주택설계에 뛰어들게 됐다"라고 말한다.

김석철　당시만 해도 우리나라에 변변한 기업이 없을 때라 관공서 건물이나 공공건물이 아니면 주택밖에 할 일이 없었죠.

공공건물은 더이상 안 하겠다고 선언했지만 그 역시 초기에는 일감이 없어 산업은행 본관 현상설계와 사우디아라비아 제다시의 제다빌딩 등을 하청받아 최소 경비만 받고 일하기도 했다. 사무실을 차린 뒤 설계비를 정식으로 받은 첫일은 성북동 문 회장 집(1973)이었다.

김석철　정릉 시절인 1968년에 부산 동대신동 아버지 집 마당에 지은 써머하우스가 저의 첫 가정집 작품이죠. 그리고 사무실을 내기 전에 대방동 허 회장 집 하나를 지은 적이 있어요. 제가 개인으로서 설계비를 받고 지은 첫 가정집이었는데, 그 대방동 집을 보고 문 회장이 우리 사무실을 찾아왔습니다. 사무실로서는 성북동 문 회장 집이 첫 작품이죠. 성북동 문 회장 집은 이상해 교수가 맡아 설계를 진행했습니다. 이후 서교동 집, 숭인동 집, 북아현동 집 등 3년 동안 주택설계만 했습니다.

김석철은 "도시적 스케일의 일을 하다가 주택을 설계하게 되면서 처음에는

당시의 주택설계 작품들

많이 당황했다"라고 말했다.

김석철 여의도 마스터플랜이나 관악산 서울대 캠퍼스 마스터플랜을 만들었다는 경력은 주택설계 시장에서 전혀 도움이 안 됐습니다. 오히려 주택을 짓고자 하는 건축주들한테 허황된 사람이라는 인상을 줬습니다. 그래서 주택 몇채를 거의 무료봉사로 지었습니다. 그집을 본 사람들이 스스로 저를 찾게 만들었죠. 우리나라에 아파트가 보급되기 전이고 지금처럼 명품으로 자신의 부를 뽐내는 시절도 아니었기 때문에 사람들이 큰돈을 벌면 모두 좋은 집을 지어 자랑하고 싶어할 때였습니다.

김석철은 "정확하지는 않지만 성북동에 다섯채를 지었고 돈암동에도 여러채를 지었다. 논현동에 최초로 지어진 주택도 아마도 우리 사무실에서 했던 것 같다"라며 진정한 부가 무엇인지를 보여주는 집을 지었다고 말했다.

김석철 우리나라 부자들은 그때까지만 해도 비싼 재료를 사용하고 호화로운 가구를 들여놓는 것이 부라고 생각했습니다. 하지만 저는 우아한 부자라면 어떻게 살아야 하는지를 보여주는 집을 지었죠. 이런 것을 저보다 앞서 보여준 건축가가 프랭크 로이드 라이트입니다. 그는 초기에 시카고 일대에 부잣집들이 담백한 공간에서 자기의 부를 한껏 과시할 수 있는 집들을 많이 지었죠. 당시 제가 지었던 집들이 라이트의 영향을 받았다는 사실을 부정할 수는 없습니다.

진정한 부자가 사는 법을 보여준 김석철의 주택설계는 금세 당시 신흥재벌

사이에 소문이 퍼졌다. 다른 사무실보다 2~3배 이상의 설계비를 요구했지만 그의 사무실에는 집을 지어달라는 재벌가들이 줄을 섰다.

어느 순간 주택설계 일을 그만두셨습니다. 특별한 계기가 있으셨나요?

김석철 재벌집 주택설계로 사무실이 이름을 날리면서 일감이 끊이지 않아서 기분 좋고 편안하게 3~4년을 보냈죠. 그러던 중에 필화 사건으로 한국을 떠난 김중업 선생이 7년 만에 돌아와서 저를 찾았습니다. 저한테 같이 사무실을 하자고 제안했죠. 그것도 더이상 스승과 제자가 아닌 50 대 50이라는 조건으로요.

50 대 50의 조건이라면 건축의 ABC를 배운 스승으로부터 건축가 대 건축가로서의 인정을 받으신 것 아닌가요?

김석철 제 인생 최초의 사부이고 또 몇년간 제가 부자들의 주택을 지으며 돈을 벌 수 있도록 기술을 가르쳐주신 분이 일대일의 조건으로 같이 사무실을 내자고 제안을 하시니 사실 혹하고 넘어갈 수도 있었죠. 하지만 저는 그것보다도 그동안 제가 한 일을 사부한테 보이고 싶었던 마음이 더 컸던 것 같아요. 지난 3년간 제가 지은 집들의 도면을 먼저 보여드리고 싶다고 했죠. 그날은 김중업 선생이 프랑스에서 직접 가져온 와인을 마시며 밤새 토론하고 노래도 불렀습니다. 십수년 만에 처음 보는 선생의 모습이었죠. 다음 날 제가 들고 간 도면을 보고 대뜸 하신 말씀이 "그동안 부자들 뒤치다꺼리만 하고 돌아다녔

구먼!"이었어요. 저는 충격을 받았습니다. 애초 수학을 하겠다던 사람이, 그리고 도시를 설계하겠다던 사람이 지금까지 무슨 일을 하고 있었나 하는 생각이 문득 든 것입니다. 건축이란 것이 공공건축이 아닌 다음에는 결국 부자들을 위한 일이라는 생각이 들었어요. 그러자 도시설계로 돌아가야겠다는 다짐을 하게 되었고요. 그날로 주택설계 일을 끊었습니다. 제가 무엇인가를 끊는 일을 무지 잘하거든요.

김석철은 이 시절 3년간 설계한 주택들을 모아 '한옥 이후'라는 주제로 1975년 신문회관에서 개인전을 열었다. 정릉 시절 이후 7년 만의 개인전이었다.

김중업 선생과의 동업은 결국 결렬된 건가요?

김석철 결국 그분도 저도 동업을 원치 않았죠.

교수님 인생에서 김중업 선생은 어떤 분이셨나요?

김석철 르꼬르뷔지에를 알게 해주었고 무엇보다도 건축에 대한 열정이 어떤 것인지를 몸소 보여주셨습니다. 늘 공부하는 모습도 본이 됐고요. 하지만 청년기의 저에게 큰 혼란을 주기도 했습니다. 하루는 "한국의 건축은 조선시대 들어 이미 모방의 길로 들어섰다. 600년의 단절을 일으킬 사람은 자네와 나밖에 없다"라며 치켜세우셨다가, 하루는 "너 같은 인간이 건축을 하는 것은 역사의 비극이다"라고 깎아내리셨죠. 하지만 건축가로서 제가 해야 할 일에 대한 소명을 심어주셨습니다. 예술의전당 현상설계에서 제자가 스승을 누르고 당선된 것을 당혹스러워하시기도 했고 그로 인한 오해도 있었지만 선생 돌아가시기 전후에는 제가 내내 곁에 있었습니다. 비록 김중업 선생 밑에서 일한 기간은 3년밖에 안 되지만 하도 제 이야기를 많이 하고 다녀서 사람들이 저를 김중업 선생의 유일한 제자처럼 생각했으니 까요.

건축적으로 영향을 받으신 부분은 없나요?

김석철 제가 영향을 받은 부분은 젊은 시절 엄청난 트레이닝을 받았다는 것이죠. 성북동 집에 데리고 살면서 밤새 붙들고 있을 사람이 저밖에 없기도 했고요. 건축적으로는 저와 르꼬르뷔지에의 브리지 역할을 해주셨다고 봅니다. 전반적으로 보면 인간 김중업에게 받은 영향은 분명 크지만 건축가 김중업에게 받은 영향은 크지 않다고 생각합니다.

김석철은 잠시 생각하더니 "한마디로 얘기하면 내 스스로가 김중업 선생의 작품이 아닌가 싶다"라고 말했다.

김석철 김중업 선생을 통해 르꼬르뷔지에에 대해 배웠다면, 제 자력으로 위대함을 알아본 건축가는 미스 반데어로에입니다. 미스는 현대건축에 깊은 영향을 미친 건축가이지만 어느 누구도 그렇게 높이 평가를 안 하죠.

미스 반데어로에라면 철골조와 유리만으로 된 마천루를 처음으로 설계한 독일 건축가 아닌가요? 충분히 높은 평가를 받는 건축가 아닌가요?

김석철 제가 볼 땐 건축가들이 르꼬르뷔지에나 프랭크 로이드 라이트는 경외하면서, 미스 반데어로에에 대해서는 별로 겁을 안 내는 것 같아요.

겁을 안 내다니요?

김석철 건축가들이 르꼬르뷔지에나 라이트에 대해서는 넘을 수 없는 벽으로 봅니다. 반면, 많은 건축가들이 미스만큼은 할 수 있다고 생각하죠. 미스의 건물은 미학의 건물이 아니라 문법의 건물입니다. 그래서 미스의 건물은 언뜻 봐서는 그가 설계했는지 아닌지 알 수 없는 건물도 많죠. 굳이 말하자면 르꼬르뷔지에나 라이트가 작가였다면 미스는 최고의 학자입니다. 미스는 건물에서 건축가의 이름을 읽을 수 있다면 그것은 시대정신에 맞는 좋은 건축이 아니라고 했죠.

무슨 뜻인가요?

김석철 건축은 건축가 자신을 표현하는 것이 아니라 시대정신을 표현해야 한다는 것이죠. 미스가 "건축은 완벽한 구조와 공간을 그대로 드러내야지 건축가의 조형의지를 표현해서는 안 된다"라는 내용의 글을 쓴 적이 있습니다.

교수님의 건축에도 적용이 되는 말 같습니다.

김석철 미스의 건축이 완전히 수학적이라면 제 건축은 수학과 미술이 뒤엉킨 조화가 있는 것 같습니다.

무슨 뜻인가요?

김석철 건축가들은 제 건물을 단번에 알아봅니다. 비정형인 것 같지만 기하학적이고 수학적이고 논리적이라고 하죠. 그러면서도 약간의 과장이 있고요. 수학에는 과장이 있을 수 없거든요. 그런 의미에서 수학과 미술이 뒤엉킨 조화가 있다는 것이죠. 로버트 벤추리(Robert Venturi)가 제가 설계한 한샘 시화공장을 평가하기를 "공장 자체가 마치 하나의 거대한 기계 같다"라고 했습니다. 세상에서 가장 효율적인 공장을 만들었다고 했죠. 하지만 그러면서도 유머러스한 건물이라고요. 약간의 장난 같은 제스처가 건물에 있다는 것이죠.

예를 들면 어떤 제스처가 있죠?

김석철 시화공장은 바다를 메워 만든 땅에 지어진 공장입니다. 공장 자체는 과학적이고 공학적으로 설계했지만 밤에 출근할 때 보면 공장 자체가 배처럼 보이도록 했죠. 공장에 출근하는 것이 아니라 배를 타러 가는 느낌이 나도록요.

김수근 선생은 교수님 인생에 어떤 영향을 준 분으로 남아 있나요?

김석철　김수근 선생은 제가 도시설계를 할 수 있는 길을 열어주신 분이죠. 저를 대신해 정부와 싸워주기도 했고요. 도시설계에 있어서는 저를 믿고 맡겨주셨습니다. 가장 중요한 때 "바로 그것이다"라는 말씀을 많이 하셨고요. 김수근 선생은 용병술이 아주 뛰어난 분이셨습니다. 뛰어난 사람을 알아보고 그에 걸맞게 대접하는 수완이 뛰어나셨죠. 저는 그분 밑에서 장수로 일했던 것이고요. 기본적으로 김수근 선생은 굉장히 멋있고 매력적인 남자입니다. 친화력도 대단하고요. 제 결혼식을 앞두고 찾아뵙고 말씀드렸더니 참석하고 싶은데 토론토 출장 일정과 겹친다며 일주일만 연기할 수 없느냐고 하셨죠. 주례가 김중업 선생이었는데도요. 우여곡절 끝에 결혼식에 오셔서는 당연히 맨 앞 좌석에 앉아 계실 줄 알았는데 맨 뒤에 서 계셨죠. 그래서 왜 앞으로 안 나오시고 뒤에 계셨냐고 여쭸더니 자네 결혼식인데 그런 게 어디 있느냐며 자신은 뒤에 서 있어도 상관없다고 하셨어요. 제가 그런 과함을 받아서 김수근 선생에 대해서는 항상 고마운 마음을 갖고 있습니다.

제8장

리야드의 불꽃: 자흐라 주거단지

1976년 현대건설이 사우디아라비아 주베일(Jubayl) 산업항만공사 계약을 체결했다. 설계 및 공사감리는 미국 벡텔(Bechtel)이 맡고 현대건설은 벡텔의 하청업체로서 항만공사를 딴 것이었지만 그것만으로도 국가적 경사였다. 이를 계기로 박정희 대통령은 한국이 직접 설계와 감리, 시공까지 하는 사업을 원했고, 중앙정부 주도하에 중동의 도시설계 진출을 시도하게 됐다. 25개 국내 건설업체가 정부 주도로 한국해외건설주식회사(KOCC)를 설립해 대형공사 수주를 준비하며 함께할 건축가를 찾기 시작했다. 그러나 국내에는 국제도시설계 경험이 있는 건축가는 물론 영문으로 시방서를 작성할 능력이 있는 건축가조차 없었다. KOCC에서 고민 끝에 찾아낸 건축가가 김석철이었다. 당시 김석철은 주택설계 일을 그만뒀지만 여전히 월급을 줘야 할 사무실 직원 수가 적지 않아 경제적으로 고전하고 있을 때였다.

김석철　한동안은 경기고등학교를 나와 서울대 건축과를 졸업한 학생에겐 우리 사무실에 들어오는 것이 가장 좋은 코스로 꼽혔죠. 그만큼 우리 사무실에 우수한 인재들도 많았고요. 그 때문에 막상 주택

설계 일을 안 맡겠다고 선언하고 나니 속으로는 막막했습니다. 그러던 찰나에 쿠웨이트 신도시 주거단지 국제현상 일이 들어왔으니 저도 마다할 이유가 없었죠.

쿠웨이트 자흐라 신도시 국제현상 당선은 김석철의 건축인생에 일대 전환을 가져왔을 뿐만 아니라 다국적 건설회사의 하청업체로만 일하던 우리나라 건설회사가 중동에 최초로 지어지는 신도시 설계 수주를 직접 따냈다는 점에서 국가적 쾌거였다.

건축가로서의 인생이 쿠웨이트 자흐라 신도시 국제현상을 계기로 큰 전환을 맞습니다. 쿠웨이트 자흐라 국제현상은 어떻게 참여하셨던 건가요?

김석철 우리나라가 막 중동에 진출하려던 때인데 이전까지는 우리나라 건설사들이 다국적 토목회사인 벡텔 등의 하청을 받는 식으로 해외공사를 했죠. 자흐라 신도시 국제현상은 시방서를 요구하지 않는 보통의 현상설계와는 달리 시방서와 설계안 둘 다를 요구했습니다. 제가 여의도 마스터플랜부터 시작해 보문단지 개발까지 그동안 수많은 영문제안서를 써서 IBRD의 승인을 받아낸 경험도 있으니까 KOCC 측에서 저를 찾아왔죠.

시방서가 무엇인가요?

김석철 구체적으로 공사를 어떻게 해야 할지를 적는 것이 시방서

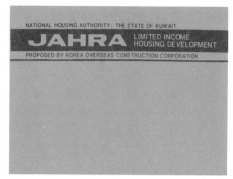

자흐라 주거단지 보고서 표지

인데, 자흐라 주거단지는 건물 한채가 아니라 하나의 도시를 설계하는 것이어서 두꺼운 책 한권 분량의 시방서를 써야 했습니다. 당시 우리나라에서 영문시방서를 쓸 수 있는 사람은 저밖에 없었죠.

중학교 때부터 영어를 싫어하셔서 영어사전도 없이 고등학교를 졸업했다고 하셨는데, 교수님께서는 어떻게 책 한권 분량의 시방서를 영어로 작성하셨나요?

김석철   일본에서 출판된 영어명문집이 있었어요. 각종 문학작품이나 연설문 등에서 좋은 문장 500개를 뽑아 엮은 책이었죠. 그 책에 나와 있는 샘플 문장 중 응용할 만한 문장 50개를 뽑아 벽에 붙여놓고 단어만 바꿔서 영작을 했죠.

첫 국제현상에서 우리나라 건설사들의 원청회사를 제치고 당선하셨습니다. 불가능에 가까운 일을 해내셨는데 어떻게 가능했나요?

김석철   자흐라 신도시가 어떤 도시가 되어야 할지에 대해 쓴 제안

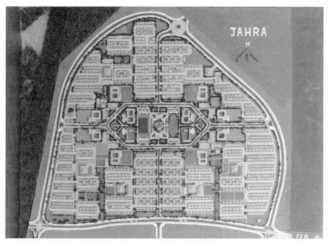

자흐라 주거단지 마스터플랜 모형(위)과 주거단지 현재 위성사진(아래)

서 덕분이었던 것 같습니다. 자흐라 신도시는 중동의 첫 신도시이자 2차 세계대전 이후 지어지는 최초의 신도시였습니다. 과거 대도시 주변에 주거단지가 지어진 적은 있었지만 자급자족형 신도시는 없었습니다. 벡텔 등 서구회사가 제국주의 시대의 프레임으로 접근한 데 반해 저는 자흐라 신도시가 식민도시가 아닌 하나의 이슬람 도시 공동체를 이루는 자급자족도시가 되기 위해서 어떤 도시시설을 갖춰야 되는지를 분석하고 제안하는 제안서를 썼습니다. 이런 저의 제안서가 쿠웨이트 정부에 설득력을 가졌던 것 같습니다.

어떤 도시시설을 갖춰야 하는지에 대해 쿠웨이트 측에서 내건 조건은 없었습니까?

김석철　토지와 도시 내용의 상당 부분이 전제조건으로 주어졌고 앞으로의 확장가능성 등을 염두에 둔 신도시를 만들어야 한다는 도시계획적 수준의 가이드라인은 있었습니다. 저는 여기서 역으로 출발했죠. 즉 제안서에 새로 만들어질 자흐라가 쿠웨이트와 연결된 도시이기를 원하느냐 아니면 하나의 완결된 자립도시이기를 원하느냐는 질문을 던진 뒤, 자흐라가 자립도시로서 정체성을 갖기 위해서는 어반 스케일의 도시기능인 기업과 대학과 종합병원 등 어떤어떤 시설이 있어야 하는지를 역으로 묻고 제안했죠.

그 같은 분석은 어떻게 나온 것인가요?

김석철　일단, 쿠웨이트시의 주거도시가 아닌 자립도시를 만들어야겠다고 생각하고 자료를 찾아봤죠. 역사적으로 보면 유럽의 중세 도시들이 그 정도 규모의 자립도시들이었습니다. 그래서 유럽의 중세도시를 많이 참고했습니다.

KOCC와는 어떤 조건으로 계약하셨나요?

김석철 비록 국제현상은 KOCC 이름으로 응모했지만 여의도 마스터플랜 때처럼 제가 일방적으로 용역을 받아 일한 것이 아니라 KOCC와 아키반이 정식으로 계약금 5700만원에 하청형식 계약을 맺고 일했습니다. 또 서울대 마스터플랜 때부터 경주 보문단지, 세종문화회관, KBS 본관 현상설계 등을 쭉 같이했던 우리 팀원이 7명이어서 당선될 경우 세계일주 비행기표 7장을 달라고 요구했죠. 그런 뒤 이 프로젝트를 위해 57명을 새로 뽑았고요. 애초에는 60명을 뽑으려고 했는데 3명은 안 찼어요. 지금 벽산빌딩이 있는 자리의 정우개발 본사 건물 한층을 사무실로 쓰고, 그레이하운드 터미널 여관에서 숙식을 해결했죠. 통금이 있던 시절이라 마무리 때는 풍전호텔 방 네개를 빌려서 24시간을 일했습니다. 첫 해외 일이고, 또 도시설계도 처음 하는 일이어서 한동안은 밤안개 속을 헤매는 듯했죠. 실질적 작업이 50여개의 제도판에서 이뤄지고 있어서 모든 도판을 일일이 체크하다보면 하루가 금세 갔습니다.

불가능한 일을 해내신 만큼 반응도 뜨거웠을 텐데요.

김석철 그동안 벡텔의 하청을 받는 것이 우리나라 모든 건설회사들의 목표였는데, 제가 벡텔과 맞붙어서 이겼으니 난리가 났죠. 당시는 삼성이나 대우 등 대기업이 건설회사를 설립하기 전으로 해외건설을 할 수 있는 면허를 가진 회사가 불과 10여개뿐이었습니다. 제가 자흐라 주거단지 현상에 당선되면서 해외건설의 길이 열리자 정부에서 해외건설 면허를 막 내줬고, 이 면허권을 받거나 면허권을 가진 건설사를 인수한 대기업 건설사들이 우리 사무실에 와서 줄을 섰습니다. 승산이 없을 것이라고 판단해 KOCC에서 빠져나갔던 현대와 대림도 다시 우리한테 와서 줄을 섰고요. 쿠웨이트 자흐라 주거단지 국제현상 당선으로 첫 해외설계와 첫 턴키(turnkey) 프로젝트 수주를 성공시켰다 하여 도시설계 일이 몰려들기 시작했죠. 이때부터 박정희 대통령이 저격될 때까지 2년을 중동에서 보냈습니다. 건축가로 일을 시작한 이래 처음으로 돈이 쌓였죠.

쿠웨이트 자흐라 주거단지 현상설계 당선으로 중동 진출의 교두보를 마련한 김석철은 사우디아라비아의 수도 리야드에 사무실을 내고 아울라야 백화점 및 압둘 아지즈 메디컬센터 등을 잇따라 수주하며 본격적으로 중동시대를 열었다.

중동 진출은 쿠웨이트 자흐라 신도시 현상설계가 처음이었습니까?

김석철 정릉 시절 막바지에 사우디아라비아 제다빌딩을 설계한 일이 있었죠. 이해성 씨라고 공군 출신으로 어느 건설사에 고문으로 있던 분이 연락을 해와 나갔더니 제다빌딩 얘기를 했죠. 당시 해외진출을 모색하던 기업들이 군장교 출신들을 많이 데려가 기업에 군 출신들이 많을 때였죠. 전혀 모르는 분이었는데 사우디아라비아 제다에 빌딩을 짓고 있는데 설계가 잘 안 풀린다며 저한테 백지부터 다시 설계를 해달라고 부탁했죠. 일종의 2단계 설계용역이었습니다.

제다빌딩은 어떤 건물이었나요?

김석철   저층부에는 상점이 들어오고 고층부는 사무실로 사용하는 건물입니다. 동대문의 두타빌딩처럼 기존의 재래시장 부지에 상가와 사무실이 결합된 고층빌딩을 짓는 프로젝트였습니다. 건물설계 자체가 힘든 일이었다기보다는 여러 족장들의 돈을 모아 짓는 빌딩이어서 이들의 이해관계를 조정하는 일이 힘들었죠. 설계과정에서 제다를 방문하기는 했지만, 일은 서울에서 했죠. 사우디아라비아의 수도인 리야드에 사무실을 낸 것은 쿠웨이트 신도시 주거단지 현상설계 공모에 당선된 이후입니다.

사우디아라비아 리야드에는 어떤 계기로 사무실을 내게 되셨나요?

김석철   자흐라 신도시 국제현상에 당선되자 중동 건설시장에 진출하고자 하는 대기업 건설사들이 너도나도 저를 찾아왔습니다. 쿠웨이트 자흐라 신도시 이후 중동에 신도시 건설 붐이 불었지요. 중동 국가들이 오일머니로 소득이 기하급수적으로 늘어나니까 기존 도시에 아파트를 지어 공급하느니 아예 인프라시설을 완벽하게 갖춘 신도시를 지어 주거문제를 해결하려 했거든요. 한국에는 여의도라는 레퍼런스가 있고, 중동에는 자흐라 신도시라는 레퍼런스가 있으니까 건설사 입장에서는 중동 건설시장에 진출하기 위한 파트너 건축가로서 제가 적임자였죠. 마침 제 고등학교, 대학교 동기 및 선후배 들이 각 건설사의 실무책임자로 포진하고 있기도 했고요. 국내 10대 대기업 프로젝트 중 5개 프로젝트가 우리 사무실에 들어왔습니다. 몰려드는 러브콜을 주체하지 못하고 있을 때, 한 선배가 저한테 기업의 프로젝트를 받아서 하느니 리야드에 사무실을 내고 제가 직접 프로젝트를 수주받는 것이 낫지 않겠느냐고 조언했습니다. 귀가 번쩍 뜨이는 조언이었죠. 또, 당시는 전세계 돈이 전부 중동으로 모여들 때였거든요. 전세계에서 지어지는 고층건물 중 대부분이 중동에서 지어지고 있었고요. 내로라하는 전세계 건축가들의 각축장이었죠. 그런 시장에 도전해보고픈 욕심도 있었고요. 그래서 리야드의 한 빌라에 사무실을 차리고 2년가량을 리야드에서 보냈죠. 직원들도 아키반에서는 2~3명 정도만 나가 있었고, 프랑스·네덜란드·영국 건축가들을 뽑아서 일했죠.

리야드 사무실에서는 어떤 일들을 하셨나요?

김석철 건축으로는 아울라야 백화점과 압둘 아지즈 메디컬센터를 설계했고, 도시로는 대림건축과 알코바 도시설계를 했습니다.

알코바 신도시 일은 교수님 고집 때문에 무산됐다고 들었습니다.

김석철 이슬람문화권의 주택은 구조부터 서구와 다릅니다. 예를 들어 집의 출입문을 남자용과 여자용으로 두개를 내야 합니다. 하지만 저는 이슬람 사람들도 고층빌딩에 살기 위해서는 종교적 원칙을 고수할 것이 아니라 어느정도 현실과 타협해야 한다고 생각했죠. 건축으로 그들의 생활을 개혁하려고 했던 것이죠. 대림 측은 제가 설득했는데, 사우디의 원리주의자들은 추호의 양보가 없었죠. 혈기왕성했던 저도 양보할 수 없다고 버텼고요. 돌이켜 생각하면 그때 제가 그들의 문화를 이해하지 못하고 고집을 피우는 바람에 프로젝트가 무산된 것이 안타깝죠. 보통은 프로젝트가 무산되면 설계비를 한 푼도 안 주는 경우가 많은데, 그들은 돈 많은 사람들이라 약속한 계약금의 반을 줬습니다. 알코바 군사(경제·상업)도시 경험이 교훈이 돼서 아울라야 백화점을 설계할 때는 이슬람의 문명과 그들의 삶에 대한 이해가 반영된 설계를 했죠. 압둘 아지즈 메디컬센터를 설계하면서는 건물의 기능이 설계에 어떻게 반영되어야 하는지를 제가 배웠고요.

압둘 아지즈 메디컬센터는 어떤 빌딩이었나요?

김석철 빌딩이라기보다 하나의 건축군이었습니다. 의과대학 캠퍼스까지 함께 있는 리야드 최초의 종합병원이었으니까요. 현재 사우디의 국왕인 압둘 아지즈가 건축주였죠.

압둘 아지즈 사우디 국왕을 직접 만나보셨나요?

김석철 당연히 만나봤죠. 그는 당시 국왕인 파드의 이복 동생으로 인사하러 가기 전에 절대 얼굴을 봐서는 안 된다고 당부를 받았는데, 왕자가 먼저 다가와 저한테 악수를 청했습니다. 또 자신이 원하는 병

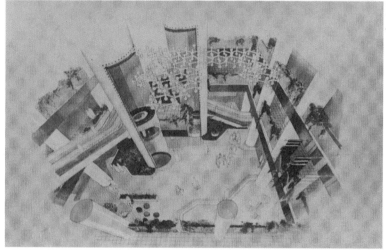

압둘 아지즈 메디컬센터 모형(위)과 아울라야 백화점의 상상도(아래)

원이 어떤 것인지도 직접 설명했고요. 그러면서 저한테 병원 설계는 건축가 혼자 할 수 있는 것이 아니라 메디컬 아키텍터와 함께해야 하는 일이라며 운더버그라는 메디컬 아키텍터를 저한테 붙여줬습니다. 운더버그 씨가 헤이그에 있어서 헤이그까지 가서 그에게 병원에 대해 배워왔죠.

김석철　유럽에서는 극장을 설계하기 위해서는 시어터 아키텍터가 따로 있어야 하고, 병원을 설계하기 위해서는 메디컬 아키텍터가 따로 있어야 합니다. 극장이나 병원 같은 특수기능을 수행해야 하는 건물은 미적으로 아름답기만 해서는 안 되니까요. 압둘 아지즈 메디컬센터도 제가 설계자로 선정되기 전 이미 운더버그가 메디컬 아키텍터로 선정돼 있었습니다. 그래서 제 설계가 기능적으로 완벽한지를 그에게 검토받아야 했죠. 김중업 선생 사무실에 있을 때 독립문 옆에 있던 작은 규모의 종합병원을 설계한 경험이 있기는 했지만, 진정한 의미의 종합병원 설계는 처음이었기 때문에 운더버그 씨와 일하며 종합병원이 기능적으로 어떠해야 하는지를 배웠습니다.

　지금도 우리나라 건축가들이 설계한 병원은 소아과 의사 방이나 산부인과 의사 방이나 넓이부터 창문의 높이까지 다 똑같습니다. 하지만 메디컬 아키텍터에 따르면 산부인과 의사 진찰실은 진료의 특성상 창이 높아야 하고, 소아과 의사 진찰실은 같은 이유로 창이 다른 과보다 낮아야 하지요. 또 종합병원은 하나의 건축군이라기보다는 하나의 도시입니다. 종합병원에서는 사람이 태어나기도 하고 죽기도 합니다. 단지 몇시간 진료만 받고 돌아가는 환자도 있지만 몇달씩, 몇년씩 병원에서 사는 환자의 수도 적지 않습니다. 이런 환자들에게 병원은 하나의 도시죠. 때문에 병원에는 산부인과, 안과, 피부과 등 우리가 흔히 생각하는 진료의 공간 외 식당, 조리실, 세탁실, 약 반입실, 의사 교육시설 등 병원이 움직이기 위한 시설의 공간이 생각보다 매우 넓습니다. 거대한 공장이자 그 자체로 하나의 도시인 것이죠. 이런 사실을 운더버그 씨와 일하며 알게 됐죠.

교수님께서 설계한 압둘 아지즈 메디컬센터는 어떤 건물이었나요?

김석철 일사불란한 군대조직 같은 병원을 설계했습니다. 병원은 병원답게 설계해야 합니다. 병원이라는 시설이 갖는 의무, 즉 환자 치료라는 의무를 가장 잘 수행할 수 있게 설계해야죠. 그러고 나서 휴먼 스케일(human scale)과 병원 특유의 문화공간을 생각해야죠. 로비를 얼마나 그럴싸하게 꾸밀지는 부차적인 일입니다. 그런데 우리나라 병원들은 겉멋에만 치중해서 병원이라는 시설이 갖는 의무에 대해서는 오히려 소홀하죠.

아울라야 백화점은 어떤 빌딩이었나요?

김석철 아울라야 백화점을 설계하기 전까지 저는 백화점이 인간의 욕망을 충족시키기 위한 공간이라고 생각했습니다. 사우디 왕족이 건축주였지만, 설계를 직접 지휘·감독하는 영국인이 저한테 했던 말이 백화점은 욕망을 충족시키는 공간이 아니라 욕망을 만들어내는 공간이어야 한다는 거였습니다. 그 말을 듣고 놀랐죠. 고객들이 백화점에서 사려고 마음먹은 물건만 사서 나간다면 그 백화점은 반의 역할밖에 못한 것이랍니다. 사려고 계획하지 않은 물건도 사갈 그런 백화점을 설계해야 한다는 것이 그의 의견이었죠. 그 영국인과 의견을 조율하며 2년 동안 아울라야 백화점 설계를 했는데, 지금 생각해보면 그동안 많은 것을 배웠죠. 아울라야 백화점과 압둘 아지즈 메디컬 센터를 설계하며 건축이 겉멋을 추구하는 미술이 아니라 엔지니어링과 휴머니즘이 결합된 분야라는 생각을 굳히게 됐습니다. 이때의 경험이 예술의전당 설계에 밑바탕이 됐고요.

하지만 결과적으로 압둘 아지즈 메디컬센터와 아울라야 백화점을 완성짓지는 못하셨습니다.

김석철 기본계획을 제가 만들었다는 의미가 있죠. 압둘 아지즈 메디컬센터는 실제 설계가 들어가기 직전까지 작업했습니다. 1979년 한국에 들어오면서 그만두게 됐는데, 나중에 결국 지어졌다는 얘기는 들었습니다. 서양은 우리나라와 달리 전임자가 한 일을 일방적으로 바꾸지 않기 때문에 제가 기본계획을 세운 것과 크게 다르지 않게 지어졌을 거라 생각합니다. 워낙 공학적으로 설계된 건물이기 때문에 건축가가 개입할 여지가 크지 않기도 하고요.

이 기간 동안에 국내에서는 일을 안 하셨나요?

김석철 한국에 사무실이 두개나 있었죠. 너도나도 우리 사무실에 찾아와 일을 맡아달라고 할 때라 우리가 재벌기업들의 일을 오히려 골라서 했죠. 그러면서 저도 기고만장해졌고요. 어느정도였냐면 삼성이 설계사무소를 차리려 한다며 백지수표를 줄 테니 와서 맡아달라는 제안을 했는데 제가 오히려 이병철 회장한테 백지수표를 줄 테니 우리 사무실을 경영해달라고 하고 싶다고 응대했죠. 그때는 정말 보이는 것이 없었습니다. 처음으로 사무실을 정식으로 내서 주택시장을 평정하고 곧장 해외로 나가 벡텔을 물리치고 도시설계 일감을 따왔고, 사우디 왕족이 건축주인 건물을 리야드에 두채나 설계하고 있었으니까요. 하지만 돌이켜보면 당시 저는 건축가라기보다는 어설 픈 경영자로서 일했던 것 같아요. 리야드 일은 제가 직접 챙겼지만, 서울 사무소 일 중 제가 직접 한 것은 성북동의 '꿩의 바다마을' 정도고 나머지는 다 사무실 직원들이 했죠.

김석철 교수가 한창 리야드 사무실에서 압둘 아지즈 메디컬센터와 아울라야 백화점 등을 설계하고 있던 1977년 박정희 대통령이 충청권에 신수도를 만든 다는 계획을 발표했다.

김석철　중동 일에 푹 빠져 있었을 뿐만 아니라 수도 이전에 대해 부정적이었기 때문에 신행정수도 계획에 참여할 생각이 전혀 없었 습니다. 하지만 박정희 대통령이 수도 이전 계획을 추진하며 대기업 들에게도 본사를 이전하도록 하자 대기업들이 저한테 요청해와 중 심업무지구 일대 계획을 맡게 되었고 어쩔 수 없이 한국에 머물게 됐 죠. 저 역시 중동에서 돈도 많이 벌고, 배운 점도 많지만 상업건물 설 계에 염증이 느껴지던 참이라 서울에 돌아와 초심으로 돌아가 건축 다운 건축을 해보고 싶단 생각이 들기도 했고요.

김석철은 행정도시의 업무지구 시안을 맡아 유스호스텔에서 일하던 중 남산 중앙정보부에 끌려가는 일을 겪었다. 박재홍 전 국회의원으로부터 의뢰받아 박 정희 대통령의 생가 복원 일을 진행한 것이 박정희 대통령이 은퇴를 준비한다는 소문으로 퍼지면서 문제가 됐던 것이다.

박정희 대통령이 서거하기 1년 전인 1978년에 남산 중앙정보부에서 고초를 겪으신 일이 있다고 들었습니다. 어떻게 된 일인가요?

김석철   박정희 대통령의 맏형인 박동희 씨의 아들 박재홍 씨의 집을 제가 설계했거든요. 박재홍 씨가 그 집안의 장손이니까 박정희 대통령이 제사를 지내러 그 집을 드나들었을 것 아니에요. 또 박정희 대통령이 육군사관학교보다도 더 애착을 가졌던 관악산 서울대 캠퍼스 프로젝트를 제가 맡아서 했으니까 박 대통령에게는 제가 꽤나 유능한 건축가로 알려져 있었죠. 그래서였는지 1970년대 말에 박재홍 씨를 통해 박 대통령의 구미 생가 보수공사를 해달라는 의뢰가 들어왔습니다.

박정희 대통령 생가라면 박정희 대통령이 1917년에 태어나서 대구사범학교를 졸업하던 1937년까지 살았던 집 말입니까?

김석철 생가 복원은 박 대통령 생각이 아니고 밑엣사람들 생각이었을 겁니다. 제 추측으로는 그 집의 소유권이 장손인 박재홍 의원한테 있으니까 박 대통령 밑의 사람들이 박 전 의원한테 누가 일을 맡으면 좋겠느냐고 물었을 테고, 그래서 그 일이 저한테 왔던 것 같아요. 박정희 대통령은 단순한 보수공사 정도를 생각했는데 밑엣사람들은 기념관같이 꾸미고 싶어했지요. 제가 일을 맡고 구미에 내려가보니 기와집 한채와 거의 부서진 조그만 방이 딸린 외양간이 한채 있었죠. 그래서 처음에는 저도 대대적으로 고치려고 했습니다. 그런데 절대로 덧짓지 말고 개보수만 하라는 내용의 친서를 박 대통령이 박 전 의원을 통해 보내왔죠. 또 직접 평면도를 그려서 일일이 지시를 했는데 조건은 절대로 치장하지 말라는 거였습니다. 공사도 따로 하지 말고 새마을사업을 할 때 함께하라는 거였죠. 그 편지를 받고 감동했습니다.

박정희 대통령의 친서까지 받아 진행하던 일로 왜 남산 중앙정보부에 끌려가셨던 건가요?

김석철 당시 우리 사무실 식구들이 60~70명이 될 때니 온갖 사람들이 다 사무실을 드나들었습니다. 저 역시 대통령의 생가 일을 한다는 자부심은 있었지만 단순한 보수공사였기 때문에 사무실 입장에서는 중요한 일이 아니었거든요. 그래서 사무실 구석에 도면들이 굴러다녔죠. 저 역시 아무 생각 없이 우리 사무실에 온 몇몇 지인들한테 박정희 대통령의 생가 보수공사를 맡았다는 얘기를 했고요. 그것이 박 대통령이 물러나 구미로 내려가기 위해 생가를 개보수한다고 소문났던 것이죠. 그리고 박 대통령의 후계자는 김종필이 될 것이라고요. 윤필용 사건 비슷하게 번질 뻔했습니다.

윤필용 사건이면 1973년 당시 수방사령관이던 윤필용 소장이 이후락에게 "각하의 후계자는 형님이십니다. 김춘추도 당나라에 갔다 와서 왕이 되지 않았습니까"라고 했던 말이 문제가 돼서 윤 사령관과 그를 따르던 장교들이 쿠데타 모의 혐의로 숙청됐던 사건 아닙니까.

김석철 그 비슷한 사건이 될 뻔했죠. 한밤중에 자다가 갑자기 들이닥친 중앙정보부 사람들에 의해 남산에 끌려갔으니까요. 박정희 대통령은 모르는 일이고 김재규 쪽에 의해서 끌려갔던 것 같아요. 끌려가서 심문받는데 저는 오히려 따졌죠. 박 전 의원한테 설계를 의뢰받아서 한 일인데, 그것이 극비사항이냐고요. 내가 여의도 마스터플랜과 관악산 서울대 캠퍼스 마스터플랜을 만든 사람인데 조그마한 집 한채 개보수하는 일이 뭐 대단한 일이라고 숨기느냐고 오히려 큰소리를 쳤죠. 엄청 거칠게 나갔어요. 나중에 남산에 끌려간 사람 중 저처럼 당당했던 사람이 없었단 말까지 들었습니다. 중앙정보부에서 제 뒷조사를 해봐도 폭행 전과 몇개가 있지만 깡패들이랑 싸웠던 것이라 무의미했을 테고, 제가 당시 대한민국 국민 중 개인소득세를 가장 많이 내는 사람 중 하나였죠. 그래서 저는 그냥 나왔어요.

다행이었네요.

김석철 풀려났지만 제가 갇혀 있는 동안 주변 사람들이 보인 행태로 인해 참 많은 것을 느꼈죠. 대한민국이 싫어졌습니다. 모든 사람이 싫었고, 특히 제 자신이 싫었습니다. 사람들로부터 멀리 떠나 아무도 보고 싶지 않았어요. 그래서 40일간 혼자서 유럽을 유랑했죠. 한국사람을 한명도 안 만나고 한국말을 한번도 안 썼어요. 집에 전화조차 안 했죠. 원래는 반년을 나가 있을 작정으로 유럽에 갔던 것인데 문득 한국말이 그리워져 서울로 돌아왔죠. 반년을 작정하고 나갔다가 40일 만에 돌아가기로 한 만큼 주머니에 돈이 많이 남아 있었어요. 세상에서 제일 비싸다는 빠리의 리츠칼튼 호텔에 묵고 있었는데 그 근처에 바로 에르메스 본점이 있었습니다. 돌아가기 전에 각시 옷이나 한벌 사자 해서 들어갔었죠. 굉장히 좋아 보이는 옷이 있어서 집어들었는데 제가 생각한 것보다 0이 두개가 더 붙어 있었어요. 그 옷을 사고 나니까 쓸 돈도 없어지더라고요.

김석철 교수는 공항에서 일부러 과시하듯이 그 옷을 내보였다고 했다.

김석철 나 잡아가라 하는 심정이었던 것 같아요. 돌이켜보면 그 유럽여행을 마지막으로 제 청년시대가 끝났던 것 같습니다. 여의도 마스터플랜, 관악산 서울대 캠퍼스 마스터플랜, 경주 보문단지, 그리고 쿠웨이트 자흐라 주거단지 등 도시설계를 하던 박정희 정권 시절이 제 청년기였습니다. 도시설계는 독재자와 천재가 만나야 가능하다고 합니다. 하지만 저는 독재자와 천재 못지않게 이 둘을 이어주는 '대중'이 있어야 한다는 것을 절감했죠. 그 시절 우리나라 대중은 좋은 도시를 원하지 않았어요. 오로지 좋은 집만 원했죠. 동네는 물론이고, 공공시설에 대한 경외감이 전혀 없었으니까요.

김석철 교수는 유럽여행에서 돌아온 뒤 반년 가까이 방황했다고 한다. 그러던 중 10·26사태가 터졌고 설계가 진행되고 있던 쿠웨이트의 신도시 자흐라는 본설계로 이어지지 못했다.

김석철 쿠웨이트 측과 직접 계약한 당사자는 KOCC였고 그 뒤에는 중앙정보부가 있었습니다. 그런데 박정희 대통령이 무너지니까 많은 이들이 저를 모함했죠. 그럴 때 대인은 빠지는 법입니다.

사무실 규모를 줄여 동숭동에 새롭게 사무실을 연 뒤에도 한동안 아무 일도 하지 않았다. 김석철은 중동에서 번 돈으로 1년을 놀았다고 했다.

김석철 1979년부터 예술의전당에 당선될 때까지 치열하게 술을 마셨습니다. 통행금지가 있던 시절이라 한번 마시기 시작하면 밤을 새고 마셨죠. 샐러리맨 월급이 50만원이던 시절에 한달에 외상 술값을 400만원씩 갚았어요. 술집에서 만난 사람이 저한테 손을 흔들면 술값을 안 내고 나가는 거였죠. 제가 얼마인지 묻지도 않고 다 내줬습니다. 술을 마시면서 돈을 아껴서는 안 된다는 것이 제 생각입니다. 그런 면에서는 제 아버지를 닮았죠.

대구 가든테라스

　빈 시간을 술로 채우며 2년 정도를 보낸 김석철은 대구 가든테라스 설계를
맡는다. 일곱층의 테라스하우스와 아래 두층의 상업공간으로 이루어진 대구 가
든테라스는 열아홉 세대가 지붕으로 이어지면서 한 마을을 이루는 복합건물이
다. 김석철 교수는 "대구 가든테라스 작업을 할 때 일주일에 사흘을 대구에서
지냈다. 상업주의에 밀려 타락을 거듭한 후라 오랜만에 진지하게 했던 일이다"
라고 그 일을 기억했다.

3

광장에 서다

예술의전당에 잠긴 꿈
부러진 가지에도 열매는 열린다
그때는 거칠 것이 없었다
조창걸과 김석철
광장에서의 15년

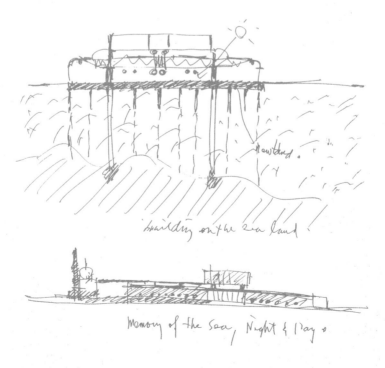

building on the sea land!

Memory of the Sea, Night & Day.

제9장

예술의전당에 잠긴 꿈

오페라하우스를 중심으로 콘서트홀, 국악당, 한가람미술관 등으로 구성된 일련의 건축군인 서초동 예술의전당은 명실상부한 서울의 대표 문화공간이다. 빠리에만 예외적으로 두개의 오페라하우스가 있을 뿐 전세계적으로 오페라하우스는 한 도시에 하나밖에 없기 때문에 건축가들에게 오페라하우스를 설계한다는 것은 그 도시의 상징적 문화공간을 설계하는 영광스러운 일이다. 더군다나 자신이 살고 있는 도시의 오페라하우스를 설계하는 기회를 얻는 것은 건축가로서 더없이 영광스러운 일이다.

김석철 교수는 이러한 영광을 그의 나이 서른아홉에 거머쥐었다. 그가 설계한 예술의전당은 단순히 웅장하고 아름다운 오페라하우스 건물이 아니라 건축 속에 도시가 어떻게 존재할 수 있는지를 보여주는 도시 속의 건축, 건축 속의 도시를 실현한 작품이다. 조선호텔 복수안을 그리며 도시와 건축의 유기적 융합을 모색해왔던 노력의 결실을 오롯이 풀어낸 작품이 바로 예술의전당이다. 김석철 교수는 "단순한 건물들의 조합이 아닌 문화예술적 도시공간을 만들려고 했다. 링컨센터가 아닌 브로드웨이를 만들고 싶었다"라고 말한다.

예술의전당 항공사진(위)과 예술의전당 야경사진(아래)

교수님께서 대표작으로 인정하실지 안 하실지는 모르겠지만 어쨌든 많은 사람들에게 교수님은 서초동 예술의전당을 설계한 건축가로 알려져 있습니다. 예술의전당 설계는 어떻게 하시게 된 건가요?

김석철　예술의전당 설계과정을 이야기하기 위해서는 천안 독립기념관 건립과정부터 이야기해야 합니다.

천안 독립기념관 건립에도 참여하셨나요? 전혀 몰랐던 사실인데요.

김석철　독립기념관 측은 33인으로 구성된 독립기념관 위원회를 만들어 주관하다가 일이 안 되니 다시 6인의 소위원회를 만들어 일을 주관했습니다. 저는 6인 소위원회 위원 중 한 명으로, 건축가가 아니라 건축주로서의 역할을 했습니다.

천안 독립기념관은 1980년 12·12사태로 정권을 잡은 전두환정권이 서초동 예술의전당보다 앞서 진행했던 국가적 모뉴먼트(monument) 건설 프로젝트다. 1982년 일본의 교과서 왜곡 사건이 불거지자 신군부는 재빨리 이를 5·18광주 민주화운동으로 뒤숭숭하던 민심을 돌리기 위한 호재로 활용했다. 언론은 연일 일본의 교과서 왜곡 사건을 보도했고 급기야는 독립기념관 건립을 위한 국민모금까지 벌여 무려 400억원의 성금을 모았다. 신군부는 일사천리로 박종국 문공부 기획관리실장을 독립기념관 추진위원회 사무처장으로 임명하고 33인 위원회를 구성했다. 남은 건 독립기념관을 짓는 일이었다.

김석철　3·1운동의 33인을 염두에 둔 33명의 위원회가 국가적 모뉴먼트 건설과 관련해 할 수 있는 일이 무엇이었겠습니까. 그래서 6인의 소위원회를 구성해 전권을 위임했습니다. 권태준(權泰埈) 서울대 교수, 신용하(愼鏞厦) 서울대 교수, 이현종(李鉉淙) 국사편찬위원장과 건축가 3명이 소위원회로 선정됐죠.

건축가 3명은 누구누구였나요?

김석철 애초에는 김중업 선생과 김수근 선생, 그리고 저 이렇게 세 명이 거론됐는데 김수근 선생은 부여박물관의 왜색이 문제됐던 사건이 있어서 독립기념관 건립 프로젝트에는 빠질 수밖에 없었죠. 그래서 김수근 선생의 오른팔인 윤승중 씨가 들어오게 됐습니다. 하지만 결국에는 김중업 선생이 밀려나고 김수근 선생의 오른팔 격인 김원 씨가 독립기념관 건립 프로젝트 전체를 지휘했습니다. 독립기념관 건립을 주관하게 된 6인의 소위원회는 미국 워싱턴D.C.의 링컨기념관을 비롯해 인도네시아의 독립기념관까지 전세계 기념관이란 기념관은 다 둘러봤습니다. 막내였던 제가 여행기간 동안 총무를 맡고 다녀와서는 출장보고문 형식의 기행문을 써서 제출했습니다.

항간에는 독립기념관 프로젝트 역시 국가적 상징물을 짓는 프로젝트인 만큼 김중업과 김수근 선생 모두 욕심을 냈지만 독립기념관은 신사참배 경력이 없는 '깨끗한 시대'가 참여해야 한다는 여론에 밀려 두 분이 포기를 하셨다고 알려졌습니다.

김석철 김수근 선생은 앞서 말한 것처럼 부여박물관 문제로 한차레 홍역을 겪은 뒤라 일찌감치 이 일에서 빠졌고, 김중업 선생은 중간에 의견 차이가 있어서 소위원회에서 탈퇴했죠. 김중업 선생의 생각은 어차피 6인의 소위원회한테 독립기념관 사업을 위임하기로 했으니 좌고우면할 것 없이 당장 설계에 들어가자는 것이었습니다. 반면 윤승중 씨와 저는 설계에 들어가기 전에 우선 어떤 건물을 지을지를 정해야 한다는 것이었고요. 일본에 합병되기 전에는 신의주까지 우리 땅이었으나 해방되며 남북이 분단된 채 독립한 것 아닙니까. 때문에 저는 현재 우리의 상태는 불완전한 독립인 만큼 남한만의 독립기념관을 짓는다는 것은 시기상조라는 생각이었죠. 역사적으로 봐도 항일운동은 남한지역보다 북한지역에서 더 많이 일어나지 않았습니까? 제가 이런 생각을 이진희 당시 문화공보부 장관한테 전하자 김중업 선생은 소위원회에서 나가고 김원 씨와 윤승중 씨, 그리고 제가 남게 됐죠. 설계는 소위원회에 참여한 건축가를 제외하고 현상공모를 해야 한다고 해서 그렇게 했고요. 김원 씨가 소위원회의 코디네이터로 모든 보고를 맡았기 때문에 제 의견은 잘 보고되지도 않았어요. 그럼에도 불구하고 독립기념관 개념 논쟁으로 이진희 당시 문화공보부 장관이 저를 특별히 봤나봐요. 결과적으로 그 인연이 예술의전당 프로젝트로 이어졌습니다.

독립기념관 소위원회 프로젝트를 하시면서 이진희 장관과 인연을 맺으셨던 거군요?

김석철 독립기념관 소위원회 일을 할 때는 한번도 따로 만난 적이 없습니다. 김원 선생이 주도한 안에 실망한 이진희(李進熙) 장관이 제가 낸 대안에 대한 브리핑을 받고 식사를 함께하자고 초대했는데 입장이 난처해 거절했죠. 김원 선생에게 미안했어요. 소위원회 일이 끝나고 얼마 뒤에 사무실로 이진희 장관 비서관한테서 전화가 왔어요. 약속이 없으면 필동 한국의집에서 점심이나 하자는 전갈이었죠. 저는 당연히 독립기념관 일 때문인 줄 알고 나갔습니다. 그런데 난데없이 서울 지도를 꺼내 보이며 서울에 아트센터를 지으려고 하는데 부지를 어디로 하면 좋을지 물었죠. 그때는 '예술의전당'이란 이름조차 없었습니다. 그저 국가를 상징하는 아트센터를 짓고 싶다는 것이 전부였습니다.

사전 준비가 전혀 안 된 상태에서 갑자기 부지 선정에 대한 아이디어를 달라는 질문을 받으신 거라 적잖이 당황하셨을 텐데요. 뭐라고 답하셨나요?

김석철 국가를 상징하는 아트센터라면 뉴욕의 링컨센터 같은 것을 만들겠다는 것인데, 그러기 위해서는 새로 짓는 아트센터의 부지가 국가의 상징적 장소여야 하고 도시 교통으로부터 접근성이 확보되어야 하며 누구나 알 수 있는 장소여야 한다고 말했죠. 서울 시내에서 이런 조건을 충족시킬 만한 부지로 옛 경희궁 자리인 서울고등학교 부지와 한강 둔치, 서초동 현재 대법원 자리가 있다고 추천했습니다. 옛 경희궁 터였던 서울고등학교 부지는 경복궁, 세종문화회관, 인사동 거리 등 역사구역을 잇는 도시문화공간 인프라를 만들 수 있는 좋은 장소이긴 하지만 아트센터를 짓기보다는 경희궁 복원이 더 바람직하다는 의견을 덧붙였고요. 한강변 둔치에 아트센터를 짓는

다면 미래 한강이 서울의 중심이 됐을 때 접근성이 가장 편리한 곳이 될 수 있을 거라고 설명했습니다. 하지만 당시는 한강변이 정리되지 않았을 때라 현실적으로 넘어야 할 산이 가장 많은 안이었죠. 올림픽대로도 건설되기 전이었으니까요. 하지만 훗날 한강을 정비할 때를 대비해 한강변에 문화인프라를 위한 공간을 미리 확보하지 않으면 두고두고 서울의 미래에 큰 한이 될 거라고 보았죠. 마지막으로 서초동 현 대법원 자리는 지하철과 고속도로의 연계도 훌륭하고 당시엔 중심가조차 없었던 강남의 중앙지로 입지는 좋지만, 문화예술의 인프라를 상징하는 장소로는 미흡하다는 것이 제 의견이었습니다. 이러한 제 생각을 설명한 뒤 굳이 저한테 하나를 추천하라면 한강변 또는 최소한 한강과 이어질 수 있는 장소에 아트센터가 지어져야 한다고 생각한다고 말했죠.

서울 시내에 아트센터를 건립하는 문제를 이전에 생각해보신 적이 있으신가요? 앉은자리에서 나올 수 있는 답변은 아닌 것 같은데요.

김석철 서울 도시계획은 제가 이전에 수없이 했으니까 머릿속에 이미 내용이 다 있었죠. 예술의전당을 설계하게 되리라고는 꿈에도 생각 못했지만, 서울에서 가장 공공성이 높은 건물인 시청과 아트센터를 한강을 사이에 두고 북과 남으로 연결하자는 내용의 글을 쓴 적도 있었죠. 그랬기 때문에 즉석에서 세곳을 추천할 수 있었습니다. 그러고는 완전히 그날 일을 잊었어요. 두달쯤 지났을 때 서울대 김진균 교수한테서 연락이 왔습니다. 예술의전당이라는 프로젝트가 진행 중이라며 코디네이터로 국제현상을 준비하고 있는 신용학 빠리대학

교수가 자기더러 도와달라 하나 자기가 할 일이 아니어서 저를 추천했다는 것이었어요. 그래서 다음날 신용학 교수를 만났죠. 저는 당연히 제가 추천한 한강변이나 한강과 이어진 곳이 부지로 선정됐을 줄 알았어요. 그런데 생뚱맞게 우면산으로 정해졌다는 거예요. 그러면서 프로그램 작업이 지지부진하다며 저한테 마스터플랜을 맡아달라고 해서 단칼에 거절했죠.

거절을 하셨다고요?

김석철 건축가라면 누구나 도시의 상징적 건축물을 설계해보고 싶은 욕심이 있습니다. 저도 마찬가지죠. 하지만 독립기념관 경우만 봐도 마스터플랜에 참여했다는 이유로 현상설계에 참여조차 못하지 않았습니까. 서울을 상징하는 아트센터를 짓는 일이라면 건축가로서 현상설계에 참여해야지 기획과정에 참여할 생각은 없다는 뜻을 분명히 밝혔죠.

결국 기본기획을 맡지 않으셨나요?

김석철 신용학 교수를 만나 거절한 뒤 며칠 지나서 문공부에서 다시 연락이 왔습니다. 아트센터를 우면산 기슭에 짓는다는 것만 정해졌지 구체적으로 어떻게 지어야 할지 1년째 갈피를 못 잡고 있었다는 거죠. 기껏 생각한다는 것이 뉴욕의 링컨센터 같은 공간을 만든다는 것이었고요. 이진희 장관의 생각은 갤러리와 극장, 공연장, 도서관, 예술학교 등이 함께 있는 런던의 바비칸아트센터 같은 복합문화공간을 만들고 싶다는 것이었습니다. 하지만 런던 도심에 위치한 바비칸아트센터와 달리 서울 남쪽 끝의 우면산에 복합문화공간을 어떻게 넣어야 할지 1년을 고민해도 답이 안 나오는 상태였죠. 그동안 예산은 다 써버렸고요. 그러던 중 이진희 장관의 의중에 김석철이 있다는 얘기를 듣고 찾아온 것입니다. 어떻게 했으면 좋겠냐는 거죠. 그래서 유럽과 미국을 망라한 국제 지명현상을 하라 했습니다. 그리고 제가 현상설계에 참여하고, 현상설계 심사를 바스띠유 오페라하우스 설계팀과 아트센터에 들어올 시설들의 대표들에게 맡긴다면 국제현상을 할 수 있는 기초작업은 돕겠다는 조건을 제시했습니다. 관악산 서울대 캠퍼스 마스터플랜 일을 하면서 제가 하던 일이 다른 사람들에 의해 이어지는 것이 얼마나 무의미한지를 깨달았으니까요.

문공부에서 교수님의 조건을 들어준 것인가요?

김석철 거의 비슷하게 받아들여졌죠. 시설대표 대신 유관 기관장들, 즉 예총회장, 학술원장, 건축협회장, 문공부장관이 심사하는 것으로 바뀌는 정도 말고는 거의 수용됐습니다. 그 정도 수정은 저 역시 마다할 이유가 없었고요. 대신, 심사내용을 전부 기록으로 남기고 심사 후 한달간 제출된 현상설계 안들을 공개 전시하는 조건을 덧붙였죠. 이렇게 하면 심사과정에서 장난을 칠 수 없을 테니까요. 그렇게 해서 국제 지명현상을 하게 된 것입니다. 국내에서는 김중업, 김수근 선생과 제가 선정됐고, 국외 건축가로는 하바드대학 교수팀인 미국의 TAC(리처드 브루커)와 장관이 모델로 삼았던 바비칸아트센터 설계팀인 영국의 CPB(크리스토프 본)가 선정됐죠.

문공부 특별팀에서는 무슨 일을 했던 것인가요?

김석철 아트센터를 짓기로 결정을 내린 뒤 문공부가 프랑스의 '그랑 프로제'(Grand Project)를 담당했던 팀에게 서울의 아트센터가 어떤 건축물이 되어야 하며 국제현상을 한다면 어떻게 진행해야 할지 등에 대해 용역을 줬습니다. 그런데 용역을 제대로 수행하기 위해서는 그랑 프로제 팀에게 한국의 실정을 설명하고, 또 이들이 질문했을 때 답해줄 수 있는 한국 대표가 있어야 했습니다. 신용학 교수팀이 그 역할을 했고 결국 제가 맡았던 역할은 그랑 프로제 팀에게 한국 상황을 설명하는 것이었습니다. 단 한장의 스케치를 그리거나 글을 쓰는 순간 현상설계에서 제가 배제될 거라는 사실을 알았기 때문에 그 이상의 역할을 맡을 생각은 없었죠.

그럼에도 불구하고 마스터플랜 과정에 참여했던 교수님께서 지명건축가로 선정된 것에 대해 말이 많았던 것으로 알고 있습니다.

김석철 외국 건축가들은 모두 수긍했고 단 한 팀에서만 말이 있었죠. 하지만 덕수궁에서 열린 3차에 걸친 심사에서 모두 제가 1등을 차지한 뒤로는 말들이 없었죠. 1차 심사는 앞서 말한 빠리 바스띠유 오페라하우스 기본기획팀이 했고, 2차 심사는 사용자위원회(유저커뮤니티)라고 해서 예술의전당을 사용할 전문가집단이 했죠. 3차 심사는 예총회장, 건축가협회장, 건설사협회장 등 관련 기관장들이 했고요. 1차 심사를 맡았던 바스띠유 오페라하우스 기획팀이 제 안을 압도적

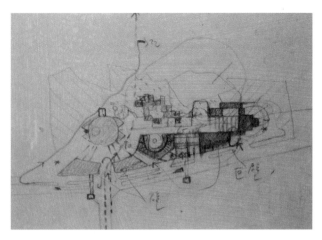
예술의전당의 개념 스케치 초기안

으로 높게 평가했습니다. 단순한 예술공간의 집합을 넘어선 도시화된 문화예술공간을 이룬 것을 높이 평가하고, 지형 활용이 우수하고 시설관리와 운영 면에서 조화를 이루어 전반적인 수정 없이 세부수정만으로도 보완이 가능하다고 평했죠. 다만 그들이 우려했던 것은 제가 오페라하우스 설계 경험이 없다는 거였습니다. 반면, 2위를 한하버드 팀과 3위를 한 바비칸 팀은 경험은 있지만 그 안이 무난하여 국가적 아트센터로는 부족하다는 평이었습니다. 그래서 저희 안을 당선작으로 하되 오페라하우스 설계 경험이 있는 2, 3위 팀한테 컨설팅을 받는 것이 좋을 것 같다는 심사평을 냈죠. 이진희 장관은 내심 바비칸 설계팀을 응원하고 있었던 터라 바비칸 설계팀한테 컨설팅 받는 조건을 달았어요.

당시 교수님께서 내신 안은 어떤 것이었나요? 지금의 예술의전당과 많이 다른가요?

김석철 각 건물의 배치와 콘셉트는 같은데 오페라하우스 모양이 사각형에서 원형으로 달라졌죠. 제가 제출한 안은 뉴욕의 링컨센터와 같은 단순 건축집합이 아닌 도시의 문화단지를 만든다는 안이었습니다. 도시적 건축이자 건축으로서의 도시를 제안한 것이죠. 링컨센터에 가보면 낮에는 사람이 없어 한적합니다. 밤에만 사람이 북적이죠. 링컨센터는 브로드웨이 근처에 입지해 있어 이처럼 낮에 한적한 것이 큰 문제가 안 됩니다. 하지만 서울은 문화 불모지이기 때문에 단순히 저녁시간을 위한 공연장인 아트센터가 아니라 낮에도 사람들로 북적이는 도시의 한 부분인 공간을 만들어야 한다는 생각이었습니다. 즉 저는 예술의전당을 브로드웨이처럼 도시의 한 특별구역으로 만들고자 했죠. 이처럼 예술의전당에 온 사람들이 공연 또는 전시 관람이라는 1차적 목표 외에 다른 삶을 누리는 것을 기대하고 연출한 건축가는 현상설계에 참가했던 건축가 중 제가 유일했죠.

공연 또는 전시 관람이라는 1차적 목표 외에 다른 삶이 생기는 것이란 무슨 뜻이죠?

김석철 현상설계 제안서에 "여기는 모든 것이 가능한 곳이어야 한다"라고 썼습니다. 공연을 보러 온 사람과 전시를 보러 온 사람, 그리고 학생 등이 뒤엉켜 있는 예술의전당 자체가 맹렬한 도시의 삶의 한 현장이 되어야 한다는 뜻이었죠. 링컨센터는 공연을 보고 나오면 바로 브로드웨이입니다. 하지만 우리나라의 국립극장은 어떻습니까? 공연을 보고 나온 뒤 갈 곳이 없죠. 하지만 예술의전당은 내부공간

못지않게 외부공간을 중요시했습니다. 외부공간이야말로 도시공간이니까요. 야외광장과 야외 음악분수를 만든 것도 그래서입니다. 또 지하광장을 만들고 지하철과 연결되도록 설계했죠.

예술의전당이 설계 당시에는 지하철과 연결되도록 돼 있었던 것인가요?

김석철 애초 현상 당시부터 저희 안은 지하철과 연결이 되도록 돼 있었죠.

도시의 한 부분이 되기에는 예술의전당은 서울의 남쪽에 치우쳐 있을 뿐만 아니라 8차선 남부순환도로로 가로막혀 있다는 태생적 한계가 있다는 지적이 있습니다.

김석철 그렇습니다. 그래서 예술의전당을 우면산 기슭에 짓는 것에 대해서는 다들 걱정하고 반대했죠. 대중교통과의 연계도 어렵고, 무엇보다도 남부순환도로 바로 옆이라 소음 문제가 있었죠. 다들 소음지대에 콘서트홀을 짓는다는 것은 말이 안 된다고 했어요. 또 도시 중심과 너무 떨어져 있다는 문제도 있었죠. 1980년대 초만 해도 강북이 서울의 중심이었고 강남에는 아무것도 없을 때였으니까요. 저 역시 예술의전당을 우면산 기슭에 짓는 것으로 결정됐다고 했을 때 처음에는 의아했지만, 다른 한편으로는 긍정적 측면도 있다고 봤습니다. 아파트만 있는 강남에 이런 대규모 문화공간군이 들어선다면 강남이 강북과 겨룰 수 있으리라는 기대가 있었죠. 변두리에 떨어져 있다고 불평만 할 것이 아니라 산 하나가 통째로 부지에 들어와 있는 것을 철저하게 이용하자고 생각했습니다. 그래서 우면산과 오페라하우스, 콘서트홀, 야외광장이 하나의 거대한 문화인프라를 이루게 설계했죠. 그때 국내 처음으로 문화인프라라는 말을 설명서에 썼습니다. 무엇보다도 경복궁에서 남북 축을 따라 쭉 내려오면 그 끄트머리가 우면산이란 점이 기가 막힌 우연이라고 생각했습니다. 그래서 현상설계에서 제가 제안한 것이 경복궁과 예술의전당이 짝을 이루게 하여 강북과 강남을 잇는 상징가로를 만들겠다는 거였죠. 이런 얘기를 한 사람은 제가 유일했습니다.

지어진 지 20년이 지난 예술의전당은 지금까지도 극찬과 혹평이 오가는 건물이다. 예술의전당에 대한 주된 혹평은 외부와 단절돼 소통이 불가능하고 권위적인 이미지가 강하다는 것이다. 하지만 이는 건축가가 아닌 예술의전당을 지을 부지를 결정한 행정가가 받아야 할 비난이다. 우리나라에서 건축가는 공공건물이 지어질 위치를 결정하는 데 영향력을 행사할 만큼 대접받지 못해왔고, 김석철도 예외는 아니었다.

왜 애초 교수님께서 제시하신 세군데 부지가 아닌 현재의 우면산 기슭이 예술의전당 부지로 결정되었나요?

김석철 제가 제안한 세곳을 포함해 모두 4곳을 고려했다고 합니다. 처음 후보지에 올랐던 지역은 경복궁과 남대문을 잇는 역사 중심축과 연계되는 사대문 안이었습니다. 신문로의 옛 서울고등학교 자리와 장충공원을 중심으로 하는 남산 기슭이었죠. 서울고등학교 자

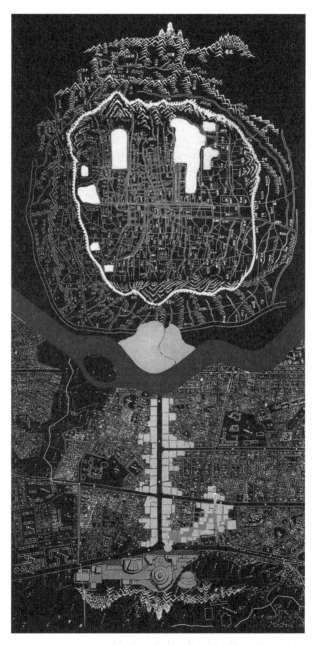

예술의전당 현상 당시 제안한 서울 상징가로 개념도

리는 높은 토지 매입비 때문에 수용이 불가능했고, 남산 기슭은 가용 면적과 강북 생활권에서 벗어난 점이 문제가 돼서 제외됐다고 합니다. 강남에서는 당시 서울시청 예정 부지였던 현재 대법원 부지와 지금의 우면산 부지 두곳이 후보로 거론됐는데, 서울시가 개인 소유자로부터 수용해 확보하고 있던 서울시청 예정 부지가 토지수용법상 용도변경이 불가능한 것으로 밝혀져서 현재의 우면산 부지로 낙점된 것으로 알고 있습니다.

예술의전당 현상설계에서 1위로 선정되었다는 소식을 들었을 때 심정이 어떠셨습니까? 지금도 기억나세요?

김석철 당연히 기억나죠. 조직위에서 일해서 심사결과를 아는 사람이 동대문 근처 한 허름한 술집에서 만나자고 연락이 왔습니다. 후미진 술집으로 저를 부르길래 날샌 줄 알았어요. 위로주여서 자기가 사야 하니까 싼 집으로 부르는구나 싶었죠. 그래서 기대를 안 하고 약속장소에 나갔는데 당선됐다는 겁니다. 처음에는 안 믿겼습니다. 실감도 안 났고요. 제가 그 사람한테 이 소식을 전해준 당신을 평생 안 잊겠다고 했죠. 실제로 한동안 무슨 날이면 제가 잊지 않고 편지를 보냈어요. 나중에 연락이 끊겼지만요. 김원 씨랑 윤승중 씨랑 자주 볼 때여서 그 사람과 헤어지자마자 두 사람을 우리집으로 불렀죠. 제가 당선됐다는 사실이 안 믿겨 두 사람한테 이 소식이 맞는지 확인해달라고 부탁했어요. 윤승중 씨가 건축가협회 회장일 때였거든요. 그랬더니 자신들도 그 소문을 들었다고 하더라고요. 그제야 실감을 했죠.

예술의전당 오페라하우스 건설 현장에서 로열 오페라하우스 팀들과 함께(1985년)

　지명건축가로 현상설계에 함께 참여했던 김중업과 김수근 선생은 모두 교수님의 스승이십니다. 지금도 그렇지만, 당시 정서로는 두분께서 제자에게 졌다는 사실을 받아들이기 힘들었을 텐데요.

　김석철　(한참을 뜸들였다가) 이런 얘기는 재미없는데…… 두분 모두 자신이 되리라고 믿어 의심치 않았고, 또 굉장히 열심히 일하셨고, 안도 훌륭했습니다. 하바드대학 팀의 리더인 페독 교수는 덕성여대 총장에게 당시 김석철 교수의 안이 최고였고 실은 자신도 놀랐다는 이야기를 했다고 합니다. 바비칸아트센터 설계자인 리처드 본은 진심으로 축하한다며 로열 오페라하우스의 총감독인 톰 매카서를 소개해 오페라하우스 설계에 결정적 도움을 주었고요. 그리고 심사위원이었던 마이클 도드 씨와는 당선이 결정된 지 2년이 지났을 때 같이 술을 마신 적이 있어요. 그때 도드 씨가 제게 한 말이 자신이 심사위원을 맡았던 현상설계 중 자신에게 전화를 걸지 않은 사람이 제가 처음이었다고 합니다. 그러면서 건축으로 도시를 만들 수 있는 건축가는 많지만, 건축 속에 도시를 만들 수 있는 건축가는 없다며 우리 안이 최고였다고 칭찬했죠.

그래도 김중업 선생과 김수근 선생은 명실상부하게 우리나라 현대건축의 두 거장이신데, 두분의 안과 교수님 안의 차이는 무엇이었나요?

김석철 그분들은 건축설계를 했고 저는 건축도시를 만들었습니다. 두분은 오페라하우스 건물 하나는 설계할 수 있지만 여러 건물이 하나의 콤플렉스(complex)를 이루는 도시적 규모는 만들 능력이 안 됐죠. 건물 하나만 놓고 보면 두분이 저보다 잘할 수 있겠지만요. 김수근 선생은 앞에 개방공간을 배치하고 뒤 우면산 경사를 따라 건물이 들어서는 안을 만드셨는데 이는 마스터플랜의 의도와는 배치되는 것이기도 했고요.

실제로 김석철 교수는 건축 자체보다는 건축군의 입지선정이나 동선설계 등 보다 큰 그림을 그리는 데 더 뛰어난 능력을 보이는 건축가다. 예술의전당은 오페라하우스 한채를 짓는 것이 아니라 음악당, 미술관, 서예관 등이 한 공간에 들어서는 복합건물군을 짓는 프로젝트였기 때문에 김석철 교수의 이러한 능력을 과감히 발휘할 수 있는 프로젝트였다.

그렇다면 교수님께서는 교수님의 당선을 예상하셨던 건가요?

김석철 그렇지는 않았습니다. 하바드 팀과 바비칸 팀을 경쟁자로 생각했죠. 하버드 팀인 TAC를 이끌던 페독 교수가 훌륭한 건물을 굉장히 많이 설계한 분입니다. 내심 그 팀을 제일 많이 경계했죠. 실제로 그 팀이 2위를 하기도 했고요.

TAC의 안은 어땠나요?

김석철 심사 뒤 공개했을 때 TAC의 안을 처음 봤는데, 기능적으로 가장 완벽했습니다. 하지만 그 사람들은 한국의 정서를 간과했습니다. 한국의 대표적 아트센터를 설계한 것이 아니라 전세계 여러 아트센터 중 하나를 설계했죠. 한국의 아트센터라는 상징성이 없었습니다.

바비칸 팀의 설계는 어땠나요?

김석철 바비칸아트센터와 비슷합니다. 장관이 반했다니까 너무 의식한 것 같더군요. 바비칸아트센터는 런던 한가운데 더씨티의 중심부에 있어 특별한 건축군이었죠. 그러나 안 자체는 거대한 스페이스 매트릭스였죠. 거의 기계를 만들었습니다. 하지만 배울 것이 많은 안이었습니다.

기계를 만들었다는 것은 무슨 뜻인가요?

김석철 오페라하우스와 극장을 설계해본 적이 있기 때문에 오페라하우스와 극장이 제대로 지어지기 위해서는 어떠해야 하는지를 알고 있었고 그 지식에 따라 정직하게 설계했던 것이죠. 그래서 설계가 너무 경직됐습니다.

1위로 선정되신 뒤에도 우여곡절이 많았던 것으로 알려졌습니다.

김석철　3단계의 심사에서 모두 우리 안이 1위를 하고 심사결과가 언론에도 보도됐는데 이진희 장관이 석달 가까이 최종승인을 안 해 줬습니다.

어째서죠?

김석철　한국을 대표하는 아트센터인 만큼 한국을 상징할 수 있는 이미지가 있어야 하는데 그런 것이 없다는 이유였습니다. 한마디로 제 건축군이 너무 문법적이라는 것이었죠. 하지만 예술의전당은 오페라하우스 한채만 짓는 것이 아니라 오페라하우스와 콘서트홀, 미술관, 연극극장 등이 다 들어가야 했으니까 고도의 메커니즘을 가진 기계 같을 수밖에 없었습니다. 하지만 애초 국제현상설계가 마스터플랜과 건축군(群) 모두에 관한 것이었고 개별 건물의 건축안은 별도의 장관 심의를 거치도록 돼 있어서 이진희 장관의 최종승인을 받아야만 했죠. 그래서 석달간 대안을 여러개 제시했는데 그려가는 것마다 아니라는 겁니다. 그러더니 나중에는 제가 만든 마스터플랜을 기본으로 지명현상에 참여했던 나머지 4팀이 모두 참여하는 합작이나 컨소시엄 형태로 가는 것이 어떠냐고 분위기를 몰아갔습니다.

예술의전당 오페라하우스

그런 예가 있나요?

김석철 뉴욕 링컨센터의 경우 돈을 기증한 록펠러의 사위가 만든 마스터플랜을 기초로 해서 필립 존슨, 에로 사리넨(Eero Saarinen), 막스 아브라모비츠(Max Abramovitz), 피에트로 벨루스키(Pietro Belluschi) 등 당대 유명 건축가 다섯명이 합작을 했죠. 하지만 제가 계획했던 마스터플랜은 단순히 다섯채의 건물을 짓는 것이 아니라 다섯채의 건물들 사이를 지나는 내부 도로를 통해 외부공간과 내부 공간이 하나가 되도록 하는 건축도시였어요. 건물을 짓는 것이 아니라 도시공간을 만들고자 했던 것이죠. 때문에 자신의 건물을 어떻게든 뽐내고 싶은 욕구를 가진 건축가들의 합작으로 할 수 있는 일이 아니었죠. 제가 주건물인 오페라하우스 설계를 맡는다고 해도 여러 건축가의 무의미한 합작으로 링컨센터같이 될 바에는 차라리 오페라하우스도 안 맡고 소송을 걸 생각이었습니다.

어떻게 해결이 되었나요?

김석철 그런 대치상태가 석달간 계속됐죠. 나중에는 우리 설계팀마저 저한테 볼멘소리를 했어요. 당신이 대장을 맡아 다른 건축가들을 이끄는 조건인데 왜 승낙을 안 하냐고 말이죠. 술로 버텼습니다. 김동호 부산국제영화제 위원장이 당시 문공부 기획관리실장으로 있으면서 저와 이진희 장관 사이를 조율했어요. 김위원장이 정말 애를 많이 썼습니다. 막판에 제가 이진희 장관을 들이받으려고 했을 때 이 양반이 눈치를 채고는 선수를 쳐서 이진희 장관에게 제가 우의동 아카데미하우스에 들어가서 안이 나올 때까지 안 나오겠다 했다고 보고했어요. 그러곤 저를 진짜로 우의동 아카데미하우스로 보냈죠. 김원 씨, 서울대 환경대학원 교수이며 2차 심사위원이던 유병림 씨와 함께 아카데미하우스에 들어가라 해서 첫날은 도봉산 계곡에서 개고기를 안주로 소주 한 궤짝을 마셨어요. 당시 이진희 장관의 요청에 따라 김원 씨가 별도의 대안을 그리고 있었어요. 적과의 동침을 하게 된 셈입니다. 섭섭했지만 어쩔 수 없었죠. 하도 술을 많이 마셨더니 어느 순간 머리가 멍해지면서 어린 시절 다대포에서 봤던 푸른 태양의 커다란 동그라미 이미지가 떠올랐어요. 무엇인가 될 것 같다는 영감이 스쳤죠. 그 이미지를 바탕으로 이후 사흘간 술을 한모금도 안 마시고 스케치를 했죠.

푸른 태양을 개념으로 설계한 예술의전당 오페라하우스의 내부 공간

오페라하우스의 갓 모양 지붕이 그렇게 탄생한 것이군요. 그때 그리신 그림이 지금의 예술의전당과 비슷한가요?

김석철　윗부분이 필요공간만 담아 지붕과 몸통의 비례가 불필요하게 커지기는 했지만 대략의 이미지는 비슷합니다. 밤 새워 그리고 만든 스케치와 모형을 이진희 장관이 보더니 "이제 됐소. 이제 아무도 간섭 못하게 할 테니까 마음대로 하시오. 김석철 씨는 워낙 머리가 좋으니까 기능적으로 훌륭한 건물을 만들 테지만 국가적 상징성이 부족해 그동안 승인을 미뤘던 것인데 이제는 되었소"라고 했죠.

하지만 그 뒤로도 난관이 많지 않았나요?

김석철　이 사건은 그 뒤로 일어날 수많은 난관의 시작에 불과했

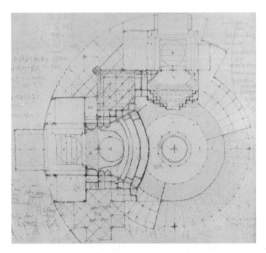

예술의전당 오페라하우스의 개념도면

죠. 예술의전당은 오페라하우스뿐만 아니라 미술관, 자료관, 교육관 등으로 구성된 아트퍼포밍 콤플렉스로 비슷한 시기에 지어진 바스띠유 오페라하우스의 세배가 넘는 규모입니다. 그런데 제가 받은 설계비는 바스띠유 오페라하우스 건물 한채 설계비의 10퍼센트도 안 됐습니다. 딱 9억 9000만원을 받았어요. 그러고는 바비칸아트센터 설계팀의 컨설팅을 받으라는 조건을 달았죠. 그런데 바비칸아트센터 설계팀이 최소한의 컨설팅 비용이라며 요구한 금액이 13억원이었습니다. 제가 받은 설계비 전체가 9억 9000만원이라고 했더니 바비칸 아트센터 설계자인 리처드 본이 한다는 말이 "당신들은 지금 범죄를 저지르고 있다"였습니다.

범죄를 저지르고 있다니요?

김석철 그 설계비로 예술의전당을 설계한다는 것은 불가능한 일이라는 것이죠.

설계비가 그렇게 낮게 설정된 이유는 무엇인가요?

김석철 당시 규정에는 오페라하우스가 초중고등학교 강당 같은 최저의 설계비 요율이었습니다. 올림픽선수촌아파트 설계비로 45억 원을 책정하면서 오페라하우스는 그 5분의 1을 책정했으니까요. 제가 단독설계를 고집하니까 오페라하우스 설계비를 중고등학교 강당 설계비와 같은 수준으로 책정하면서 다섯이 공동설계를 하면 풀어주겠다 했으나 거절했죠. 저는 그런 식으로 살아오지 않았어요.

설계에 어려움은 없었습니까?

김석철 오페라하우스를 사각형에서 원형으로 바꾸면서 전반적인 설계를 처음부터 다시 해야 했죠. 세계적으로 원형으로 지어진 오페라하우스가 없습니다. 전부 사각형이죠. 예술의전당 오페라하우스가 처음이자 마지막이었습니다. 원형이 오페라하우스를 짓기에 매우 불편한 구조거든요. 그런데 당선된 다음에 현장에 다시 가서 보니까 사각형으로 짓게 되면 오페라하우스가 북사면에 위치해 대로변 광장에 영구 음영이 들 수 있겠더라고요. 반면, 원형이 되면 하루 종일 돌아가면서 빛이 비추게 되죠. 하지만 무대를 원형으로 설계하려면 어려운 일이 한두가지가 아니에요. 모두가 불가능한 일이라고 했죠. 원형으로 지어진 오페라하우스 도면기법은 건축 역사상 있어본 적이

예술의전당 오페라하우스 내부

없습니다. 원형에 디멘션(dimension)을 매긴다는 것이 불가능하기 때문이죠. 설계를 하려면 치수를 정해줘야 하는데, 치수 라인을 매길 수가 없으니까요. 그래서 제가 방사선으로 된 특별한 치수 형태를 만들어야 했죠. 이는 거대한 공학이자 스페이스 매트릭스를 만드는 과정이었죠. 그 스케치를 끝낸 날 밤에 드디어 터널의 끝을 빠져나온 기분을 맛보았죠.

김석철 교수는 2600석의 오페라하우스를 전통적 이딸리아식 오페라하우스와 컨벤션센터의 중간 형식을 취하면서 고전 형상과 현대적 이미지가 어우러진, 오페라와 뮤지컬, 발레 등 음악과 극이 결합된 종합공연예술에 어울리도록 설계했다. 오페라하우스 설계에서 김석철 교수가 심혈을 기울인 부분은 출연자들의 장소인 무대와 무대 뒷부분이다. 관람객들은 무대만 볼 수 있지만, 무대에서 무대 최상단까지 약 50미터에 이르는 공간에는 무대연출을 위한 엄청난 무대장치들이 설치돼 있다. 독립된 네 무대와 2개의 보조무대로 이뤄진 오페라하우스의 무대형식은 왜건(무대 왼쪽과 오른쪽에 설치한 이동식 무대. 움직이기 전에는 고정된 것처럼 보이지만, 장면 전환이 필요할 때 왜건 아래 바퀴가 달려 있어 이를 주무대로 이동시킬 수 있다)에 의한 가변장치 외에도 포인트 호이스트, 슬라이딩 타워 라이트 등 당시 세계 최고의 신기술을 모두 도입했다. 특히 리프트에 의한 무대와 창고 간의 연결은 연극무대와 연계하여 철저하게 계산해 설계했다. 이외에도 무대 뒤(백스테이지)에는 27개의 분장실과 오페라·발레·연극 등 5개의 연습실, 무대를 제작하는 목공실·소품실·의상실 등이 배치돼 있다.

예술의전당에서 오페라하우스만큼 사랑을 받는 공간이 콘서트홀입니다. 콘서트홀은 어떤 콘셉트로 설계된 공간인가요?

김석철 콘서트홀은 사각형 20개를 겹쳐 부채를 만들었습니다. 언뜻 보면 부채형이지만 안에서 가만히 보면 사각형들이 겹쳐져 있습니다. 세계 최초로 사각형으로 이루어진 부채꼴 형상이죠. 부채꼴로 이루어져서 2500석인데도 어디서나 다 무대를 향해서 하나의 공간감을 느낄 수 있죠. 음향도 거의 모든 좌석에서 골고루 다 좋고요.

2500석의 콘서트홀과 500석의 리사이틀홀로 구성된 음악당은 음악전용 홀로, 음악적 교감을 고양하기 위해 편심된 중앙무대 형식을 꾀했다. 뿐만 아니라 하나의 거대한 울림 공간이 되도록 음향조건에 따른 여러 종류의 바탕재를 하나의 나무껍질로 씌워 전체가 하나의 거대한 악기 느낌을 주도록 했다. 뒷무대는 계단 없이 무대와 직접 연결되도록 설계했으며 무대 뒤의 오케스트라 리허설룸 및 모든 출연자의 분장실, 테크니컬룸 등은 한층 아래에 위치시켰다. 무대 앞뿐

예술의전당 콘서트홀 내부

만 아니라 무대 뒤까지 챙기는 김석철 교수의 세심함이 느껴지는 설계다.

　예술의전당 내 오페라하우스, 음악당, 서예당, 한가람미술관 설계를 마친 김석철 교수는 전두환 대통령 앞에서 프레젠테이션을 한 뒤 보름 뒤인 1984년 11월 14일 기공식을 열었다. 애초 목표는 1986년 아시안게임 전에 공사를 마치는 것이었지만 예상치 못한 이유로 2년간 공사가 미뤄졌다. 예술의전당이 들어설 부지에 우면산 터널 공사 계획이 잡혀 있었던 것이다. 예술의전당을 먼저 지으면 나중에 예술의전당 밑으로 터널을 뚫을 수 없었다. 이로 인해 예술의전당은 서울올림픽이 열린 1988년에야 음악당과 서예당을 개관할 수 있었다. 주건물인 오페라하우스는 1993년에 완공됐다.

　김석철　서울올림픽을 앞두고 열린 예술의전당 음악당 개관 기념 음악제에서 세계적 연주가인 로스트로포비치가 연주를 했죠. 이분이 연주가 끝난 뒤 이렇게 평했습니다. "2차대전 이후에 지은 홀 중 최고다. 하지만 당분간 음악가로부터 굉장히 공격받을 것이다. 소리가 너무 엄정하기 때문에 잘못 연주하면 그게 그대로 다 들린다. 연주자들이 자신이 실력이 부족해 잘못해놓고도 홀을 문제삼을 거다. 그러나 정말 아름답고 훌륭한 명기 같은 공간이다." 그 순간 '드디어 내가 큰일을 해냈구나' 하며 톰 매카서, 슈나이더, 위컴 등 세계적 컨설턴트들을 비롯해 지난 5년간 함께 일한 60명의 동료들이 떠올랐습니다. 미국과 유럽의 건축가들도 이루지 못한 공연예술공간의 새 차원을 열었다는 생각이 들었죠.

1983년에 현상설계에 당선되셨는데 오페라하우스가 완공된 것은 무려 10년 뒤입니다. 무려 10년간 예술의전당 공사에만 매진하셨습니다.

김석철 1단계 설계를 마친 것은 1984년인데 계속 설계변경과 보완이 이어졌습니다. 본격적으로 공사가 늦어진 것은 노태우 대통령 때죠.

노태우 대통령 때요?

김석철 예술의전당은 음악당, 미술관, 오페라극장이 다 각각 개관했습니다. 음악당은 전두환 대통령 임기 말에 했는데, 오페라하우스는 노태우 대통령 때 했죠. 노 대통령이 어떻게든 오페라하우스를 안 지으려고 했어요. 오페라하우스를 짓는 대신 그 공간을 주차장으로 만들라고까지 했으니까요.

예술의전당을 구성하는 여러 건물 중 오페라하우스가 핵심 건물인데, 오페라하우스를 짓는 대신 그 공간을 주차장으로 만들라고 했다니 언뜻 이해가 안 됩니다.

김석철 사실입니다. 최병렬 씨가 문화공보부 장관을 할 때 차라리 규모를 축소해서 빨리 짓는 것이 어떠냐고까지 압박을 했습니다. 설계를 2년 안에 끝내라고 해서 중동 신도시 설계비로 번 돈을 헌납하다시피 해서 설계를 마쳤는데 1년에 40억원씩 공사비를 줘서 9년에 걸쳐 짓게 했죠. 3년이면 끝날 공사를 예산을 적기에 안 줘서 질질 끌게 했습니다.

예술의전당 내 있는 한국예술종합학교의 경우 애초 예술의전당 마스터플랜에는 들어 있지 않았습니다. 한국예술종합학교가 예술의전당 내에 들어설 수 있었던 것이 교수님께서 선견지명을 갖고 부지를 비워놓으셨기 때문이라고 들었습니다.

김석철 예술의전당 마스터플랜을 만들 때부터 여기에 예술학교가 들어와야 한다고 생각하고 그것의 용적률과 건폐율을 염두에 두었죠. 뉴욕의 줄리어드학교도 링컨센터 바로 앞에 있지 않습니까. 또, 앞서 말했다시피 저는 예술의전당을 공연이 있는 저녁뿐만 아니라 낮에도 사람들이 북적거리는 공간으로 만들어야 한다고 생각했습니다. 학교가 들어서면 낮에는 학생들이 공부하고 저녁에는 예술의전당에서 공연이 이어지는 낮과 밤의 공간이 될 수 있죠.

예술의전당 전경. 우측에 위치한 건물은 서예관과 한국예술종합학교

그렇게 비워놓은 부지에 한국예술종합학교가 들어선 것입니까?

김석철　그건 아닙니다. 서예박물관이 그 자리에 들어섰죠.

서예박물관이요?

김석철　김충현 선생이 서예 인구가 500만명이라며 전두환 대통령을 설득해서 갑자기 서예관이 들어서게 됐죠. 그래서 마스터플랜에 없던 서예관을 제가 예술학교 부지로 비워놓은 곳에 두달 만에 설계해서 지었습니다.

그러면 한국예술종합학교는 어떻게 예술의전당 안으로 들어가게 된 거죠?

김석철 한국예술종합학교를 세워야 한다는 얘기가 나왔을 때 저 말고는 아무도 예술의전당 안에 학교를 지을 만한 부지가 있다는 것을 몰랐죠. 그래서 예술학교법을 만든 이어령 장관한테 "예술의전당에 자리를 비워뒀습니다"라고 말했죠. 석관동 옛 안기부 건물을 리모델링해서 연극원과 영상원 교사로 쓰고, 예술의전당 안에는 음악학교 본부를 지으면 된다는 아이디어를 제가 냈습니다. 하지만 제가 한국예술종합학교를 설계한다고 하자 난리가 났습니다.

어떤 난리요?

김석철 두가지였죠. 첫째는 산사태 우려가 있어서 예술의전당 안에 건물을 더 지을 수 없다는 거였고요. 둘째는 새로 짓는 건물은 한 단지 안에 지어지는 건물이라도 현상설계를 해야 한다는 거였습니다. 1년 반에 걸쳐 예술의전당 지반이 안전해 산사태 우려가 없다는 사실을 증명하고 설득했죠. 실제로 지난 2011년 여름 대홍수로 우면산 산사태가 났을 때도 예술의전당이 산사태를 막았습니다. 관악산 줄기 중 우면산이 가장 낮기 때문에 폭우가 내리면 물이 전부 우면산으로 흐르게 됩니다. 하지만 제가 오페라하우스를 원형으로 지으면서 물을 양쪽으로 흐르게 대비했죠. 우면산 산사태가 났을 때 3층 한 가람미술관 미술품이 물에 젖을 뻔했다고 기사가 났지만 실제로 예술의전당은 주변에서 돌이 떨어져 벽 하나 깨졌을 뿐 별 피해가 없었습니다. 휴관도 주변 도로가 물에 잠겨서 했던 것이지 예술의전당 내부는 전혀 물에 잠기지 않았죠.

100년에 한번 있는 폭우에 대한 대비까지 하셨단 말씀입니까?

김석철 50년 혹은 100년에 한번 있는 재해를 대비하지 못할 거면 건축을 하지 말아야죠. 그런데 제가 이런 대비를 다 해놓으려 하니 100년에 한번 있을 천재지변을 대비하는 사람이 어디 있느냐라며 많은 이들이 고개를 갸우뚱하며 반대했습니다. 그리고 제가 예술의전당 내에 한국예술종합학교 음악원을 짓는다는 허가를 받아냈더니, 이제는 현상설계를 해야 한다고 했죠. 제가 1년 반 동안 허가를 받기 위해서 돌아다닐 때는 예술의전당 내에 한국예술종합학교를 지어서는 안 된다고 하던 사람들이요.

그래서 현상설계를 했습니까?

김석철 했죠. 어떡하겠습니까. 제가 현상설계에서 10 : 0으로 당선되어 원래 만들었던 예술의전당 마스터플랜을 완성할 수 있었습니다.

하지만 지금 지어진 한국예술종합학교 건물은 교수님께서 애초 현상설계에 당선된 안과는 또 다르다고 들었습니다.

김석철 현상설계는 예술의전당 동측에 짓도록 했었는데 인허가 과정에서 동측 서예관 옆자리에 짓도록 조정되었죠. 그걸 받아들인 안이 현재의 한국예술종합학교입니다. 그러나 지하 학교로 구상했던 원안이 더 볼 만했을 거라 생각합니다.

2008년에 완공된 예술의전당 지하광장(위)
예술의전당 음악분수(아래)

지난 2008년 예술의전당은 대대적인 리모델링을 통해 비타민스테이션이라는 지하광장을 만들었습니다. 이것도 애초 현상설계 안을 만드실 때부터 계획하셨던 것인가요?

김석철 물론입니다. 제가 만들었던 마스터플랜은 지하광장을 만들고 지하광장이 지하철로 연결되는 거였습니다.

현상설계 안에 있었던 지하광장이 그러면 왜 실현이 안 된 건가요?

김석철 오페라하우스도 그 자리를 주차장으로 쓰는 것이 어떠냐고 하는 마당이라 지하광장까지 만들 생각이 정부에겐 없었던 거죠. 그래서 제가 나중에라도 기회가 되면 지하광장을 만들 수 있도록 골조까지만 만들어놨습니다. 인테리어 공사를 못하고 지하주차장으로 사용하던 공간을 이번에 지하광장으로 리모델링한 것입니다.

애초 현상설계 안을 만들 때 교수님께서 구상하셨던 것 중 아직도 실현이 안 된 것이 있나요?

김석철 외부공간이 지금보다 활성화되고 내부공간과 외부공간이 좀더 깊이있게 연결됐어야 하는데 그 부분이 아쉽죠. 처음 설계는 남부순환로변에 숲이 있고, 그 뒤에 예술의전당이 있는 구도였습니다. 대로변 숲속으로부터 건물이 나타나는 이미지였죠. 숲이 음악당과 미술관 부근의 남부순환로를 가로막아 소음을 차단하는 효과도 있고요. 하지만 그러기 위해서는 암반을 파고들어가야 하는데 공사비 때문에 그럴 수가 없었죠. 공사비를 줄이기 위해 오페라하우스를 애초 설계보다 15미터 밖으로 빼면서 그 숲이 사라졌죠. 또 원래 제 계획은 오페라하우스 앞 광장이 남부순환도로까지 뚫고 나와 길 건너편까지 연결되는 거였습니다. 남부순환로는 지하로 지나가게 하고요. 지금이라도 가능하면 미술관 북측 가로변 주차장을 없애고 나무를 심고 싶습니다. 또 음악분수도 처음에는 두개를 생각했죠. 여러개의 모니터를 설치해 음악에 맞춰 분수가 뿜어져 나오다가 어느 순간 스크린이 나오게 설계했습니다. 하지만 분수를 한개 더 설치하려면 10억원이 더 필요해서 예산 때문에 줄였습니다. 건축은 상상력을 실현하려면 돈이 들잖아요. 하지만 언제든 할 수 있게 베이스는 만들어 뒀죠.

지금에 와서 예술의전당을 평가하신다면 어떻게 평가하시겠습니까?

김석철 앞서 말한 것처럼 오페라하우스가 지금보다 우면산 안쪽으로 15미터 들어갔어야 했습니다. 이 부분은 제가 좀더 우겼어야 했다는 생각이 듭니다. 또, 오페라하우스를 원형으로 한 건 좋았지만 지붕과 몸체의 비례가 안 맞습니다. 음악당은 내부공간은 나름 성취가 있다고 평가하지만 뒷면에 소홀했습니다. 하지만 그때는 음향 등 기술적 측면에 치중하느라 건물 외형에 대해서는 신경쓸 여유가 없었습니다. 개인적인 건축 욕심을 부릴 생각이 없었죠. 그래서 예술의전당을 구성하는 건물들 전부가 건축적 제스처가 거의 없습니다. 지금 봐도 놀랄 만큼 문법적이죠. 수사학이 전혀 없습니다.

왜 건축가로서 욕심을 부리지 않으셨나요?

김석철 욕심을 부리기엔 예산이 턱도 없었습니다. 예술의전당은 건물의 외부재료를 화강암 한가지로 처리해서 공사비를 거의 3분의 2로 절약했습니다. 화강암으로 된 석산 하나를 사서 건물의 바닥부터 외벽까지 모두 그 산에서 채취한 화강암으로 했죠. 당시는 화강암이 타일보다도 저렴했습니다. 화강암을 건축재료로 사용하지 않을 때였죠. 제가 예술의전당을 화강암으로 짓고 나니까 다들 화강암을 건축재료로 쓰기 시작했죠. 오페라하우스만이라도 대리석으로 지을 수 있었으면 좋았을 텐데, 지금 생각해도 아쉽죠.

교수님 인생에서 예술의전당은 어떤 의미인가요?

김석철　개인적으로는 건축가 인생의 첫 골든에이지가 시작됐습니다. 예술의전당을 지은 뒤 한샘 시화공장, 제주도 영화박물관, 씨네시티, 한샘 DBEW디자인센터 등 네개 건물을 했습니다. 또 해외로 진출할 수 있었던 디딤돌이 됐고요. 하지만 만약 예술의전당을 안 했다면 건축가로서 더 많은 작품을 다양하게 했을 것 같다는 생각도 듭니다. 예술의전당은 그 건물 자체가 우리나라 예술계에 갖는 압도적 영향력 때문에 적은 예산을 공학적인 부분에 너무 많이 투자하느라 정작 건축미학적 측면에서는 투자를 못했습니다. 프랭크 게리의 빌바오 구겐하임 박물관 같은 건물을 보면 부럽습니다. 프랭크 게리는 막 비틀고 별짓을 다 했잖아요. 전 예술의전당을 지으면서 그런 시도를 하나도 할 수 없었죠. 그래서 제 스스로는 예술의전당을 지은 10년을 군대 갔던 셈 칩니다. 건축가로서 국가를 위해 봉사한 기간으로 치는 것이죠. 실제로 제 돈을 많이 쓰기도 했고요. 30대, 40대에 쿠웨이트와 사우디에서 벌었던 돈을 예술의전당 일에 쏟아부었습니다.

제10장

부러진 가지에도 열매는 열린다: 국제현상 도전기

10년에 걸친 예술의전당이라는 사상 최대 문화공간 프로젝트가 마무리될 즈음 김석철 교수는 국제현상에 도전해보고 싶다는 생각을 한다. 예술의전당 일을 하며 스스로가 얼마나 성장했는지를 세계무대에서 시험해보고 싶었던 것이다. 그래서 도전했던 것이 '알렉산드리아 도서관 국제현상'과 '토오꾜오 국제포럼' '나라 컨벤션센터'다.

예술의전당 일이 끝날 무렵 세개의 국제현상에 도전하셨습니다. 당시까지만 해도 국제현상에 도전하는 국내 건축가가 흔치 않았을 것 같은데요.

김석철 전세계적 규모로 진행되는 국제현상에 도전한 경우는 김수근 선생이 프랑스 뽕삐두센터 현상설계에 도전한 경우가 아마도 유일했을 것입니다.

교수님께서는 어떤 계기로 국제현상에 참여하시게 됐나요?

김석철　김수근 선생 사무실에서 뽕삐두센터 현상설계 일을 담당했던 최준 선배가 아키반 사무실로 옮겨왔죠. 최준 선배 말이 김수근 선생이 뽕삐두센터 후 "김석철이가 했으면 됐을 텐데"라고 했다고 하더군요. 그 말이 아마도 국제현상을 나가봐야겠다고 생각하게 된 계기가 된 듯합니다. 아키반 사무실도 그즈음에는 안정기에 들어서 사무실 동료들이 저 없이도 일을 할 수 있었고, 또 정릉 시절의 외롭고 힘들었던 광야로 다시 나가고 싶은 욕망도 있었죠. 오히려 적들로 둘러싸인 국내보다 외롭고 힘들더라도 외국이 낫겠단 생각도 있었고요. 이런 생각을 하고 있을 때 마침 유네스코 주최로 카이사르가 불태운 알렉산드리아의 도서관을 재건하는 국제현상이 있어서 도전했죠.

왜 첫 국제현상으로 알렉산드리아 도서관을 선택하셨나요?

김석철　인류 최초의 계획도시로 밀레투스가 알려져 있지만 저는 밀레투스가 아니라 알렉산드리아라고 생각합니다. 알렉산드로스 대왕은 헬레니즘 세계의 도시를 알렉산드리아라고 부르기로 하고 여러 장소에 알렉산드리아를 세웠죠. 알렉산드로스 대왕은 임종 당시 자신의 후계자로 '가장 강한 자'를 언급했는데 그 결과 스스로를 '가장 강한 자'라고 생각한 사람들이 싸우는 내전이 발생합니다. 그 세력 중 한명인 프톨레마이오스는 지중해를 점령하고 로마와 자웅을 겨루는 제국을 건설했는데, 이때 인류 최대의 도서관이자 고대 문명의 보고로서 파피루스 도서관인 알렉산드리아 도서관을 세웁니

김석철의 알렉산드리아 도서관 계획안

다. 현대에 와서 이 도서관을 복원하자는 움직임이 일어났고 그 결과 1988년에 유네스코 주최로 이집트의 알렉산드리아 도서관 현상설계 공모가 발표됐던 것이죠. 저는 현상설계의 주제인 도서관보다 도서관이 지어질 장소가 알렉산드로스 대왕이 만든 도시여서 더 관심이 컸지요. 21세기의 알렉산드리아를 만들어보자는 야망이 있었죠.

교수님께서 내신 안은 어떤 안이었나요?

김석철　21세기의 도서관이 나아가야 할 방향을 제시하는 안을 냈다고 자부합니다. 그즈음이 도서관에 처음으로 기계가 도입될 때였습니다. 도서관은 끊임없이 신간을 구입해 특정 장소에서 읽을 수 있도록 비치해야 하는 공간입니다. 지금처럼 컴퓨터에 데이터베이스를 저장하고 검색해 책을 찾는다는 것은 상상도 못 할 때였죠. 이 문제를 어떻게 풀지를 고민했죠. 저는 현장에서 스케치를 그리기 때문에 현장을 갔는데, 막상 가보니 한국에서 문헌으로만 보고 상상했던 것과 많이 달랐습니다. 그래서 만족할 만한 스케치가 나올 때까지 현장에 있기로 했죠. 그런데 잠시 들른 카이로에서 훌륭한 안이 떠올랐습니다. 카이로박물관에서 투탕카멘 왕 가슴장식 같은 반부채꼴을 겹쳐 쌓으면 무엇인가가 될 것 같다는 생각이 섬광처럼 들었죠. 그리고 우리 안이 당선될 것을 자신했습니다. 예술의전당 무대설계를 담당했던 팀한테 자동으로 책을 찾아오는 기계까지 설계하도록 했죠. 현상에 당선된 뒤 실제 설계를 할 때나 필요한 일을 현상설계 단계에서 했던 것이죠.

하지만 결과적으로는 당선되지 못했습니다.

김석철 제가 국제현상이 어떤 것인지 몰랐습니다. 또 당시 우리나라는 컴퓨터 보급이 늦어서 컴퓨터를 이용해 내부 투시도를 그리는 실력이 유럽에 비해 상당히 뒤떨어져 있었죠. 그럼에도 불구하고 우리 안이 뛰어났기 때문에 저는 자신이 있었습니다. 하지만 예상외로 750개 팀이 지원했다는 사실을 알고 이번에는 안 되겠구나 했죠.

어째서죠?

김석철 보통 현상설계는 몇 팀이 지원하든 간에 첫날 10개 팀을 뽑아 한 사흘쯤 심사해 최종적으로 한 팀을 뽑습니다. 750팀이 지원을 하면 산술적으로 한 팀에 할애되는 시간이 10초가 안 됩니다. 5초 안에 심사위원의 시선을 끌 수 있는 그림이 아니면 당선 가능성이 없다는 얘기죠. 그런데 우리 안은 기능적으로는 완벽했지만 그림으로서는 난삽했거든요. 반면 당선된 노르웨이 스뇌헤타(Snøhetta)사의 안은 컴퓨터 칩을 엎어놓은 듯한 디자인으로 한눈에도 번뜩이는 그림이었죠. 모양과 투시도도 그럴듯했고요. 반도체 기억장치를 모티브로 한 당선작의 아이디어도 기발했지만, 알렉산드리아의 도서관으로는 우리 안이 더 낫다고 아직도 생각합니다. 우리 안이 세워졌으면 그 일대가 살아났을 것입니다. 알렉산드리아는 도시 전체가 빈민촌이거든요. 당선된 안은 주위 환경은 고려하지 않은 초현대식 건물이죠. 나중에 알고 보니 심사위원장이던 그레고띠가 베네찌아대학 교수였습니다. 베네찌아대학에서 전시할 때 알렉산드리아 도서관 투시도와 도면이 전시된 것을 보고는 당선작보다 훌륭한데 왜 안 냈느냐는 겁니다. 그래서 제가 냈는데 기억이 안 나느냐고 물었더니 기억이 안 난다는 거예요. 국제현상에서는 프레젠테이션이 상당히 중요하다는 것과 제가 국제현상에 경쟁력이 있는 건축가는 아니라는 사실을 알았죠.

국제현상에 맞는 건축가와 아닌 건축가가 차이가 있나요?

김석철　예를 들어 르꼬르뷔지에는 국제현상에 자주 당선됐습니다. 르꼬르뷔지에는 화가였잖아요. 반면 미스는 거의 떨어졌죠. 미스 그림은 어렵거든요. 프랭크 로이드 라이트는 국제현상에 지원하지 않았죠. 자신의 안을 심사할 만한 심사위원이 없다는 자신감이었죠.

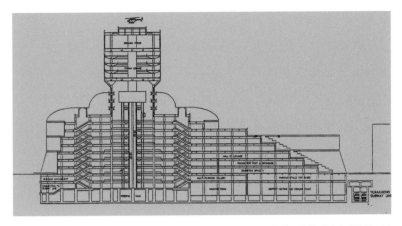

토오꾜오 국제포럼 현상설계 계획안 도면

알렉산드리아 도서관 국제현상을 통해 국제현상 씨스템에 대해 배우신 건가요?

김석철 국제현상에 지원할 때는 한눈에 띄는 그림을 그려야 한다는 것을 깨달았죠.

알렉산드리아 도서관 현상설계에 이어 토오꾜오 국제포럼 현상설계에 참여하셨습니다.

김석철 알렉산드리아 도서관 현상설계에서 떨어지고 조금 아쉽다는 생각을 하고 있을 때 토오꾜오 국제포럼 현상설계 공고가 나왔죠. 토오꾜오 국제포럼은 토오꾜오도청사가 신주꾸로 이전하면서 그 터에 컨벤션센터와 대규모 종합문화시설을 짓는 프로젝트라 도전해볼 만하다는 생각이 들었죠. 또 당시 리처드 로저스와 공업생산주택 프로젝트를 함께할 때였는데 로저스의 사무실에서 실제로 대부분의 설계를 맡고 있던 로리 에버트 씨와 각자 안을 내서 다른 건축가들과 상관없이 우리끼리 한번 겨뤄보자는 얘기가 나왔죠. 그와 내기를 하지 않았다면 아마 중도에 그만두고 현상에 참여하지 않았을 겁니다.

무슨 말씀이시죠?

김석철　설계할 때 어떤 때는 자연스럽게 안이 나오고 좋은 쪽으로 발전되는 경우가 있고 반대로 자꾸만 생각이 부정적으로 흐를 때가 있습니다. 토오꾜오 국제포럼은 후자였죠. 보통 현상설계에는 건축가들이 꼭 지켜야 할 요구사항이 있습니다. 그 요구사항을 지키지 않으면 아무리 멋진 그림이어도 당선될 수 없죠. 그 국제포럼에서는 그 요구사항이 도저히 지킬 수 없어 보였어요. 포럼의 요구사항이 과도하다는 내용의 원고를 쓸 정도였으니까요. 로리를 놀래킬 만한 안을 내서 꼭 당선이 되고 싶다는 욕심은 나는데 요구사항을 모두 충족시킬 만한 훌륭한 아이디어는 나오지를 않으니 점점 더 부정적으로 생각하게 되는 악순환에 빠졌던 것이죠. 안을 아예 안 내고 싶었지만 로리와 한 약속이 있어 져도 깨끗이 져야겠다는 생각에 마음에 썩 들지 않는 안이었지만 울며 겨자 먹기로 안을 완성해 제출했죠.

로리 에버트는 교수님이 못 푼 문제를 어떻게 풀었나요?

김석철　제가 애를 먹은 요구사항이 도로사선제한이었습니다. 도로사선제한은 건물의 높이를 제한하는 기준 중 하나로 도로폭에 의한 높이 제한을 말합니다. 건축물은 공공의 성격을 띠므로 건축주가 임의대로 높이를 결정하면 도시의 미관을 해칠 수 있기 때문에 건축법으로 이를 규제하는 것이죠. 그런데 로리 에버트 씨는 이 요구사항을 무시한 그림을 그렸죠. 그래서 로리의 안을 보고는 제가 나는 안이 안 좋아서 떨어질 것이고, 당신은 도로사선 제한을 안 지켜서 떨어질 것이라고 했습니다. 제 예상대로 결국 우리 둘 다 떨어졌죠.

당선된 안은 어떤 것이었나요?

김석철 라파엘 비뇰리라는 이딸리아 출신의 아르헨띠나 건축가의 설계안이었는데 제가 못 푼 도로사선제한을 기가 막히게 스페이스 매트릭스로 풀었습니다. 알렉산드리아 도서관 국제현상 결과는 제가 승복하지 못했지만, 토오꾜오 포럼은 당선작이 제 안보다 훌륭했습니다. 비뇰리의 안을 보는 순간 "여기에 늪을 건너는 부교가 있었구나" 하는 생각이 들었죠. 늪에 몇개의 징검다리가 있었는데 비뇰리는 그 징검다리를 발견했고, 저는 못 보았고, 로리 에버트는 이를 무시했던 것이죠.

어떤 점이 그렇게 어려웠나요?

김석철 토오꾜오 포럼 터가 사다리꼴 모양으로, 뒤편으로 철길이 지나가고 나머지 세 면은 도로죠. 이 세 도로 방향으로는 사선제한이 있어서 높이 제한이 있었고요. 대로 방향으로 입구를 낸 4000석 규모의 컨벤션센터를 어떻게 사선제한에 걸리지 않게 설계할지를 고민했죠. 저는 풍수상 철길과 나란히 출입구를 두면 기가 상한다고 생각했고, 또 철길 면에 컨벤션센터를 위치시키는 것은 소음 때문에 안된다고 생각했습니다. 예술의전당을 지으면서 남부순환도로의 소음 문제 때문에 워낙 스트레스를 받아서 저도 모르게 그렇게 생각을 했던 것 같아요. 그런데 비뇰리는 떡하니 철길변에 컨벤션센터를 짓고 출입구도 철길과 나란한 방향으로 냈죠. 동양에는 있을 수 없는 해법이었지만 남미 출신인 비뇰리는 풍수 따위는 고려하지 않았을 테니까요. 그런데 그의 판단이 옳았죠. 예술의전당은 클래식 음악홀이지만 토오꾜오 포럼은 컨벤션센터이기 때문에 소음이 음악홀만큼 큰 문제가 아니었죠. 하지만 저는 예술의전당을 막 끝냈을 때라 그 노이로제에 빠져 소음문제를 지나치게 의식하다보니 제 생각의 틀이 막혀 있었어요.

나라 컨벤션센터 국제현상에도 지원하셨습니다.

김석철 나라 컨벤션센터 국제현상은 지명현상은 아니었지만 현상공고가 날 때부터 안도오 타다오(安藤忠雄)가 아니면 이소자끼 아라따(磯崎新)가 될 가능성이 크다는 얘기가 회자됐죠. 이소자끼 아라따는 구로까와 키쇼오(黑川紀章)와 함께 단케 이후 일본 건축계를 대표하는 건축가로 꼽히고 있을 때였고, 안도오 타다오는 막 부상하고 있을 때였죠. 하지만 저는 나라가 백제의 도시라고 생각했기 때문에 도전해볼 만한 가치가 있다고 생각했죠. 저는 한반도 한민족의 역사를 대륙과 반도가 뒤엉킨 역사로 봅니다. 역사를 고조선, 삼국시대,

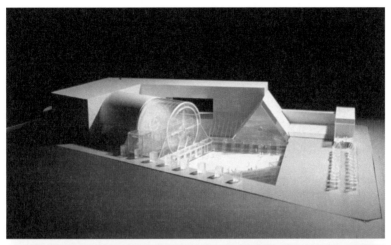

나라 컨벤션센터 계획안 모형(위)과 계획안 도면(아래)

삼한 등의 국가형식으로만 이해하다보니 정작 과거에는 존재하지도
않았던 국경을 문화·경제·정치의 분계선이라고 착각하고 있는 것이
죠. 국경은 19세기 이후에 생긴 근대국가체제의 산물입니다. 실상은
대륙과 반도 두 세력이 교차하고 있었고, 삼국시대에 와서 어느정도
우리 민족의 틀이 잡혔던 것이죠. 그러다가 신라가 삼국을 통일하면

서 백제 세력은 일부 통일신라로 흡수되고, 일부는 일본으로 이동했죠. 전 항상 제게 백제의 피가 흐른다고 생각해왔기 때문에 나라컨벤션센터 국제현상은 백제인으로서 참가한다는 큰 의미가 있었습니다. 또 세계적으로 막 알려지고 있을 때라 제 실력을 객관적으로 평가받고 싶은 마음도 있었고요.

어떤 안을 내셨나요?

김석철　백제의 독널〔陶棺〕을 모티브로 한 안을 만들었죠. 독널을 실린더처럼 만들어서 누인 안이었는데, 투시도를 내지 못해 당선되지 못했죠. 나라컨벤션센터 역시 지금 생각해도 아까운 안입니다. 후에 당선자인 이소자끼 선생과의 친분으로 일본 황족의 휴양지로 유명한 카루이자와의 별장에 초대된 적이 있었습니다. 백제와 관련된 책을 꺼내든 이소자끼 선생이 자신이 백제문화로부터 많은 영향을 받았고, 조상이 백제인이라는 믿음이 있다며 나라컨벤션센터 응모작 중에서도 백제의 혼이 느껴지는 작품이 있었다는 이야기를 꺼내셨는데, 바로 제 안이었습니다. 기가 막힌 인연이라는 생각이 들었죠.

예술의전당 이후 연달아 국제현상에 도전하셨지만 결과적으로는 만족할 만한 성과를 거두지 못하셨습니다.

김석철　나라컨벤션센터와 토오꾜오포럼 현상설계를 준비하며 절실하게 느낀 것이 건축은 혼자 하는 것이 아니란 사실이었습니다. 스케치를 도면으로 발전시킬 팀을 꾸리지 못했죠. 르꼬르뷔지에의 라뚜레뜨 수도원과 롱샹 교회는 거의 비슷한 시기에 지어졌으나 전혀 다른 건물입니다. 이는 두 건물의 담당자가 달라서 가능했던 일이죠. 롱샹의 담당자는 마조니에였고, 라뚜레뜨 수도원의 담당자는 크세나키스(Iannis Xenakis)였거든요. 르꼬르뷔지에의 롱샹과 라뚜레뜨 수도원은 각각 마조니에와 크세나키스라는 서로 다른 두 천재와의 교감으로 나온 안이죠. 저한테는 마조니에도 없었고, 크세나키스도 없었죠. 건축규모가 어느정도 커지고 아뜰리에가 일정 규모 이상이 되면 집단창작이 가능한 팀을 구성했어야 하는데 그러지 못했습니다.

왜 팀을 꾸리지 못하셨나요?

김석철 첫째는 제가 혼자 앞서가려고 했기 때문이죠. 그래서 저와 함께하고자 했던 사람들이 독립해서 나갔죠. 스스로 자초한 성에 갇혀 있었죠. 예술의전당 일을 마친 뒤에는 새롭게 무엇인가를 구성하기에 너무 지쳤고요.

제11장

그때는 거칠 것이 없었다

1960~70년대 김석철은 여의도 마스터플랜, 관악산 서울대 캠퍼스, 보문단지, 쿠웨이트 자흐라 주거단지 등 국가적 도시설계 프로젝트의 마스터플랜을 잇따라 맡으며 도시설계 분야에서 자타가 공인하는 일인자로 꼽혔지만 건축에 있어서는 이렇다 할 대표작을 내지 못했다. 세종문화회관, KBS 본관, 여의도 순복음교회 현상공모 등에 도전했지만 낙선하거나 당선했어도 실제 설계로 이어지지 못했기 때문이다. 1970년대 후반 중동에서 맹렬하게 활동했지만 국내 건축계에서는 여전히 옐로우칩이던 김석철 교수는 1984년 예술의전당 지명설계에서 당당히 당선하며 김중업과 김수근만이 존재하던 우리나라 건축계의 새로운 별로 떠올랐다. 얄궂게도 김중업과 김수근이라는 두 거장에게 모두 배운 유일한 건축가인 김석철이 두 스승을 이기고 사상 최대 문화공간 프로젝트를 따낸만큼 화제성은 더 컸다. 또한 김석철 개인에게 예술의전당은 두 스승의 그늘에서 비로소 완전히 벗어나 건축가로서 홀로 서는 계기가 됐다. 예술의전당 당선을 계기로 건축계로 돌아온 김석철은 1984년 두손갤러리, 1988년 서울올림픽 유스호스텔, 1991년 제주 영화박물관 및 충무 마리나 리조트, 1992년 한샘 시화공장 및 명보극장, 1995년 SBS 탄현스튜디오, 2001년 씨네시티 등을 잇따라

설계하며 명실상부하게 우리나라 대표 건축가로 자리매김한다.

1990년대 초반 잇따라 지은 김석철의 건축 중 르꼬르뷔지에의 롱샴 교회를 연상시키는 수려한 곡선으로 이뤄진 제주 영화박물관은 예술의전당과 더불어 그의 대표작으로 꼽힌다. 건축주는 모 영화배우였다. 하지만 김석철은 뜻밖에도 "처음 기획한 것은 영화박물관이 아니라 국제영화제였다"라고 했다. 손가락 다섯개를 그렸는데 그중 새끼손가락이 영화박물관이었다는 것이다. 그는 그 배우가 처음부터 영화박물관만 짓겠다고 했으면 안 맡았을 것이라고 말한다.

애초 영화박물관이 아니라 국제영화제를 기획하셨다는 것이 무슨 말씀입니까?

김석철 모 영화배우가 제주도에서 국제영화제를 만들고 싶다며 연락을 해왔습니다. 그분이 애초부터 영화박물관을 짓겠다고 했으면 안 맡았죠. 아직 예술의전당 일을 하고 있을 때라 건물 한채를 짓기 위해 제주도를 왔다갔다할 여유가 없었으니까요.

1991년이면 부산국제영화제가 시작되기도 훨씬 전입니다.

김석철 그 배우가 대뜸 꿈이 있다며 저를 찾아온 것은 그보다도 훨씬 전이었습니다. 예술의전당 기본설계 후 골조공사가 거의 끝나고 음악당을 개관할 즈음이었으니까 아마도 1987년 초였을 겁니다. 제가 예술의전당 일을 하면서 다른 일을 일절 맡지 않았거든요. 예술의전당 일이 워낙 중요하기도 했지만 그 일을 통해 건축가로서의 나

자신을 철저히 다시 돌아보고 한 획을 매듭짓고자 하는 마음이 컸죠. 그런데 그 배우가 세계적인 영화제를 하나 만들고 싶다고 저를 설득했죠. 프랑스에는 깐영화제, 이딸리아에는 베네찌아영화제, 미국에는 아카데미영화제가 있는데, 아시아에는 내세울 만한 국제영화제가 하나도 없다고 하면서요. 그의 의견으로는 연극이나 오페라는 무대에 올릴 때마다 돈이 들어가지만 영화는 한번 찍어놓으면 재상영을 아무리 해도 추가로 돈이 안 든다며 앞으로 영화산업이 커질 거라 했습니다. 그러면서 제주에서 국제영화제를 개최해 제주도를 영화산업의 메카로 키우자는 아이디어였죠. 마침 제주도에 국제영화제를 개최할 만한 자기 땅이 있으니 당장 내려가서 땅부터 보자고 제안했습니다. 그래서 1주일 뒤 그 배우와 함께 제주도에 갔죠. 헬기도 빌려놔서 헬기를 타고 둘러봤는데 땅이 아주 훌륭했습니다. 건축가를 꼼짝 못하게 하는 것이 아름다운 땅과 환상적인 프로젝트인데 은막에서 보던 당대의 대스타가 둘 다를 직접 가져온 셈이었죠.

어떤 땅이었는데요?

김석철 헬기를 타고 현장을 둘러봤을 때 이곳은 건물을 짓지 말고 자연을 그대로 두어야 하는 곳이 아닌가 생각했습니다. 헬기에서 내려서 안으로 들어서니 장관이 펼쳐졌죠. 수백년 된 동백이 가득하고 이국적인 아열대 수목이 숲을 이루고 있었죠. 짙은 숲 사이를 지나자 갑자기 바다가 나타나는데 아무것도 없이 온통 바다뿐이었습니다. 하늘과 바다가 하나가 되어 인간의 땅에 닿은 천혜의 장소였죠. 보이는 것은 한라산과 바다뿐이었습니다. 이곳에 지상에 있는 어떤 건축

제주영상단지 마스터플랜

물과도 다른, 바다와 한라산이 만나 스스로 형태를 이루는 그런 건축
군을 만들어야겠단 생각이 들었죠. 부산 동대신동 아버지 집을 설계
할 때 제안했던 콘크리트 하우스같이 벽이 천장으로 바닥으로 연속
하는 그런 건축을 해야겠단 생각이 들었습니다.

아무리 땅이 환상적이어도 영화 인프라가 전혀 없는 곳에서 국제영화
제를 개최한다는 것이 가능한 일이었을까요? 부산국제영화제는 남포동
극장가라는 기존의 극장 인프라를 갖고 시작했어도 명실상부한 국제영
화제로 자리잡기까지 상당한 시간이 필요했는데요.

김석철　향후 10년을 생각하고 제주 영상단지 조성을 위한 마스터
플랜을 만들었습니다. 그리고 다섯가지를 제안했죠. 첫째는 세계적

호텔을 지어야 한다는 것이었습니다. 영화제를 개최하면 영화계 스타를 비롯해 관광객까지 많은 사람이 방문할 테니 당연히 고급호텔이 필요하죠. 하지만 호텔은 1년 365일 운영해야 하니까 영화제가 아닌 기간에도 활용할 수 있어야 할 것 아닙니까. 이 문제는 영화촬영소를 지으면 해결할 수 있다고 봤습니다. 영화는 야외촬영도 많지만 실내촬영도 많거든요. 영화 한편을 찍으려면 주연 배우들은 물론 수십명의 스태프들이 함께 움직이는데 이들이 영화제가 아닌 기간 동안에 호텔에 머물면 되니까요. 스태프들이 장기 투숙할 수 있는 콘도미니엄형 호텔도 하나 더 지으면 좋고요. 하지만 무엇보다 중요한 것은 카지노를 짓는 거였습니다. 깐영화제나 베네찌아영화제도 카지노를 끼고 있습니다. 조각공원과 식물원도 있으면 좋겠다 싶었고요.

우선, 고급호텔과 콘도미니엄형 저렴한 호텔, 영화촬영소, 카지노, 식물원 등이 다 들어갈 만큼 부지가 컸나요?

김석철 그럼요. 그 영화배우가 소유한 부지가 3만평이었습니다. 보통 중고등학교가 약 3000평입니다. 다시 말해 3만평이면 중고등학교 10개를 합친 넓이죠.

또 하나는, 카지노는 개인이 운영하고 싶다고 해서 할 수 있는 게 아니라 정부 허가가 필요한 시설 아닌가요?

김석철 물론이죠. 그때가 우근민 씨랑 신구범 씨가 번갈아 제주지사를 할 때였는데 두 지사를 제가 설득해서 카지노 허가권을 받아냈습니다.

어떻게요?

김석철 국제영화제를 유치해 제주도를 영화산업의 메카로 키우겠다는 대의명분을 내세웠죠. 단순히 돈을 벌기 위해 카지노를 하겠다는 게 아니란 점과 함께요. 당시 백남준 선생과 자주 교류할 때여서 백남준 선생도 나서서 도와주셨고요. 기자들을 제주도로 불러 기자회견을 열며 여론도 조성했죠. 그러는 데 2년이 걸렸습니다.

카지노 운영 허가권까지 받은 프로젝트가 왜 무산되었나요?

김석철 카지노 운영 허가권이 받기는 어렵지만 일단 받고 나면 팔기는 쉽거든요. 그 배우가 영화박물관만 짓고는 그 땅을 카지노 운영 허가권과 함께 모 그룹에 팔려고 했죠. 그분이 제주도 땅에 카지노 운영 허가권을 받았다는 사실을 알고 그룹에서 먼저 그 땅을 사고 싶다고 연락을 했던 것 같아요. 그분과 함께 조선호텔 일식당에서 그룹 회장을 만난 적이 있는데, 시세의 10배 되는 가격을 요구하더군요. 그랬더니 회장이 어이없어하면서 "그 허가는 당신이 아니라 김 교수가 받아낸 것 아닌가요"라고 했습니다.

맞는 말이네요. 그런데 교수님께서 백방으로 뛰어서 받은 허가권을 건축주가 일방적으로 팔아도 되는 건가요?

제주영화박물관

김석철　땅주인은 그분이었고 그 땅에 허가가 난 것이니까 어쩔 수 없었죠. 허가가 났으니 건설계획을 세우고 집을 지어야 하는데 그분이 이런 일을 진행시키지 않고 카지노 허가권만 쥐고 있었죠.

그런데 왜 영화박물관만 지어진 거죠요?

김석철　그 배우가 일단 영화박물관부터 짓자고 저를 설득했죠.

김석철 교수는 제주 영화박물관에 대해 "조형물도 전혀 다르고 내부공간도 다르지만 르꼬르뷔지에의 롱샹 교회의 영향을 많이 받았다"라고 말한다.

김석철　예술의전당 일을 맡은 뒤 3년 만에 처음 하는 설계라 스스로도 제가 얼마만큼 달라졌는지 궁금했죠. 제주도 현장을 여러번 다녀오고 런던, LA, 뉴욕 등의 영화박물관을 방문하면서 차츰 안의 윤곽을 잡았습니다. 처음 안은 태극의 도형이 사방으로 뻗어가는 와중에 바다와 들판 사이에 멈추어선 공간이 수직의 원통공간 주위 사방으로의 벽에 담기는 것을 생각했죠. 서너달 모형도 만들고 수많은 스케치를 그렸지만 무엇인가 충족되지 않는 아쉬움이 계속 남았어요. 그래서 원점에서 다시 시작해보기로 했죠.

김석철 교수는 "건축가에게 가장 중요한 일은 토지와 주제를 이해하는 일이고 그다음으로 중요한 것이 그러한 이해를 바탕으로 구조와 재료의 건축어휘를 통해 주제에 대한 건축의지를 내부공간과 외부공간으로 만들어내는 일"이라고 말한다.

김석철 초심으로 돌아와 정릉 시절 두번의 건축전에서 시도했던 자유곡선과 원시공간, 역사적 공간의 중간 형상을 실현하고 싶은 욕심이 생겼습니다.

자유곡선과 원시공간, 역사적 공간의 중간 형상이란 무엇인가요?

김석철 식물을 현미경으로 보면 정말 휘황찬란합니다. 인간이 만든 그 어떤 예술품보다 아름답습니다. 자연이 만든 미시의 세계만큼 아름다운 공간을 만들고 싶었고, 그러기 위해서 인간이 자를 대고 그린 기하학의 공간이 아닌 자유곡선으로 이뤄진 공간을 생각해냈죠. 사방이 다른 건물들로 채워져 있는 도시에서는 시도할 수 없는 집을 사방이 트여 있는 제주도에서라면 한번 시도해볼 수 있겠다 싶었고요.

그런 아이디어를 건축적으로 어떻게 실현하셨나요?

김석철 트인 공간과 닫힌 공간, 흐름의 공간과 정지의 공간, 인공조명의 공간과 태양광선의 공간, 자연의 공간과 인간의 공간 등을 끊임없이 대비시켜나가는 이중나선의 구성원리를 공간 형식으로 구현했죠. 내부공간의 이미지가 물 흐르듯이 끊임없이 변화하며 이어지다가 이층 테라스로 나서면서 바다로 열리게 되는 것이죠. 영화박물관에는 직선으로 이뤄진 부분이 한곳도 없습니다. 전부가 곡선으로 이뤄졌죠. 도면을 그릴 때 자를 한번도 안 대고 그렸어요. 오로지 컴퍼스만 사용했죠. 그 집을 짓고 좋았던 점이 그 집 밖에서는 한라산이 안 보이는데 안에 들어가면 한라산이 보인다는 거였죠. 부산 아버지 집 마당에 지었던 써머하우스가 꼭 그랬습니다. 그 동네에서는 바다와 구덕산이 안 보이는데 우리집 안으로 들어가면 그 둘이 다 보였죠. 제가 생각하는 좋은 건축의 역할은 바로 그런 것이거든요.

교수님의 이러한 구상이 현재의 제주 영화박물관에 어느 정도 실현됐나요? 아쉬운 점은 없나요?

김석철 외부공간도 일부가 제 생각대로 안 됐고, 내부공간은 제가 생각했던 것과는 전혀 다르게 됐습니다.

외부공간의 어떤 점이 교수님의 생각과 다르게 된 건가요?

김석철 바닷가 쪽은 거의 제 생각대로 됐지만, 길에서 보이는 모습은 다르게 됐죠. 영화박물관을 지으며 두번의 좌절을 경험했는데, 하나가 컴퓨터의 등장이고 다른 하나가 돈이었죠.

컴퓨터의 등장으로 왜 좌절하셨나요?

김석철 단적으로, 컴퓨터가 있었으면 롱샹 교회는 없었습니다. 빌바오 구겐하임 미술관은 만들 수 있었을지 몰라도요.

어째서죠?

김석철 지금의 컴퓨터는 그래도 예전보다 발전해서 자유곡선을 그려내지만, 1990년대 초반만 해도 컴퓨터로는 인간이 상상한 자유곡선을 그려내지 못했습니다. 제가 그린 스케치를 컴퓨터 그래픽 프로그램에 넣으면 제가 생각했던 곡선을 나타내지 못했죠. 그래서 컴퓨터로 인해 한번의 좌절을 맛보고, 두번째는 영화박물관을 짓는 과정에서 건축주가 돈을 너무 안 쓰려고 했어요. 그래서 생각했던 마감재를 쓸 수 없었죠. 마감재가 꼭 비싸다고 좋은 것은 아니지만 돈문제로 공사가 5년 넘게 지연되면서 나중엔 늪에 빠진 듯한 느낌이 들었습니다. 그래서 내부공간도 그냥 손을 들어버리다시피 포기하게 됐고요.

로버트 벤추리 선생과 제주영화박물관 현장에서(1995년)

교수님이 생각하신 내부공간은 어떤 공간이었나요?

김석철   하늘과 바다밖에 없는 공간에 지어지는 집인 만큼 해저공간이랄까 혹은 거대한 동굴 내부와 같은 공간을 생각했죠. 골조가 올라갈 때까지는 꽤 근사했습니다. 로버트 벤추리 선생이 제주도에 내려와서 영화박물관 골조가 올라가는 모습을 보고 "롱샹에 버금가는 건물이 될 것 같다"라고까지 하셨죠.

그런데 왜 실현이 안 된 거죠?

김석철   내부설계까지 다 했죠. 스케치도 하고. 그런데 그 영화배우가 돈이 너무 많이 든다며 인테리어업자를 고용해서 지금처럼 해버린 것이죠. 제주 영화박물관의 상징인 삐쭉 솟은 두 지붕은 로미오와 줄리엣을 형상화한 것인데 한쪽을 에어컨 기계실로 만들었죠. 너무 기가 막혀서 제가 개관식에도 안 가려고 했었습니다.

개관식에는 결국 안 가셨나요?

김석철 결국 갔죠. 그 배우가 오프닝을 위해 비행기를 전세내서 재계와 언론계의 인사들은 물론 영화계 저명인사까지 전부 초대해 안 갈 수가 없었지요. 그때 그 동네 사람들을 만났는데 저를 보더니 그 땅에 집을 지으면 동네 경치가 망가질 줄 알고 큰 걱정을 했는데 보면 볼수록 집이 예쁘다는 겁니다. 그러면서 한잔 하라고 동네 주민 여덟분이 술을 한잔씩 줘서 아주 기분 좋게 취했죠. 그 집이 아시아 건축상 금상을 받았지만 제 입장에서는 마땅치 않아요.

김석철 교수는 "낭비가 많은 건축은 결코 좋은 건축이 될 수 없지만 구겐하임 미술관 같은 건물을 싸게 지으려고 하는 것 역시 낭비다"라고 말한다.

김석철 제주 영화박물관은 애초 그 배우가 공사비는 상관 말고 짓자고 해서 하나의 작품을 만들어보자고 시작한 일이었죠. 결과적으로 공사비가 많은 건물도 아니었고요. 그런데 거기서 돈을 더 아끼려고 들어서 결국 안 좋게 끝났죠. 결국 이 일을 끝으로 그 영화배우와도 결별하게 됐고요.

교수님께서는 그 배우가 건축주였던 명보극장도 하시지 않으셨나요?

김석철　명보극장은 영화박물관 일을 하는 중에 어쩔 수 없이 했던 일입니다.

CGV와 메가박스, 롯데씨네마 등 재벌그룹에 의한 멀티플렉스 극장이 극장산업을 평정하며 동네 구석구석까지 영화관이 들어서기 전인 1990년대 초까지 우리나라의 대표적인 영화거리는 단성사와 피카디리가 위치한 종로 3가에서부터 남측으로 내려가면서 씨네서울, 아세아, 국도, 명보, 스카라, 중앙 및 대한 극장이 차례로 위치한 충무로였다. 국제극장 외 모든 개봉관이 이 거리에 모여 있었다. 이들 중 지금까지 명맥을 유지하고 있는 극장은 대한극장 정도지만, 아직도 '충무로'는 우리나라 영화산업을 가리키는 대명사로 쓰인다. 1990년대 초중반, 우리나라 영화산업이 단관에서 멀티플렉스 상영관으로 넘어가는 과도기에 김석철 교수는 명보극장과 씨네시티, 그리고 단성사 등 3개의 극장을 설계했다. 그중 김석철 교수가 1992년에 설계해 94년에 완공된 명보극장 건물은 영화관 5개를 갖춘 우리나라의 첫 멀티플렉스 극장이었다.

김석철　구 명보극장은 김중업 선생의 첫 작품입니다. 또 영화박물관 일을 하고 있던 중이라 그 배우가 명보극장 개축작업을 의뢰했을 때 몇가지 조건을 달고 설계를 맡았죠.

어떤 조건이었나요?

김석철　첫째는 김중업 선생의 건물을 일부 보존하자는 것이었죠. 처음에는 김중업 선생이 설계한 건물의 일부라도 남길 생각이었지만 수차례 개보수를 거친 콘크리트 구조라서 일부를 남기는 것조차 여의치 않았어요.

1960년대 일본에서 지어진 지 오래된 도준까이 아오야마(同潤會靑山) 아파트를 재건축할 때 안도오 타다오가 아파트의 일부를 남겨 과거와 현재를 연결하는, 교수님과 비슷한 아이디어를 냈던 것으로 압니다. 그 아파트도 역시 너무 낡아 보존이 불가능해 안도오 타다오는 1개 동을 완전히 복원하는 방법을 택했습니다. 안도오 타다오가 그 프로젝트를 진행한 것이 1994~95년 무렵이니까 아이디어는 교수님께서 먼저 내셨던 셈이네요. 두번째 조건은 무엇이었나요?

김석철 둘째는 영화관을 문화공간으로 만들자는 거였습니다. 우리말은 영화관과 극장을 구분 없이 사용하지만 영어에서는 영화관(cinema)과 극장(theater)을 명확히 구분해서 사용합니다.

영화관은 상업적 공간이지 문화적 공간이 아니기 때문이죠. 건축적 관점에서도 영화관은 공연공간을 말하는 극장과는 전혀 다른 공간입니다. 영화관은 극장보다는 오히려 전시공간에 가깝죠. 서서 다니지 않고 객석에 앉아서 감상하는 관람형식이 다를 뿐이지 기왕 만들어진 작품을 보는 행위라는 점에서는 미술관과 같죠. 그래서 저는 역설적으로 '씨네마 앤드 시어터'를 만들고자 했습니다.

영화관과 극장을 구분해야 한다면서 씨네마 앤드 시어터를 만들고자 했다는 것은 어떤 의미인가요?

김석철 옥상을 정원으로 만들어 연극공연을 할 수 있는 공간을 만들고, 지하에는 영화 라이브러리를 만들려고 했죠.

영화 라이브러리란 어떤 공간을 생각하셨던 건가요?

김석철   지하에 객석 10개짜리 아주 작은 영화관 20개를 블랙박스처럼 만들어서 특정 영화를 보고 싶어하는 사람들한테 원하는 영화를 볼 수 있게 하자는 아이디어였죠.

건축주가 교수님의 이러한 조건을 수락했나요?

김석철   처음에는 좋다고 했습니다. 그래서 옥상정원을 만들고 큰 영화상영관과 영화 라이브러리를 만드는 안으로 설계를 마쳤죠. 그런데 명보극장 터가 좋다보니 모 대기업이 건축주한테 건물 공사비를 대주는 대신 3년간 극장을 통째로 렌트하겠다는 제안을 했고 그 영화배우도 더럭 욕심이 생긴 겁니다. 그 대기업 입장에서는 극장관 수가 많을수록 이익이 나니까 관을 몇개 더 만들 것을 제안했죠. 그래서 지하를 한 층 더 파서 지하에 영화관 2개를 넣고, 옥상정원은커녕 지붕을 덮어 한 층을 더 올리게 설계를 바꿨죠.

이미 설계까지 마쳤는데, 거절할 수는 없었나요?

김석철   또 한번 세상이 이런 것이구나 했죠. 하지만 그때는 영화박물관이라는 인질이 있어서, 명보극장을 원하는 대로 바꿔주는 대신 영화박물관을 제 뜻대로 하자는 생각이었죠.

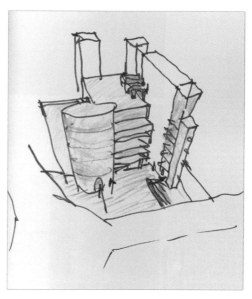

명보극장 스케치

교수님께서는 이 사건처럼 건축주와 의견이 충돌할 때 두말없이 건축주의 요구를 따라주시는 것 같습니다.

김석철 사람마다 또 건물의 성격마다 다르죠. 제가 잘못 생각했던 부분이면 당연히 건축주의 의견을 따르죠. 별로 제 의견을 우길 이유가 없는 단독주택인 경우에도 그렇고요. 예를 들어 건축주가 자기 살 집을 짓는 경우라면, 대부분 건축주의 의견을 따릅니다. 하지만 공공 건물을 지을 때는 전혀 양보하지 않습니다. 예술의전당을 지을 때 각종 압력이 있었지만 일절 양보하지 않았죠.

스스로 명보극장을 평가하신다면 어떤 말씀을 하시겠습니까?

김석철 명보극장이 들어섬으로써 그 일대 땅값이 올랐다고 합니다. 저에게 있어 명보극장은 딱 그만큼의 의미입니다. 명보극장이 세워진 이후 전 그 근처에 단 한번도 간 적이 없습니다. 명보극장을 보고 극장을 짓고자 하는 건축주들이 우리 사무실에 많이 찾아오긴 했죠.

1997년, 2층 건물로 문을 연 유서 깊은 영화관인 단성사를 개축하는 프로젝트를 맡으셨던 것으로 압니다. 단성사 건물을 헐고 그 자리에 지상 12층 지하 5층 규모의 멀티플렉스 영화관을 지어 연극, 오페라, 뮤지컬 공연을 겸할 수 있는 790석 규모의 대형 상영관과 예술성 높은 영화를 상영할 200석 규모의 극장 3개관을 씨네마테크로 운영할 계획이라는 신문기사를 봤던 게 기억납니다. 애초 명보프라자를 씨네마 앤드 시어터로 만들려다 못했던 것을 단성사를 통해 하시려고 했나요?

김석철 단성사 재건축은 1개 극장의 재건축이 아니라 창덕궁에서 종로3가를 거쳐 남산까지 도시를 가로지는 문화 네트워크 건설작업이라고 생각하고 참여했죠.

하지만 단성사 프로젝트는 신문기사만 요란하게 나고 흐지부지됐습니다. 그리고 지금의 단성사 건물은 교수님께서 하신 것이 아닌 걸로 아는데요.

김석철 단성사 일은 명보프라자를 오픈한 지 얼마 안 됐을 때 단성사 주인이 저를 찾아와서 시작된 일이었습니다. 함경도 출신으로 월남해 자수성가한 사람으로 40년째 단성사를 소유하고 있다고 했죠. 단성사를 헐고 새로 지어야겠는데 다짜고짜 설계비가 얼마냐고 물었습니다. 통상 공사비의 5퍼센트 정도를 설계비로 책정하는데, 다짜고짜 물어서 그건 규모와 공사비가 나와야 말할 수 있다고 했죠. 그랬더니 규모는 최대로 지을 테니 우선 숫자부터 말해보라는 겁니다. 그래서 제가 머릿속으로 대강 계산해보니 설계비가 한 5억이면 될 것 같아서 그만큼이 필요하다고 했죠. 그랬더니 다짜고자 4억원에 하자는 겁니다. 그리고 그 자리에서 자신의 유일한 친구라는 분한테 전화를 걸더군요. 계약을 하려면 증인이 필요하다고요. 그런 계약은 제 건축인생에 처음이었죠.

만나자마자 계약을 하자고 했던 것인가요?

김석철 자수성가한 분 특유의 매력이 있는 사람이었습니다. 아마도 저를 찾아오기 전에 여기저기 물어서 객관적으로 설계비가 5억원 정도 들 것이란 걸 알고 왔겠죠. 기습적으로 4억원으로 깎을 계산까지 하고요.

건축주가 이렇게 열정적으로 밀어붙인 사업인데 왜 흐지부지되었나요?

김석철 자식들이 문제였죠. 그분이 저를 처음 찾아왔을 때부터 자식들 걱정을 많이 했어요. 단성사 터가 좋아서 유혹이 많은데, 아들들이 이겨내지 못할 것이라고요. 그래서 자신이 재건축을 해서 물려주려고 한다고까지 했죠. 아니나 다를까, 설계를 하고 있는 중에 큰아들한테서 전화가 왔죠. 큰아들은 제 설계안을 마음에 들어했어요. 그래서 인허가를 신청하고 기다리고 있는데, 언론에서 알고 또 난리가 났죠. 역사적인 건물을 허물고 새로 짓는다고요. 그때 둘째아들이 나타나 설계비를 반으로 깎아주지 않으면 다른 설계사무소로 가겠다고 했죠. 우리 안대로 지었으면 지금처럼 망하지 않았을 겁니다.

설계계약을 맺고 설계를 했는데 건축주 마음에 안 들거나 혹은 건축주의 사정으로 건물을 못 짓게 되면 어떻게 되는 건가요? 설계비를 못 받는 건가요?

김석철　원칙적으로는 설계비를 받습니다. 하지만 저는 지어지지 않은 건물에 대해서는 설계비를 받지 않습니다. 단, 단성사는 둘째아들이 너무 괘씸해서 소송까지 해서 4억원 전부는 아니고 그때까지 지출한 실비를 받아냈죠. 돈이 목적인 사람한테는 돈을 받아내는 것이 가장 큰 복수니까요.

교수님께서 그리셨던 단성사는 어떤 안이었나요?

김석철　타원 형태로 올라가 비원 쪽으로 열리는 형상의 건물이었죠. 단성사 터가 비원이 내려다보이는 위치거든요. 단성사를 찾는 관객들에게 그 절경을 보여주는 건물을 지으려고 했죠. 또 단성사 정도의 역사가 있는 극장이라면 700석 규모의 대극장이 있어야 한다고 생각했고요. 700석 규모면 세계적으로도 큰 규모거든요. 최근 영화관들이 멀티플렉스화되면서 규모가 다 작아졌어요. 100석 미만의 극장들이 대부분이죠. 때문에 700석 규모의 대극장을 지으면 우선 감독과 영화제작자들이 단성사에서 개봉하고 싶어할 거라고 생각했습니다. 음향시설이야 제가 제일 자신있는 부분이었고요.

명보프라자와 단성사 외에도 압구정동 도산대로의 랜드마크가 된 씨네시티도 설계하셨습니다.

김석철 씨네시티는 건축주가 처음에는 대형 건축회사에 의뢰했는데, 그 건축회사에서 방법을 못 찾아 1년째 표류하다 저한테 온 프로젝트였어요. 처음 씨네시티 프로젝트에 대해 들은 것도 건축주를 통해서가 아니라 그 대형 건축회사 부사장으로 있던 고등학교 동기를 통해서였습니다. 어느날 제 사무실을 찾아와 자신의 사무실에 골치 아픈 프로젝트가 하나 있다며 저한테 아이디어가 없냐고 물었죠. 제가 제일 싫어하는 사람이 저한테 와서 아이디어 묻는 사람이거든요. 그래서 됐다고 하고 돌려보냈죠.

그럼 씨네시티 일을 어떻게 하게 된 건가요?

김석철 그 일이 있은 뒤 건축주인 화천공사 대표 박종찬 씨가 저를 찾아왔죠. 돈 많은 영화마니아였는데 좁은 땅에 멀티플렉스 영화관을 짓고 싶은데 어떻게 하면 좋겠냐고 물으러 온 것이죠.

자신이 의뢰한 건축회사에서 교수님께 왔다 간 것을 알고 온 건가요?

김석철 그건 아니었어요. 땅에 대한 설명을 듣다보니 동기가 와서 말하고 간 그 프로젝트였죠. 그래서 제가 이미 들어본 안인데 저는 할 수 없다고 했죠. 그 친구를 돌려보낸 뒤 저도 나름 검토를 했는데 문제가 많은 땅이었어요. 일대가 집이 한채도 없을뿐더러 지하철도 멀고 버스노선도 하나도 없었죠. 그외에도 여러 이유가 있었고요. 하지만 무엇보다도 가장 큰 이유는 다른 사무실에 먼저 맡긴 프로젝트는 우리가 맡지 않는다는 것이었습니다.

그런데 어떻게 맡게 되셨나요?

김석철 일단 건축주가 막무가내로 해달라고 했어요. 그래서 제가 말하길 애초 설계를 맡긴 건축회사에 설계비 다 지불하고 그들이 해달라는 것 다 해준 뒤 다시 찾아오라고 했죠. 그랬더니 이미 설계비도 다 지불했다고 했어요. 그래서 맡았습니다.

동기 분이 와서 아이디어를 물을 때는 거절했다가 건축주가 직접 왔을 때는 허락하신 이유는 무엇입니까?

김석철 남의 아이디어를 빌리러 온 것이 아니라 건축주 본인이 건물을 세워달라고 왔으니까요. 저한테 와서 돈을 벌기 위한 아이디어를 달라는 것과 공동투자를 하자는 것은 다르잖아요.

왜 대형 건축회사에서 1년씩이나 고민할 만큼 어려운 작업이었나요?

김석철　건축주가 15미터×36미터의 작은 공간에 8개의 영화관을 짓고 싶어했습니다. 그러려면 극장을 수직으로 올려야 하는데 퍼즐을 푸는 것같이 어려운 일이었죠.

왜 어려운 일인가요?

김석철　영화는 상영시간에 맞춰서 백여명의 사람이 우르르 몰려왔다 우르르 빠져나갑니다. 많게는 수백명의 사람들이 동시에 움직이죠. 그런데 이 프로젝트는 부지가 협소해서 한 층에 영화관을 한개씩밖에 못 짓기 때문에 8개의 영화관을 수직으로 배열할 수밖에 없었죠. 그러려면 최소한 15층 높이가 될 수밖에 없어 관객들이 엘리베이터를 타야 합니다. 그런데 엘리베이터로 2000명이 넘는 수직 동선을 역류하지 않게 해결하는 것이 어려운 일이었죠.

교수님께서는 이 문제를 어떻게 푸셨나요?

김석철　엘리베이터가 매 층에 서는 것이 아니라 중간중간에 서는 것은 어떨까 하는 아이디어가 떠올랐습니다. 15층 빌딩이지만 엘리베이터는 4번만 서게 한 것이죠. 엘리베이터가 서는 층을 기준으로 큰 영화관과 작은 영화관을 위아래에 두는 형식으로 8개의 영화관을 배치하는 것이죠. 영화가 끝난 다음에는 스크린 뒤로 돌아서 걸어서

씨네시티 스케치

내려가게 하고요. 이렇게 동선을 위아래로 나누면 무엇인가 될 것 같다는 생각이 들었습니다. 씨네시티 건물을 보면 동그란 창이 4개가 있는데, 거기가 엘리베이터가 서는 층입니다.

씨네시티는 독특한 외관 때문에 지어지자마자 도산대로의 랜드마크 빌딩이 됐습니다.

김석철　건물은 건물을 사용하는 사람뿐만 아니라 그 건물과는 아무런 상관이 없는 사람들에게도 영향을 미칩니다. 더군다나 많은 사람이 찾게 되는 대중문화공간이 15층 높이면 도시에 영향을 미칠 수밖에 없는 스케일입니다. 그래서 매력적이면서도 특이한 건축형식을 시도해봤죠. 지루한 도산대로 위로 솟은 수직입체를 거대한 조각같

씨네시티

이 만들어보고 싶어서 일상적 건축표현 대신 원형 창과 수직의 광창
을 대위시키고, 이중나선같이 내려오는 동측의 동선 흐름이 흑색 외
벽 사이로 빛과 그림자의 영상으로 내려오도록 했죠. 또 건축은 본래
의 기능에도 충실해야 하지만 순수 조형형식으로서의 역할도 해야
한다고 생각합니다. 쉽게 말해 주변과 조화가 돼야 하죠. 씨네시티의
앞면은 도산대로지만 뒤편은 주거지역입니다. 그래서 뒤쪽의 부속
건물이 주변 주거지역과 자연스럽게 조화를 이룰 수 있도록 부속건
물과 앞쪽의 복합상영관을 서로 다른 스케일로 했죠. 그 일대가 약간
슬럼 같았는데 씨네시티가 지어지면서 정리가 됐죠. 주변 땅값이 전
체적으로 올랐다고 합니다. 명보프라자 주변도 명보프라자가 지어진
뒤 땅값이 두배가 올랐고요. 그래서 주변 건물 주인들이 저한테 고맙

다고 합니다. 건축의 형상언어와 어반스케일 사이의 조화를 이룰 수 있어야 건축이 도시의 진정한 일부가 될 수 있습니다.

아쉬운 점은 없나요?

김석철 저에게 있어 씨네시티는 아무도 못 푼 퍼즐을 풀어냈다는 의미가 있는 건물입니다. 스페이스 매트릭스 측면에서 우수한 건물이라고 자부하죠. 하지만 안 되는 부지에 극장을 꾸겨넣다보니 극장마다 시선이 안 좋은 부분이 있습니다. 극장 수를 줄여 극장마다 경사각을 좀더 좋게 했다면 나았을 텐데, 극장주가 8개관을 고집하는 바람에 어쩔 수 없었죠. 공공건물이 아니고 상업건물인 이상 돈 벌고 싶다는 욕심을 막을 수는 없으니까요.

최근 CJ가 씨네시티 영화관을 인수해서 청담CGV씨네시티로 바꾸며 프리미엄 영화관으로 리모델링했습니다. 1층부터 4층까지 영화관 대신 CJ브랜드 숍을 입주시키고요. 교수님의 애초 설계가 많이 변형됐는데, 이에 대해서는 어떻게 생각하시나요?

김석철 CJ가 씨네시티 건물을 인수하고 4층까지를 식당층으로 리모델링하고자 계획할 때 아키반을 찾아왔습니다. 그런데 그 건물 이름이 씨네시티잖아요. 영화가 주가 되어야 영화도시이지 영화관을 식당으로 바꾸는 리모델링이라면 맡을 수 없다고 했죠. 그런 일은 인테리어업자한테 맡기라고 했죠. 하지만 1층부터 4층의 에스컬레이터 설치 등 동선과 관련된 스케치는 저희 사무실에서 해주었습니다.

리모델링 설계를 거절하시면서 에스컬레이터 등과 관련된 스케치 일을 맡으신 이유는 무엇입니까?

김석철 우리가 안 해주면 다른 건축가한테 맡길 텐데 그러면 건물이 망가질 거 아니에요. 어느 건축가든 일을 맡으면 그 건물에 자기 흔적을 남기고 싶어하니까요. 또 동선과 관련된 일은 건물의 기능과 관련된 일이니까 제가 해야 하지만, 식당 인테리어는 아무 인테리어 업자가 해도 상관없는 일이니까 그건 알아서 하라고 한 것이죠.

제주도 국제영화제를 추진하다 좌절된 후, 의왕에 세계연극제를 기획하셨던 것으로 압니다. 어떻게 하시게 된 건가요?

김석철 어느날 의왕시장이 제가 『조선일보』에 연재한 「꿈꾸는 한강」을 읽었다며 사무실로 찾아왔어요. 시장선거 때 의왕을 '꿈꾸는 한강' 같은 도시로 만들겠다는 공약을 했다면서 그에 대해 의논하고 싶다고 했죠. 그런데 의왕에 대해선 이름만 아는 정도였어요. 내가 의왕을 잘 모르니까 공부를 한 후 연락을 주겠다 했죠. 조사를 하다 보니 자료가 턱없이 부족하더군요. 1994년 정도(定都) 600년을 기해 '서울 사대문 안 특구'를 제안하기 위해 서울에 대한 연구를 하는데, 제대로 정리된 자료가 하나도 없는 것을 보고 놀랐습니다. 2년간 정리하다가 더이상 진전시키지 못했죠. 하물며 의왕시에 대한 자료가 제대로 있을 리 만무했습니다. 제 나름대로 자료를 모아 공부한 다음 현장을 두번에 걸쳐 방문한 뒤 세계연극제로 계획하자는 생각이 들었습니다.

의왕시 같은 알려지지 않은 도시에서 세계적 연극제의 미래를 보셨다니 놀랍네요. 의왕시의 어떤 점을 보고 세계연극제를 계획하시게 된 건가요?

김석철   의왕은 과천과 안양을 만들다 남은 땅이 모인 도시입니다. 행정 편의를 위해 구획된 도시로, 정체성이 없는 땅이죠. 계원학교(현 계원예술대학교)와 백운호수를 제외하면 음식점뿐이었습니다. 그런데도 제가 주목한 한가지는 변두리 도시가 집합하는 의왕의 도시적 입지였습니다. 대도시 주변의 주거도시가 되어버린 평촌, 안양, 분당, 과천의 중심에 위치하고 수도권 순환도로가 닿는 교통의 접점이죠. 대부분의 토지가 그린벨트로 보호되어 있기 때문에 오히려 독특한 자기 역할을 가진 도시가 될 가능성을 갖고 있었고 인구가 적어 주민을 설득하기 쉬울 것이라 판단했습니다. 땅값도 낮았고요. 항공사진을 얻어 분석하고 현재 수도권 기능의 분포와 미래의 여러 가능성을 검토해본 후 '자연과 친화하는 축제의 도시'를 생각했습니다. 의왕시 북측 갈뫼마을에 수도권 인구를 수용하는 주거단지를 만들고 계원학교를 거쳐 백운호수까지 가로(街路)를 형성해 이 일대를 축제의 계곡으로 만든다면, 이름없는 지방도시를 세계도시로 만들 수 있겠다는 생각이 들었습니다. 생각을 정리하고 의왕시를 방문했습니다.

의왕시의 반응은 어땠나요?

김석철 의왕시청에 도착하니 시장 이하 시청 간부들이 현관까지 나와 있더군요. 시장실에 들어서니 부시장과 국장, 과장 전원이 기다리고 있었어요. 제 나름대로 공부한 것을 말하고 그들의 이야기를 들었습니다. 당시 의왕은 초기단계의 도시였습니다. 아직 다른 도시의 개발계획을 따라하는 수준으로, 보통의 서울 변두리 도시들처럼 베드타운인 주거단지를 개발한 이익으로 시의 인프라를 구축하고 있었고 갈뫼지구 개발계획과 백운호수 주변 개발계획을 수립하고 2단계 작업으로 들어가려던 참이었습니다. 이들과 함께 과연 새로운 도시를 만들 수 있을까 하는 의구심은 있었으나 시장이 워낙 적극적이고 의욕적이었어요. 이틀에 한번은 의왕시로 출근하며 안을 정리했습니다. 자동차 접근성이 좋아 3시간 정도면 둘러보고 사무실로 갈 수 있었어요. 의왕 곳곳을 둘러보고 인접한 평촌 신도시에 대한 도시분석도 했습니다. 보름 후 고문으로 이 일에 참여하기로 한 조창걸 선배와 한국연극협회 정진수 이사장, 서울대학교 유병림 교수, 조선일보 편집부의 윤호미 국장 등과 함께 의왕을 다시 방문했습니다.

네분 모두 교수님의 안에 동의하셨나요?

김석철 의왕시를 둘러본 대다수의 의견은 '뜻은 좋으나 가능성이 없어 보인다'는 거였어요. 정진수 이사장만이 "서울 주변에 이만한 가능성을 가진 도시가 달리 없습니다. 세계적인 연극제를 유치해볼 테니 축제도시의 프로그램을 더 진전시켜봅시다"라고 했죠. 시장의 의욕은 높이 사지만 지방자치의 첫해를 맞은 지방 공무원들과 새로운 도시를 만드는 것은 현실성 없는 욕심이라는 지적도 많았어요.

그러나 저는 생각이 달랐습니다. 아무도 할 수 없는 때가 기회라고 생각했죠. 얼결에 치른 일이 새로운 기반이 되는 것을 우리 스스로도 많이 보지 않았습니까.

그럼 많은 사람의 반대에도 불구하고 안을 계속 발전시키신 건가요?

김석철 일주일 후 동숭동 사무실에서 다시 만나기로 한 뒤 20년 만에 다시 하게 된 도시설계에 빠져들었습니다. 프로젝트적 관점에서 보면 의왕시 프로젝트는 건축과 도시 중간에 위치해 있었습니다. 일종의 문화인프라를 만드는 프로젝트였으니까요. 108장의 토막난 항공사진을 구해 컴퓨터로 이어붙이고 그 위에 갈뫼마을, 축제의 계곡, 백운호수로 이어지는 도시설계도를 그려나갔습니다. 의왕과 과천 간 고속도로를 뚫고 계곡과 호수를 연결하고 계원학교와 축제의 계곡 사이의 산허리에는 에코터널을 만들어 갈뫼마을과 백운호수가 이어지는 8킬로미터의 의왕 세계연극제 거리를 그렸어요. 갈뫼마을은 단순한 주거단지가 아니라 예술이 중심이 되는 소도시로 구상했고, 야외축제공간과 소극장, 축제광장 등으로 구성된 축제의 계곡을 계획했습니다. 세계연극제 공간은 연극제 외의 기간에는 주변 주거도시의 어린이를 위한 예술교육단지가 되도록 했죠. 주말에는 가족을 위한 훌륭한 공간이 될 수도 있고요. 세계 최고 교육열을 가진 우리나라 부모들이기에 먹고 놀기만 하는 관광지보다는 예술체험의 공간이 상업적으로도 성공할 수 있다고 봤거든요. 수도권의 명소가 될 뮤지컬 전용극장은 백운호수에 띄우고 주요한 날은 의왕문예회관으로 쓰도록 계획했습니다.

호수에 띄우다니요?

김석철 백운호수 주변은 최소한의 개발에 그쳐야 한다고 생각했어요. 뮤지컬 전용극장을 호반에 띄우고 무대를 호수에 떠 있는 야외극장 형식으로 해 호수가 곧 무대와 객석이 되도록 했습니다. 아무런 공간장치도 없는 극장이어야 호수가 영원히 호수일 수 있습니다. 호수 건너의 산속에는 청소년 수련원을 두어 호수의 뮤지컬 극장과 대응하되 숲에 가려지도록 했죠. 안을 정리한 뒤 의왕시청 관계자들과 네 고문이 모인 동숭동 사무실에서 두시간에 걸쳐 설명과 토론을 했습니다. 의왕시장이 "이제 주사위는 던져졌습니다. 최선을 다해 어느 누구도 꿈꾸지 못한 세계연극제의 거리를 만듭시다"라고 선언했고, 일단 세계연극제의 유치가 가능한지를 먼저 시험하기로 했습니다.

한국연극협회는 1997년 세계연극총회가 서울에서 열리는 것을 계기로 아비뇽 세계연극제나 에든버러 축제 같은 세계공연예술제를 창설해 개최하기로 하고 후보도시로 수원, 과천, 가평, 인천 등의 신청을 받던 참이었다. 의왕시도 김석철 교수의 안을 기반으로 한 신청서를 제출했다. 문예진흥원 대강당에서 하루종일 세계연극제 도시선정 회의가 열렸다. 수원이 가장 유력한 것으로 알려졌으나 막판에 가서 지나치게 도시화된 수원보다 자연이 어우러진 의왕 쪽으로 의견이 몰렸다. 회의가 밤까지 이어지고 드디어 '의왕'이 세계연극제 장소로 결정되었다.

김석철 의왕이 당선되면서 더 바빠졌습니다. 수십년간 이어져온 세계연극제의 프로그램에 맞춰 안을 조정해야 했어요. 연극 관계 인사들과 끊임없이 토론하고 협의해야 했지요. 늦가을 계원학교의 한옥 영빈관에서 '세계연극제 개최 기념의 밤' 행사가 열렸습니다. 연극인 대부분이 모인 자리였어요. 그들과 대화하는 가운데 안의 내용을 차츰 구체화했어요. 대상 부지가 그린벨트였으므로 마스터플랜의 수정이 필요했습니다. 의왕시민을 상대로 한 설명회가 경기도지사가 참석한 가운데 열렸습니다. 백운호수에 이르는 3만평의 대상 부지가 선정되고 구체적인 토지 보상 및 수용 계획이 시작됐죠. 십수차례에 걸친 발표와 협의를 거치면서 축제의 계곡과 백운호수 뮤지컬 극장, 청소년 수련원의 구체적인 내용이 확정됐습니다. 12명이 의왕 세계연극제 일에 매달렸어요. 세계연극총회가 다음해라 시간과의 싸움이었죠.

결국 제시간에 모든 설계를 마치셨나요?

김석철 설계를 끝내기로 한 시한을 석달 연기했습니다. 한국연극협회의 요청에 의해 스페이스 프로그램이 수차례 변경되는 등 요구사항이 많아 9월에 설계를 끝내기로 했죠. 대부분이 저층 건물이어서 공사기간에는 큰 무리가 없었습니다.

애초에 계획했던 세계적인 연극제의 유치도 성공하셨나요?

김석철 기본설계가 확정될 즈음 총리와 서울시장, 문화체육부장

의왕세계연극제 설계 스케치들

관, 경기도지사가 참석한 가운데 롯데호텔에서 의왕 세계연극제 선포식이 열렸습니다. 실무책임자로 손진택 씨와 이윤택 씨가 선정되었고요. 한국연극협회 초청으로 서울에 온 아비뇽 세계연극제 집행위원장과 관계인사들이 서울에 왔습니다. 그들과 함께 부지를 둘러보고 의왕시청에서 안에 대해 설명했어요. 경기도청에 방문하여 이인제 도지사를 만난 뒤 예술의전당을 둘러보았죠. 저녁에는 프랑스문화원장 집에서 리셉션이 있었습니다. 집행위원장이 "불가능해 보이는 시간이지만 예술의전당을 해낸 사람이 한다니 믿습니다. 세계연극제는 시작 이후 10년이 지나야 제 길을 갑니다. 한해 한해 스스로의 역사를 만드는 것이므로 서둘러 일부만 지어도 충분히 시작할 수 있습니다. 아비뇽같이 역사도시의 유적에서 이루어지는 연극제와 다른, 자연 속에서 이루어지는 새로운 연극제에 거는 기대가 큽니다"라고 하며 아비뇽 세계연극제에서 다시 보자 하더군요. 서울 변두리 도시가 세계연극제의 도시로 재탄생할 수 있는 기회를 맞았던 것이죠.

의왕 세계연극제도 결국에는 좌절된 것으로 알고 있습니다.

김석철 설계가 끝나가는데 난데없이 중지하라는 공문 한장이 날아왔어요. 문제는 내부에 있었습니다. 총선 후 진행하기로 원칙적 동의가 있었는데 한국연극협회 측에서 일정이 염려되어 그린벨트 내 행위허가를 서두른 것이 자충수가 된 것입니다. 안 그래도 건설교통부가 3년 넘게 해온 일이 고속전철 문제로 백지화되고 그린벨트로 신경이 날카로운 판에 허가를 요청하니 스스로 판을 부순 꼴이 되었죠. 총리까지 나서서 세계연극제를 선포하고 외교사절들을 불러 협조를 요청하고 세계 도처에 초청장까지 보내놨는데, 건설교통부 국장의 말 한마디에 모든 것이 무너진 것입니다. 제가 예술의전당을 10년에 걸쳐 지으며 깨달은 교훈이 건축가는 무엇인가를 만드는 직업이 아니라 한없이 참고 기다리는 직업이라는 거였습니다. 서울대 마스터플랜은 제가 참지 못하고 성질을 부리다 어긋난 예죠. 의왕 세계 연극제도 이인제 씨와 정진수 씨가 조급증을 버리고 일이 되기를 참고 기다렸으면 됐는데 그 둘이 담당 공무원의 심기를 건드려 일을 어그러뜨렸죠. 가장 속상한 것은 모두가 그것 보라는 식이었다는 거였습니다. 당연히 될 일을 사소한 명분으로 망친 건데도요. 지난 1년간의 노력이 물거품이 된 것보다 앞으로 있을 수 있었던 축제의 시간이 사라진 게 더 안타까웠습니다.

제12장

조창걸과 김석철

조각가들은 자기 돈으로 조각을 만들지만, 자기 돈으로 건물을 지을 수 있는 건축가는 거의 없다. 건축가들이 자신의 연보에 나열하는 건물들은 대부분 건축주의 돈으로 지어져 또다른 누군가의 소유물로 등기된다. 건축가들이 건축의 생산수단을 소유하지 못하는 현실은 건축가들이 껴안고 살아야 할 굴레다. 그러한 까닭에 좋은 건물은 건축가의 훌륭한 설계만으로는 지어질 수 없다. 건축주의 안목이 건축가의 설계만큼이나 중요하다. 김석철의 대표작인 한샘 시화공장과 한샘 DBEW디자인센터는 안목이 뛰어난 건축주와 훌륭한 건축가가 만나 이룬 현대건축의 기념비적 작품이다. 1992년 제1회 한국건축문화대상 대상 수상작인 한샘 시화공장은 공장이 완벽한 기능을 갖추면서도 얼마나 아름다울 수 있는지 보여준 파격적 실험으로 우리 사회에 큰 반향을 불러일으켰다.

한샘 시화공장은 교수님의 건축스타일을 가장 전형적으로 보여주는 건축이 아닌가 싶습니다.

김석철 한샘 시화공장은 개인적으로도 제가 가장 좋아하는 건물

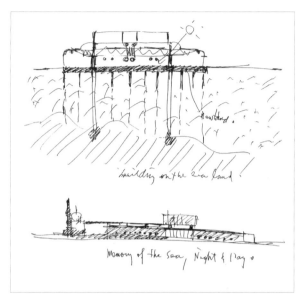

한샘시화공장 스케치(1992년)

입니다. 한샘공장은 건축가가 아닌 휴머니스트와 엔지니어로서 설계했죠. 공장 근로자들이 '우리가 세계 최고'라는 자부심을 가질 수 있도록 인간 중심의 설계에 신경썼던 작품입니다. 한샘 시화공장 설계를 맡고 독일의 가구공장 10개를 둘러봤습니다. 독일 공장이 세계적으로도 효율이 가장 높거든요. 10개 공장을 둘러보고 나니까 세계에서 가장 효율이 높다는 공장에서도 허점이 보이기 시작했죠. 자동화 공장을 보면 한결같이 영화 〈모던타임즈〉가 생각났어요. 〈모던타임즈〉를 보면 노동자들이 뱅글뱅글 도는 생산라인의 노예가 돼버리잖아요. 이 문제를 어떻게 풀까 고민하다가 생산라인을 가변적으로 바꿀 수 있게 하면 어떨까 하는 생각을 했죠. 조창걸 한샘 회장은 제게 딱 세가지를 부탁했습니다. 첫째가 세계 최고 효율의 공장을 만들어달라는 것이고, 둘째로 노동자들이 노동이라는 생각을 하지 않고 즐겁게 일할 수 있는 공장을 만들어달라고 했죠. 셋째는 어떤 미술관보다도 아름다운 공장을 만들어달라는 것이었습니다. 그 세가지 조건 때문에 제가 조 회장을 존경하게 됐습니다. 당연한 요구지만 어느 누구도 하지 않는 요구였으니까요.

조창걸 한샘 회장과 교수님은 인연이 깊은 것으로 알고 있습니다.

김석철   저는 평생 몇사람을 알고 가느냐가 삶에서 중요한 부분이라고 생각합니다. 제 건축 삶에서 직접 모신 김중업, 김수근 두 선생 외에 30년 가까이 가장 깊이 알고 지낸 사람이 조창걸 선배입니다. 제가 정릉에 칩거해 3년 동안 연구할 때 마음의 큰 힘이 되어준 분 중 한명이죠.『건축사』『현대건축』등 두 월간잡지를 창간해서 일할 때도 "우리 모두가 해야 할 일을 혼자 한다"며 물심양면으로 도와주었고요. 조 선배와는 여의도 마스터플랜, 서울역 마스터플랜 등을 할 때도 자주 만났고, 서울대학교 마스터플랜은 함께했죠. 어느날 갑자기 조 선배가 건축을 그만두고 사업을 하겠다며 저한테 대신 한국 건축을 책임져달라고 했죠. 그후 조 선배는 한샘을 설립했습니다. 제가 예술의전당 일을 마칠 즈음 한샘도 궤도에 오른 뒤라 조 선배와 함께하는 프로젝트들이 많았죠. 젊은 건축가들을 모아 전통건축기행을 기획하여 7년간 한달에 한번씩 함께 여행을 다녔고, 로버트 벤추리 선생에게 디자인을 맡긴 맞벌이 부부를 위한 부엌가구 디자인 프로젝트와 리처드 로저스에게 의뢰한 공업생산주택 개발 프로젝트도 함께했죠. 한샘 시화공장도 이러는 과정에서 자연스럽게 제가 설계를 맡게 됐죠. 세계 최고의 공장을 짓겠다는 것은 조 선배의 오랜 꿈이었습니다. 가장 가까운 사람과 일을 하는 것처럼 어려운 일이 없는데 다행히 한샘 시화공장이 제1회 한국건축문화대상에서 청와대 신관을 제치고 대상을 받아 마음의 빚을 약간 갚았죠.

공장설계는 일반 건물설계와는 또 다를 것 같습니다.

김석철 공장건축 설계에서 공장씨스템에 대한 이해는 필수적임을 그 전해에 동양철강 자동화공장을 설계하는 과정에서 배웠죠. 공장씨스템을 이해하지 못하고는 건축가가 할 수 있는 일이 극히 제한적일 수밖에 없습니다. 때문에 한샘 시화공장을 설계할 때는 설계를 시작하기 전에 공장 생산라인을 이해하고 이 생산라인이 어떻게 실제 공장 공간으로 발전하는지를 먼저 공부했습니다. 대부분의 자동화공장 설계에서는 사람보다 생산라인이 더 기본적인 요소가 됩니다. 하지만 사람의 개입이 라인과 일치하지 않으면, 즉 물류의 흐름과 사람의 흐름이 자연스럽게 만나지 못하면 오히려 공정의 왜곡을 가져올 수 있습니다. 또 자동화공장의 공간구성 중 중요한 것이 생산라인과 자재반입 공간, 제품포장 및 보관장소의 적절한 공간 배분과 외부 동선과의 이어짐입니다. 결국 공장 전체가 생산라인 자체여야지 생산라인의 자동화만으로는 의미가 없습니다.

이런 문제들을 어떻게 푸셨나요?

김석철 한샘 시화공장은 새로이 조성된 매립지역인 시화공단의

한 필지였기 때문에 공장이 입지하게 되는 토지의 특성상 요구되는 요소들에 따른 구상 대신 예상되는 공장군의 입지를 먼저 생각했죠. 처음에는 가구공장 주요 라인의 하나인 집진장치를 기본 결구로 해 생산라인 사이에 중정을 두고 그 중정 안쪽에 사무동 타워가 서는 안을 그렸습니다. 무엇인가 될 듯했지만 생산라인의 가변성에 치명적 결함이 있었죠. 그래서 석달 만에 완전히 처음부터 다시 시작했습니다. 담당이사로 철골구조에 대한 풍부한 경험을 지닌 서광철 씨와 맨해튼 타임스퀘어 포트만의 45층 공중 트러스를 구조설계한 강병식 교수의 도움으로 지금 세워진 두번째 안을 만들었죠.

두번째 안의 특징은 무엇인가요?

김석철 생산라인의 자유로운 변화와 조합을 가능하게 할 36미터×220미터 대공간을 기본 결구로 하고 9개의 캔틸레버 속에 전시실, 사무실, 실험실, 휴게편의시설을 두었습니다. 200미터에 이르는 생산라인 한쪽 끝에 재료를 넣으면 다른 쪽 끝에서 제품이 나오죠. 또 36미터×220미터의 대공간과 병렬하여 포장 및 저장 공간을 두어 생산라인의 일관성과 물류 흐름의 여과 지역이 서로 조화를 이루도록 했죠.

조창걸 회장님이 요구한 첫번째 조건을 해결하신 것 같네요. 그러면 두번째 조건은 어떻게 푸셨나요?

김석철 제가 한샘 자동화공장을 설계하기 전에 봉제공장을 설계한 적이 있는데 나중에 그 공장에 갔다가 울었습니다. 제 딸만 한 아이들이 어두운 공장에서 털실 먼지 때문에 숨도 제대로 못 쉬면서 일하고 있었죠. 그래서 한샘 시화공장은 아키라이트 천창을 두어 태양광으로 채광하도록 했습니다. 220미터의 지루한 공간 가운데에 가구공장의 중요한 환경정화설비인 집진장치를 두고 그 아래에 공중정원을 양측에 둬 자동화공장의 핵심부분이 자연의 아름다움과 조화를 이루도록 했죠.

세번째 조건은 어떻게 푸셨나요?

김석철 아름다운 공장을 만드는 것이 가장 어려웠습니다. 바다였던 옛 토지의 기억과 자동화공장이라는 서로 다른 두개의 이미지를 하나의 건축 형식으로 실현해 보이려고 노력했습니다. 자동화공장이라 직원들이 3교대로 근무했습니다. 밤에 출근할 때 보면 공장 자체가 배처럼 보이도록 했죠. 공장에 출근하러 가는 것이 아니라 배를 타러 가는 느낌이 나도록요. 저는 건축의 아름다움은 건축잡지를 위해 찍은 사진 속에 있는 것이 아니라 그 건물을 사용하는 사람과 건축물 사이의 교감에 있다고 생각합니다.

많은 사람들이 가장 김석철스러운 건물로 한샘 시화공장을 꼽습니다.

김석철 그런 얘기를 많이 들었습니다. 특히 로버트 벤추리 선생이 그런 말을 먼저 했죠.

어째서죠?

한샘시화공장 외관(위)과 공장 내부(아래)

김석철　한샘 시화공장은 수학적인 건물입니다. 수의 세계는 인간
이 만들어낸 사고체계이자 하나의 가상세계입니다. 이 세상에 0은
존재하지 않습니다. 그런데 그 가상의 세계를 뚫고 나와야 현실의 세
계에 도달할 수 있죠. 앞서도 말했듯이 한샘 시화공장은 200미터에

이르는 생산라인 한쪽 끝에서 재료를 넣으면 다른 쪽 끝에서 완제품이 나오는 라인을 구축했습니다. 전세계 최초죠. 그뿐만 아니라 한샘시화공장은 에너지 제로의 공장이기도 합니다. 20년 전에 이미 '에너지 제로' 건물을 지은 것이죠. 바람과 빛을 이용해 조명과 실내온도를 조절하고 공장에서 나오는 폐자재를 갈아 태워 에너지를 스스로 만들어낼 수 있도록 설계했습니다. 제품을 만드는 과정에서 나오는 톱밥을 소각해 그 에너지를 사용하고, 200미터에 이르는 공간을 활용한 열에너지를 사용해 냉난방을 하죠. 또한 저는 써비스업 종사자보다 제조업 종사자가 좀더 존귀한 대접을 받아야 한다고 생각합니다. 제가 오피스 빌딩을 짓지 않는 이유이죠. 공장 근로자들이 자신이 이 공장에서 무엇을 만들고 있는지 알아야 자부심이 생긴다는 생각에서 공장에서 생산되는 완성품을 전시하는 전시장도 만들고, 공장 라인 안에 근로자들을 위한 온실도 만들었죠.

한샘 시화공장 못지않게 건축가 김석철의 특징이 잘 드러난 건물로 원서동 한샘 DBEW디자인센터를 꼽는 사람들이 많습니다. 창덕궁과 담하나를 사이에 두고 지어진 이 건물은 전통과 현대가 조화를 이룬 아름다운 현대건축으로 꼽힙니다. 한샘 DBEW디자인센터는 어떻게 시작된 프로젝트입니까?

김석철 한샘 시화공장을 완공하고 얼마 안 됐을 때 박은주 김영사대표가 찾아와 창덕궁과 신격호 회장 집 사이에 600평 규모의 땅이하나 있다는 얘기를 했습니다. 80평 규모의 2층집이 있는 땅인데 창덕궁 옆이라 개축만 되고 증축이 안 되는 땅이라며, 저라면 그 집을

경부고속철도 건설 관련 발표회에서

어떻게 수리해볼 수 있을 것 같다는 얘기였죠. 창덕궁과 담을 마주한 땅이라길래 흥미가 생겨 조창걸 회장과 함께 보러 갔는데 조 회장이 "석철 씨가 안 사면 내가 사겠다"고 해서 조 회장이 그 땅을 샀죠. 마침 당시 동양과 서양의 융합에서 더 나아가 '동서양을 넘어서는 디자인'(Design Beyond East & West)을 만들어내기 위한 디자인센터를 지으려고 하고 있을 때였거든요. 개축만 허용되고 증축은 안 되는 땅을 5년에 걸쳐 인허가를 받아냈죠.

창덕궁과 담을 사이에 두고 있는 땅에 새로운 건물을 짓기 위한 인허가를 받기가 쉽지 않았을 텐데요.

김석철 마침 당시 문화재위원회의 가장 큰 이슈가 경부고속철도

노선이 경주를 관통하는 문제였거든요. 이 문제를 제가 풀어준 것이
도움이 됐죠.

경부고속철도 노선을 바꾸는 일을 어떻게 푸셨는데요?

김석철 경부고속철도 건설은 문민정부의 주요 국정과제 중 하나
였고, 애초 노선은 지금과 달리 경주 시내를 관통하게 계획됐습니
다. 그래서 당시 고고학회장이 베네찌아대학에 있던 제게 2000년 역
사를 지닌 유럽 도시의 지하로 고속철도가 지나간 사례가 있는지 조
사해달라고 부탁을 해왔죠. 이딸리아 문화재 행정을 담당하는 쏘프
린뗀덴짜(Soprintendenza)를 찾아가 물었더니 고속철도는 땅을 깊게
파야 하고 진동이 심해 도시 상부구조가 초토화되므로 역사도시의
지하에 건설된 예가 없다는 대답이 돌아왔습니다. 그 얘기를 듣고 저
역시 이 일은 어떻게든 막아야겠다는 생각이 들었죠.

　다른 한편으로는 고속철도 노선을 정하기 위해서는 먼저 옛 경주
인 서라벌을 알아야겠다는 생각이 들어 직접 천년 전의 경주 지도
를 그려봐야겠다고 생각했고요. 옛 경주에 대한 자료는 상상에 의한
조감도만 있을 뿐이지 정확한 권역이 어디였는지에 대한 자료는 없
었거든요. 마침 고고학의 해라 천년 전 신라 경주 지도를 그리기 위
한 예산을 신청했지만 받아들여지지 않아 저와 조창걸 회장이 사비
를 들여 지도를 완성했습니다. KBS에 출연하기로 약속하고 KBS 헬
기도 빌려 저공비행으로 4시간 남짓 경주 상공을 날기도 했죠. 그렇
게 완성한 지도를 현재 지형도와 겹쳐보니 고속철도가 관통하기로
한 형산강이 옛 도시의 시내 한복판이었습니다. 김영수 당시 문화체

육부장관에게 제가 그린 지도와 조감도를 설명하고, 월드컵과 관련해 김영삼 대통령과 독대하기로 한 때에 고속철도 노선의 재검토를 설득하도록 요청했죠. 제 건의가 100퍼센트 받아들여져서인지는 모르겠지만 김 장관의 대통령 면담이 있은 뒤, 일부 시작된 고속철도 공사가 중단되고 국무총리를 위원장으로 한 경부고속철도 경주노선 재조정위원회가 만들어졌죠. 이런 일이 있고 나니 문화재위원회 위원들에게 김석철이라면 창덕궁을 망칠 집을 짓지 않을 것이란 믿음이 생겨 제 설계가 문화재심의위원회를 통과할 수 있었죠.

한샘 DBEW디자인센터는 한옥과 글라스하우스를 융합한 것이 특징입니다. 매우 독특하면서도 아름다운 이 디자인은 어떻게 탄생했나요.

김석철 한샘 DBEW디자인센터는 초기안과 최종안이 완전히 다릅니다. 첫번째 안은 구릉을 따라 올라가는 한국의 도자기 같은 안이었죠. 자유곡선으로 만들어진 건축물이었습니다. 단이 올라감에 따라 조개껍질 같은 지붕이 어우러져 올라가는 형태였는데 조 선배가 썩 마음에 들어하지 않았죠. 두번째 안은 글라스하우스였습니다. 투명유리를 통해 건물 자체가 드러나 보이지 않게 하겠다는 의도였습니다. 조 선배도 마음에 들어했고, 서울시와 문화재심의위원회의 심의와 허가를 모두 통과했죠. 그런데 심의위원 중 한분인 한영우 선생이 현장을 보더니 이런 자리에 양옥을 할 수 있는 사람은 많으나 양옥과 한옥을 어울리게 하는 것은 어려우니 이를 해보는 것이 어떻겠냐고 저에게 권했습니다. 글라스하우스가 서면 역대 임금의 어진을 모셔둔 창덕궁의 선원전(璿源殿)이 죽는다며 한국사를 공부한 사람

한샘 DBEW센터

으로서 재고를 부탁한다는 말에 공감해 허가받은 안을 버리고 처음부터 다시 설계했죠. 한샘 DBEW디자인센터는 한쪽 담은 창덕궁과 마주하지만 반대쪽 담은 신격호 씨가 소유한, 서울에서 가장 큰 한옥과 마주합니다. 때문에 그 터에 평범한 한옥을 지으면 규모상 초라해 보일 수밖에 없죠. 그래서 생각해낸 것이 글라스하우스와 한옥의 융합이었습니다. 한샘 DBEW디자인센터의 글라스하우스 부분은 업무 공간일 뿐만 아니라 거대한 옆집으로부터 이 건물을 약간 떨어져 보이게 하는 효과를 내도록 의도됐죠. 실제로 이 건물에서 한옥 부분은 전체의 15퍼센트밖에 안 됩니다. 하지만 건물의 그 나머지 부분을 아주 단순하게 처리해서 마치 전체가 한옥인 것처럼 느껴지죠.

많은 사람들이 교수님의 작품 중 한샘 DBEW디자인센터를 가장 아름다운 건물로 꼽습니다. 교수님께 한샘 DBEW디자인센터가 갖는 특별한 의미가 있나요?

김석철 제가 좋아하는 건축가들이 그 건물을 높이 평가해줄 때 기분이 좋죠. 이소자끼 아라따 선생이 한샘 DBEW디자인센터를 보고 "땅과의 대화가 있는 집"이라고 말했을 때, 또 세지마 가즈요(妹島和世) 씨가 "이 공간의 아름다움을 담는 것은 사진으로는 불가능하고 기억으로만 가능하다"라고 말했을 때 기분이 참 좋았죠. 알레산드로 멘디니(Alessandro Mendini) 선생이 "내가 본 가장 아름다운 현대건축"이라고 했을 때도 그 집을 지은 보람을 느꼈고요.

한샘 DBEW디자인센터는 한눈에 봐도 참 독특합니다. 하지만 다른 건물들은 딱 봤을 때 한눈에 '김석철이 설계한 건물'이란 흔적이 없는 것 같아요. 예를 들어 프랭크 게리의 티타늄 곡석으로 된 빌바오 구겐하임, 안도오 타다오의 노출콘크리트 빌딩 같은, 김석철 하면 떠오르는 이미지가 없는 것 같아요.

김석철 제가 한국 커미셔너를 맡았던 베네찌아 비엔날레 건축전 모토가 "Less Aesthetics, More Ethics"이었습니다. 미학보다 윤리학이 먼저라는 뜻이죠. 제가 만든 말은 아니지만 제 건축철학을 이보다 더 잘 나타내는 말이 없습니다. 제 건물은 논리정연합니다. 논리가 바탕이 된 위에 공학이 미학보다 우선하게 만들죠. 그다음은 공동체를 고려합니다. 건물은 혼자 서 있는 것이 아니라 옆집과 공존해야 하거든요. 그래서 제 건물에 미학은 개입한 적이 없습니다. 전 아름답고 근사하게 보이는 집을 짓는 데는 관심이 없었습니다. 대신 합리적인 건물을 짓고자 했죠.

아름다운 건물을 짓고 싶은 욕심이 없는 건가요?

김석철 미학에 대한 욕심은 제 개인 컬렉션으로 충분하다고 생각합니다. 같은 맥락으로 저는 건물이 미술적이려면 차라리 미술품을 소장하는 편이 낫다고 생각합니다. 건축가가 나서지 말고 위대한 작가를 초대하라는 것이죠. 건축은 수학이고 공학이지 미술이 아닙니다. 그래서 제 건물을 아름답게 치장하는 대신 훌륭한 아티스트의 작품을 건물에 넣죠. 방일영기념관을 지을 때나 해인사박물관을 지을 때 백남준 선생의 작품을 넣었습니다.

후회스러운 작품은 없나요?

김석철 올림픽공원 안에 올림픽을 기념한 청소년 숙박시설과 문화시설을 설계한 일은 국가적 사업에 참여한다는 명분이 있어 하게 되었지만 6개월 만에 설계를 끝내야 하는 무리한 공정에 밀려 10년 전과 같은 실수를 거듭했죠. 충무마리나리조트 마스터플랜도 상업주의에 밀려 회한스러운 스케일이 됐습니다. 충무마리나리조트 첫 안을 보다 진지하게 설득하고 발전시켰어야 했죠. 지식인으로서 작가로서 무책임했다고 생각합니다.

제13장

광장에서의 15년: 아키반 사랑채

1978년 대학로에 아키반(Archiban)건축도시연구소를 짓고 예술의전당과 중동의 도시를 설계하던 15여년간 김석철의 인생은 광장에 서 있었다. 마로니에 공원 옛 서울대학 본관 바로 옆에 지은 아키반건축도시연구소의 아키반 중정은 젊은 건축가와 작가, 화가, 철학자, 배우 들이 무시로 드나드는 사랑방이었다.

교수님께서 리야드에서 돌아와 대학로에 아키반사무실을 열고 운영하신 10여년이 교수님 인생을 통틀어 가장 활발하게 건축계와 교류했던 시기인 것으로 압니다.

김석철 건축가로서 이름을 떨치거나 큰일을 이루려는 것이 제 꿈은 아니었습니다. 건축과 도시작업을 통해 보다 궁극적인 문화인프라의 스페이스 매트릭스를 만들고자 했죠. 때문에 건축계와의 교류에는 관심이 없었습니다. 그렇지만 우리 사무실이 학자와 문화계 인사들의 사랑방 역할을 하는 것은 마다하지 않았어요. 저는 건축과 도시만큼 많은 시간을 문화예술 전반을 위해 일하려고 했거든요.

대학로 아키반 시절 이전에도 건축문화 전반을 위해 활동하셨단 말씀인가요?

김석철 어렵던 정릉 시절, 혼자 일할 때 『현대건축』과 『건축사』를 창간했고 두차례의 건축전과 도시전을 열었습니다. 건축하는 모든 이들을 위한 저의 역할이라고 생각했죠. 당시 해외에서 공부하려는 친구들은 정릉집에 와서 며칠씩 밤을 새워가며 이야기하고 토론하다 유학을 갔죠. 뛰어난 젊은 유망주였던 건축가 조건영, 연상만, 안건혁 등도 정릉에 왔다가 유학을 갔습니다. 쿠웨이트 자흐라 신도시를 할 때도 저는 한국 건축계 모두와 함께 일하고자 했습니다. 아키반 멤버뿐 아니라 전 건축계에서 인재들을 모아 60명의 쿠웨이트 자흐라팀을 꾸렸어요. 건축잡지 『플러스』를 발행한 원대연, 인천공항을 설계한 장응재, 유네스코 위원이기도 한 이상해 교수 등이 참여했고 송유덕 씨가 총무를 맡았죠. 최초로 중동에 진출한 현장에서 얻은 정보들은 건축계에 모두 제공했습니다. 다른 건축가들도 한국의 몇 배 되는 건축설계 시장에 참여할 수 있도록 한 것이죠. 쿠웨이트 설계팀에 있던 60여명이 큰 건설업계로 흩어지면서 건설회사들이 우리 도면을 참고하여 턴키프로젝트를 하기 시작했습니다.

다른 건설사에서 일을 따내면 교수님 입장에서는 안 좋은 일 아닌가요?

김석철 나는 다른 사람과 경쟁하지 않아요. 또 '원조'를 찾아 우리 사무실로 찾아오는 이들이 끊임없이 있었죠. 대림, 대한전선, 율산, 삼성 등이 우리와 일을 하기 위해 찾아왔습니다. 대림건설과는 알코바 신도시 턴키프로젝트를, 대한전선과는 압둘 아지즈 메디컬센터를 함께했죠. 그때는 일일이 관여할 수 없을 정도로 일이 많을 때였어요. 그러다 보니 건축 말고도 다양한 분야의 사람들이 아키반에서 일했습니다. 의과대학을 나온 차진희 씨도 있었죠. 외국의 건축가, 전문가들도 사랑채의 손님이었어요. 병원전문 건축가인 네덜란드의 운더버그, 기계공학자인 독일 M.A.N의 슈나이더 박사, 로열 오페라하우스의 톰 매카서 경 등도 토오꾜오나 서울에 오면 애써 일부러 찾아오기도 했어요.

예술의전당을 설계할 때는 두 명의 수학자 출신 직원까지 있었죠. 뛰어난 수학자가 될 수 있었던 송영주 씨는 서울대 건축과를 나왔지만 수학을 계속하고자 했던 사람이었어요. 오페라하우스가 원형이다 보니 컴퓨터가 없던 당시로서는 도면화하는 게 간단한 일이 아니었어요. 그런데 송영주 씨가 원형 건물인 오페라하우스 실시설계를 위한 신도면기법을 만들어냈죠. 또 공연예술공간에서 가장 중요한 무대기계 설계를 모두 일본에 맡길 때였어요. 일본 무대기술자들이 돌아가며 일했고 일본이 못하는 건 유럽에 맡기고요. 그렇지만 예술의전당 무대기계는 제 주도하에 이정근 박사와 수학과를 나온 최진영 실장이 함께 설계했습니다. 최 실장은 예술의전당 국제현상 때부터 준공 때까지 15년을 아키반에 있었어요.

교수님께서 예술의전당을 짓던 10년 동안 대학로 아키반이 문화계의 사랑채 역할을 했다고 들었는데요.

김석철 대학로 아키반 스튜디오는 100명이 일할 수 있도록 만든 건물입니다. 사무공간은 최소로 쓰고 지하실은 아키반 아카데미로 꾸미고 1층은 정원으로 만들어 누구든 와서 담소를 나누며 쉬어갈 수 있는 사랑채가 되도록 했죠. 이 역시 제가 해야 할 역할이라고 생각했습니다. 사람들이 찾아오고 이야기를 나누는 것도 좋았고요. 건축가들보다 다른 문화예술계 인사들이 많았죠. 한때는 과학자들도 꽤 찾아왔고 산악인, 배우와 미스코리아까지도 아키반 사랑채에 왔죠. 아키반이 문화예술계의 사랑방이 된 것이죠. 그때는 대학로 샘터 건물에 '난다랑'이라는 한국 최초의 커피전문점이 있었어요. 난다랑과 아키반 두곳이 대학로 만남의 장소였죠. 커피만 있는 난다랑에는 대학생 등 어린 친구들이 가고 술도 있는 아키반에는 나이 든 문화예술계 인사들이 주로 모였습니다. 예술의전당 국제현상에 당선하자 더 많은 사람들이 찾아왔습니다. 문화예술의 황무지였던 우리나라에 예술의전당이 들어선다니까 여러 사람이 도와주러 찾아왔어요. 문호근 씨가 자주 와서 크게 도와줬고 손숙 씨, 박정자 씨, 김지숙 씨 등 많은 분들이 찾아와 예술의전당에 대한 제안을 하고 의견을 나눴죠. 이병복, 신선희 씨와 함께 무대예술가협회도 아키반에서 만들었어요. 그러다보니 꼭 저를 찾아오는 것이 아니어도 다른 직업을 가진 직원의 친구들도 저희 사무실 아래층에 모여 이야기도 나누고 하게 되더군요.

교수님의 최근 삶과는 너무 달라 상상이 잘 안 갑니다.

젊은 건축가들과 함께했던 한국 전통건축기행

　김석철　그때는 기운이 넘쳐서이기도 했지만 경제적 여유도 있었고 사회적 책임감도 있어서 나섰던 일이죠. 많은 젊은 건축가들이 우리 사무실에 모이다보니 그들과 함께 한국 전통건축을 연구하고 싶다는 생각이 들었습니다. 대부분의 건축가들이 해외건축에는 과도할 정도로 몰두하면서 한국 전통건축은 등한시했거든요. 전통건축기행을 다니기로 결정하고 조창걸 회장의 도움으로 7년간 매달 30여명의 젊은 건축가들과 함께 다녔습니다. 이상해 교수와 유재현 박사가 주축이 되고 젊은 건축가들에게 건축 밖의 세상을 알게 하기 위해 백낙청, 김용옥, 최장집, 유홍준 선생 등 사회 명사들을 모시고 가서 이틀 동안 강연을 듣도록 했고요. 근래 우리나라 건축계의 중추로 일하고 있는 건축가들 대부분이 당시 건축기행을 함께 다녔던 이들입니다. 아침 일찍 서초구청 앞에 모여서 떠나고 다음날 저녁 그 자리에 내린 뒤 헤어지곤 했죠. 그러나 저 나름으로는 후배 건축가들에게 관심을 갖고 정성을 쏟은 시기인데 끝이 좋지 않았죠. 그러면서 자연스럽게 건축계 사람들과 교류를 안 하게 됐고요.

어떻게 안 좋았던 건가요?

김석철 7년을 매달 이삼십명의 젊은 건축가를 뽑아 여행을 다니다 보니 자연스럽게 모임이 만들어지게 됐죠. 그렇게 만들어진 모임 이름이 '한국 건축의 미래를 준비하는 모임'이었습니다. 그들 생각엔 공부모임도 좋지만, 개인적 공부를 넘어 한국 건축계의 고질적인 문제를 정화하기 위한 사회적 모임을 만들어야겠다고 생각했던 것이죠. 제가 한국과 베네찌아를 오가며 베네찌아대학에서 강의를 하고 있을 때였는데, 저를 의장으로 뽑았죠. 제가 가장 싫어하는 일이 모임을 만들어 세력화하는 일입니다. 제가 나름대로 정성을 쏟았던 건축가들이 맑고 넓은 길로 가지 않고 패거리를 만들어 세력화하는 모습을 보면서 실망했어요. 그러던 중 제가 베네찌아대학 전임교수를 하게 되면서 자연스레 멀어지게 됐죠.

이 시기에 두명의 여인이 있었던 것으로 압니다. 두분은 어떻게 만나시게 된 건지 궁금한데요

김석철 아…… 예술의전당을 지을 당시 공사장 건너인 방배동에 까페들이 막 들어서고 있었습니다. 대체로 주인이 대학교육을 받은 여성이어서 남자 손님들과 친구같이 지냈습니다. 대학교수들이 주된 손님이었고요. 마침 고등학교 동기들이 자주 가는 까페가 있어서 현장이 끝나고 나면 한잔하러 가곤 했죠. 소문의 주인공 중 한명이 바

로 그곳 주인이었습니다.

어떤 분이셨나요?

김석철 맑고 깨끗한 사람이었습니다. 당시 예술의전당 발파작업을 할 때라 하루 종일 돌가루를 들이마시면 저녁 무렵에는 목이 텁텁해집니다. 그 까페가 예술의전당 공사현장에서 500미터 거리에 있었을 뿐만 아니라 1년 내내 휴일에도 문을 열었어요. 저 역시 주말도 명절도 없이 일하던 때라 언제든 여는 그 집이 좋았죠. 명절에 가면 손님은 저 혼자였죠. 그러다 보니 자연스럽게 둘이서 많은 얘기를 했죠. 지적이고 감수성이 풍부했어요. 주로 제가 읽은 책 이야기를 했는데 제가 말하는 책을 읽지 않아도 마치 같이 읽은 것처럼 공감을 했습니다. 한번은 제가 『에반젤린』 이야기를 했습니다. 형부와 처제가 사랑에 빠져 도망가다 사고로 불구가 돼서 평생을 조롱받으며 사는 이야기였죠. 굉장히 슬픈 서사시였는데 대뜸 "아름다운 사랑 이야기군요" 합디다.

까페에 들러 대화를 나누는 정도의 관계였다면 왜 장안의 화제가 되었던 건가요?

김석철 장안에 화제가 됐었는지 저는 몰랐어요. 나중에 들으니 별소리가 다 있었지만 어떤 일이 있었는지를 아는 사람은 없죠. 이렇게 제 스스로 이야기하는 것도 이번이 처음이고요. 그 여주인의 옛 약혼자가 까페에 찾아와 예를 벗어난 말을 하고 간 어느날 저한테 "술 한잔 사주실래요?"해서 둘이 나왔어요. 본인은 아무 말이 없는데 아픔이 전해져왔죠. 송도 바닷가에서 소주 두병을 마시고 서울에 오니까 저녁 11시쯤이었어요. 어머니가 걱정한다고 집에 들어가봐야 한다고 해서 헤어지는 장면을 마침 제 친구가 목격했죠. 그 친구 말에 따르면 두 남녀가 헤어지는데 여자가 남자를 불러서 "고마워요" 딱 한마디 하는데 그렇게 애잔한 목소리는 처음 들었다고 합니다. 그래서 자기도 모르게 주변을 봤대요. 혹시 영화를 찍는 것인가 하고. 아마 그 친구가 소문을 낸 것 같아요. 그러다가 어느날 그 여자가 까페를 닫고 사라졌습니다. 까페에 드나들던 사람 중 스웨덴 교포가 한명 있었는데 한눈에 반해 청혼을 했고, 결혼해서 미국에 갔다는 얘기를 나중에 들었고요.

교수님한테 한마디 말도 없이요?

김석철 한마디 말도 없었습니다. 노태우 대통령이 예술의전당을 중단하려고 할 때라 서너달 정신없이 사방을 설득하러 다니던 때였는데, 어느정도 정리가 된 후 까페에 가보니 문이 잠겨 있었죠. 그래서 친구들한테 어떻게 된 일이냐고 물으니 오히려 놀라더군요. 저만 빼놓고 다른 사람들은 다 알고 있더라고요. 거의 만 2년을 만났는데 어느날 문득 사라졌으니 멍했죠. 그러다가 10년 후에 서울로 다니러 와서 세번 아키반 사랑채로 찾아왔습니다.

큰 사건이 있었던 것도 아닌데 교수님의 기억 속에 그분이 크게 자리한 이유가 있나요?

김석철 결혼 이후로 처음으로 마음이 설렜던 여자였습니다. 어떤 특별한 사건이 있진 않았지만, 돌이켜보면 '러브 어페어'였죠.

두번째는 어떤 분이었나요?

김석철 처음엔 일 때문에 누나 소개로 알게 됐습니다. 뉴욕에서 일하다 한국에 들어오려 하던 차라, 마침 인테리어 사업을 시작하려던 한샘 조창걸 회장에게 소개했고 한샘 인테리어 담당이사로 일하게 됐습니다.

어떻게 가까워지신 건가요?

김석철 제가 한샘 시화공장을 할 때라 그녀가 파트너로 메인 프런트홀의 인테리어를 디자인했어요. 한샘 시화공장이 건축문화대상 1회 대상을 수상하고, 당대 최고의 건축가인 로버트 벤추리 선생이 저를 극찬하니 저한테 호감을 갖게 된 것 같아요. 전통건축기행의 총무를 맡아 7년 동안 함께 다니면서 가까워졌습니다. 기행이 끝나면 저는 동부이촌동이나 여의도 앞 한강 둔치로 가곤 했어요. 한강변과 여의도는 제가 만든 서울이라 생각했거든요. 15년 동안 여의도가 이루어지는 것을 보면서 강변에 앉아 있곤 했는데, 그 기분은 말로 표현할 수가 없습니다. 둔치에 앉아 술을 마실 때면 이상해 교수와 그녀가 자주 함께했죠. 여의도 플랜을 하던 때의 이야기와 예술의전당 때 힘들었던 얘기를 하면 웬만한 건축가들보다도 잘 알아들었죠. 누구보다도 제 작품을 잘 이해했고요. 그러다 보니 가까워졌습니다. 그즈음 그녀가 일이 제한적인 한샘에서 나와 민영백 씨와 파트너로 일하기도 했고 독립하여 디자인사무실을 차렸어요. 당시 인테리어업체는 공사까지 하는 곳이었는데 처음으로 설계만 하는 곳을 차렸죠. 그래서 뛰어난 인테리어 디자이너가 필요했던 우리 사무실과 일을 많이 했죠. 명보극장, 씨네시티, 영화박물관 등도 함께 작업했습니다. 그러다 보니 직업적인 공감대가 형성됐습니다. 저의 건축과 도시에 대한 생각을 이야기하면서 가까워졌습니다.

두분이 서로 아주 잘 맞으셨나봐요.

김석철 함께 대화하면 주로 제가 말을 많이 했죠. 어느날은 콘서트홀 3층에 같이 올라간 적이 있어요. 공간이 너무 아름답다며 제 손을 잡아 저 역시 감격했습니다. 그런 공감이 있었어요. 지금의 비원 옆 한샘 DBEW디자인센터도 그녀 때문에 가능했습니다. 5년 동안 문화재청과 인허가 문제로 옥신각신하다가 글라스하우스 안으로 허가가 난 뒤 역사학자 한영우 선생이 서울에서 가장 아름다운 공간인 창덕궁과 담을 같이하고 있는 자리인데 김 교수만이 할 수 있는 한옥과 양옥이 어우러지는 건축을 해보는 것이 어떻겠냐는 말을 하더라니까, "사후에는 역사학자에 의해 평가될 거예요. 역사와 함께하는 안은 아무나 할 수 없지만 지금의 글라스하우스는 누구나 할 수 있어요"라고 하는데 정신이 번쩍 들었죠. 그럴 정도로 저에 대한 평가가 있었던 사람입니다. 강하고 적극적인 여자였습니다. 하지만 제가 암 판정을 받고 인간관계를 정리하며 그녀와도 인연을 끊었죠.

지금 아키반 사랑채는 어떻게 되어 있나요?

김석철 아키반 사랑채는 제가 주로 해외 강단에 서거나 병상에 있게 되면서 직원을 12명으로 줄였기 때문에 너무 넓어 가회동 한옥으로 옮긴 이후 12년간 빈 공간으로 남아 있었습니다. 작년 5월 세번째 수술 후 12년간 비었던 집을 고쳐 다시 옛 모습을 찾아 돌아왔습니다. 아직은 우리에게만 열린, 닫힌 사랑채이지만 몸이 나으면 다시 열린 사랑채로 만들 생각입니다.

4

암과 앎 사이

베네찌아 비엔날레 한국관 건립기
프로페서 김
새만금, 길이 있다
끝 간 데 없는 암과의 싸움

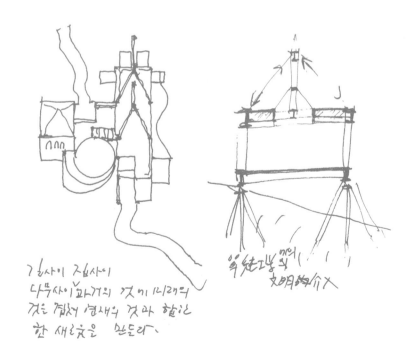

길사이 집사이
나무사이과거의 것 미니래의
것는 접서 현재의 것과 합린
한 새로웂을 만든다.

옥 천고봉의
초명적 介入

제14장

베네찌아 비엔날레 한국관 건립기

김석철 교수는 1991년 한해 동안 '알렉산드리아 도서관 국제현상'과 '토오꾜 오 국제포럼' '나라 컨벤션센터' 현상에 매달렸으나 연거푸 쓴잔을 마셨다. 이 때, 조창걸 한샘 회장이 김석철 교수에게 리처드 로저스(Richard Rogers)와 함께 공업생산주택 프로젝트를 맡아줄 것을 제안했다.

예술의전당 일을 마치고 프랑스 뽕삐두센터를 설계한 건축가로 유명 한 리처드 로저스 씨와 공업생산주택 설계 프로젝트를 함께하셨습니다. 공업생산주택이란 무엇입니까?

김석철 그때가 1990년대 중반으로 중국이 막 도시화를 시작하려 고 할 때입니다. 조 회장은 중국의 도시화는 인류가 맞은 대도전이라 고 판단했습니다. 2차대전 이후 유럽의 재건과정에서 엄청난 도시주 택 수요가 발생했습니다. 1990년대 초반 중국의 도시화 인구는 3억에 불과했습니다. 20년 안에 2배인 6억 인구의 도시화가 일어나리란 추 측이 가능했죠. 이는 유럽만 한 대륙이 새로 생기는 것과 같은 상황입니다. 그에 따른 대비가 있어야 한다는 것이 조 회장의 생각이었어요. 그래서 생각해낸 것이 주택을 공장에서 반조립식으로 만들어 공급해서 주택건설 비용을 현재의 4분의 1로 줄이자는 것이었고요. 정확히 말하면 공업생산주택이 아니라 공장생산주택이죠.

스웨덴의 가구회사 이케아가 반조립식 가구를 만들어 가구 단가를 절반 수준으로 낮춘 것과 비슷한 아이디어네요.

김석철 공업생산주택이 실현되면 단시간의 도시화 수요를 총족할 수 있고 재활용을 할 수도 있습니다. 그렇게 되면 건축자재 사용을 상당히 줄일 수 있을 뿐만 아니라 에너지 소비도 줄일 수 있죠. 현재 건축비용의 상당 부분을 콘크리트, 철골, 석유화학이 차지하고 세계 에너지의 반 이상이 도시와 건축에서 소비됩니다. 현재 지어지는 집의 4분의 1 비용으로 건설하고 최소의 에너지를 사용하는 대규모 주거생산 방안을 찾아보자는 것이 조창걸 회장의 생각이었습니다.

완제품 가구 시장에 반조립식 가구를 만든다는 것도 혁명적인 생각이었는데, 가구도 아닌 집을 반조립식으로 만들 생각을 하시다니, 조창걸 회장님도 대단히 창의적인 분이시네요.

김석철 공업생산주택이란 아이디어를 낸 이유는 현대건축이 퇴보하고 있다는 위기감에서였죠. 과거 엠파이어 스테이트 빌딩은 1929년부터 31년까지 불과 2년 만에 지어졌습니다. 하지만 오늘날 엠파이어 스테이트 빌딩을 지으려면 10년이 걸릴 것입니다. 그 정도로 건축이 후퇴한 것이죠. 반면 건축수요는 엄청나게 늘고 있고요.

건축이 후퇴했다는 것이 언뜻 믿기지 않는데요?

김석철 요즘은 수학자나 과학자가 건축을 하지 않고 미술가들이 건축을 하죠. 그러면서 기술은 상대적으로 퇴보한 것은 아닌가 싶습니다. 다행히 그동안 신소재가 나와서 근근이 버텨왔던 것인데 13억 중국인이 도시로 쏟아져나오면 지금의 건축기술로는 도저히 감당이 안 된다는 것이 우리들의 생각이었습니다.

하지만 가구도 아닌 집을 공장에서 반조립식으로 만든다는 것이 현실적으로 가능한 아이디어입니까?

김석철 조 회장이 저를 설득한 뒤 프랑스의 뽕삐두센터 설계자인 리처드 로저스를 설득했죠. 로저스도 처음에는 웃어넘기려 했다고 합니다. 조창걸 회장이 포기하지 않고 설득해서 1단계 설계계약을 맺었죠. 저와 로저스 씨가 3년간 1단계 설계를 마쳤습니다.

1단계 설계를 마쳤다는 것은 무슨 뜻이죠?

김석철 대규모 도시주택을 건설하려면 필연적으로 초고층이 될 수밖에 없습니다. 그런데 초고층을 올리려면 기초가 커져서 비용이 올라갑니다. 기초를 다지는 비용을 어떻게 하면 줄일 수 있을지가 관건이었죠. 이 문제를 고민하고 있을 때 로저스 씨가 팔각의 벌집 타

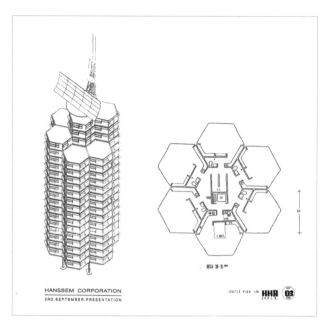

공업생산주택 프로젝트

워라는 아이디어를 냈습니다. 팔각형이 조합을 하기에 가장 이상적인 도형이거든요. 하지만 팔각형은 한 디멘션이 결정이 되면 나머지 면도 이에 따라 결정되기 때문에 팔각형으로 된 도시형 주거의 모형을 만드는 것은 근본적인 문제가 있었습니다.

어떤 문제죠?

김석철 초고층 건물은 불이 날 때를 대비한 피난규정이 있어 비상계단 등 필수적으로 들어가야 하는 공간이 역시 팔각 타워의 한 요소가 돼야 하는데 로저스 안에서는 이런 연쇄고리가 만들어질 수가 없었죠. 제가 로저스 씨한테 이런 문제점을 지적하자 자신은 일단 안을 만들었으니 계약조건을 완수했다며 이 이상 안을 발전시키고 싶으면 다시 계약을 해야 한다고 나왔죠. 그래서 제가 로저스 씨가 만든 안을 발전시킨 모형을 만들어서 보여줬더니 저한테 "당신이 진짜 천재다"라고 하더니 팩토리하우징이라는 이름까지 붙여서 자기 작품으로 발표를 했습니다. 그때는 저를 우습게 본 것이죠. 하지만 우리가 필요로 한 것은 그의 브랜드지 창의력이 아니어서 그때는 그냥 넘어갔습니다. 그런데 로저스 씨가 다음 단계, 즉 아이디어를 현실화시키는 단계로 넘어가기 위해서는 40억원을 더 달라고 한샘에 요구했습니다. 당시 40억원은 한샘이 혼자 감당하기에는 너무 큰 금액이어서 포스코를 끌어들이기로 했죠. 공업생산주택이 현실화되기 위해서는 철강기업이 함께하면 좋을 것 같단 생각도 있었고요. 정명식 포스코 회장을 찾아가서 언제까지 포도만 만들 거냐, 포도주를 함께 만들어보자고 설득했습니다. 정명식 회장을 거의 설득했는데 포스코가 김만제 회장으로 바뀌면서 무산됐죠.

조창걸 회장님은 왜 하필 공업생산주택을 함께 연구할 파트너로 로저스를 선택했던 건가요?

김석철 뽕삐두센터로 인한 그의 세계적 명성과 인적 네트워크 때문이었죠. 뽕삐두센터는 고강도 강철을 조립해서 만든 건물이고, 협력팀인 아랍(Arap)은 유럽 최고의 건축기술자 집단이었습니다. 빠리 시내로 42미터짜리 트러스를 실어올 수가 없으니까 통금을 만들어 밤에 실어와 조립을 했죠. 그런데 제가 함께 일하면서 보니 그 일을 주로 한 사람은 로저스가 아니라 로리 에버트와 파트너인 렌쪼 삐아

노였어요. 로저스는 논리와 수사학을 더한 언론플레이에 강한 사람이었습니다.

실제로 같이 일해본 리처드 로저스 씨는 어떤 사람이었습니까?

김석철 김수근 선생과 비슷한 사람이었습니다.

김수근 선생과 비슷하다니요?

김석철 사람을 끌어모으는 친화력이 대단한 사람이죠. 남을 시키고 지휘하는 데 능한 사람이고요. 하지만 실질적인 일은 로저스 사무실에서 일하던 건축가인 로리 에버트 씨가 거의 했습니다. 저와 일한 사람도 에버트 씨였고요. 그래서 한번은 제가 에버트 씨한테 "일은 당신이 다 하는데 귀족 작위도 당신이 받아야 하는 거 아니냐"라고 했죠. 그런데 에버트 씨는 앞에 나서서 스포트라이트를 받는 걸 극도로 싫어했어요. 반면 로저스는 말하자면 르네쌍스적 인간이었죠.

공업생산주택 프로젝트는 무산됐지만, 이 프로젝트를 통해 유럽으로 진출하셨습니다. 로저스 씨가 다리를 놔주었던 건가요?

김석철 우연이 겹쳤죠. 1992년 6월 로저스 씨가 베네찌아 비엔날레에 초대할 때까지 저 역시도 베네찌아 비엔날레에 대해 잘 모르고 있었으니까요. 로저스 씨는 당연히 제가 비엔날레에 국가대표로 초대받은 줄 알고 그 기간에 베네찌아에서 보자고 약속을 잡았거든요. 그때부터 부랴부랴 베네찌아 비엔날레에 대해 알아봤죠. 그 비엔날레가 1895년 미술전시회로 시작되어 그후 영화와 무대예술에 이어 건축이 더해지고 네 분야가 격년제로 이뤄지며 미술과 건축은 지아르디니에서, 무대예술은 베네찌아 전역에서, 영화는 리도에서 개최된다는 것도 그래서 알게 됐죠. 아무튼 비엔날레 기간에 가려고 호텔을 알아봤더니 이미 다 동이 나고 없었습니다. 그러자 로저스 씨가 직접 알아봐주겠다며 싼마르꼬광장 건너편의 치쁘리아니 호텔을 구해줬는데 그 당시 돈으로 하룻밤에 2000달러 하는 방이었습니다. 우여곡절 끝에 베네찌아에 가서 프랑꼬 만꾸조(Franco Mancuso) 교수와 베네찌아대학에 교환교수로 와 있던 김경수 교수를 만났죠.

'유럽의 광장, 유럽을 위한 광장'이라는 프로젝트로 알려진 그 만꾸조 교수를 만나셨군요.

김석철 우연히 만나긴 했지만, 만꾸조 교수가 저를 알고 있었어요.

어떻게요?

김석철 한국 건축가들이 베네찌아대학에 제안한 '한국 대표 건축가전'이 기획된 상태였습니다. 그래서 만꾸조 교수가 제 이름을 알고 있었던 것이죠. 한국 방문계획도 잡혀 있었고요.

현대 한국 건축가들의 전시회를 베네찌아 까뜨롱궁에서 개최하려던 계획을 갖고 있던 만꾸조 교수는 두달 뒤 서울에 직접 와본 뒤 돌아가 교수회의를 거쳐

'서울, 건축과 도시' 베네찌아 전시회
(1993년)

'한국 대표 건축가전' 대신 '서울, 건축과 도시, 김석철전'을 개최하기로 한다.

왜 '한국 대표 건축가전'이 교수님 개인전으로 바뀌게 되었나요?

김석철　두달 뒤 만꾸조 교수가 한국에 와서 초청을 고려 중이던 건축가들의 건물을 둘러보고 자료를 가져가 교수회의를 할 때 독창성이 결여된 작품의 작가를 제외하다보니 1인전이 된 것입니다.

교수님 작품 중 만꾸조 교수가 보고 간 것은 어느 거였나요?

김석철　조선호텔 도면과 순복음교회 모형, 그리고 실제 건축물로는 예술의전당과 한샘 시화공장 현장이었습니다.

1년의 작업 끝에 1993년 베네찌아 주정부, 베네찌아대학, 베네찌아시와 대한민국 문화체육부가 공동 주최하는 전시회가 2월 25일부터 4월 5일까지 베네찌아에서 열렸다. 김석철 교수로서는 두 김선생을 떠나 독립해 일하던 정릉 시절에 가진 두번의 전시회(1967년과 1970년)와 김진균, 이정근, 이상해 선생 등과 일하던 1975년 '한옥 이후'라는 세번째 전시회 이후 네번째 전시회였다. 전시가 끝날 무렵 그는 베네찌아대학 도시설계학과로부터 교수직 제의를 받았다.

베네찌아대학 초빙교수직은 어떻게 하시게 된 것인가요?

김석철 처음 제안받은 것은 특강이었습니다. 학생들 반응이 좋아서 그 학기에만 서너번 초대됐죠. 그런데 어느날 폴린 총장이 저를 부르더니 전임교수를 할 생각이 없느냐고 물었죠. 초빙교수로 한국과 베네찌아를 왔다갔다하는 시간을 버릴 것 없고 학생들과도 좀더 가까이 지낼 수 있을 것 같아서 저도 해보겠다고 했습니다. 그러고 났더니, 총장이 "이딸리아어로 강의해야 하는 거 아시죠?" 그러는 겁니다.

그동안 특강은 영어로 하셨던 건가요?

김석철 그랬죠. 특강은 영어로 해도 괜찮지만, 스튜디오 진행과 평가는 이딸리아어로 해야 한다는 거였습니다. 또 초빙교수는 총장이 하라고 해서 되는 것이 아니라 전체 교수회의 투표를 통과해야 가능했죠.

그럼 학장님의 제안을 받은 뒤 동료 교수들 투표를 통과해서 교수가 되셨던 건가요?

김석철 그랬죠. 제가 그동안 특강도 많이 했고 무엇보다도 베네찌아정부와 베네찌아대학 초청의 건축전도 두차례 연장해가면서 성공적으로 한 경력이 있어서 교수 투표가 큰 난관은 아니었어요. 문제는 이딸리아어로 강의를 하고 학생들과 토론해야 한다는 거였죠. 전 그때까지 이딸리아어를 한마디도 몰랐거든요.

그래서 어떻게 하셨나요? 미국에서 학위를 받은 교수 중에도 영어강의를 못하는 분들이 대부분입니다.

김석철 일단 한국으로 돌아와 낮에는 사무실에서 일하고 저녁 6시부터 9시까지 석달을 서강대에 가서 배웠는데 도저히 못하겠더라고요. 나이가 들면 기억력이 쇠잔해집니다. 그래서 이딸리아 대사를 만나 통사정했더니 당시 서울대학교에 고고학을 공부하러 온, 지금 외국어대학교 교수로 있는 피나를 소개시켜줘 6개월간 집중적으로 지도를 받고 베네찌아에 가서 2년을 버텼습니다. 그 2년간 제게는 강의도 중요했지만, 학생들과의 소통, 교수들과의 교감과 논의에 더 많은 비중을 두고 시간을 보낸 것 같습니다.

그해 백남준(白南準) 선생님과 함께 크로아티아의 자그레브에서 2인전을 했던 것으로 압니다. 백남준 선생님과의 인연도 베네찌아 비엔날레를 통해 이뤄진 것인가요?

김석철 백남준 선생님은 그보다 앞서 예술의전당 음악당을 개관한 다음에 한국에서 만나뵌 적이 있습니다. 아트딜러인 김양수 씨를 통해 백남준 선생이 저를 보고 싶어한다는 연락을 받았죠. 만나자마자 "네 작품처럼 드라마틱한 것은 세상에 없다. 그런데 왜 세계와 마케팅을 하지 않느냐? 내가 마케팅을 해주마" 하시기에 "고맙습니다" 하고 넘어갔습니다. 그런데 제가 베네찌아대학에서 전시회를 하던 해에 베네찌아 비엔날레가 열렸는데, 마침 백남준 선생이 독일관 작가로 선정돼서 비엔날레가 시작되기 몇달 전부터 전시준비를 위해 베네찌아에 계셨습니다. 당시 제 전시가 두달 연장전시를 할 만큼 베네찌아에서 화제가 됐으니까 자연스럽게 제 전시도 보러 오셨지요.

그때 2인전 제의를 받으신 건가요?

김석철 전시회에 오셔서 대뜸 베네찌아대학 전시가 언제 끝나는지 물으시더군요. 4월 초에 끝난다고 말했더니 잘됐다며 크로아티아 공화국의 수도인 자그레브의 미마라 국립미술관에서 같이 2인전을 하자고 하셨죠. 미마라 뮤지엄의 초대전은 6월로 잡혀 있어서 시기적으로도 잘 맞았어요.

그해 베네찌아 비엔날레에서 백남준 선생께서 황금사자상을 수상하셨습니다.

김석철 시기적으로 미마라 뮤지엄 초대전과 베네찌아 비엔날레 기간이 겹쳤습니다. 백남준 선생은 황금사자상을 수상할지 전혀 모르고 비엔날레 기간 중에 미마라 뮤지엄 오프닝을 위해 크로아티아로 떠났죠. 그런데 뜻밖에도 백남준 선생의 독일관이 황금사자상을 타는 바람에 유럽 미술계 전체가 미마라 뮤지엄 2인전까지 대서특필을 했어요. 문제는 미마라 뮤지엄 오프닝이 끝나자마자 백남준 선생이 황금사자상 시상식에 참석하기 위해 베네찌아로 돌아가야 했는데 세르비아가 내전 중이어서 가는 길들이 다 막혀버린 거예요. 국경 검사도 삼엄해졌고요. 자그레브에서 베네찌아로 돌아오는 데 여덟시간이 걸렸죠. 그 여행기간 내내 저와 제 각시가 백남준 선생의 가방을 들어드려야 했습니다. 사흘 여행이었는데 백남준 선생 가방이 두 개나 됐습니다.(웃음)

교수님도 남의 가방을 들어드려야 할 때가 있군요!

김석철 그 여덟시간 여행길에 백남준 선생이 "내가 한국 현대미술에 기여한 바가 없다. 그런데 이번에 도움이 되는 일을 하고 싶다"라고 하시길래 무슨 말씀이냐 물었더니 베네찌아 비엔날레가 100주년을 기념해 국가관을 하나 더 지으려고 하는데, 그것을 한국관으로 짓게 하는 일을 같이 해보자는 거예요. 제가 베네찌아시와 베네찌아대학 초청으로 전시회와 강연을 하면서 베네찌아 건축가들을 많이 알고 있고, 또 그들이 저를 예사롭지 않게 평가하고 있는 것을 직접 보고 제가 나서면 가능성이 있다고 보셨던 것이죠.

자그레브 미마라 뮤지엄에서 열린 백남준·김석철 2인전의 포스터(왼쪽)와
전시회를 취재 중인 국립 TV, 쇼리치 관장, 백남준과 김석철(오른쪽)

백남준 선생께서 교수님을 시험해보기 위해 2인전을 제안하셨던 건
가요?

김석철　그것보다는 전시회를 같이 해보니까 일을 함께 도모해볼
만한 사람이라는 확신을 갖게 됐던 것이죠. 선생은 "학문의 집합이
예술이고, 예술의 집합이 건축이다. 시대정신을 가진 건축가가 베네
찌아 비엔날레 한국관을 지어야 한다"라며 그 적임자로 저를 택했
어요.

1895년에 시작돼 2년에 한번씩 베네찌아 자르디니공원에서 열리는 베네찌
아 비엔날레는 1907년 벨기에가 처음으로 국가관을 지은 것을 필두로 1909년
부터 독일, 프랑스, 이딸리아, 헝가리 등이 자국관을 세우기 시작해 총 24개의

국가관(파빌리온)이 세워졌다. 아시아국가 중에는 일본만이 유일하게 국가관이 있다. 자국관이 없는 나라가 비엔날레에 참가하기 위해서는 이딸리아와 베네찌아관의 방을 빌려 전시해야 한다.

한국은 1986년에 한국미술협회가 주축이 돼 처음 참가했다. 하지만 자국관이 없었기 때문에 이딸리아관 내부 일부 공간을 배정받아 참여했다. 중국을 비롯해 20여국이 이미 새로운 국가관 건설을 신청해놓은 상태였다. 한국도 몇년 전부터 신청했으나 자리가 없다는 대답을 들은 터였다.

김석철 우리나라는 그때까지 국가관 후보에 끼지도 못하고 있었습니다. 매년 이딸리아관 지하에서 5평 규모로 전시를 했죠. 전시면적이 국내 신문에 소개되는 지면보다도 작을 정도였습니다. 이런 상황이니 국가관을 짓겠다고 덤벼드는 자체가 누가 봐도 난센스였죠. 문화체육부에서는 당연히 도와주지 않았고, 국내 미술계에서도 어차피 안 될 일이라 애써봤자 소용없다는 분위기였습니다. 베네찌아 현지 분위기도 호의적이지 않았고요. 한국관에 대해서만이 아니라 국가관을 한개 더 짓는 자체를 반대하는 분위기였습니다. 공원 내 더이상 부지가 없다는 이유였죠.

토의에 토의를 거듭한 끝에 백남준과 김석철은 정면돌파를 하기로 했다. 일단 설계안을 먼저 그려서 그 안을 갖고 관계자들을 설득하기로 한 것이다.

김석철 백남준 선생이 일단 설계안을 먼저 그리라고 하셨죠. 처음에 낸 아이디어는 기존의 건물과 수목을 다치지 않게 지하에 국가관을 짓는 거였습니다. 공원 내 부지가 꽉 차서 더이상 새로운 국가관

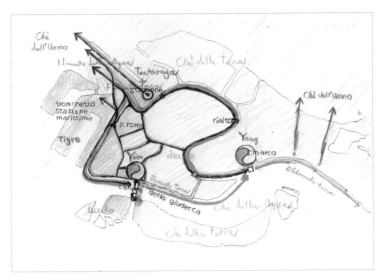

베네찌아와 자르디니공원 분석도

을 지어서는 안 된다는 여론을 불식시키기 위한 아이디어였습니다.

　마침 김석철의 동료 교수 리니오 브루또메소(Rinio Bruttomesso) 베네찌아대학 건축학과 교수가 베네찌아시의 수상도시연구소 소장이 되어서 시청의 도시계획 담당자들을 쉽게 만날 수 있었다. 담당자들을 만나본 뒤 불가능하지만은 않겠다는 생각이 들었다. 서울로 돌아와 백남준 선생이 김영삼 대통령을 만나 한국 미술의 세계적 위상을 높이기 위해 베네찌아 비엔날레에 한국관을 세워야 한다고 설득했다. 이에 김영삼 대통령도 동의해 문화체육부장관에게 추진하도록 지시했다. 백남준 선생과 김석철 교수가 개인적으로 추진하던 일이 정부 차원의 일로 바뀌게 된 것이다. 마침 대전엑스포 오프닝에 참석하기 위해 한국을 방문한 아낄레 보니또 올리바(Achille Bonito Oliva) 베네찌아 비엔날레 집행위원장을 서울로 초청해 한국정부의 의지를 전하며 지하 파빌리온 아이디어를 설명했다. 절대 안 된다던 올리바 집행위원장의 태도가 김석철 교수의 지하 파빌리온 안에 대한 설명을 들은 뒤 한번 추진해보자로 바뀌었다.

김석철 한달 가까이 안을 정리했습니다. 우선 스케치를 준비해서 베네찌아 당국과 접촉하기로 했죠. 도시계획위원장인 펠레띠 여사와 문화재관리국장 리까르디, 건축국장 루제로를 만나 우리 안을 설명했고요. 처음에는 들은 척도 안 했지만 계속 찾아가서 설명했더니 일단 모델을 만들어오라고 하더군요. 또 대한민국 정부가 공식적으로 제안하면 정식으로 검토하겠다는 약속도 받았고요. 그래서 그해 겨울에 김순규 문체부 국장이 장관의 친서를 갖고 와서 시장과 담당 국장을 만나 정식 제안을 했죠.

백남준 선생이 베네찌아 비엔날레 황금사자상 시상식 가는 길에 얘기를 꺼낸 것이니까 딱 반년이 걸린 셈이네요.

김석철 그렇죠. 그런데 현지 검토 결과 나무뿌리가 사방으로 뻗어나가 지하 파빌리온은 불가능하다는 통보를 받았죠. 도시국장 다꼬 스띠노와의 토론 중 지하 파빌리온이 불가능하다면 투명 파빌리온으로 지으면 되지 않을까 하는 아이디어가 갑자기 떠올랐습니다. 그래서 일단 "그럴 경우를 대비해 투명 파빌리온을 서울서 준비해왔다"라고 둘러대고 나와서 하루 만에 투명 파빌리온 안을 그려 다시 찾아갔습니다. 만꾸조 교수한테 현장의 정확한 토지분석을 부탁했고요. 그리고 저는 서울에 돌아와 투명한 파빌리온 안을 더욱 구체화시키는 작업을 시작했죠. 이때 백남준 선생이 뉴욕에서 거의 매일 전화

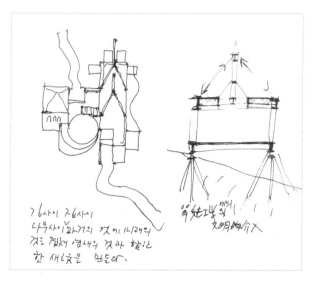

베네찌아 비엔날레 한국관 스케치. 투명한 파빌리온의 아이디어

를 걸어왔어요. 제가 포기할까봐 포기하지 말고 계속하란 당부를 하기 위해서였죠.

김석철 교수는 "일을 하다보니 나중에는 대한민국 정부를 위해서도, 국민을 위해서도 아닌 백남준 선생의 열정에 대한 예의로 뛰고 있었다"라고 말했다. 김석철 교수가 서울서 투명한 파빌리온 안을 구체화하고 있는 사이 베네찌아에서는 마시모 까치아리가 새로운 시장으로 선출됐다. 그는 공산당이었다. 백남준 선생과 김석철 교수는 그동안 공들여 만들어놓은 한국관에 대한 호의적인 분위기가 물거품이 될까 걱정됐다.

김석철 백남준 선생이 새로운 시장한테 직접 편지를 써보겠다는 아이디어를 냈습니다. 베네찌아 비엔날레 100주년 행사에 한국과 북한이 공동으로 하나의 관에서 전시를 하게 되면 당신이 노벨평화상을 받을 수도 있을 것이라는 내용의 편지였죠. 제가 선생님의 그림도 그린 그림편지를 만들어보내라고 했고요. 백남준 선생의 그림이 비싸잖아요. 우리에게 계속 비판적이었던 다꼬스띠노 도시국장이 백남준 선생의 열렬한 팬이라고 해서 그한테도 그림편지를 보내라고 했죠. 그가 백남준 선생의 그림편지를 받고 홀딱 우리 편으로 넘어왔습니다.

중국의 반격도 만만치 않았다. 중국은 베네찌아에서 진시황릉전을 대대적으로 준비하며 자르디니공원의 마지막 파빌리온은 중국관이 돼야 한다는 여론을 지폈다.

김석철 획기적인 안을 내지 않으면 중국에 밀릴 것이 뻔했습니다. 그래서 마지막 카드로 비엔날레가 열리는 자르디니공원 전체에 대한 마스터플랜 및 비전까지 준비해갔죠. 자르디니는 나뽈레옹에 의해 공원으로 지정된 후 백년 만에 세계 미술전시회의 장소로 재탄생했지만 1년에 석달만 개관하므로 나머지 기간 동안은 폐허로 방치되죠. 이는 베네찌아 시당국의 큰 숙제였습니다. 이 숙제를 제가 풀어주겠다고 제안했습니다.

김석철 교수는 자르디니공원이 베네찌아 비엔날레 100주년을 기념해 새로운 탄생을 이뤄야 한다며 한국관이 자르디니의 마지막 파빌리온이면서 동시에 새로운 세기를 맞는 자르디니의 첫 파빌리온이 될 것이라고 역설했다. 물론 이를 위해 필요한 방안도 덧붙였다. 그가 설명을 마쳤을 때 베네찌아 시장의 얼굴에 공감의 표정이 떠올랐다. 시장은 구체적인 도면과 모형 외에도 운영계획까지 제출하도록 요구했다.

김석철 서울에 돌아와 구체적인 도면과 모형을 만들었습니다. 만 꾸조 교수도 서울에 와서 함께 작업했고요. 그리고 1994년 4월 대한민국 정부 이름의 정식 허가요청서를 베네찌아시에 제출하고는 이제는 다 된 줄 알았습니다. 그런데 그게 아니었어요. 미궁과도 같은 이딸리아의 인허가 과정이 남아 있었죠!

자르디니 일대의 마스터플랜이 성안 중이므로 어떤 건물도 마스터플랜 확정 이전에는 허가할 수 없다는 도시계획위원회의 입장이 발표됐다. 건축국, 문화재관리국, 비엔날레 본부는 다 동의했고 도시국에도 원칙적 동의를 얻었는데 도시계획위원회가 반대를 하고 나선 것이다. 도시계획위원회가 동의해도 최종 심의위원회에서 시청과 시의회의 동의를 받아야만 했다.

김석철 한국관이 인허가 과정에서 문제가 생겨 허가가 안 나오고 있다는 사실이 알려지자 중국이 다시 나섰고, 일본도 증축을 하겠다고 나섰죠. 한국에서는 우리끼리의 국제현상으로 마지막 파빌리온을 정해야 한다는 의견까지 나왔고요. 베네찌아에서 일이 꼬이자 국내에서는 한국정부가 김석철한테 놀아났다는 이야기가 나왔습니다. 정말 포기하고 싶었지만, 여기서 밀리면 아무 일도 되지 않는다는 오기도 생겼죠. 백남준 선생도 폐기 구겐하임 관장과 이딸리아의 모든 친구한테 연락하겠다고 나섰죠. 백남준 선생 때문에라도 제가 그만둘 수 없었습니다.

베네찌아 비엔날레 한국관 모형

김석철 교수는 다시 베네찌아로 날아가 시장을 만났다.

김석철　하도 자주 만나다보니까 까치아리 시장과 친구가 됐습니다. 매우 걱정을 하면서 베네찌아로 날아갔는데 시장이 예상외로 한국관에 대해 호의적이어서 놀랐죠. 쐐기를 박기 위해 바로 한국으로 돌아와서 문체부장관과 베네찌아 시장의 면담 날짜를 잡았습니다. 그런데 그때 김일성 주석이 갑자기 사망했습니다. 국가 비상상황이라 장관은 못 가고 차관이 대신 베네찌아로 갔죠.

이딸리아의 건축허가 과정은 전세계에서 가장 까다롭기로 유명하다. 세계적인 건축가 르꼬르뷔지에는 시립병원을, 루이스 칸은 자르디니 옆 공공정원에 베네찌아 컨벤션센터를 설계했으나 허가를 받지 못해 짓지 못한 적이 있을 정도로 베네찌아의 건축허가는 불가능에 가까운 일이다. 특히 역사적 유적지에 새로운 건물을 짓기 위해서는 크게 두 단계를 거쳐야 건축허가를 받을 수 있다. 첫째는 새로 짓는 건물과 역사적 유적의 관계를 체크하는 문화재국의 심사를 통과해야 한다. 이딸리아는 온 나라가 역사적 장소이므로 역사와 현재의 조화에 대한 승인을 거쳐야만 일의 시작이 가능하다. 둘째 단계는 신축되는 건물이 미래에 어떻게 이용될 것인지 계획을 제출해야 한다. 전자가 과거와의 조화라면 후자는 미래와의 조화를 묻는 것이다. 베네찌아 비엔날레 한국관은 1년 2개월에 걸쳐 이 과정을 모두 거쳤다. 김석철 교수는 허가서를 받은 날 잠이 오지 않았다고 회상했다. 주건축가로 김석철 교수가, 현지 건축가로 만꾸조 교수가 서명했다. 자르디니에 드디어 한국관을 설립하게 된 것이다. 김석철 교수는 한국의 현대미술로서도 기념비적인 사건이었지만 지난 100년간 당대의 위대한 건축가들이 자기들 나라의 국가관을 지은 자리에 자신의 건물을 짓게 됐다는 사실에도 감격스러웠다고 회상했다.

건물 전면이 유리로 되어 있어 굉장히 독특합니다.

김석철 건물을 만들기보다는 공간을 만든 것이죠. 주요 관들이 모여 있는 자르디니공원 중심에는 새로운 건물을 지을 만한 공간이 남아 있지 않아서 독일관과 일본관, 러시아관 뒤뜰의 작은 공공건물이 이미 있는 자리에 지어야 했습니다. 기존의 관리사무실과 숲의 나무를 그대로 살리면서 자유곡선으로 이루어진 투명한 건물을 짓겠다고 해서 선정된 것이었고요.

건물 디자인만 독특했던 것이 아니라 건축할 때에도 전부 조립식으로 지었다고 들었습니다.

베네찌아 비엔날레 한국관 외부

김석철 자르디니공원 안에는 공사를 할 수 있는 장소가 없었기 때문에 어쩔 수 없이 건물의 대부분을 베네찌아 밖에서 만들고 공원 내에서는 조립만 하도록 설계했죠. 재료는 철골과 목재, 유리로 한정했고요. 숲 사이에 지어지는 건물인 만큼 집 안에서도 자연을 그대로 느낄 수 있도록 천장도 투명하게 만들었죠. 또 경우에 따라서는 유리를 빼고 임시로 공간을 덧붙일 수 있도록 했고요.

김석철 교수는 "로저스와 함께 공업생산주택 연구를 하면서 해온 철골건축에 대한 연구도 큰 경험이 됐다"라고 말했다. 하지만 세상에서 가장 빨리 일을 하는 한국인이 세상에서 가장 느리게 일을 하는 이딸리아인들과 함께 건물을 짓는 것은 쉬운 일이 아니었다. 김석철 교수는 "싸우기도 하고, 술을 마시며 달래기도 하면서 건물을 지었다"라고 말했다.

김석철　한국관 개관식이 1995년 6월 7일 12시였는데, 그날 아침까지도 조립이 채 완료되지 않았습니다. 주돈식 문체부장관, 문덕수 한국문화예술원장, 이대원 '미술의 해' 조직위원장, 이두식 한국미술협회 이사장 등은 물론 홍라희 리움관장, 박명자 현대미술관장, 박계희 워커힐미술관장 등 여성분들도 대거 왔는데 건물이 채 지어지지 않은 모습을 보곤 황당해했죠. 일단 시장한테 오프닝을 오후 3시로 연기해달라고 했어요.

완성이 안 된 건물을 3시간 만에 완성한다고요?

김석철　조립식으로 설계했으니까 가능했죠. 다른 사람들 눈에는 불가능해 보였지만 전 해낼 자신이 있었고요.

결국 3시까지 완성했나요?

김석철　물론입니다. 사실 예술의전당의 무대기계를 만든 팀이 있었기에 가능한 일이었죠. 그해는 건축전이 아니라 미술전이 열리는 해라 전수천 씨 등 미술가 네분의 전시가 한국관에서 열렸고 전수천 작가가 특별상을 수상했습니다. 그후 3년 연거푸 이불, 강익중 씨 등이 상을 받는 유례없는 일이 이어졌죠.

베네찌아 비엔날레 한국관을 보면 같은 유리건물이어서 그런지 필립 존슨의 글라스하우스가 떠오릅니다. 필립 존슨 씨와도 친분이 있는 것으로 아는데 그 영향을 받으신 것은 아닌가요?

김석철 필립 존슨의 글라스하우스보다는 한국의 '누(樓)'에서 받은 영향이 컸다고 봐야죠. 어려서부터 몸에 익숙하게 닿아 있던 한국 전통의 누가 지닌, 자연을 이해하고 자연으로 향하는 관문 같은 건축을 전혀 다른 소재인 철골로 표현해보고 싶었습니다. 한국 건축이 가졌던 빈 공간, 자연과 인간 사이의 중간 공간 같은 것을 실현해보고자 했고 그것이 어느정도 실현되지 않았나 싶습니다.

김석철 교수는 한국관 허가를 받기 위해 뛰던 중 필립 존슨, 아이젠만, 프랭크 게리, 이소자끼, 렘 쿨하스 등 세계적 건축가와 지식인들의 모임인 애니컨퍼런스(Any Conference) 참석차 몬트리올에 갔다가 필립 존슨의 초대로 그의 집인 글라스하우스를 방문했다.

김석철 그때 이미 투명한 한국관 안을 내놓은 상태라 좋은 공부가 되겠다는 생각은 했죠. 필립 존슨의 글라스하우스는 건축 역사상 처음으로 건축의 투명성을 고전적 수업으로 성취한 집입니다. 베네찌아 비엔날레 한국관은 근본적으로 글라스하우스와는 다른 것이라고 생각했습니다. 저의 집은 한국의 건축, 도시, 문화에 깊은 뿌리를 갖는 고유의 표현형식을 갖고 있죠.

2000년에 베네찌아 비엔날레 한국 커미셔너로도 활동하셨습니다.

베네찌아 비엔날레 한국관 내부

김석철 한국관에 대해 하도 말들이 많아서 그 집을 어떻게 활용하면 되는지를 직접 선보이는 전시를 열었습니다. 한국 작가들은 투명한 한국관을 안 좋아하죠. 자신들의 그림이 돋보여야 하는데 투명한 건물에서는 작품을 돋보이게 하기가 어려우니까요. 다른 나라 작가들은 전시 시작 몇달 전부터 와서 파빌리온에 맞게 전시를 구성하죠. 백남준 선생만 해도 몇달씩 베네찌아에 머무르면서 독일관에 맞는 전시를 준비했습니다. 베네찌아 비엔날레에서 파빌리온은 단순한 전시공간이 아니라 전시의 시작이니까요. 2000년 베네찌아 비엔날레의 주제가 '도시, 덜 미학적이고 더 윤리적인'(Less Aesthetics, More Ethics)이라고 해서 20세기 도시를 반성하고 21세기 도시의 비전을 제시하라는 것이었습니다. 이딸리아의 건축가이자 도시계획 설계가인 마시밀리아노 푹사스(Massimiliano Fuksas)가 전시 총감독을 맡았죠. 저는 한국관 커미셔너로서 서울을 가장 잘 아는 최민, 조건영, 이상해, 안건혁 교수 등과 함께 '역사도시 서울의 재발견' '사대문 안 서울의 구조개혁' '서울 그랜드 디자인' 등 세 주제로 작품을 만들었습니다. 서울을 21세기 도시개발의 화두로 삼고 싶었습니다. 동숭동 사무실 지하 80평에서 15명이 넉달을 일하고, 또 베네찌아에 가서도 철야로 일하면서 전시를 준비했죠. 전시준비 기간 동안에는 각국의 25명의 커미셔너들이 같이 밥도 먹고 다른 나라 관을 돌아다니며 어떤 전시를 준비하나 서로 구경하죠. 그때 모두가 한국관이 최고라고 했어요. 왜냐하면 우리처럼 도시를 정면으로 다룬 나라가 없었거든요. 그래서 저도 믿어 의심치 않았습니다. 개막일에 황금사자상을 수상할 때를 대비한 인사말까지 준비했습니다.

하지만 그해 황금사자상은 스페인관이 수상하지 않았나요?

김석철 스페인은 40명의 건축가가 자신의 작품을 하나씩 냈습니다. 40명의 건축가가 주제랑 전혀 상관없이 자신의 작품을 뽐내느라 하나의 작품으로서는 박자가 전혀 안 맞았죠. 오히려 러시아관이나 독일관이 좋았습니다. 러시아는 폐허가 된 도시 하나를 다시 살리는 안이었는데 참 좋았어요. 철학적이었고요. 독일관은 어느 타운 하나를 재개발하는 안을 냈습니다. 세지마 카즈요 씨가 커미셔너였던 일본관도 참 이뻤어요. 그해 주제가 도시가 아니라 건축이었으면 일본관이 그랑프리를 탈 것이라고 제가 말해줬죠. 스페인관이 상을 타는 것을 보고 베네찌아 비엔날레 심사 자체에 대한 실망감이 컸습니다. 다시는 베네찌아 비엔날레에 나가지 않기로 결심했죠.

2004년 '취푸(曲阜) 수상도시 마스터플랜'으로 베네찌아 비엔날레에 또 참석하시지 않으셨나요? 그해에는 특별상까지 수상하신 것으로 아는데요.

김석철 2004년 비엔날레 주제가 '물의 도시'였어요. 마침 그때 제가 중국에서 취푸 수상도시 마스터플랜을 하고 있었고요. 중국과 한국의 공동대표로 가게 됐죠. 그때 중국은 상하이 바로 남쪽에 인구 50만의 신도시를 만들 때라 그 안을 갖고 참가했습니다. 모형을 만드는 데만 10억원을 썼다고 했죠. 그때도 다들 우리 안이 당연히 그랑프리라고 했어요. 구겐하임 관장까지 직접 와서 이번에는 확실하다고 해서 알레산드로 멘디니 선생도 밀라노에서 베네찌아까지 오셨

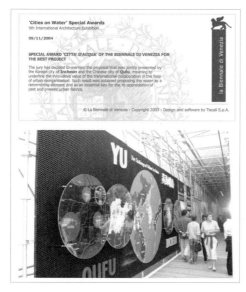

베네찌아 비엔날레 특별상 수상한
취푸신도시. 베네찌아 비엔날레 전
시 모습

고요. 실제로 시상식에서도 "석철 킴"이 불려서 단상 앞으로 나갔죠.
그런데 상패를 안 주는 거예요. 내가 이딸리아어를 못 알아들었는
데 알고 보니 그랑프리가 아니라 특별상이었습니다. 취푸가 안으로
서는 최고이지만 성사가 안 됐다는 것이죠. 그래서 그랑프리를 줄 수
없다고요.

이뤄지지 않은 안은 심사 대상이 아니란 것을 애초에 밝혔어야 하는
것 아닌가요?

김석철 특별상은 그해가 1회였거든요. 그뒤로 다시는 베네찌아 비
엔날레에 안 갔습니다.

제15장

프로페서 김

이 인터뷰를 시작한 첫날 김석철에게 어떤 호칭으로 불리기를 원하는지 물었었다. 그에게는 아키반건축도시연구원 대표부터 명지대 석좌교수와 명예 건축대학장 등 다양한 직함이 있기 때문이다. 김석철은 조금의 망설임도 없이 '김석철 교수'라는 호칭으로 불러달라고 했다. 그만큼 교수라는 일에 애정이 있다는 얘기였다. 김석철은 예술의전당 설계를 마치고 해외로 나가 베네찌아에서 3년, 베이징에서 3년, 뉴욕에서 3년여를 건축과 도시를 가르쳤던 9년여를 인생에서 가장 행복했던 시절로 꼽는다. 시기와 질투에서 벗어나 알레산드로 멘디니, 로버트 벤추리, 필립 존슨 등 세계적 지성들과 교류하며 지냈던 시절이기 때문이다.

1998년부터 베네찌아대학 도시학부에서 학생들을 가르치며 교수생활을 시작하셨습니다. 한국이 아닌 외국 대학에서 교수직을 시작하셨는데, 베네찌아대학에서의 생활은 어떠했나요?

김석철 교수로서의 경력의 시작이기도 하지만 지금 생각하면 가장 행복했던 기간입니다. 모든 시간을 오롯이 저한테 쏟을 수 있었을 뿐 아니라 진정한 의미의 '동료'를 처음 만났으니까요. 건축대학 수업은 넓은 공간이 필요한데 베네찌아대학 내에는 이런 공간이 부족해서 외부 스튜디오를 통째로 빌려 수업을 진행합니다. 그래서 하루에 수업을 몰아서 하죠. 일주일 중 하루를 잡아 아침 8시부터 저녁 8시까지 12시간을 수업하고 나머지 날들은 각자 알아서 자기 집에서 그려오는 것이죠. 저도 일주일 중 하루만 학교에 나가고 나머지 날은 도서관에 가거나 주변 마을을 여행하거나 하면서 지냈어요. 혼자 마시는 술이 얼마나 좋은지 그때 알게 됐습니다. 또 베네찌아대학의 특징이 교수들한테 독방을 안 줍니다. 한개의 방을 교수 여러명이 함께 쓰죠. 당시에는 교수 네명이 한 방을 썼습니다.

전임교수들이요? 특별한 이유가 있나요?

김석철 공간 부족이 가장 큰 이유죠. 또 건축과 교수들은 다들 자기 스튜디오가 있어서 크게 불편하진 않았고요. 물론 처음에는 방을 다른 교수들과 같이 쓰는 것이 어색했지만 지금 생각해보면 좋은 점도 많았습니다. 우선, 방이 크니까 대학원생들을 방에 데려와서 가르칠 수도 있었고, 무엇보다도 동료 교수들과 친해질 수밖에 없었죠. 나중에는 서로의 집을 방문할 정도로 친해졌습니다. 이전까지는 그런 삶을 살아본 적이 없었죠. 보통 집으로 초대하면 자기 작품도 보여주고 그러면 또 자연스럽게 평을 하게 되는데 저는 그럴 때 솔직하게 얘기하거든요. 마음에 들면 마음에 든다, 안 들면 어떤 점이 안 든다라고요. 매우 구체적으로 이야기합니다. 베네찌아 교수들이 저의 그런 점을 상당히 좋아했어요. 다른 사람들은 뱅뱅 돌려서 이야기하

1996년 애니컨퍼런스(Any Conference) 당시. 회의에 참석한 김석철(위), 포스터(가운데), 당시 김석철 교수에게 쓴 필립 존슨의 친필(아래)

는데 저는 꼭 짚어서 얘기해주니까요. 이런 게 소문이 나서 나중에는 여기저기서 저를 불렀죠. 심사위원회에도 들어가게 됐고요.

이즈음 필립 존슨을 비롯해 알레산드로 멘디니, 로버트 벤추리 등 세계적 거장들과 교류하며 지내셨던 것으로 압니다. 필립 존슨은 건축계의 노벨상이라고 불리는 프리츠커상 1회 수상자일 뿐 아니라 대표적인 뉴욕의 지성입니다. 로버트 벤추리 역시 건축가이자 1966년에 펴낸 『건축의 복합성과 대립성』이라는 책을 통해 당시 젊은 건축가들에게 상당한 영향을 끼친 건축이론가고요. 알레산드로 멘디니 역시 이딸리아를 대표하는 건축가이자 디자이너일 뿐만 아니라 건축계에서 가장 영향력 있는 건축잡지로 꼽히는 『까사빌라』 주간을 50년째 맡고 있는 분입니다.

김석철 필립 존슨 씨와는 애니컨퍼런스에서 처음 만났죠. 애니컨퍼런스는 필립 존슨, 아이젠만, 프랭크 게리, 이소자끼, 렘 쿨하스 등 세계적 건축가와 지식인이 주도해 1년마다 세계 주요 도시를 다니며 회의를 하는 독특한 모임입니다. 마침 제가 베네찌아 비엔날레 한국관 일을 하고 있던 해의 애니컨퍼런스가 몬트리올에서 열렸는데 원래 프랭크 게리가 하기로 했던 'The Change of Architecture in Arts'라는 주제발표를 제가 대신하게 됐습니다. 필립 존슨 씨는 베네찌아 건축전 표지에 실린 스카이빌리지를 기억하며 저한테 "30년 전에 스카이빌리지를 그린 사람이 그동안 무엇을 하고 있었느냐"라고 말해 한동안 저를 자괴감에 빠지게 했었죠. 컨퍼런스가 끝나고 저를 자신의 대표작이자 별장인 글라스하우스에 초대해주기도 했고요. 로버트 벤추리 씨와의 인연은 좀더 깊습니다. 정릉 시절 그가 쓴 『건축의 복합성과 대립성』을 읽고 놀라운 저작이라는 생각이 들어 당시 제가 만들던 『건축사』라는 잡지에 르꼬르뷔지에와 겐조오, 미스 이후 현대건축을 이끄는 건축가 씨리즈 첫회로 로버트 벤추리를 다뤘습니다. 실제로 만난 건 예술의전당 일을 마친 뒤 어느 국제학술대회에서였을 겁니다. 예전부터 그의 글을 읽어왔고 현대건축에 대한 생각이 비슷해 금방 친해졌습니다. 벤추리 씨가 서울에 와서 예술의전당을 둘러보고 저한테 "좋다. 정말 큰일을 해냈다"라고 말해줬죠. 그러다가 한샘이 벤추리 씨한테 맞벌이 부부를 위한 부엌가구 설계를 맡기면서 함께 일을 하게 됐죠.

로버트 벤추리 씨 같은 거장이 한샘 가구 설계를 흔쾌히 수락했나요?

김석철 당시 조창걸 회장은 부엌혁명이 가장 시급한 문제라고 생각했습니다. 가사가 여자들만의 노동에서 벗어나 가정생활의 중심이 되기 위해서는 부엌이 거실 중심으로 나와야 한다고 생각했죠. 거실 중심에 놓이기 위한 부엌 설계를 로버트 벤추리 씨한테 맡겼던 것이고요. 조 회장의 이러한 발상을 듣고 벤추리 씨의 부인이자 건축가인 데니스 스콧 브라운이 단번에 훌륭한 생각이라며 한번 해보자고 했죠. 당시 벤추리 씨는 런던 내셔널갤러리(The National Gallery)의 쎄인즈버리 윙(Sainsbury Wing) 설계를 맡아 바쁠 때였는데도 흔쾌히 맡았죠.

한샘에서 실제로 출시가 됐나요?

김석철 쇼룸까지 만들었던 것으로 아는데 시장 반응이 좋지 않아 실제 상품화는 안 됐던 것으로 압니다.

로버트 벤추리 씨는 어떤 분입니까? 요즘도 교우하시나요?

김석철　20세기 건축사에서 가장 위대한 저작 둘을 쓴 대단한 학자이죠. 프리츠커상을 수상한 뛰어난 건축가고요. 그뿐 아니라 유머도 있죠. 한번은 제가 "왜 이제는 더 위대한 책을 안 쓰느냐"라고 물었더니 "설계 일을 달라고 나를 광고하기 위해 쓴 건데, 요즘은 일이 밀려서 쓸 필요가 없다"라고 합니다. 필라델피아의 자택 인테리어를 직접 했는데 서재에 자신이 좋아하는 학자, 미술가, 음악가의 이름을 벽에 쭉 새겨놓았어요. 제가 좋아하는 사람들도 많았지만 납득하기 어렵거나 잘 모르는 이름들도 있어 돌아와서 공부를 하기도 했죠. 그중 한명이 말러(G. Mahler)입니다. 1991년 프리츠커상 수상자로 선정됐을 때 부인 대신 저를 초대해서 갔었는데 시상식장에서 벤추리 선생이 프리츠커상 심사위원으로 온 『A+U』 나까무라 편집장을 소개해 줘 『A+U』에서 예술의전당을 특집으로 다루는 계기가 됐죠.

부인 대신 교수님을 초대했다고요?

김석철　데니스 스콧 브라운이 참석을 거절했거든요. 데니스 스콧 브라운도 훌륭한 건축가로 벤추리 씨의 작품 대부분을 함께했는데 벤추리 씨만 수상자로 지목되자 참석을 안 했죠. 요즘도 가끔 편지를 주고받습니다. 가장 최근에 연락 온 것이 2년 전이었는데 외롭다는 내용이었어요.

알레산드로 멘디니 씨와는 베네찌아대학 교수 시절 인연을 쌓으신 건가요?

알레산드로 멘디니와 함께

김석철　그렇습니다. 베네찌아와 밀라노가 기차로 3시간 거리라 베네찌아대 교수들 중 다수가 밀라노에서 출퇴근을 하기 때문에 자연스럽게 밀라노와 베네찌아는 하나의 커뮤니티를 이루고 있죠. 멘디니 선생과도 만나기 전부터 서로의 작품에 대해 알고 있어서 긴 이야기를 할 필요 없이 금방 친해졌습니다. 베네찌아대학 교수로 있던 지안까를로 씨와 멘디니 씨가 친구여서 베네찌아에서 열린 제 전시회에 와봤다고 하더군요. 멘디니 씨와는 그 인연이 지금까지 이어져 밀라노디자인씨티 프로젝트를 함께하고 있습니다.

베네찌아대학뿐만 아니라 중국의 칭화대와 충칭대에서도 학생들을 가르치셨습니다. 칭화대에는 어떻게 가시게 된 거였나요?

김석철　우 량륭(吳良鏞) 칭화대 도시건축과 교수의 초청으로 가게 됐습니다. 우 교수는 중국과학원의 원사이기도 하고, 30년이 넘게 중국도시계획학회 회장을 맡고 있는 중국 건축계의 거장이죠. 베이징

우 량륭 중국도시계획학회장과 함께

올림픽을 비롯해 중국의 대규모 건축이나 도시설계 가운데 그의 손이 닿지 않은 것이 없죠. 장관들도 우 교수 앞에서는 앉지 못하고 서 있습니다. 로저스 씨와 공동작업한 공업생산주택 프로젝트에서 포스코가 발을 빼면서 표류하고 있을 즈음 우 교수가 서울대 초청으로 서울에 왔다가 예술의전당에 반해 저를 수소문했죠.

우 교수님은 어떤 점에서 예술의전당을 높이 평가했나요?

김석철　우 교수는 중국이 현대화되면서 서양을 맹종하는 것에 굉장한 거부감을 갖고 있었습니다. 전통을 고수할 수는 없지만 그래도 중국정신 속에서 현대문명의 흐름을 받아들여야 한다는 생각을 가진 사람이었죠. 그래서 예술의전당을 매우 좋게 평가하고 칭화대 건축과 50주년 기념 강연회에 일본의 탄게 선생과 피터 로에 하바드대 건축학장과 저, 이렇게 세명을 초대했습니다. 또 칭화대 교수들도 초대해본 적이 없다는 자신의 집에 저를 초대해줬습니다. 이런 얘기를 조창걸 회장이 듣고 중단됐던 중국 하우징 사업을 우 교수와 다시 추진해보자는 아이디어를 냈죠. 우 교수 정도의 영향력을 가진 인물이 함께하면 무엇인가 일이 되리라고 생각했던 것이죠.

조 회장님은 공업생산주택 프로젝트를 대의적 관점에서 접근하신 건가요, 아니면 단순히 사업적 관점에서 접근하신 건가요?

김석철 사업적으로 하긴 너무 큰 프로젝트 아닙니까? 조창걸 회장이 이런 아이디어를 처음 제게 이야기했던 게 1980년대 초입니다. 예술의전당 현상설계 도중 하얏트호텔에서 만나자고 해서 나갔더니 "이제 드디어 회사가 궤도에 올랐으니 원하던 일을 하고 싶다"라며 "21세기의 이상도시를 만드는 작업을 해보자. 연간 6억원 정도의 연구비를 준비하겠다"라고 했어요. 조창걸 회장이 보기에 세상이 변하고 있는데 아무도 관심이 없는 것이 안타까웠던 것이죠. 당시 6억원이면 무엇이든 할 수 있는 금액이었습니다. 예술의전당 국제현상이 끝나면 생각해보자고 했죠. 하지만 예술의전당 국제현상에 당선되면서 자연히 그 일을 잊었습니다. 조 회장이 잊지 않고 있다가 예술의전당 일을 마쳤을 때 그 프로젝트 얘기를 다시 꺼냈는데 그때도 제가 국제현상을 몇개 해보고 싶다고 해서 미뤄졌죠. 하지만 그런 중에도 조창걸 회장과 함께 젊은 건축가들을 모아 전통건축기행을 기획해

7년을 함께 여행 다녔고, 로버트 벤추리 씨에게 맞벌이 부부를 위한 부엌 디자인을 의뢰했을 때도 함께했죠. 그러다 우 량룽 교수와 공업 생산주택 프로젝트를 하게 됐던 것입니다. 우 교수는 중국도시계획 학회장을 30년 넘게 지낸 분이죠. 「20세기 중국의 하우징」이란 글로 UN에서 상도 받았고요. 조창걸 회장이 공식적으로 칭화대에 '20세기 중국 도시화와 주택문제연구소'를 만들면 한샘이 연구비 전액을 지원하겠다고 요청했습니다. 물론 우교수와 제가 연구를 맡는 조건이었죠. 그래서 1997년부터 2년간 하바드대와 칭화대의 공동연구로 중국의 도시화를 연구하는 프로젝트를 했습니다. 이 과정에서 중국 현대화의 큰 흐름을 배우게 됐죠.

그러면 교수님도 직접 베이징에 가서 연구를 하셨던 건가요?

김석철 서울과 베이징을 오가면서 연구했죠.

어떤 연구를 하셨나요?

김석철 우 량룽 교수는 당시 베이징이 계획 없이 부서지고 현대화 되는 것을 안타까워했습니다. 반면 저는 베이징의 도시문제를 해결 하려면 건물 한두채를 보존해봤자 근본적인 문제해결은 안 된다고 생각했었죠. 근교에 신도시를 만드는 것이 답이라 생각했습니다. 그래서 우 교수는 중국의 전통가옥인 후퉁(胡同)의 현대화 방안을 연구 했고, 저는 베이징 경제특구 플랜 BDA(Beijing Development Area) 를 만들었죠. BDA는 21세기 중국 도시모델을 제안하고자 만든 인구

20만의 신도시입니다. 우리나라의 분당이나 일산 같은 신도시와는 차원이 다른 자족도시를 제안했죠. 2년간의 프로젝트를 끝낸 뒤 우 교수와 함께 '차이나 하우징 2000'이라는 전시를 했습니다. 건설부장관도 오고 칭화대 총장은 물론 관련 학자들이 참가한 대형 전시회였습니다. 책도 냈고요. 하지만 아무리 우리가 열심히 연구를 하고 발표를 해도 중국정부는 움직이지 않았죠. 그래서 조창걸 회장이 새로운 아이디어를 냈습니다.

또 어떤 아이디어를 내셨나요?

김석철 '취푸' 도시설계에 참여해보자는 거였습니다. 취푸는 중국의 예루살렘 같은 도시입니다. 공자의 탄생지고 맹자도 취푸 근처에서 자랐죠. 그래서 흔히 유학의 발상지로 알려져 있습니다. 하지만 중국 전설 속의 제왕인 삼황오제도 취푸를 배경으로 합니다. 즉 중국 사람들은 취푸가 중국문명의 발원지라고 생각합니다.

중국은 또한 대운하와 고속철도, 항만경제특구를 건설해 중국을 하나로 묶는 작업이 한창입니다. 이전까지 중국은 너무 넓어서 정치적·경제적으로는 통합됐으나 이념적으로나 관념적으로 하나의 국가는 아니었습니다. 이랬던 중국이 대운하와 고속철도와 공항과 항만을 조직화해 역사적·지리적으로 하나가 되어가는 중이죠.

이런 가운데 2000년대 초 현대화 과정에서 역사도시 취푸가 파괴되자 중국정부는 역사구역 보존과 신도시 건설을 병행하고자 지닝(濟寧)에 있는 성을 취푸로 이전하고 50만 인구의 신도시를 구도시 외곽에 세우기로 했습니다. 중국의 성(省)은 대부분 한반도와 비슷한 규모로, 성정부를 이전한다는 것은 우리로 치자면 신행정수도 이전과 비슷한 규모의 일입니다. 마침 칭화대 경제학부 교수들이 도시발전계획을 수립하고 건축원 교수들이 마스터플랜을 만들게 됐는데, 제가 옆에서 보니 그들이 만들고 있는 마스터플랜은 취푸라는 세계도시에 걸맞은 철학이나 도시경영을 염두에 두지 않은 보통의 도시계획이었습니다. 그래서 제가 우 량릉 교수한테 먼저 중국 역사도시의 원형을 살리면서 50만 취푸 신도시를 최소 에너지, 최고 효율의 도시로 만들어보겠다고 제안했죠.

어떻게요?

김석철 우 량릉 교수는 취푸 내부를 보존하면서 현대화시키고 싶어했죠. 하지만 저는 오히려 취푸 바깥에 21세기 도시 취푸를 만들어야 한다는 생각이었습니다. 현대 도시가 안고 있는 가장 큰 문제는 기존의 도시들이 에너지를 너무 많이 쓴다는 것입니다. 에너지 사용량이 많은 기존의 도시로는 에너지 문제를 근본적으로 해결할 수 없죠. 아직 도시화되지 않은 10억 인구의 농촌지역을 과거와는 전혀 다른 새로운 최소 에너지, 최고 효율의 도시로 만드는 것이 유일한 길입니다. 최소 에너지를 소비하는, 남을 먼저 생각하는 '인(仁)과 화(和)'의 도시를 공자의 정신, 유학의 정신을 지닌 도시인 취푸에 만들어보겠다고 했습니다.

그래서 어떻게 하셨습니까?

김석철　팀을 두개로 짰죠. 칭화대는 특유의 도제 씨스템이 있습니다. 학부에서 우수한 학생을 뽑아 석사과정 없이 곧장 박사과정에 넣는데 그 기간이 무려 8년입니다. 8년을 마친 학생은 칭화대 교수가 되죠. 그런 제도는 우리도 배웠으면 좋겠습니다. 제가 있을 때 그런 박사과정 학생이 12명이어서 제 신도시 팀과 우 교수의 구시가지 팀으로 박사과정 학생들을 둘로 나눴죠. 3000년 역사도시 취푸를 어떻게 할 것인가는 우 교수의 파트너인 류 진 교수를 중심으로 칭화대에서 전담하고, 취푸 신도시 계획은 제가 전담했죠. 중국 사람들과 같이 일해보면 중국문명에 대한 자부심이 상상을 초월합니다. 게다가 칭화대 학생들은 각 성에서 1등을 해서 뽑혀온 학생들이니까 자부심이 더 대단하죠. 제가 사서삼경 등 중국의 고전을 그들보다 더 잘 알았기 때문에 박사과정 학생들을 휘어잡을 수 있었습니다.

교수님께서 만든 취푸 신도시 설계안은 어떤 안입니까?

김석철　도시화로 인해 옛 도시의 원형이 파괴된 취푸 외곽에 신도시를 만들어 새로운 발전에 따른 수요를 충족하고, 옛 도시는 세계문화유산으로 보존하자는 제안을 했죠. 취푸의 옛 도시 위아래로 중국 대운하에서 이어지는 쓰수이(泗水)강과 이허(沂河)강이 지나갑니다. 마침 중국정부에서 수나라 양제 때 만든, 베이징에서 항저우까지 가는 경항(京杭)대운하를 대대적으로 복원하고 있었습니다. 경항대운하의 복원 작업은 수로를 만들기보다는 물의 양을 조절하기 위한 거였죠. 북쪽은 물이 없고 남쪽은 물이 많은 조건을 활용해 북으로 물길을 내고, 서로 떨어져 있는 강과 강들을 연결하는 사업입니다. 또

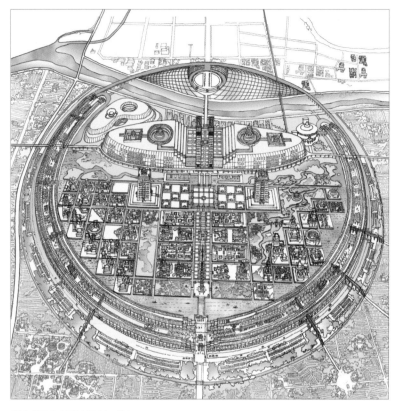
취푸 신도시 AQUACITY 조감도

중국 전체가 현재 고속철도망으로 연결되고 있습니다. 고속철도나
고속도로는 도시와 농촌을 분리합니다. 고속도로를 만들면 인터체
인지가 인접한 큰 도시끼리만 연결되고, 농촌과 소도시는 그냥 지나
치게 됩니다. 이 점을 감안해 중국에서는 고속도로를 만들면서 운하
와 소로를 같이 개발했습니다. 이런 정부정책에 맞춰 대운하를 잇는
라인이 쓰수이강을 거쳐 취푸로 흐르게 해서 수상도시가 완성되게
했죠. 물이 많은 쓰수이에서 물이 거의 없는 이허로 물을 끌고 들어

21세기 CHINA Forum 조어대 연설(2006년 2월)

와 수상도시 취푸 신도시를 만들 계획을 세웠고요. 신도시를 만들려면 성장동력의 기본인 인구가 있어야 하기 때문에 산둥성의 주도인 지닝의 지방정부와 대학을 옮겨 인구 40만의 신도시를 만들기로 했습니다. 취푸 외곽에 도시 회랑을 만들어 그 안에 구도시에 대응하는 신도시 건설을 제안하고, 외곽에는 농촌형 기업도시를 만드는 구상을 제안했습니다.

취푸 신도시 안을 발표한 적이 있으신가요? 왜 실제 건설로 이어지지 못했나요?

김석철 2006년 3월 조어대(釣漁臺, 댜오위타이)에서 열린 '20세기 중국 전략 논단'에 초대돼 중국의 지도자들 앞에서 최종안을 발표하며 중국이 세계의 지도국가가 되려면 공산주의를 넘어서야 한다고 했습니다. 취푸 신도시를 통해 유학과 신유학을 넘어선 21세기 도시를 선언할 수 있어야 중국이 아시아의 리더가 될 수 있으며, 세계의 중심국가가 될 수 있다고 했습니다. 이 최종안 발표로 장 쩌민 주석의 지혜 주머니라고 하는 중국사회과학원 류 지(劉吉) 부원장으로부터 중국의 보석을 발견했다는 찬사를 들었고 『인민일보』를 비롯해 각종 중국 언론과 인터뷰를 했죠. 중국 최고위층에 직접 설명할 기회를 얻었으나 안타깝게도 암이 전이된 것이 발견돼 더이상 일을 진행시키지 못했습니다.

이 기간 중 새만금 프로젝트에 대한 안을 내놓으시기도 했습니다.

김석철　취푸 안을 마무리하고 있을 때쯤 백낙청(白樂晴) 교수가 지금 중국의 취푸를 할 때가 아니라 우리나라의 새만금을 살리기 위한 방안을 내놔야 할 때라고 하여 새만금 프로젝트를 시작하게 됐습니다. 백낙청 교수는 저에게 한민족공동체에 대한 의식, 나아가 남과 북 그리고 반만년 한반도의 집단적 문명 DNA에 대한 의식을 심어주신 분이죠.

좌파 지식인 원로이신 백낙청 교수님과 보수 성향의 김석철 교수님의 교우를 신기하게 바라보는 사람도 많습니다. 두분의 인연은 어떻게 시작됐나요?

김석철　1975년 백낙청 교수가 자신의 집을 설계해달라고 제 광화문 사무실을 찾아온 것이 인연이 됐죠. 철학과에 입학해 한국철학사를 쓰고 싶었던 저에게 창작과비평사(지금의 창비)를 설립해 한국문학에 공헌하고 민족문학을 주창한 백낙청 교수는 전설 같은 존재였습니다. 그런 분이 자신의 집 설계를 저한테 해달라고 하니 저로서는 감개무량한 일이었죠. 당시 백 교수는 유신 반대성명을 발표해 서울대에서 해직된 상태였습니다. 그래서 매일 밤마다 한잔하자며 현장을 찾아왔죠. 『조선일보』에서 해직된 상태였던 이정구, 정태기 씨 들과 함께 모닥불을 피워놓고 밤새 술을 마셨죠. 한번은 제가 백 교수 앞에서 한국의 영문학에는 미래가 없다는 말을 했습니다. 한국에서 영문학과는 외국어과에 가깝고 그나마도 셰익스피어와 워즈워스를 공부하는 수준이라며 저라면 영국의 근대화 과정에서 성(性)과 계급의 문제를 본격적으로 다룬 D. H. 로런스(Lawrence)에 대한 공부를 하겠다고 했죠. 그러면서 서울대 영문과 교수 잘 그만두셨다고 했죠. 그랬더니 옆에 있던 이정구 씨가 저한테 눈치를 줬죠. 알고 보니 그분이 이미 D. H. 로런스 연구를 하셨더라고요!

두분이 확실히 통하는 부분이 있었던 거네요.

김석철 그랬죠. 그즈음 마침 쿠웨이트 신도시를 하게 되면서 백 교수를 만날 때마다 제가 해외에서 하고 있는 설계에 대해 보고를 하게 됐죠. 백 교수는 "김석철같이 민족적이고 세계적이며 수학자에 가까운 건축가는 없다"라며 큰 지지를 해줬습니다. 그분 부인이 저와 동기였다는 걸 알게 되면서 더 친해졌죠. 제가 창비 사옥을 설계하기도 했고, 폐간됐던 잡지 『창작과비평』이 복간됐을 때 우리 사무실 광고가 2년간 실리기도 했고요. 해외에서 교수생활을 하면서 백 교수께 조언도 많이 구했고요. 그러면서 가족까지도 아주 가까운 사이가 됐습니다. 보수와 진보를 따지기 전에 백 교수는 학문하는 자세, 세속에 휩쓸리지 않으면서 책임지고자 하는 선비다운 태도 등 배울 점이 많은 분입니다. 서로에게 백아(伯牙)와 종자기(鍾子期) 같은 존재라고 생각합니다.

새만금에 대한 대안을 만드신 것은 결국 백낙청 교수님의 권유 때문이었나요?

김석철 그런 셈이죠. 조창걸 회장은 제가 취푸를 그만두고 새만금 프로젝트를 시작하는 것을 처음에는 마땅찮아했지만 결국 또 도와줬죠.

왜 마땅찮아하셨죠?

김석철 우선은 취푸 일을 계속하기를 바랐고, 또 만약 제가 취푸를 그만두고 한국문제를 한다면 차라리 남북통일에 관한 마스터플랜을 만들었으면 했죠. 새만금은 제가 할 일이 아니라고 봤던 것이죠.

베이징 경제특구 하우징과 취푸 도시설계 외에도 중국에서 다양한 도시설계를 하신 것으로 압니다. 그외 어떤 것들이 있나요?

김석철 베이징 경제특구와 취푸 도시설계 일로 칭화대 초빙교수로 있을 때, 중관촌(中關村)과 이화원(頤和園) 사이 공군비행장이 있는 곳에 샤를드골공항을 설계한 폴랑드루의 마스터플랜과 우리가 제안한 마스터플랜 베이징 CiA(Creative Industrial Area)가 베이징 시정부에 제안된 끝에 우리 안이 최종 선정됐습니다. 베이징 CiA라고 이름한 것은 기왕의 도시산업단지와는 다른 창조적 신산업 도시구역을 만들자는 뜻에서였죠. 토지 소유주들과 합의가 이뤄지지 않아 부지가 절반으로 줄었지만 기본구도는 원안과 크게 달라지지 않았습니다. 베이징시와 하이디안구(海淀區)의 승인을 얻어 칭화대 설계원에서 실시설계까지 진행했죠. 그외에도 진저우시장이 부탁해서 진저우 마스터플랜도 만들었고요.

진저우 마스터플랜이요?

김석철 칭화대에서 강의를 할 때 더러 청강생이 있었는데 딱 봐도 학생이라기보다는 학자처럼 보이는 분이 제 수업을 열심히 들으셨습니다. 그러더니 어느날 저한테 따로 만나고 싶다고 연락이 왔죠. 알고 보니 랴오닝 대학교 공과대학장이었습니다. 이 양반이 나중에 진저우시장이 돼서 저한테 진저우 마스터플랜을 부탁했죠. 저도 진저우 마스터플랜을 맡기 전까지 진저우시에 대해 잘 몰랐습니다. 중국 동부해안의 가장 북측에 위치한 오래된 항구도시로 만주와 중원 사이의 전략적 요충지라는 정도의 상식만 갖고 진저우를 방문했죠. 하지만 막상 가서 완전히 반했습니다. 울산 못지않은 중화학 도시를 이룰 수 있는 도시이며 인천과 공동경제특구를 이룰 수 있는 도시라는 확신이 들었죠. 그래서 베이징, 톈진 메갈로폴리스와 둥베이(東

北) 3성으로 이어지는 도시축이 보하이만(渤海灣)과 만나는 지점까지 항만을 확대해 울산보다 큰 스케일의 산업단지를 만드는 마스터플랜을 세웠습니다. 이 마스터플랜을 발표하자 당시 랴오닝성 성장으로 있던 리 커창(李克强)이 나서서 이를 구체화하자고 했죠. 이 정도면 중앙정부를 설득할 만한 대계획이라고요. 그래서 2004년에 서울과 진저우에서 '한·중 공동특구'를 주제로 한 도시 전시회가 열렸고, 동북아위원장, 경총회장, 인천시장 등 정·재계 지도자와 중국대사, 이딸리아대사 등도 참여한 국제회의에서 '한·중 공동경제특구안'이 논의되고 학술회의 결과가 『China-Korea Pair F. E. Z.』로 출간되는 성과까지 얻었죠. 그런데 2007년에 리 커창이 중국공산당 중앙정치국 상무위원으로 발탁되어 중앙정부로 가면서 유야무야됐습니다. 지도자가 바뀌면 후임자가 전임자의 정책을 어떻게든 안 하려고 하는 것은 어디든 똑같습니다.

컬럼비아대학은 어떻게 가시게 됐던 건가요?

김석철 베네찌아대학 경우와 비슷하게 특강에 초청돼 갔다가 초빙교수 제의를 받았습니다. 컬럼비아대학 초빙교수직을 수락했던 이유는 거기서 '차이나 프로젝트'를 해보고 싶어서였죠.

차이나 프로젝트를 컬럼비아대학에서요?

김석철 프랭크 게리를 비롯해 쟁쟁한 건축가들이 교수로 있기도 했지만, 컬럼비아대학이 세계 최고의 항만인 맨해튼에 있지 않습니

베네찌아대학에서의 강의(위), 컬럼비아대학 강연 포스터(아래)

까! 컬럼비아 건축대학원생들을 데리고 중국의 해안에서부터 한반
도 서부해안까지를 미국 동부해안 같은 메갈로폴리스로 만들어보자
는 생각으로 갔죠.

얼마나 계셨죠?

김석철 졸업반을 세번 가르쳤으니까 결국 3학기 동안 있은 셈입
니다.

뉴욕에서의 삶은 어땠나요?

김석철 베네찌아대학에 있을 때는 한국을 오가며 가르쳤는데 컬
럼비아대학에서는 뉴욕에 아파트를 얻어 살았습니다. 월·수·금 오후
에만 강의가 있어서 수업이 없을 때는 주로 컬럼비아대학 도서관에
서 살았습니다. 컬럼비아대학 도서관이 아주 크지는 않지만 건축 콜
렉션은 매우 훌륭합니다. 희귀본 도서도 많이 읽었죠.

학생들은 어땠나요?

김석철 칭화대 학생들은 중국 전역에서 왔지만 그래도 중국인이
라는 공통점이 있었는데 컬럼비아대학은 학생들이 전세계에서 왔습
니다. 제가 가르쳤던 반 학생들은 독일, 영국, 태국, 말레시아, 대만,
중국 본토 등에서 온 이들이었죠. 다국적 학생들을 가르치는 재미가
있었습니다. 유럽은 학비가 없으니까 학생들이 아무래도 덜 열심히

공부합니다. 하지만 미국은 대학원이 워낙 비싸니까 학생들 눈빛부터 달랐습니다.

　이딸리아와 중국, 미국을 오가며 강의하셨는데, 그러면 그동안 아키반 사무실은 어떻게 하신 건가요?

　김석철　문을 닫지는 않았지만 규모는 확 줄였죠. 특별히 저를 찾아온 일감들만 맡아서 했습니다. 해인사 불교단지, 한샘타워 등이 그때 했던 일들인데 이런저런 이유들이 겹쳐 결국 지어진 것은 하나도 없죠.

제16장

새만금, 길이 있다

2002년 새만금 간척사업을 놓고 환경단체와 전북자치단체 사이에 찬반싸움의 골이 깊어지고 있을 때 김석철은 돌연 등장해 새만금 갯벌이라는 광활한 생명의 보고를 있는 그대로 보존하면서도 전북도민들의 개발 열망을 충족시킬 수 있는 획기적인 대안을 제시했다. 당시 언론은 김석철 안이 실현가능성이 없는 허황된 안이라고 빈축했고, 노무현정부도 그의 안을 선뜻 받아들이지 않았다. 그후 10년이 넘게 흘렀지만, 새만금사업은 오늘날까지도 갈팡질팡하고 있다. 김석철이 2002년에 내놓은 새만금 아쿠아폴리스(aquapolis) 안에 다시금 귀를 기울여야 할 이유다.

새만금 간척사업을 놓고 갈등의 골이 깊어가던 2002년에 돌연 새만금 아쿠아폴리스 안을 발표하셨습니다.

김석철 갑자기 안을 만든 것은 아니었습니다. 백낙청 교수의 권유로 관심을 갖기 시작해 하바드대 건축대학원(GSD)의 피터 로에(Peter Rowe) 교수팀, 칭화대 우 량룽 교수팀, 서울대 안건혁 교수의 한아도시연구소팀, 조창걸 회장의 한샘연구소팀, 그리고 저의 아키반 등 다섯팀이 6년에 걸쳐 연구해온 결과를 2002년에 발표한 것입니다. 첫 모델은 서울—인천—영종도를 연결하는 인천 앞바다에 거대한 수상도시를 건설한다는 것이었죠. 하지만 그 안이 스케일이 작아 황해공동체의 새로운 물류 중심이 되기에는 적정 조건이 갖춰지기 어렵다고 판단하던 차에 백낙청 교수가 새만금 대안을 연구해보라는 권유를 했죠. 그래서 그동안 연구해오던 수상도시를 새만금의 문제와 연결해서 발전시켰습니다.

새만금 갯벌이라는 광활한 생명의 보고를 있는 그대로 보존하면서도 전북도민들의 개발 열망을 충족시키는 획기적인 안이라 세간에 충격이었던 것으로 기억합니다.

김석철 제가 만들었던 새만금 아쿠아폴리스 안의 대전제는 앞으로 펼쳐질 인류문명의 대세는 국가와 국가 간 경쟁이 아니라 도시와 도시 간 경쟁의 시대라는 데 있습니다. 새만금 문제를 농지 확보라는 원시적인 발상으로 접근할 것이 아니라, 근원적으로 차원을 달리해 경쟁력 있는 도시들의 집적태인 어반클러스터(urban cluster)로 접근해야 한다는 것이죠.

어반클러스터란 어떤 의미인가요?

김석철 우리가 미국 하면 떠올리는 풍광이 세계 최첨단의 마천루로 가득 찬 맨해튼의 스카이라인입니다. 하지만 실제 미국 땅덩어리의 대부분은 인간의 발자취가 닿지 않은 원시림 아니면 산맥, 사막, 대평원, 그리고 목가적 소도시입니다. 하지만 미국이라는 나라를 말할 때 이런 목가적 소도시를 떠올리는 사람은 없죠. 다시 말해 미국의 경쟁력은 뉴욕이라는 도시의 경쟁력입니다. 극단적으로 말하면, 뉴욕이라는 한 도시의 경쟁력이 미국이라는 국가 전체를 먹여살리는 것이고요. 뉴욕은 금융의 도시이고 기업의 도시이며 물류의 도시입니다. 그런데 이 뉴욕의 경쟁력은 행정도시로서의 워싱턴, 학문 도시로서의 보스턴과 연계된 클러스터를 이루면서 효율적으로 기능하고 있습니다. 런던이나 빠리 같은 유럽 도시들이 역사적으로 자연스럽게 형성되어온 복합도시인 데 반해, 미국 동부의 도시들은 이러한 기능적 분화를 이룩해낸 새로운 개념의 기능도시입니다. 미국은 새로운 도시문명의 패러다임을 제시하면서 인류문명의 최강자로 떠올랐죠. 필라델피아 같은 곳에서는 시청 건물 꼭대기의 윌리엄 펜(William Penn) 동상 높이 이상의 건물을 못 짓게 엄격한 고도제한을 하면서도 맨해튼은 건폐율과 용적률을 무제한으로 허용했습니다. 저는 뉴욕같이 경쟁력 있는 도시를 만들어내는 것이 미래지도자의 모습이라고 생각합니다. 중국에서는 현재 상하이나 베이징 등 도시를 성공적으로 이끈 지도자들이 대륙의 정치지도자로 부상하고 있습니다. 중국은 앞으로 다가오는 세기는 국가경쟁력이 아니라 도시경쟁력 시대임을 깨닫고 있는 것이죠. 새만금도 전라도 사람들의 한풀이로서가 아니라 21세기 세계와 경쟁할 수 있는 전혀 새로운 개념의 도시문명 탄생이라는 측면에서 접근해야 한다는 것이 제 생각이었습니다.

농업용지 확보 목적으로 시작된 새만금 프로젝트를 도시건설 프로젝트로 접근하셨던 것 자체가 획기적인 발상의 전환이었던 것 같습니다.

김석철 새만금의 규모가 1억 2000만평이 넘습니다. 이는 그린벨트를 뺀 서울시와 동일한 싸이즈입니다. 저는 이런 거대한 토지계획이 농업기반공사나 지방자치단체의 프로젝트로 기안되고 종결될 수 있다는 것이 오히려 이해가 안 됐습니다. 이 정도 규모면 한반도 전체의 경영전략으로서 중앙정부와 지방정부가 긴밀한 유기적 관계를 갖는 고차원적 국가전략으로 인식되는 것이 너무나 당연한 일 아닐까요? 그러기 위해서는 향후 한반도전략이 무엇인지부터 고민해야 할 일이고요. 제가 새만금을 연구할 당시 노무현 대통령 당선자가 들고나왔던 아젠다가 동북아중심국가론이었습니다. 그런데 동북아중심국가란 말은 그 자체로 어폐가 있는 말입니다. 우리나라가 어떻게 동북아 중심국가가 될 수 있겠습니까? 우리나라 사람들에게는 1960~70년대를 통해 형성된 국수적 민족주의, 그리고 1980년대를 통해 형성된 저항적 민족주의라는 검토되지 않은 환상이 있습니다. 제가 볼 때 동북아중심국가라는 말의 구체적 함의는 한국이 동북아시아의 중심이 될 황해도시공동체의 한 축이 되는 것을 뜻한다고 생각했습니다. 즉 우리나라가 황해도시공동체 속에서 어떤 기능을 할 수 있느냐, 또한 바로 그 기능 속에서 우리 민족의 어반클러스터를 어떻게 효율적으로 창조할 수 있느냐, 이 두 질문 속에서 새만금 문제를 풀어야 한다고 생각했죠.

황해도시공동체라는 개념 역시 생소합니다. 구체적으로 어떤 의미인

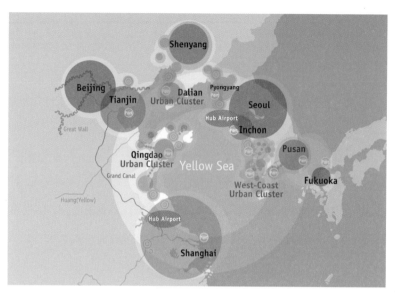

황해도시공동체 분석도

지 설명해주실 수 있나요?

　김석철　인류사회의 변화는 구체적으로 농촌인구가 도시인구로 전환되는 과정, 즉 어바니제이션(urbanization)에 의해 이뤄져왔습니다. 유럽, 미국, 일본의 경우 현재 농촌인구가 3퍼센트밖에 되지 않습니다. 이런 국가에서는 이제 격변하는 사회변화를 기대하기 힘들죠. 우리나라의 현재 농촌인구는 9퍼센트입니다. 앞으로도 약 6퍼센트 정도의 변화가능성이 남아 있는 셈입니다. 반면 중국은 농촌인구가 75퍼센트입니다. 이는 13억 인구의 75퍼센트가 앞으로 20~30년 내에 도시로 이동한다는 얘기입니다. 실제로 중국은 지난 20년 동안 연 10퍼센트 대의 경제성장률을 유지해왔습니다. 매년 분당 규모의 신도시가 100개나 생겨난다고 하는데, 이러한 도시 대부분이 베이징, 텐진, 상하이, 홍콩을 연결하는 황해안에 생기고 있습니다. 모든 사람들이 동쪽 해안으로 떼굴떼굴 굴러오고 있는 것이죠. 이는 황해 연안과 한국, 일본으로 이어지는 일대에 9억 인구가 집결된다는 얘기입니다. 세계 최대의 시장이 생긴다는 얘기죠.

황해 주변으로 세계 최대의 시장이 생기는 것과 황해도시공동체, 그리고 새만금 프로젝트가 어떻게 연결되는지요?

김석철 생각해보면 우리나라에도 이미 매우 효율적인 어반클러스터가 3개 있습니다. 서울과 인천을 묶는 경인지역 메가씨티 어반클러스터, 대구-울산 어반클러스터, 부산·마산·창원·광양을 잇는 부산-광양 어반클러스터입니다. 이 3개가 모두 경부선을 축으로 이어지고 있죠. 이는 해방 후 오늘날까지 우리나라 경제가 미국-일본을 축으로 했다는 것을 의미합니다. 즉 우리나라 국토의 모습은 이러한-미-일 축을 토대로 하는 경제·사회·문화·학문·예술 구도에 따라 결정돼온 것이죠. 황해도시공동체는 세계문명의 주축이 미-일 축에서 중-일 축으로 전환하는 시대를 의미합니다. 이는 곧 한반도 국토의 구조적 변화가 불가피하다는 것을 의미하고요. 미-일 축과 중-일 축의 새로운 긴장관계가 황해도시공동체 중심으로 형성되는 것이죠. 한반도의 운명은 이러한 긴장의 역학관계 속에서 어떻게 창조적인 균형의 새로운 축을 마련하느냐에 달렸고요. 황해에는 현재 베이징-톈진 메가씨티와 서울-인천 메가씨티, 그리고 상하이-난징 메가씨티 등 3개의 메가씨티가 있습니다. 이 세 메가씨티 모두 과밀현상을 겪고 있어 새 문명의 허브로서 효율성이 떨어집니다. 완벽하게 도시건축법의 규제를 받지 않는 탁 트인 새로운 거대공간이 요구되고 있다는 얘기죠. 여기에 딱 맞는 조건을 가진 공간이 바로 새만금입니다. 새만금에는 서울시의 3분의 2나 되는 규모의 도시가 형성될 수 있습니다. 배상의 문제도, 철거민의 문제도, 소유의 문제도 없는 완벽한 신천지죠. 더구나 군산·익산·전주·김제·정읍 등 5개 도시의 기능적으로 분화된 내륙의 어반클러스터와 연계가 가능하고, 그중 군산·김제의 2개 공항을 영종도와 연결시키고, 다시 서해안고속도로·호남고속철도와 연결시키면 20세기의 뉴욕 같은 기능을 할 수 있는 21세기의 동북아중심도시로서의 새만금이 만들어질 수 있습니다. 새만금을 이와 같이 어반클러스터 네트워크의 장으로 생각한다면 굳이 방조제를 막아 갯벌을 죽일 필요가 없습니다.

방조제를 막아 갯벌을 죽일 필요가 없다는 것은 무슨 말씀이십니까?

김석철　베네찌아는 겨울철이면 높아진 수위로 인해 바닷물이 밀려들어와 싼마르꼬광장이 물에 잠기는데, 이를 해결하기 위해 모세 프로젝트(MOSE, Modulo Sperimentale Elettromeccanico)를 진행했습니다. 그때 위원장이던 리니오 교수에게 제가 "방조제를 쌓아 막아버리면 되지 않느냐"라고 했더니, "그건 있을 수 없는 얘기다. 산을 밀어 택지를 만들자는 것과 같다"라는 대답이 돌아왔죠. 새만금 방조제를 완전히 차단한다는 것은 낙동강 입구를 완전히 봉쇄한다는 것과 같은 터무니없는 발상입니다. 낙동강 입구를 막는다면 영남 일대가 모두 사지화될 것이란 걸 누구나 알 것입니다. 그런데 왜, 호남평야의 생명인 만경강과 동진강의 강하구를 막으면 시화호의 비극 정도가 아니라 그 오염이 역류해 호남평야 전체가 썩어갈 것이라는 비극적 결말을 아무도 예견하지 못하는지 모르겠습니다.

그렇다면 어떻게 해야 할까요?

김석철　베네찌아가 그 해법입니다. 베네찌아는 바다 앞에 기다랗게 생긴 리도, 말라모꼬, 치오지아 섬 3개가 천혜의 방조제를 형성하고 있고, 그 3개의 섬 밖으로 외해, 안으로 내해가 형성돼 있습니다. 이 내해는 연안도시와 섬들 간에 천혜의 물류·교통의 길을 형성해주고 있습니다. 새만금의 경우도 지금까지 쌓은 방조제와 연안 개발을 이용하면 베네찌아보다 더 위대한 도시가 될 수 있습니다. 새만금 갯벌은 이 도시의 물류의 장인 내해가 되는 것이죠.

방조제 위에 도시를 건설한다는 말입니까?

김석철　그렇습니다. 새만금 방조제는 그 폭이 자그마치 290미터이고 높이가 36미터나 됩니다. 이런 거대한 방조제가 바다 한가운데로 33킬로미터나 뻗어 있습니다. 이 방조제 위에 건설할 수 있는 대지면적은 맨해튼 전체 면적보다도 넓습니다. 5, 6층 건물은 기초 없이 세울 수 있고, 36미터 높이의 7배에 이르는 높은 건물을 올려도 그 중압을 거뜬히 버틸 수 있습니다.

새만금 방조제가 그처럼 거대한 인공구조물인지 몰랐습니다.

김석철 직접 가보면 정말 장관입니다. 저는 우리나라 농업기반공사의 새만금 방조제 공사를 세계사의 경이로운 토목사업 성과라고 높이 평가합니다. 하지만 바다를 완전히 막는 방향으로 공사를 진행했다는 점에서 큰 재앙을 자초했다는 평을 들을 것이라 생각합니다.

2002년 당시 교수님이 발표했던 새만금 아쿠아폴리스 안을 좀더 자세히 설명해주세요.

김석철 1호 방조제와 변산반도를 중심으로 상설 세계무역박람회를 유치할 수 있는, 3억톤 수량의 담수호가 있는 엑스포씨티(Expo City)를 건설하고, 2호 방조제를 중심으로 항만도시(Human Port)를 건설하며, 3호 방조제와 이 세상에서 가장 아름답다고 표현할 만한 천혜의 고군산도 12개 섬을 연결해 해상관광도시(Tourism City)를 건설하며, 4호 방조제와 군산·금강·만경강을 활용해 해양생명과학도시(Marine Bio-Tech Valley)를 만든다는 안이었습니다. 그리고 만경강과 동진강 하구 사이에 쑥 불거져나와 있는 봉화산 일대의 케이프타운은 로컬 네트워크의 중심이 되어 내륙의 호남평야 5개 도시연합(군산·익산·전주·김제·정읍)의 중심이 되는 것이죠. 이중 항만시설은 중앙정부가 투자하고 봉화산 케이프타운은 지방정부가 투자하며, 나머지 세개, 즉 엑스포씨티와 해상관광도시, 해양생명과학도시는 국제자본이 투자하도록 한다는 안이었습니다.

10년이 지난 지금, 교수님의 새만금 아쿠아폴리스 안을 어떻게 평가하십니까? 여전히 유효하다고 보십니까?

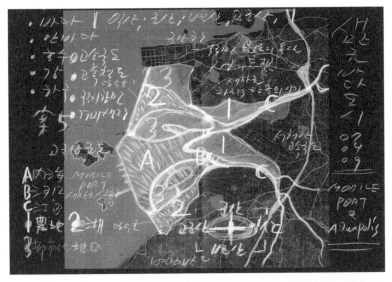

새만금 바다도시(AQUAPOLIS) 스케치(위)와 새만금 바다도시 조감도(아래)

김석철　33.9킬로미터에 달하는 방조제를 쌓아 새만금을 막는다는 계획은 있을 수 없는 일입니다. 32.5킬로미터의 길이로 수많은 관광객이 찾는다는 네덜란드 자위더르 방조제가 새만금 방조제의 모델이었으나, 자위더르 방조제는 해일을 막기 위해 댐을 쌓은 것으로 간척사업을 위한 새만금 방조제와는 다릅니다. 제가 베네찌아대학 교수로 있을 때 자위더르 방조제를 찾아간 적이 있는데 버스가 없어 택시를 타고 가야 했죠. 이는 관광객이 많지 않다는 얘기입니다. 담당자들이 현장에만 가봤어도 알 수 있는 일입니다.

2002년에 발표한 새만금 아쿠아폴리스 안은 방조제 건설을 중단하여 내해를 이룬다는 것을 전제하는 안으로 현재도 유효한 안입니다. 16대 대선에서 노무현 후보와 이회창 후보가 관심을 갖고 관련자가 찾아와 설명을 듣고 공약으로 내세우려 했죠. 당시 저는 누가 당선되느냐보다 안을 관철시키는 데 관심이 있었습니다. 그러던 중에 세종시가 발표되었죠. 새만금도 수습이 안 된 채로 세종시라는 판을 벌이겠다는 것이지만, 저는 세종시를 전제로 한 안을 다시 만들었습니다. 세종시가 목표로 하는, 수도권 과밀과 불균형 발전의 해결을 위해서는 복수의 도시와 농촌으로 이루어진 도시연합을 만들어야 한다는 것이 제 생각입니다. 금강 하구와 만경강을 연결하면 세종시를 새만금으로 이을 수 있죠. 금강을 주운(舟運)이 가능한 운하로 만들어 세종·부여·공주 등 금강 유역 도시를 연합하고 군산·익산·전주 산업클러스터와 연결해 금강과 새만금을 잇는 대공간을 만들면 수도권 못지않은 또 하나의 세계도시 구역을 갖게 된다는 것이 제가 만든 안의 핵심입니다. 세종시로 국립대학 통합본부와 행정기관을

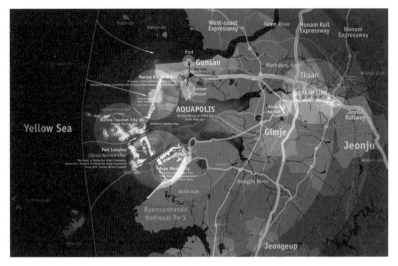

새만금 바다도시

이전하면 국토균형발전과 지방분권을 실현할 수 있죠. 세종시와 새
만금을 아우르는 하나의 프로젝트를 제안한 것입니다. 아프리카 군
단을 이끌고 후퇴하면서도 끊임없이 안을 만들었던 에르빈 롬멜 같
은 기분으로 상황이 바뀔 때마다 새로운 안을 만들었습니다.

　도시설계가의 입장에서 봤을 때 세종시의 문제점은 무엇입니까?

　김석철　가장 큰 문제는 공공기관을 옮기더라도 지방의 성장동력
이 될 인프라를 구축하고 신사업을 일으키는 일을 먼저 하고 거기에
맞춰 행정부처와 기관을 옮겨야 하는데 일의 선후가 바뀌었다는 점
입니다. 충청권 자립을 위한 방안에는 충청지역을 도약시킬 수 있는
획기적인 신산업 창출이 우선되어야 했습니다. 세계의 정치수도인

워싱턴 D.C.조차 정부기능이 차지하는 비중은 20퍼센트 남짓입니다. 국회와 백악관·사법부·행정부가 전부 다 있는데도 정부 관련 산업의 비중이 도시 전체 산업의 20퍼센트밖에 안 되는 것이죠. 반면 세종시는 인구 50만 규모의 신도시를 만든다면서 정작 도시 내용과 경영은 생각하지도 않고 행정부처 이전 계획의 가부만 논의한 게 문제였죠.

제17장

끝 간 데 없는 암과의 싸움

예술의전당 프로젝트 이후 이딸리아 베네찌아대학, 중국 칭화대학, 미국 컬럼비아대학 등에 초빙교수로 초대되어 한국을 넘어 세계적 건축가로 명성을 차곡차곡 쌓아가기 시작할 무렵 김석철 교수는 식도암이라는 충격적인 선언을 받고 모든 활동을 접었다. 그의 나이 쉰아홉 때다. 이후 세번에 걸친 대수술 결과 그는 지금 식도와 위가 없다. 죽음의 문턱까지 갔다 온 것이 수차례다. 하지만 그는 강한 정신력으로 죽음을 이겨냈고 지금도 손에서 일을 놓지 않고 있다. 첫번째 인터뷰가 진행되던 2011년의 무더운 여름에도 그는 매일 출근해 직원들과 일하고 있었다. 그의 나이 예순아홉의 여름이었다. 근 십년 동안 사선을 넘나든 그에게 삶과 죽음의 사이에 서 있던 경험담을 들었다.

요즘도 매일 출근하십니다. 일을 쉴 생각은 안 해보셨나요?

김석철 아플 때도 일을 그만둬야겠다는 생각은 한번도 안 해본 것 같습니다. 저뿐만 아니라 대부분의 건축가들이 죽을 때까지 일을 해요. 프랭크 로이드 라이트도 92세에 죽었는데 죽을 때까지 일을 했어요. 뉴욕의 구겐하임 뮤지엄은 그가 죽은 다음에 완성됐죠. 미스 반 데어로에도 80세까지 일했고요.

말씀하신 대로 70세가 넘어 대표작을 만든 건축가들도 의외로 많습니다. 유독 건축가들이 늦은 나이에 꽃피는 이유가 있습니까?

김석철 왜냐면 화가는 재능이 꽃피면 바로 사람들이 그 그림을 사잖아요. 그래서 대부분 재능이 있는 화가는 30, 40대에 전성기를 맞죠. 하지만 건축가는 사람들한테 인정받아 자신의 건물을 지을 수 있을 때까지 시간이 훨씬 많이 걸립니다. 또 화가나 다른 예술가는 본인이 직접 노동을 해야 하니까 나이가 들면 일하기가 힘들죠. 물론 삐까소는 죽을 때까지 그림을 그렸고, 마띠스도 대장암 판정을 받고 휠체어 위에서 그림을 그렸다고 하죠. 하지만 건축가는 상대적으로 체력이 약해진 늙은 나이에도 일을 할 수 있죠.

교수님께서 한창 해외에서 활동하며 국제적 명성을 쌓아가기 시작할 무렵 암판정을 받아 귀국하셔야 했습니다. 암판정을 받은 것이 정확히 언제이죠?

김석철 미국 컬럼비아대학에서 3년째 졸업반 학생들을 가르치고 있을 때였죠. 컬럼비아 건축대학은 '로터리'(lottery)라는 독특한 수강신청제도가 있습니다. 교수들이 학생들 앞에서 한 학기 동안 어떤 프로젝트를 진행할 것인지 프레젠테이션을 하면 학생들은 이를 듣고 교수를 선택합니다. 건축전공 학생은 졸업설계가 평생을 따라다

닌다고 해도 과언이 아닐 만큼 졸업설계가 중요합니다. 대학원 졸업 후 첫 직장을 잡을 때뿐만 아니라 설계사무실을 옮길 때도 졸업작품을 보여야 하거든요. 그래서 굉장히 신중히 자신의 졸업설계작품을 만들 과목과 교수를 선택하죠. 교수 입장에서도 신청하는 학생수가 적으면 과목이 폐강되기 때문에 신중하게 프레젠테이션을 준비하고요. 저는 첫 학기 프레젠테이션을 '차이나 하우징'이라고, 중국에서의 엄청난 주택 수요를 어떻게 대응할 것인가에 대한 내용으로 준비했는데 인기가 많지는 않았죠. 그때는 컬럼비아 건축대학을 버나드 추미(Bernard Tschumi)와 프랭크 게리가 장악하고 있을 때였고 저는 한국에서 온 무명 건축가였으니까요. 첫 학기에는 6명의 학생이 저를 선택했습니다. 하지만 세번째 학기에는 제 과목이 가장 인기가 많아졌죠. 그래서 역으로 제가 원하는 학생들을 선택할 수 있게 돼서 열두명을 뽑았죠. 그 학기에 제가 발표했던 주제가 바로 차이나 게이트 씨티였습니다. 중국 동부해안과 한반도 서부해안의 도시화가 세계의 가장 강력한 도시구역이 되어가고 있으니 이곳에 21세기 신도시를 생각해보자 했지요. 예상외로 제 프로젝트가 가장 인기있었습니다.

그러면 암판정은 학기 중에 받으셨던 건가요?

김석철 로터리가 끝나고 학기가 바로 시작하는 것이 아니라 일주일 정도 있다가 시작합니다. 그 일주일 동안 한국에 들어와 종합검진을 받았는데 그때 암이 발견됐죠.

컬럼비아대학교 차이나 게이트 씨티 수업 포스터

몸이 안 좋은 것을 느껴서 검진을 받으셨던 건가요?

김석철 저는 못 느꼈는데 우리 의사가 제 몸이 이상한 걸 눈치챘었나봐요. 뉴욕으로 돌아가기 전에 건강검진을 받으라고 해서 받았다가 알게 됐습니다.

위암 판정을 받으셨을 때 심정이 어땠나요?

김석철 처음에는 위암 초기라고 했어요. 이제 위암은 죽을병은 아니잖아요. 그래서 서둘러 수술하고 한 열흘 쉬고 돌아가서 학기를 시작하면 되겠다는 정도로만 생각했죠. 백병원에서 소리 소문 없이 조용히 수술을 받았습니다. 위암수술을 위한 내시경을 집도한 의사가 제 식도가 정상보다 문제가 많다는 것을 발견하고 수술 주치의한테 수술하면서 식도를 체크하라는 의견을 냈다고 합니다. 그래서 위암수술을 하면서 집도의가 식도를 체크했는데 식도암이 발견됐죠. 위가 아니라 식도가 문제였던 셈이죠. 그것도 식도 여러 군데에서 암이 생긴 아주 안 좋은 경우였습니다.

그 사실을 언제 아셨던 것인가요?

김석철 수술 후 깨어났는데 분위기가 아주 안 좋았어요. 백낙청 선생을 비롯해서 모두가 아무 말이 없었죠. 직감적으로 또 다른 게 발견됐다는 것을 알았죠. 드디어 죽음이 찾아왔구나라는 생각을 했습니다.

드디어라뇨?

김석철 중학교 때부터 제가 그렇게 알고 싶어했던 죽음이 내 인생의 최고를 맛보고 있는 바로 이 시점에 찾아왔구나 하는 그런 생각이었습니다. 컬럼비아대학 건축과 교수 중 최고로 인정받은 바로 이 시점에 말이죠. 두려움과는 약간 다른 감정이었던 것 같아요.

교수님만큼 암과 적극적으로 싸우신 분도 드뭅니다.

김석철 싸웠다기보다는 극복했다는 표현이 맞을 것 같습니다. 일을 하며, 아니 일을 계속하기 위해 극복했던 것이죠. 백병원에서 서울대병원으로 보내서 모든 자료를 갖고 서울대병원으로 갔죠. 식도 암의 최고라는 교수를 만났는데 이 사람이 자료를 보더니 위와 식도의 그림을 그려 보여주면서 다 잘라내야 한다는 겁니다. 위와 식도를 들어내고 장을 그대로 이어야 한다고 했죠. 뉴욕에 가서 제가 뽑아놓은 학생들을 가르쳐야 하니까 비행기를 탈 수 있겠냐고 물었더니 쓰윽 웃으며 생명을 부지하는 것만도 대단한 건데 비행기를 탈 수 있겠느냐고 하는 겁니다. 위암수술을 받아야 한다는 판정을 잘 견뎌내고 수술까지 했는데, 그 얘기를 듣는 순간에는 망연자실했죠. 위하고 식도를 다 잘라내면 생명을 부지한다고 해도 무엇을 할 수 있을까, 살아나는 것만도 다행으로 여겨야 하나…… 그 의사가 암 완치율이 우리나라에서 가장 높은 의사였어요. 무자비하게 다 잘라내서죠.

그래서 서울대병원에서 수술을 받으셨나요?

김석철 일단 입원은 했습니다. 의사의 말을 듣기 전까지는 컬럼비아대학 학생들을 한국으로 불러서 수업을 진행하려고 했습니다. 어차피 주제도 한반도와 중국 동부해안이었으니까 현장도 둘러볼 겸 해서요. 그런데 의사 말을 듣고 사태가 심각해 학생들이 한국에 와도 제가 수업을 못하겠다고 조교한테 연락을 했습니다. 식도암 수술을 받으려면 위와 소장, 대장을 다 세척해야 합니다. 세상에서 가장 괴로운 일이죠. 닷새 동안을 굶어야 해요. 그러고는 열네시간의 수술에 들어갑니다. 수술날짜를 잡아놓고 입원해서 장세척을 받고 있을 때 제 친한 친구인 박찬일 서울대 방사선과 교수가 병문안을 왔어요. 이 친구가 차트를 보더니 방사선치료가 가능한 것을 너무 과하게 수술하는 것이 아니냐고 하는 거예요. 이 친구가 우리나라에 방사선치료를 처음으로 도입해서 정착시킨 의사거든요. 그런 친구가 방사선을 해보자고 하니까 저도 고민이 됐죠. 수술을 하기로 한 외과의 교수는 만약에 수술 대신 방사선치료를 선택했다가 재발하면 3년 안에 처절한 고통을 받다가 죽을 거라며 목숨을 걸고 선택하겠느냐고 했고요. 백병원 병원장이던 동서와 서울대병원 병원장인 고등학교 동기 박용현 교수와 방사선과의 박찬일 교수 등 6명이 의논한 끝에 환자인 제 선택에 맡기자는 결론을 냈죠.

교수님의 선택은 무엇이었나요?

김석철 수술이었죠. 당장 수술을 안 받으면 처절한 고통을 겪고 죽는다는 말까지 들었으니까요. 그래서 위세척을 다 받고 수술실에 들어가려고 준비까지 마쳤죠. 그런데 장 일부가 세척이 덜 됐다는 거예요. 그래서 다시 관장을 하고 토하는 약을 먹고, 그 죽을 고생을 다시 해야 했습니다. 그런데 마지막 장세척을 하러 온 레지던트 입에서 술냄새가 나고 옷의 단추도 한개가 풀어져 있었어요. 여기서 제 마음이 확 틀어졌습니다. 이런 자들에게 수술을 받을 수 없다는 결심이 섰죠. 그래서 박찬일 교수를 불러서 방사선으로 치료를 해낼 자신이 있느냐고 두번 세번 확답을 받고 수술 전날 수술을 안 받기로 마음을 바꿨죠.

술냄새 풍기며 단추 하나가 어그러진 의사 때문에 목숨이 걸린 수술을 거부하셨다고요?

김석철 그렇게 역사가 움직이는 걸 수도 없이 보지 않았습니까. 저는 역사의 우연은 필연이라고 봅니다. 이런 씨스템에 제 몸을 맡길 수 없다는 생각이 들었습니다.

방사선치료는 어땠나요? 방사선치료도 고통스러우셨을 텐데요.

김석철 두달간 매번 프로그램을 바꿔가며 서른여섯 차례 방사선 치료를 받았습니다. 몸이 완전 풍비박산이 났죠. 하루는 방사선치료를 기다리면서 병원에 켜진 텔레비전을 무심코 봤는데 이라크전쟁을 생중계하고 있었죠. 여기서는 저 하나 살리자고 의사 6명이 달라붙어서 매일 회의를 하는데 지구 반대편에서는 수만명을 죽이는 일이 벌어지고 있구나 하는 생각이 들었어요. 마지막 36차 방사선치료를 마치고 의사들이 모여 회의한 결과 여섯 번을 더 하면 완전하다는 거였습니다. 마침 그때 알비아에서 열리는, 바다도시에 관한 세계교수회의에서 제가 기조연설을 하기로 되어 있었습니다. 이미 포스터까지 다 나와 있었는데 방사선 치료를 6회 더 하자고 하니 난감했죠. 하지만 애초 박찬일 교수를 믿고 맡기기로 한 만큼 6회를 더 하자는 데 동의했습니다. 후환을 남기기보다는 그렇지 않는 것이 나을 것 같았어요. 그 대신 기조연설은 테이프로 만들어 보냈습니다. 이후 다시 들어보니 비장하더군요. 아무튼 그때 치료에 동의를 하면서도 그게 무슨 뜻인지를 몰랐습니다.

당시 알비아 국제회의 포스터

무슨 뜻인지 몰랐다니요?

김석철 6회를 추가한다는 것은, 인간의 몸이 견딜 수 있는 최고치의 방사선을 쐬었기 때문에 암이 재발해도 다시는 방사선치료를 받지 못한다는 뜻이었죠. 즉, 암이 재발하면 치료가 불가능하다는 것이었습니다.

참, 수업은 어떻게 됐나요?

김석철 제가 방사선치료를 받는 동안 학생들을 열흘간 한국에 오게 해서 수업은 다 진행했죠. 현장은 조교들과 둘러보고, 마지막 두 달 동안 그림은 제가 열두명 것을 일일이 다 봐줬고요. 두명은 나중에 큰 상을 받았어요. 또 방사선치료를 받는 동안 지난 30년 동안 해온 도시설계를 책으로 정리해 『여의도에서 새만금으로』를 펴냈죠. 죽음 근처에 다녀와보니 실현되지 않은 도시설계는 기록마저 없으면 죽음과 같이 사라진다는 생각이 들었거든요. 몇해 전 헌책방에서 찾기 전까지 「여의도 및 한강연안 개발계획」 보고서가 서울시에도 남아 있지 않았습니다. 국제도시설계 현상에 당선한 자흐라 마스터플랜 보고서도 찾을 수 없었고요. 쓰는 일이 힘들어 녹음한 것을 정리해 책으로 냈죠.

방사선치료로 수술 없이 완치가 됐던 건가요?

김석철 그랬죠. 방사선치료가 끝난 6개월 뒤 최종검사 후 동생 별장이 있는 설악산에서 박 교수와 다른 변호사 친구 한명과 셋이서 소주 6병을 마시며 완치 축하까지 했었죠. 비록 위는 일부만 남았지만 식도는 살려냈다고. 그리고 한동안 잘 지냈습니다.

그러면 어쩌다가 암이 재발했던 건가요?

김석철 처음에는 암이 재발해서가 아니라 암과 전혀 상관없이 심근경색이 와서 쓰러졌습니다.

방사선치료의 후유증이었나요?

김석철 방사선치료를 반대했던 의사들은 그렇게 봤지만 그것은 모르는 일이죠. 인체는 알 수 없는 것이니까요. 방사선치료를 받은 지 2년이 지난 어느날 사무실로 출근하다가 쓰러졌죠. 쓰러지면서 친구한테 전화를 했는데 그 친구가 박찬일 교수한테 연락을 해서 서울대병원으로 실려갔죠. 박찬일 교수가 오병희 교수가 수술을 해야 한다고 하는데 마침 오 교수가 학회 일로 대구에 내려가 서울에 없었습니다. 그래서 수술대까지 올라갔다 내려와서 중환자실에서 오 교수가 오기를 기다렸다가 다음날 다시 수술대에 올라갔죠. 오 교수가 보더니 간단한 수술로 가능할 것 같다고 해서 간단한 수술을 받고 나왔죠. 그뒤로 쭉 심장병 약을 복용하는데 이전부터 복용하던 신경안정제와 심장병 약을 같이 먹으니까 약만으로도 배가 부른 생활이 시작됐죠.

그러면 암은 언제 재발한 거죠?

김석철 2005년 12월이었으니까 심근경색으로 쓰러진 뒤 1년 정도 지났을 때였죠. 방사선치료 이후 3개월에 한번씩 검진을 받았어요. 보통은 검사결과를 박 교수가 전화로 통보해줬죠. 결과가 깨끗하니까 병원에 다시 나올 필요 없다고요. 그런데 그날은 박 교수가 전화도 없이 대낮에 사무실로 직접 찾아왔습니다. 직감적으로 올 것이 왔구나 싶었죠. 재발이 아니면 서울대 의대 교수가 대낮에 나를 찾아올 일이 없으니까요. 아니나 다를까, 보자마자 재발한 것 같다며 정밀검사를 다시 해보자는 겁니다.

그때 심정이 어떠셨나요?

김석철　이제 막 다시 일을 시작하려던 참이었는데 캄캄했죠. 수술을 받으려면 3년 전에 저한테 처절한 고통을 겪게 될 것이라고 악담을 했던 그 의사한테 가야 하는데, 다시 가면 그 의사는 자신이 옳았음을 증명하려고 저에게 처절한 고통을 줄 것 아닙니까. 처음에는 그래서 초자연에 의지하려고도 했습니다.

초자연에 의지하다니요?

김석철　기적을 바라는 심정으로 수술을 안 받고 정신력으로 이겨내야겠다는 생각을 했죠. 방사선치료를 선택했을 때 재발하면 최대 3년, 대개는 3~4개월밖에 못 산다는 경고를 받았던 터라, 그때는 재발하면 죽는다고 생각하고 있었습니다. 그래서 3년을 더 살 수 있으면 수술을 하지 않겠다고 했죠. 그랬더니 박찬일 교수가 수술하지 않으면 어느날 그냥 죽는 것이 아니라 3년 동안 고통을 겪게 된다고 하더군요. 그 말을 듣고 있자니, 암 통보를 받고 불안과 공포에 사로잡혔던 화가 마띠스가 수술하기 전날 평생 구상했던 작품을 완성할 수 있도록 3년을 더 살게 해달라고 의사들에게 간청했던 글이 문득 생각났습니다. 그때 뉴욕에 사는 큰누나가 알토키라고 세계적인 식도암 수술 전문가를 한번 만나보는 것이 어떻겠느냐고 전화를 걸어왔어요. 석달씩 예약이 밀려 있는 의사인데 누나가 이리저리 인맥을 통해 바로 만날 수 있게 약속을 잡아놨다고 해서 지난 3년 동안 내가 받았던 모든 검사결과를 들고 뉴욕병원으로 갔죠. 제가 살기 위한 방법은 그것밖에 없었으니까요.

그래서 뉴욕에서 수술을 받으셨던 것인가요?

김석철 알토키 의사는 수술은 자신있다고 했습니다. 문제는 식도를 다 잘라버리면 언제든 위기상황이 올 수 있으니 뉴욕에 살아야 한다고 했습니다. 한국과 뉴욕을 오가며 사는 것은 불가능하다고 했죠. 그래서 누나가 닥터 네리라는 방사선치료로 유명한 의사를 또 수소문해서 예약을 했습니다. 그가 제 차트를 보더니 깜짝 놀라면서 자신이 한부 카피해도 되겠느냐고 했죠. 네리 의사도 자신있다고 해서 그럼 다시 방사선치료로 가자고 마음먹은 참에 박찬일 교수와 연락이 됐는데 네리라는 의사가 언론을 많이 타긴 했지만 아직은 학계의 인정을 못 받는 의사라는 겁니다. 그뿐만 아니라 제가 이미 인간의 몸이 감당할 수 있는 최대한의 방사선을 쐬었기 때문에 더이상의 방사선치료는 불가능하다고 했죠.

박 교수가 당시 서울대병원 외과과장한테 직접 수술을 받으라고 해서 다시 서울로 와서 서울대병원에 입원했습니다. 다시 위세척을 하려는데 동생이 와서 병원을 옮기자는 겁니다. 의사를 만나봤는데 아무래도 본인이 열네시간 수술을 견딜 체력이 안될 것 같다는 게 첫째 이유였죠. 아무리 의사여도 60세가 넘으면 열네시간짜리 수술은 힘들다고요. 또 그분이 식도암 전문이 아니라고요. 자신이 다른 의사를 찾아볼 테니 수술을 연기하자고 해서 수술을 연기했죠. 그런 뒤 동생이 찾아낸 의사가 삼성병원의 심영목 교수였어요.

교수님 의견은 어떠셨는데요? 심 교수님께 한눈에 신뢰가 갔나요?

김석철 처음 만났을 때 제가 대뜸 자신있냐고 물었죠. 성공 가능성이 있느냐고. 그랬더니 심 박사가 "그래서 여기로 옮기신 것 아닙니까" 하면서 "제가 한국에서 하는 식도암 수술의 반 이상을 했습니다"라고 합니다. 자신있다는 거죠. 이렇게 말하는데 왠지 믿음이 갔어요. 느낌이 좋더라고요.

박찬일 교수님 의견은 어땠나요?

김석철 그 친구는 정신력으로 이길 수 있을 것이라고 했어요. 수술이 엄청나게 고통스러울 뿐만 아니라 성공확률도 높지 않지만 저는 정신력이 강한 사람이니까 정신력으로 기적을 바랄 수 있을 거라고요. 하지만 제가 아무리 정신력이 뛰어나다 해도 항상 그런 강력한 집중력을 가질 수는 없지 않겠습니까? 그런데 또 수술 직전에 수술을 담당한 레지던트 의사가 열렬한 나의 팬이라면서 걱정스럽게 수술 성공확률이 매우 낮다는 얘기를 해주는 거예요. 수술실에 들어갔다가 못 나올 수도 있다고.

수술실에서 못 나올 수도 있다는 얘기를 그때 처음 들으신 것인가요?

김석철 의사가 자신이 있다니까 믿었죠. 수술 후 오래 못 살 수 있다는 생각은 했지만 수술실에서 못 나올 수도 있을 거란 생각은 단 한번도 안 했습니다. 레지던트에게 그 이야기를 듣기 전까지는 마음이 오히려 편했습니다. 수술이 잘되면 대학입학 때 뜻을 두었던 한국

철학사를 쓰고 동양과 서양의 중세도시를 비교 연구하리라 생각했죠. 프로이트는 1차대전이 최고조에 이를 무렵 여섯편의 중요 논문을 썼는데 모두 두달 안에 완성했습니다. 저도 그러고 싶었죠.

다행히 수술이 성공적이었던 것으로 압니다.

김석철 지금까지 살아 있으니 그런 셈이죠.(웃음) 하지만 수술이 끝나고 사흘 동안은 아비규환 같은 중환자실에서 지냈습니다. 아무리 고통스러워도 움직이지 못하게 손발을 다 침대에 묶어놓고, 소리를 지를 때마다 진통제를 놓아줬죠. 너무 고통스러우니까 의식이 오락가락하는 사이로 의사가 제 몸 속에 수술도구를 남겨두고 봉합한 건 아닌가 하는 의심이 들었습니다. 그래서 간호사한테 고래고래 소리를 질렀죠. 그런 중에도 심 박사가 오면 그런 의심을 하는 제 스스로가 부끄러워 아무 말도 못했고요. 수술 후 한달이 지나서야 미음을 먹을 수 있었습니다. 체중이 72킬로그램에서 50킬로그램으로 줄었습니다.

어떤 수술을 받으셨는데 그렇게 고통스러웠던 건가요?

김석철 서울대 의사는 식도와 위를 모두 잘라내고 장을 곧장 입까지 연결해야 한다고 했는데, 심영목 박사가 그나마 위의 일부를 살려줬어요. 그래서 지금 위의 일부가 식도 역할을 해주고 있죠.

암판정을 받으신 뒤 두번의 큰 수술을 이겨내셨습니다. 비결은 역시 정신력인가요?

김석철 지금 생각해보면 아마도 의사를 무조건 믿은 것이 제일 중요했던 것 같아요. 의사를 선택하기까지는 신중했지만, 일단 선택한 뒤에는 의사의 치료법에 무조건적으로 따랐죠. 대체의학 권유도 많이 받았지만 저는 무조건적으로 의사가 하라는 대로 했습니다. 단 한가지 의사 말을 따르지 못한 것은 술! 술은 도저히 끊을 수 없었죠.

지난 10년 동안 암과 싸우면서 죽을 수도 있다는 생각을 해보신 적은 없나요?

김석철 당연히 있죠. 그것도 한없이 많았죠. 방사선치료 기간 중 박찬일 교수가 동기인 다른 일로 쓰러져서 이틀간 깨어나지를 못했어요. 친구로서 안타깝기도 했지만, 박 교수가 직접 매일 제 치료 프로그램을 짰기 때문에 박 교수가 쓰러진 동안 제 치료도 중단됐죠. 대신할 수 있는 의사가 없었으니까요. 그때 '아, 나도 죽겠구나' 하는 생각을 했죠. 심근경색으로 쓰러졌을 때는 순간적으로 의식을 잃었던 것이어서 죽음을 느낄 새도 없었지만 두번째 암수술을 받아야 했을 때는 줄곧 죽음을 느꼈죠.

할아버지가 중학교 2학년 때 돌아가신 뒤 고등학교 내내 죽음을 생각하며 살았는데, 고등학교 때는 죽음에 대한 생각을 철학과 수학으로 극복하려고 했고, 건축을 시작한 뒤에는 일에 미쳐서 잊고 살았죠. 그런데 암에 걸린 뒤 다시 옛날로 돌아갔어요. 과연 신이 존재하는지, 저세상에는 무엇이 있나를 고민하던 시절로요. 퇴원한 후 집에

병상에서 그린 자화상 스케치

서 한달쯤 누워 있다가 서서히 걸어다닐 수 있게 된 뒤로는 이틀 건너 한번꼴로 경복궁과 창덕궁에 갔습니다. 고등학교 시절 삼청동 하숙집에서 보았던 경회루가 다시 제 앞으로 다가오기 시작한 것이지요. 요즘도 일주일에 세번은 경복궁과 창덕궁에 갑니다.

늘 죽음을 느끼셨다면 그 공포를 어떻게 극복하셨나요?

김석철 죽음을 늘 생각했지만 그렇다고 해서 무섭다거나 하는 공포감은 없었어요. 버나드 쇼의 묘비명이 "우물쭈물하다가 내 이럴 줄 알았다"입니다. 제가 꼭 그런 기분이었어요.

죽음 앞에서 인생을 돌아보셨을 텐데 어떤 생각이 드셨나요?

김석철 정말 최선을 다해서 열심히 살았다는 생각은 들었습니다.

그런데 조금 더 적극적으로 역사와 우리 공동체를 위해서 살지는 않았구나 하는 생각이 들었어요. 뭐랄까, 그럴 시간이 없었다고 할까? 또 계속 살면서 공부하고 싶은 것이 많다는 욕심도 들었죠.

교수님께서 처음으로 암선고를 받으신 시점이 컬럼비아대학에서 학생들 사이에 최고 교수로 인정을 받으며 막 세계로 나아가려던 시점이었잖아요. 그런 측면에서 안타까움은 없었나요?

김석철 암에 걸리지 않았다면 더 많은 작품을 외국에 남길 수 있었겠죠. 또 우 량륭 교수가 저에게 무한한 신뢰를 보냈던 만큼 베이징올림픽에도 어느정도 역할을 할 수 있었을 것이고요. 그런 시점에 모든 것을 강제로 놔야 했던 것은 사실이죠. 하지만 이에 대한 큰 안타까움은 없어요. 다시 해야겠단 생각이 들지도 않고요. 일을 못해서 아쉬웠던 것보다는 깊은 삶은 살지 못해서 아쉬웠던 것이 더 컸어요.

긴 투병생활이 교수님의 건축관에도 변화를 가져왔나요?

김석철 그런 것 같아요. 저를 전부터 알았던 사람들은 느끼겠지만 아픈 뒤 제 눈빛이 변했다고 해요. 아프기 전에는 눈빛부터 오만과 편견으로 가득했죠. 그랬던 것이 제 식도와 위가 없어지면서 오만과 편견도 함께 없어진 것 같아요. 또 아프면서 다른 사람을 전보다 많이 생각하게 됐고요. 이런 변화가 집을 지을 때도 반영돼서 집을 지을 때 주변과 함께 가야 한다는 생각이 강해졌습니다. 제가 지은 집이 들어섬으로써 그 일대가 새로워질 수 있는 집을 짓게 됐죠. 또 새로운 욕심을 부리기보다는 기존에 제가 갖고 있던 능력을 모으는 쪽으로 일을 하게 됐고요. 제가 칠십 인생을 살아오면서 요즘이 몸은 고달프지만 가장 긍정적으로 세상을 바라보고 있는 것 같아요. 암이 없었으면 아직도 저는 오만과 편견 속에서 분노를 삭이지 못하면서 살았겠죠.

보통 사람들은 죽음에 맞닥뜨릴 때 종교에 귀의하곤 합니다. 제가 알기로 교수님은 종교가 없는데요, 어느 한 종교에 귀의할 생각은 안 해보셨나요?

김석철 불교와 기독교, 이슬람교를 다 공부했는데 제 결론은 저는 모든 종교의 신자라는 것입니다.

모든 종교의 신자라는 것은 어떤 뜻입니까? 절대자의 존재는 믿는다는 뜻입니까?

김석철 제가 사후의 세상이 있다고 믿으면 사후의 세상이 있는 것이고, 사후의 세상을 믿지 않으면 없는 것이겠죠. 하지만 저는 이 세상과 다른 세상에 제가 지금의 저로서 존재하는 경우는 없다고 생각합니다. 사후란 있다 해도 전혀 다른 것일 테니까요. 그래서 사후에 대한 제 생각은 "오늘 일도 모르는데 어찌 사후의 일을 알겠느냐"라고 했던 공자의 생각과 같습니다. 그건 생각을 통해 알 수 있는 문제가 아니니까요. 저는 기독교나 이슬람에서 말하는 유일신은 믿지 않지만 초월적 세상이 존재한다는 것은 믿습니다. 인격으로서의 신은 믿지 않지만 죽음으로써 모든 것이 끝난다고는 생각하지 않아요. 정확한 표현은 찾아봐야겠지만, 코란에 보면 무함마드가 "내가 죽어서 밤이 되면 내 사랑하던 부인도 슬피 울던 아들도 하산한다"라고 말한 구절이 있습니다. 사람이 죽으면 한동안은 가족들이나 친구들에 의해 기억되지만 시간이 지나면서 그 기억은 천천히 소멸하고 말지만 그 사람이 행한 선행과 그 사람이 이룬 업적은 영원히 그 사람의 일부가 돼서 인류에 남는다는 얘기죠. 제가 생각하는 죽음은 코란에서 말하는 죽음과 비슷합니다.

교수님께서는 가족에 대한 언급을 거의 안 하십니다. 유일하게 자주 언급하시는 분이 큰누나이고요.

김석철 저에게는 가족보다 우선하는 세계가 있었던 것 같습니다. 어릴 적 할아버지는 가족이라기보다 스승이셨고, 할아버지가 돌아가신 후 약 1년만 부산서 가족과 함께 산 뒤 이후에는 서울에 올라와서 쭉 혼자 살았으니까요. 돌아가시기 전까지는 할아버지가 저를 지배했죠. 할아버지 외에는 누나와 교감이 있었고요. 지금도 글을 쓰거나 하면 큰누나한테 먼저 보여줍니다. 그러면 누나가 보고 뭐가 좋다 뭐가 나쁘다 평을 해주죠.

자녀분들께는 어떤 아버지였나요?

김석철 가정적인 아버지는 아니었죠. 1남3녀를 뒀는데 어느 누구의 입학식, 졸업식에도 가본 적이 없습니다. 성적표를 본 적도 없고요. 암을 앓고 난 뒤 자식들한테 신경을 못 쓰고 저 자신한테만 몰두해 살았던 것에 대해 미안한 마음을 가지게 됐죠. 하지만 여전히 행동이 고쳐지지는 않습니다. 여전히 결혼한 딸들이 집에 놀러 오면 빨리 돌아갔으면 좋겠고, 유학 간 아들이 방학 때 집에 와도 '저 녀석 언제 돌아가나' 싶었죠.

자녀분이 집에 놀러 오는 것조차 싫다는 말씀이십니까?

김석철　저는 다른 사람이 집에 있는 것이 싫습니다. 아무도 없이 각시와 둘이 있는 게 좋아요. 대학 때 기숙사에 살 때 원래는 2인1실이었지만 저는 2인분 돈을 내고 독방을 썼어요. 저의 공간에 다른 사람이 있는 것을 못 견디죠. 각시와도 평생 각방을 쓰고 있습니다. 9년을 베네찌아대학과 칭화대, 컬럼비아대 교수로 나가 있는 동안 한번도 가족과 함께 간 적이 없습니다. 저 혼자 갔죠. 다행히 각시가 잘 이해해줬습니다. 제가 뉴욕 컬럼비아대학에 교수로 가 있을 때 딸이 뉴욕 파슨스대학에 다녔죠. 그런데 같은 뉴욕, 그것도 맨해튼에 2년 있으면서 세번 만났어요. 그것도 이러면 안 되지 싶어서 의식적으로 불러내서 만났죠. 제가 좋은 아빠는 아니었습니다.

투병 중에 일은 손을 놓으셨나요?

김석철　첫번째 수술과 두번째 수술 사이의 3년 동안에는 일을 쉬지 않고 했습니다. 도시설계로는 캄보디아 프놈펜 프로젝트를 했고, 건축으로는 원불교 미주총원 설계를 했죠. 원불교 미주총원은 원서동 한샘 DBEW디자인센터를 발전시켜 한국 건축의 현대화를 시도했던 작품으로 원불교에서 처음으로 해외에 짓는 선교센터였는데, 끝내 지어지지 못했죠.

캄보디아 프놈펜 프로젝트는 어떤 프로젝트인가요?

김석철 캄보디아의 수도인 프놈펜과 다리로 연결된 메콩강 섬을 개발하는 일종의 신도시 프로젝트였습니다. 2005년 즈음 캄보디아 다국적 은행의 은행장이 저의 4년 후배라며 우리 사무실을 찾아왔죠. 고객 중 캄보디아 해병대 사령관이자 훈센 총리의 사돈이 있는데 서울의 여의도를 보고 감동해 프놈펜도 설계해줄 수 있느냐 했다는 것입니다. 여의도 크기만 한 섬이었는데, 국회의사당과 왕궁이 있는 프놈펜 시내 한복판과 다리 하나로 연결되어 있어 여의도와 흡사한 구조를 갖고 있었습니다.

캄보디아가 앙코르와트로 유명한 나라이긴 하지만, 우리와 교류가 많은 나라도 아닌데 갑자기 낯선 나라의 수도 설계를 부탁받아 놀라셨겠습니다.

김석철 까뮈에 감동하고 싸르트르에 압도당했던 고등학생 시절 앙드레 말로의 『왕도로 가는 길』을 읽은 이래 캄보디아와 그 나라의 석조미술에 대한 경의를 갖고 있던 터라 그런 부탁을 받고 반가웠죠. 『왕도로 가는 길』은 앙드레 말로가 앙코르와트의 조각품을 밀반출하려다 도굴범으로 체포돼 실형을 받았던 경험을 바탕으로 쓴 소설입니다. 앙코르와트 유물의 어떤 점이 당대 최고의 지식이며 프랑스 문화부장관까지 지낸 그를 도굴범으로 만들었을까 궁금했죠. 프로젝트의 파트너인 캄보디아 건설부장관이 프랑스에서 건축공부를 하며 앙코르와트로 박사학위를 받았다는 말에 바로 프로젝트를 맡겠다고 했죠.

한번도 가본 적이 없는 도시설계는 어떻게 접근하나요?

김석철 현장을 먼저 가보면 큰 숲이 안 보일 수도 있다는 것이 도시설계의 지론이라 이번에도 자료를 통해 충분히 공부하여 나름대로의 안을 만든 뒤 현장을 방문하기로 했죠. 스케치를 들고 캄보디아로 떠나 비행기에서 내려 곧장 약속된 회의실로 갔더니 회의실에 해병대 사령관, 건설부장관, 프놈펜 시장 등이 모두 모여 있었습니다. 이들 앞에서 제가 프놈펜의 과거와 현재를 설명하며, 현재 캄보디아에서 진행 중인 프놈펜 신도시 계획을 새로운 방향으로 바꿔야 한다고 설명했죠. 메콩강과 프놈펜, 앙코르와트, 해안을 함께 고려해 캄보디아가 '킬링필드'에서 '리빙필드'(living field)로 거듭날 수 있는 상징적인 프로젝트가 돼야 한다고 역설했습니다. 제 설명을 들은 프놈펜 시장이 지금까지 계획된 안을 백지화할 테니 새로운 안을 그려줄수 있겠느냐고 했고, 동석했던 건설부장관은 정식으로 국가프로젝트로 진행하고 싶다고 했죠. 훈센 총리에게 안을 설명해달라기에 캄보디아 전체 마스터플랜을 완성한 뒤 만나보겠다고 했죠. 그리고 정부의 허가를 받아 40인승 군용헬기를 타고 캄보디아 전국을 저공으로 둘러보며 캄보디아 마스터플랜을 구상했습니다. 베트남에 가로막힌

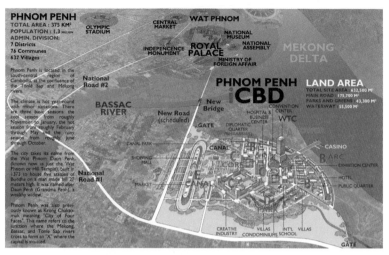

프놈펜 특별도시구역 설계안 조감도(위), 캄보디아 국토계획안 마스터플랜(아래)

메콩강은 역사의 강입니다. 한국의 경제성장이 울산항과 부산항에서 시작됐듯 캄보디아도 해안으로 나가야 한다는 생각이 들었죠. 한국으로 돌아와 건설부장관으로부터 받은 자료를 바탕으로 14세기까지 인도차이나의 최대 강국이었던 앙코르제국을 다시 경영한다는 입장으로 캄보디아 세계화의 성장동력이 될 발전축을 찾는 안을 만들었습니다. 그리고 두달 뒤에 완성된 캄보디아-프놈펜 마스터플랜을 들고 다시 캄보디아를 방문했죠.

어떤 안이었나요?

김석철 한 도시를 비약적으로 일으키기 위해서는 기존 도시의 구조개혁도 중요하지만, 기존 도시가 갖고 있는 도시 역량을 집합하고 기존 도시와 적당한 거리에 새로운 성장동력이 될 수 있는 국제화 도시구역을 만들어 기존 도시의 영역을 확장하는 도시산업을 세우는 전략이 필요합니다. 루브르박물관과 개선문이 있는 샹젤리제의 축 위에 라데팡스를 건설해 파리 대도시권의 중심이 되게 한 계획이나, 국회의사당·버킹엄궁전·싸우스뱅크·더씨티 등의 기존 도시권을 도크랜즈(Docklands)로 이어 런던 템스강변의 축을 이룬 계획 등이 그 예죠. 사대문 안에 갇혀 있는 서울을 한강으로 확대해 200만 도시를 지금의 1000만 도시가 되게 한 핵심전략, 즉 여의도 신도시를 건설하고 기존 도시와 연결시켜 한강변 도시군을 이루게 한 경험이 제게 있지 않습니까?

캄보디아가 일어서기 위해서는 앙코르와트와 프놈펜이 함께 살아나야 한다고 봤습니다. 그러자면 이 두곳이 어반 링크를 이뤄야 하고요. 앙코르와트는 세계 최고의 문화유산이지만, 문화유산만 갖고 세계인을 모을 수는 없습니다. 프놈펜에 사람들이 와서 앙코르와트를 보게 하고, 톤레샵(Tonle Sap) 일대와 메콩강을 연결해 세계적 명소가 되게 해야 합니다. 즉 프놈펜과 앙코르와트, 톤레샵을 하나가 되게 하여 세계적인 관광지로 만들고, 캄보디아 남해안에 한반도 동남해안 같은 산업단지를 만들어, 관광단지와 해안산업도시군을 함께 세우는 안을 만들었죠. 그러기 위해 프놈펜의 기존 도시구역을 톤레샵과 메콩강으로 끌고 나오고, 이를 다시 앙코르와트와 짝이 되게 만드는 특별도시구역 건설이 필요하며, 이 특별도시구역은 국제화된 자유구역이어야 한다고 했고요. 세계자본이 와서 프놈펜의 도시산업을 일으킬 수 있도록 주간 인구 10만, 상주 인구 3만명 정도의 써비스산업과 창조적 신산업 도시를 만들고, 프놈펜은 왕궁·국회의사당·각국 대사관·공공기관과 강력한 네트워크를 축으로 해서 톤레샵을 거쳐 앙코르와트에 닿는 세계적 명소로 만들겠다는 안이었습니다.

교수님께서 40년 전에 만드셨던 여의도 마스터플랜을 생각나게 하는 안입니다. 훈센 총리의 반응은 어땠나요?

김석철 총리를 만나기 전에 우선 프놈펜 시장실에서 프놈펜 마스터플랜을 발표하고, 캄보디아 부총리실에서 장관들이 동석한 가운데 캄보디아 재건계획을 발표했죠. 설명이 끝나자 장관들이 수많은 도시전문가들이 프놈펜을 다뤘어도 이만한 것이 없었다고 칭찬했습니다. 캄보디아 전체를 다룬 경우는 더욱 없었다고 했고요. 다음날 훈센 총리를 만나러 관저로 갔죠. 내심 독재자의 관저는 어떨지 궁금했는데, 숲속 깊이 위치한 관저 현관에 총리가 직접 나와 있었습니다. 어찌 현관까지 나와 있느냐고 했더니 "굉장한 플랜이 있다는 이야기를 미리 들었다"라며 "캄보디아에 대한 마스터플랜과 프놈펜에 대한 구체적인 안이 듣고 싶어 어제 잠을 못 잤다"라고 했죠. 통역이 엉성해서 천천히 영어로 한시간 정도 안을 설명했습니다. 설명을 들은 후, "이렇게 큰 비전은 처음이다. 고맙다"라며 기본구상이 가시화되기 위해서는 얼마나 걸리겠느냐고 묻기에 최소한 설계 2년에, 1단계 10년의 시간이 필요하다고 설명했죠. 훈센 총리는 자신의 임기를 연장해서라도 완성시키고 싶은 안이라고 하더니, 그날이 손자의 돌잔치라며 자신도 참석하니 그 집에서 보자고 했습니다. 엉겁결에 초대받아 저녁에 갔는데, 훈센 총리는 갑자기 외빈이 찾아와 참석하지 못한다며 대신 저한테 손자의 대부가 돼달라는 전언이 있었다고 했죠. 그 아이를 안고 캄보디아 마스터플랜 앞에서 사진을 찍었습니다.

프놈펜 프로젝트는 그후 어떻게 됐습니까?

김석철　한 국가의 조직상 단계를 거치고 법규를 거쳐서는 혁명적 혁신을 이루기 어렵습니다. 캄보디아 프놈펜 프로젝트는 처음부터 권력의 핵심에서 시작돼서 이루어지리라는 확신을 갖고 서울에 왔죠. 그런데 서울에 오자마자 가회동 사무실로 출근하던 중 심근경색이 와서 쓰러졌습니다. 병원에서 반년 동안은 비행기도 타지 말라고 했죠. 그리고 한달 뒤에 방사선으로 다스렸던 암이 재발했다는 통보를 받았고요. 서울대병원에서 뉴욕병원으로 가고, 다시 서울대병원으로 돌아왔다가 삼성의료원으로 옮기는 넉달의 방황 끝에 대수술을 하고 거의 반년 가까이 일을 쉴 수밖에 없게 되면서 캄보디아에 다시 가기로 했던 약속이 무산됐죠.

앞서 말씀하신 원불교 미주총원은 어떤 계기로 맡으셨나요?

김석철 순복음중앙교회 현상설계에서 좌절을 한번 겪은 이후로 미묘한 종교 영역에는 관여하지 않고 살았습니다. 원불교 경전을 읽어보기 전까지는 원불교에 대해서도 막연한 반감이 있었죠. 혹시 사이비 종교가 아닌가 하는 의심도 있었고요. 하지만 경전을 읽어보고 나서 원불교가 한국화된 불교로 훌륭한 종교라는 생각을 하게 됐습니다. 원불교로 개종해야겠다는 생각까지는 들지 않았지만요. 그러던 중 한 지인의 소개로 원불교 좌산(左山) 이광정(李廣淨) 종법사를 만날 기회가 있었습니다. 원불교에서 종법사는 가톨릭에서 교황 같은 위치죠. 좌산 종법사께서 저를 좋게 보시고 서울에 올라오실 때나 고민이 있으실 때면 저를 찾아와 의견을 묻고는 하셨죠. 저는 단순히 제가 불교공부가 있어서 대화가 잘 통해서 저를 찾으시나보다 생각했는데, 나중에 돌이켜 생각해보니 미주총원을 저한테 맡기실 생각으로 그러셨던 것 같습니다.

원불교 미주총원이라 하면, 미국에 원불교 법당을 세우려고 했다는 말씀이신가요?

김석철 원불교가 100주년을 맞아 막 세계포교를 시작하려고 하면서 그 본부가 될 건물을 뉴욕 근교에 짓겠다는 계획을 세우고 있었습니다. 홍석현 중앙일보 회장의 어머니 김혜성 씨가 독실한 원불교 신자여서 원불교 미주총원 건립비용으로 100억원을 기증하기로 돼 있었고요.

원불교 종법사께서 교수님한테 직접 부탁한 일이고, 비용도 이미 확보돼 있었는데 왜 또 무산된 거죠?

김석철 제 교만이 문제였죠. 좌산 종법사께서 어느날 저를 불러 뉴욕시 근처에 미주총원 부지로 다섯군데를 보아두었다며 저한테 직접 가서 부지를 한번 보고 어디가 좋을지 골라달라는 부탁을 하셨습니다. 마침 뉴욕은 제가 컬럼비아대학 교수로 있을 때 살았던 익숙한 도시라 흔쾌히 허락했죠. 그런데 다섯군데 중 마음에 드는 곳이 한곳도 없었습니다. 원불교 측에서 총 12곳을 보여줬는데 제가 그 12곳을 전부 아니라고 했죠. 그러면서 사달이 났습니다.

무엇이 문제였죠?

김석철 저는 원불교 미주총원의 부지가 갖춰야 할 조건으로 네가지를 생각했습니다. 첫째, 원불교의 미주총원으로서 원불교 세계화를 위한 거점이라면 누구든 찾아갈 수 있도록 알려진 장소이면서 접근이 쉬워야 한다. 둘째, 역사적·지리적·인문적 의미가 있는 장소여야 하고, 셋째, 종교적 성지가 되기 위한 영기가 느껴져야 하며, 마지막으로 원불교 미주총원이 들어섬으로써 그 동네가 하나의 공동체가 형성될 수 있는 곳이어야 한다고 생각했죠. 원불교 측에서 고른 장소도 나쁜 곳은 아니었지만 이 네가지 조건을 충족시킬 만한 곳은 없었죠. 그래서 제 나름에는 정당한 근거를 대며 퇴짜를 놓은 것인데, 나름대로 그 부지를 열심히 고른 분들 입장에서는 기분이 나빴겠죠. 제가 말을 좀 험하게 하는 편이라 한번은 "별장 부지를 고르셨나보죠"라고 했죠. 어떤 곳에서는 차에서 내리자마자 "볼 것도 없다"라며 돌아가자고 했고요. 저의 그런 행동이 그 땅을 고른 원불교 분들을 무시하는 행동이란 것을 그때는 몰랐죠. 원불교 내에 적을 만들고 있다는 것도 몰랐고요.

하지만 설계까지 끝내시지 않았나요?

김석철　원불교 측에서 제시한 땅을 제가 다 퇴짜 놓자 종법사께서 저한테 직접 땅을 골라보라고 하셨죠. 그래서 제가 고른 땅이 리프 반 윙클 브리지(Rip Van Winkle Bridge)에서 10분 거리에 있는 동네였죠. 예일대 이과대학 교수 다섯명이 별장을 지으려고 공동으로 사둔 땅인데 다섯명이 의견이 안 맞아서 처분하려고 하는 중이었죠. 사라 교수라는, 저와 함께 컬럼비아대학에서 일했던 분이 제가 땅을 보고 다니는 것을 알고 이를 귀띔해줬어요. 시장에 나온 땅은 아니었지요. 뉴욕시에서 출퇴근이 가능한 거리일 뿐 아니라 여름에도 백년설이 있는 애팔래치아산맥과 허드슨강 사이에 있는 땅으로 제가 생각한 네가지 조건을 다 충족시키는 땅이었습니다. 문제는 가격이었죠. 그런데 마침 예일대 교수들이 자기들은 필요 없는 땅이니 자신들이 10년 전에 산 값에 팔겠다고 해서 일이 일사천리로 진행됐죠. 종법사께서는 김 교수가 고른 땅이면 볼 것도 없다며 승인을 하셨고요. 땅을 사기로 계약하고 바로 스케치를 시작했죠.

어떤 건물이었나요?

김석철　원서동 한샘 DBEW디자인센터를 한단계 발전시킨 건물이었습니다. 한샘 디자인센터는 사무동을 현대식 건물로 짓고 왼쪽에 한옥 건물을 덧붙였습니다. 반면, 원불교 미주총원은 ㄷ자 건물로 해서 건물 양편에 한옥을 붙여 좀더 드라마틱하게 설계했죠. 건물 안으로 들어가면 한국이 느껴지도록 설계했습니다. 종교시설을 짓기 위해서는 주민 동의가 필요하다는 규정이 있어서 그 스케치와 원서동 한샘 디자인센터 사진을 들고 동의를 받기 위해 일일이 돌아다녔죠. 한샘 디자인센터보다 더 근사한 건물이 지어질 것이며 이 동네가 유명해질 것이라고 설득했죠. 주민들의 동의를 얻어 카운티에서도 승인이 떨어졌고요.

설계가 끝나고 카운티 승인까지 떨어진 건물이 왜 안 지어졌나요?

김석철　설계가 끝난 뒤 원불교 이사들 앞에서 설명회를 가졌습니다. 그런데 그 설명회에서 미주총원의 가장 중요한 홀을 '유민홀'로 하자는 의견이 나왔는데 제가 절대 안 된다며 반대했죠. 애초부터 그렇게 얘기했으면 저는 이 일을 안 맡았다고 하면서요.

'유민'이라면 홍진기 전 중앙일보 회장의 호 아닙니까? 건물 이름이나 중요한 홀에 기증자의 이름을 붙이는 것은 드문 일도 아닌데 왜 반대

원불교 미주총원의 초기 설계안. 서류봉투 위에 즉흥적으로 스케치했다(위)
원불교 미주총원 스케치(아래)

를 하셨나요?

김석철　저는 원불교 미주총원을 설계한 것이지, 홍진기 씨를 기리는 건물을 설계한 것이 아니라고 생각했던 것이죠. 신타원(김혜성 씨의 법호) 님과는 신라호텔에서 만나서 제 스케치를 설명드린 적이 있었습니다. 그때만 해도 신타원 님께서 그런 얘기를 하신 적이 없었거든요. '유민홀' 문제가 불거졌을 즈음 신타원 님이 암에 걸리면서 미주총원에 기부하기로 한 100억원을 며느님께 맡기셨다고 합니다. 이광정 종법사도 건강문제로 사퇴하고 새로운 종법사가 선임됐고요. 공교롭게도 저도 암이 재발해 위와 식도를 들어내는 수술을 받게 됐죠. 한마디로 미주총원 일을 했던 세명이 전부 앓아눕게 되면서 애초 미국총원 땅을 골랐던 분들이 이런저런 이유로 건축가를 다시 선정해야 한다는 의견을 냈죠. 당시 제가 소송을 냈다면 이길 수도 있는 일이었지만, 저 역시 그렇게까지 하고 싶진 않았고요. 나중에 개인적으로 종법사께서 저한테 미안하다는 뜻을 전했죠.

원불교 미주총원은 결국 어떻게 됐나요?

김석철　제가 선정한 자리에 다른 건축가가 설계한 건물이 지어졌죠. 나중에 사진을 봤는데 미국 가면 어디에나 있는 평범한 건물을 지었더군요.

앞서 교수님의 교만으로 인해 원불교 미주총원을 설계까지 하고도 못 지으셨다고 하셨습니다.

김석철　제가 맡기 훨씬 전부터, 10년간 그 일을 추진했던 사람들을 완전히 무시했던 것이 문제였죠. 중간중간 그분들의 의견을 묻는다거나 아니면 최소한 어떻게 일이 진행되고 있는지 알려드리기라도 했어야 하는데, 앞뒤 안 보고 제 뜻대로만 일을 진행했으니까요. 하지만 그때는 제가 정당하다는 생각에 그분들의 입장을 배려해야 한다는 생각을 꿈에도 못했습니다. 당시에는 그런 행동을 하는 것이 오히려 위선이 아닐까라고 생각했죠. 온 에너지를 일에 쏟아도 부족했기 때문에 남을 배려하는 데 쏠 에너지도 없었고요. 남에 대한 배려는 평범한 사람들이나 하는 일이라고 생각했습니다.

후회는 없으신가요?

김석철　후회라니요?

교수님께서 조금만 남을 배려하고 그래서 적을 안 만드셨으면 더 많은 건물을 남기실 수 있지 않았을까 싶어서요.

김석철　그런 생각은 못해봤습니다. 하지만 제가 아파서 눕게 되자 사방에서 저를 시기하던 사람들이 나타나 제가 해오던 일을 가로채 갈 때, 밤에 누워 있다가 이대로 아침이 안 왔으면 좋겠다는 생각은 했습니다.

멈추지 않는 꿈

제18장

다시 광장으로: 신아덴 프로젝트, 바꾸 도시설계 프로젝트 그리고 밀라노디자인씨티

베네찌아대학 및 칭화대학, 컬럼비아대학에 초빙교수로 있으며 국제적 명성을 쌓아가던 중 뜻하지 않게 찾아온 병마와 싸우느라 김석철 교수는 모든 해외활동을 접고 귀국해야 했을 뿐만 아니라 진행하고 있던 일들도 다른 건축가 손에 넘어갔다. 이미 그가 설계를 마친 해인사 신불교단지 프로젝트가 다시 현상설계에 부쳐졌고, 외부 마감공사까지 끝난 예총회관 역시 다른 건축가에게 재설계가 맡겨졌다. 죽고 나면 일어날 일을 살아서 겪은 셈이다. 두번째 암수술 이후에는 그의 건강상태가 소문나면서 가까운 지인들 외에 그를 찾는 새로운 클라이언트도 없었다. 하지만 일이 없으면 일을 만들어서 하는 타고난 성격 탓에 이 기간 동안 그는 무려 여섯권의 책을 집필했다. 이때 낸 책이 『20세기 건축』 『여의도에서 새만금으로』 『희망의 한반도 프로젝트』 『공간의 상형문자』 등이다. 그러던 2007년 겨울 어느날, 한통의 이메일을 받는다. 예멘의 옛 도시 아덴에 세워질 신도시 마스터플랜을 맡아달라는 내용이었다. 잠자던 사자를 깨운 한통의 이메일이었다. 긴 잠에서 깨어난 그는 아덴 신도시 프로젝트뿐 아니라 바꾸 신행정수도 및 밀라노디자인씨티 등을 잇따라 맡으며 다시 광장으로 나갔다.

투병 기간 중에 무려 여섯권의 책을 집필하셨습니다.

김석철 첫번째 위암수술을 받고 식도제거수술을 거부한 뒤 대신 방사선치료를 끝내고 나서 한동안 힘이 하나도 없었습니다. 박 교수 표현에 따르면 온몸이 '녹진녹진'한 상태였죠. 그 무렵 매일 경복궁에 갔습니다. 거기서 혼자 녹음기를 들고 그동안 제가 했던 도시설계 프로젝트들에 대한 기록을 녹취했죠. 죽음을 앞두고 생각해보니까 제가 지은 건물은 그래도 남아 있는데 도시설계 작품들은 제대로 남아 있는 것이 없었어요. 그래서 기록이라도 남겨야겠다는 생각에서였죠.

편찮으신 동안에 아키반 사무실은 어떻게 하셨나요?

김석철 최소한의 규모인 12명 정도로 유지했죠. 제가 베네찌아대학과 칭화대, 컬럼비아대학에 가 있던 9년 동안에도 그 정도 규모로 계속 유지했었습니다.

십여년 동안 교수님께서 국내 일을 거의 하지 않으셨는데 사무실은 어떻게 유지되었나요?

김석철 우선 예술의전당 일이 계속 있었습니다. 지하광장 등 처음 지을 당시 예산이 없어서 실행하지 못했던 부분들을 재설계하는 일이 있었죠. 그리고 서울사이버대학 등 알고 지낸 지 30~40년 된 건축주들이 의뢰하는 일감이 계속 있었습니다. 특히 서울사이버대학은 이세웅 재단이사장이 제가 아파서 관여를 거의 못할 것이란 사실을 알면서도 맡긴 일이었어요. 제가 기본 스케치만 한 뒤 담당자를 붙여서 당신이 직접 관여하고 저에게 최종결정을 묻는 식으로 진행했죠. 그래서 서울사이버대학 일은 마음 편히 할 수 있었죠. 그외 새로 맡은 일은 거의 없었습니다. 건물을 짓는 데 보통 4~5년이 걸리는데 저는 1년밖에 못 산다고 할 때니까요. 저 역시 사무실 일에 직접적으로 관여하기보다는 주로 집에서 글쓰는 일을 많이 했고요. 출근해서도 제 방에 주로 누워 있었죠. 2011년에 제가 가회동 사무실 대청마루로 책상을 옮긴 것이 이제 다시 전면에 나서 일을 하겠다는 일종의 선언이었습니다.

계기가 있었나요?

김석철 아덴 신도시 프로젝트 때문이었죠.

아덴이라면 예멘에 있는 도시 아닌가요? 아덴 신도시 프로젝트는 어떻게 맡게 되신 거죠?

김석철 2007년 말쯤 아드한 박사라는 쿠웨이트 사람이 저한테 이메일을 보내왔습니다. 에너지공학을 전공하고 미국에서 대학교수로 있다가 쿠웨이트 건설부장관까지 지낸 분인데, 쿠웨이트 자흐라 주거단지에 감명을 받았다며 쿠웨이트펀드가 아덴 신도시 건설에 투자하려고 하는데 그 프로젝트를 맡아달라는 내용이었죠.

일면식도 없는 분한테 그런 이메일을 받으셨으니 깜짝 놀라셨겠네요. 아드한 박사는 교수님께서 투병 중인 사실을 모르고 연락한 것이겠죠?

김석철 그렇죠. 아덴 신도시 일을 맡기 전까지 가회동 사무실을 열고는 있었어도 새로운 일은 맡지 않고 원래 알고 지내던 건축주들이 맡기는 일만 소극적으로 해왔는데, 아덴 신도시 일을 맡으면서 광화문에 사무실도 하나 더 열고 본격적으로 다시 일을 시작하게 됐죠. 한반도 마스터플랜도 더 진전시켜야겠다는 생각을 하게 됐고요. 나중에 자세히 말하겠지만, 서울시 도시계획국장과 균형발전본부장을 지낸 이종상 박사가 한국토지공사(현 LH공사) 사장이 되면서 덜컥 바꾸 신도시 일이 또 제게 맡겨졌죠. 이종상 박사는 정말 훌륭한 도시공학자이면서 유능한 도시행정가였습니다. 그래서 저도 안심하고 같이하기로 했죠.

아덴 신도시 프로젝트부터 얘기를 하죠. 아덴 신도시 프로젝트란 어떤 것인가요?

김석철 우선, 예멘의 경제수도인 아덴은 이슬람에서 메카와 메디나 다음으로 오래된 고대도시로 한때 세계 3위의 항구도시로 번성했지만 수에즈운하가 봉쇄되고 예멘이 공산화되면서 몰락했죠. 이런 아덴의 재도약을 위한 신도시를 아덴 인근에 만드는 프로젝트가 아덴 신도시 프로젝트입니다. 즉 뉴아덴 프로젝트는 쿠웨이트의 개발회사인 다르(ADNREC, Al Dar National Real Estate Company)

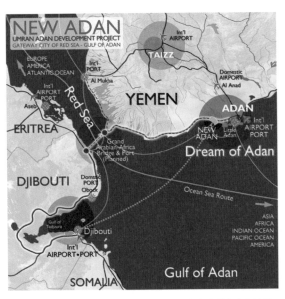

아라비아 반도 모퉁이에 위치한 아단 분석도

사가 신도시 개발을 목적으로 EWAA라는 계열사를 설립하고 사업 영역을 쿠웨이트를 넘어 중동 전체로 넓힌다는 정책 아래 전략적으로 신도시 개발 후보지역을 물색하는 과정에서 떠오른 프로젝트입니다. 2006년 아야드 알-호무드 EWAA 사장이 알리 압둘라 쌀레(Ali Abdullah Saleh) 예멘 대통령에게, '인구 30~50만명 규모의 신도시를 예멘의 경제수도인 아덴 옆에 짓고 싶다'라는 내용의 편지를 전달하며 구체화됐죠. EWAA 측에서 자흐라 주거단지를 제가 설계했다는 것을 알고 저한테 연락을 취해왔던 것이고요.

교수님께서 그동안 여의도 마스터플랜, 경주 보문단지, 중국의 취푸 마스터플랜 등을 만드셨고, 평생 도시설계를 연구하셨지만, 그래도 낯선 예멘에 신도시 마스터플랜을 만드신다는 것이 쉽지는 않았을 것 같습니다.

김석철 쿠웨이트펀드 측에서 저에게 요구한 것은 인구 20만명 규모의 아덴을 부흥시킬 수 있는 신도시를 설계해달라는 것이었습니다. 중동의 이슬람 국가들은 대개 지중해와 홍해와 아라비아해 사이에 위치해 있습니다. 그중 제일 좋은 곳에 위치한 도시가 아덴입니다. 예멘의 아덴은 아라비아반도 모퉁이에 위치해 있으면서도 아프리카와 중동지역, 지중해와 인도양을 연결하는 역할을 해왔습니다. 북예멘의 과거 수도인 싸나(Sanna) 근처에는 시바 여왕과 구약시대의 자료들이 있습니다. 아덴은 한때 리버풀과 뉴욕 다음가는 세계항이었습니다. 싸나정부, 즉 구 북예멘 정부가 남예멘 지방에 옛날의 영화를 잇고자 아덴 신도시 건설 계획을 세운다는 소식을 듣고 한번 해볼 만한 프로젝트라는 생각이 들었죠.

어째서죠?

김석철 첫째는 세계 3위의 석유수입국 한국이 10~20년 안에 서울-평양 도시회랑을 건설하는 것이 한반도의 가장 큰 과제가 될 텐데, 이와 비슷한 일을 예멘과 할 수 있다면 좋은 경험이 될 것이라고 생각했습니다. 둘째는 세계 최대의 유전인 사우디아라비아의 가와르 유전 때문이었습니다. 가와르 유전에서 800킬로미터 길이의 송유관을 아라비아해로 끌고 나오면 현재 세계 최대의 분쟁지역인 페르시아만을 통하지 않고도 최대 유전을 세계에 공급할 수 있습니다. 과거

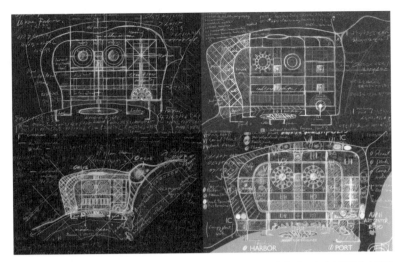

아덴 신도시 마스터플랜 스케치

석유위기 때 주베일항을 신설함으로써 한국경제를 회생시켰듯이 아
덴 신도시가 그런 역할을 할 수 있지 않을까 생각했죠. 이에 저는 자
동차와 사람과 물의 흐름이 도시 흐름의 근간이 되는 수상도시를 아
랍만 일대에 만들어 아랍의 21세기 이슬람 도시의 모델을 제시하려
고 했죠.

이슬람 도시란 어떤 도시를 말하나요?

김석철 일방적인 서구식 개발로 이슬람 도시의 정체성을 잃고 국
적 불명의 도시가 된 두바이와는 전혀 다른 도시를 만들어보고 싶었
습니다. 전통적인 이슬람 도시 원리와 철학을 따르면서도 현대적 시
설과 기술을 접목한 전혀 새로운 도시를 만들려고 했죠. 당시 제가
염두에 뒀던 것은 르꼬르뷔지에가 설계한 20세기 최고의 아랍신도시

인 인도의 찬디가르의 실패였습니다. 르꼬르뷔지에는 건축가로서는 최고였지만, 찬디가르를 설계하며 자신의 도시철학을 반영하는 데 급급해 도시로서의 철학과 산업 모두를 잃은 도시를 만들었습니다.

그렇다면 교수님께서 설계한 21세기형 이슬람 도시의 모습은 어떤 거였나요?

김석철　아라비아만에 면한 남쪽을 제외하고는 모두 육지로 연결된 뉴아덴을 크게 동쪽 구역과 서쪽 구역으로 나누어 구아덴과 연결되는 동쪽 지역에는 상업시설을, 아프리카 및 홍해와 연결되는 서쪽 구역에는 산업시설을 입주시키는 것을 기본 계획으로 했습니다. 또한 도시의 북쪽에는 모스크 중심의 주거단지가 들어서고, 아라비아만으로 열린 골드코스트 지역에는 호텔·컨벤션센터 등 관광시설이 들어서게 되며, 도시의 중심부에는 이슬람 도시의 전통에 따른 그랜드 모스크와 문화센터가 들어서는 안이었죠. 비즈니스센터는 뉴욕 맨해튼과 비슷하게 4개의 섹터로 구분해 해안과 접한 구역에는 호텔·크루즈항 등 외국인용 시설들을 조성하고, 다운타운에는 금융센터, 미드타운에는 패션 등 창조적 산업, 업타운에는 IT산업과 의료산업을 배치했습니다. 뉴아덴 마스터플랜의 핵심은 구아덴과 항구 및 공항 등의 기반시설을 공유하지만, 경제기능만큼은 자립 가능하도록 한다는 것이었죠. 이같은 안을 들고 EWAA 사람들과 함께 예비보고를 하러 북예멘의 수도 싸나에 갔었죠.

예비보고란 무엇입니까?

예멘의 수도 싸나에서 했던 아덴 신도시 예비보고 당시 모습(위)과
회담 후 아덴 신도시 관계장관들과의 기념사진(아래)

김석철 대통령한테 보고하기 전에 관계장관들 앞에서 보고하는 자리였습니다. 건설부장관, 환경부장관 등 관계기관장 앞에서 보고를 했는데, 자기들만 듣기 아깝다며 오후에 예정된 관계부처 회의를 취소하고 그 도시에서 가장 큰 식당으로 여섯 관계장관들을 다 불러서 세시간 동안 식사를 하면서 토론을 했습니다. 예멘 정부 측으로부터는 완전한 동의를 얻고 한국에 돌아왔죠. EWAA와는 설계비를 쿠웨이트 돈으로 받을지 달러로 받을지를 논의하는 단계까지 일이 진행됐죠. 당시 출장에 토지공사 측 부사장이 옵저버 자격으로 같이 갔습니다.

토지공사 측에서는 왜요?

김석철 그때 막 노무현 대통령이 몽골 등 3개국 순방을 통해 아제르바이잔의 바꾸 신행정수도를 한국이 설계하기로 하고 돌아왔을 때였거든요. 한국이 하게 되면 토지공사가 하는 것이니까, 토지공사 측에서 제가 아덴 신도시 마스터플랜을 맡았다는 사실에 관심을 갖고 있었죠. 제 마스터플랜에 대해 쿠웨이트펀드 측은 물론 예멘 측에서도 크게 만족하자 토지공사가 저한테 바꾸 신행정도시를 맡긴 것이고요.

우선, 아덴 이야기부터 마치자면, 신아덴 프로젝트는 어디까지 진행됐나요?

김석철　신아덴 프로젝트는 한마디로 남과 북이 공산주의와 자본주의로 갈린 예멘의 통일을 완성시키려고 EWAA라는 도시개발회사를 통해 쿠웨이트펀드를 끌어들여 인구 20만명의 신도시를 만드는 프로젝트였습니다. 외국자본이 개발하는 프로젝트다보니 그들에게는 도시의 완성도보다는 이익을 내는 것이 최우선이었죠. 제가 만든 마스터플랜을 바탕으로 다국적기업한테 입도선매 방식으로 땅을 팔아 이익을 내고자 했지요. 제 역할은 마스터플랜까지만 만들어주는 거였고요. 당시 유가가 리터당 100달러가 넘을 때였는데, 그뒤로 유가가 떨어지면서 EWAA가 했던 많은 구상이 연기됐다가 우리를 지명했던 쌀레 예멘 대통령이 물러나면서 결정적으로 중단됐죠. 저 역시 바로 바꾸 신도시 계획을 맡으면서 자연스럽게 아덴 프로젝트에서 관심이 멀어지게 됐고요. 지금 생각하면 아덴 프로젝트는 지나치게 이상적인 이슬람 도시를 만들고자 과도한 욕심을 내는 바람에 도시적 완성도가 낮았다는 아쉬움이 있습니다. 반면, 신바꾸 마스터플랜은 아직은 미완성이지만 지금 생각해도 만족스러운 안입니다.

아제르바이잔의 바꾸는 우리에게 매우 생소한 국가이고 도시입니다.

김석철　우리는 지중해와 홍해는 조금 알지만 페르시아만과 카스피해 일대에 대해서는 잘 모릅니다. 세계에서 석유와 천연가스가 가장 많이 매장돼 있는 곳이 페르시아만과 이라크, 이란, 쿠웨이트 일대고 그다음이 카스피해 일대입니다. 카스피해는 과거에는 바다였지만 지금은 거대한 호수가 됐습니다. 카스피해의 원유를 보다 원활하게 수송하기 위해 2005년 바꾸 일대에서 지중해를 통해 유럽과 세계

곳곳으로 이어지는 송유관을 만들었습니다. 조로아스터교의 성지인 바꾸는 현재 카스피해의 중심도시입니다. 페르시아만 일대 못지않은 천연가스의 보고가 바꾸 일대죠. 원유와 천연가스를 안정적으로 확보하는 것은 국가안보와 직결되는 중요한 부분입니다. 따라서 아제르바이잔의 바꾸 신행정수도를 우리가 세운다는 것은 상당히 뜻있는 일이었죠.

바꾸 신행정도시 설계는 어떻게 맡게 되셨나요?

김석철 뉴아덴 프로젝트를 맡아 정신없을 때 토지공사 측으로부터 바꾸 신행정수도 마스터플랜을 맡아줄 수 있느냐는 연락을 받았죠. 앞서도 말했지만 바꾸 신행정수도는 2006년 노무현 대통령이 아제르바이잔을 공식 방문했을 때, 일함 알리예프(Ilham Aliyev) 대통령과 토지공사가 바꾸 신행정도시 PM(Project Management, 건설사업 총괄관리) 계약을 맺은 것입니다. 아직 몸도 완전히 회복된 상태가 아니었고 아덴 일만으로도 정신이 없었지만 수락했던 것은, 세계 최고의 천연가스를 중앙아시아를 통해 한반도로 들여올 수 있을 뿐만 아니라 고등학교 때 감동적으로 읽은 『짜라투스트라는 이렇게 말했다』에서 짜라투스트라가 설법을 하던 곳이 바로 바꾸였기 때문입니다.

짜라투스트라가 설법하던 곳이 바꾸여서 수락을 하셨다고요?

김석철 저는 고등학교 때 죽음에 대해 많이 생각했습니다. 그리고 인문학에서 가장 중요한 분야가 종교와 철학이라고 생각해 불교와

조로아스터교의 문양 및 기호

서양철학을 열심히 공부했지만 죽음과 내세에 대한 답을 얻지는 못했습니다. 그 당시 같은 하숙집에 있던 신동욱 선생을 만나러 이어령 선생이 찾아와 그 집에서 가장 넓었던 제 방에 모여 담론할 때면 자연스럽게 저도 같이 끼어 이야기를 나누었습니다. 그런 담론이 1년 정도 지속됐는데 그때 많은 것을 배웠습니다. 당시 제가 이어령 선생께 "신은 존재합니까"라고 물은 적이 있었는데, 이어령 선생이 대뜸 "신은 니체가 죽였다"라며 『짜라투스트라는 이렇게 말했다』를 읽어보라고 하셨습니다. 저는 바로 그 책을 읽었고, 완전히 이해할 순 없었지만 굉장한 감동을 받았죠. 조로아스터교는 고등학생인 제가 보기에 완벽한 이론체계를 갖춘 종교였습니다. 불교는 거대한 깨달음이 있어야 도달할 수 있는 종교이고, 유학은 한없이 거듭되는 공부와 실천 사이에 존재하는 행위의 철학이며, 기독교는 강력한 도그마가 전제됐기 때문에 거부감이 들었습니다. 『짜라투스트라는 이렇게 말했다』를 읽은 이후 제 마음속에 강하게 박혀 있던 조로아스터교의 발원지 바꾸에 신도시를 설계하라니 흥분하지 않을 수 없었죠. 그래서 설계계약도 하지 않은 채 바로 작업에 들어갔습니다.

보통 현장을 가보지 않고 스케치를 하시나요?

김석철 전에도 한번 얘기했듯이 현장을 먼저 가보면 큰 숲이 안 보일 수도 있다는 것이 도시설계의 지론입니다. 현장에 가면 작은 것들이 많이 보입니다. 하지만 저는 현장에 가기 전에 공부를 많이 합니다. 현장을 직접 보기 전에 책을 통해 지식을 쌓게 되면 어디까지나 1000만평에 이르는 거대한 땅은 제 머릿속에만 존재하는 상상의 땅이죠.

현장에 가니 상상했던 것과 비슷했나요?

김석철 토지공사와 정식으로 계약서를 만들기 전 함께 바꾸에 갔습니다. 새벽 4시에 도착했는데, 여섯명이 공항에 나와 기다리고 있었죠. 저는 도착하자마자 바꾸의 발상지인 이체리 셰헤르를 보고 싶다고 했습니다. 서울의 사대문 안 같은 곳이죠. 역사라는 것은 어느 사이에 서서히 없어집니다. 그런데 이체리 셰헤르에 갔더니 선사시대의 바꾸부터 조로아스터가 강연을 했다는 바로 그 자리와 조로아스터교의 신전까지 모두 남아 있었습니다. 옛 바꾸를 보고 감격했죠. 뉴바꾸의 위치는 카스피해에 바로 면한 곳으로 구소련연방 때 모스끄바 공산당 지도자를 위해 채소가 재배되던 곳이었습니다. 방문했을 때 허허벌판 한가운데에 웬 비행장이 있어 물었더니 이곳에서 자

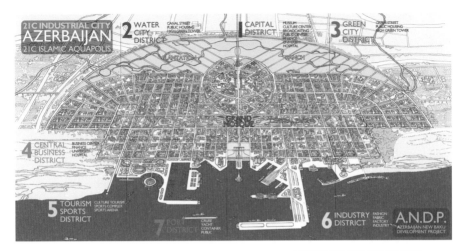

아제르바이잔 바꾸 신도시 조감도

란 채소가 너무 맛있어서 비행기를 통해 모스끄바로 공급했다고 하더군요. 또한 카스피해는 전세계 철갑상어 소비량의 대부분을 생산합니다. 그래서 농업과 어업과 석유화학산업이 함께하는 도시를 만들어볼 수 있겠다고 생각했죠.

바꾸 신도시 설계안은 구체적으로 어떤 안이었나요?

김석철 　지금까지 만든 안 중에서도 최고라고 생각되는 안을 만들었죠. 인류 최초의 도시는 농촌공동체였습니다. 산업혁명 이후 2차산업을 중심으로 한 산업도시가 등장했고, 근래에 무역을 중심산업으로 하는 시장도시가 출연했죠. 이 시장도시들이 오늘날 세계경제를 좌지우지하고 있고요. 여기에 IT산업이 발전하면서 IT산업 도시가 2차산업 도시를 앞지르고 있는 것이 최근의 도시발전의 추세입니다.

저는 바꾸에 1차·2차·3차 산업이 모두 집합된 도시를 만들려고 했습니다. 식량의 자급자족이 이뤄지면서 2차·3차 산업 기능을 갖춘 도시를 만들려 했던 것이죠.

그것이 어떻게 가능한가요?

김석철 우선 바꾸는 9개 국가의 국경이 얽힌 카스피해에 면해 있습니다. 카스피해 연안은 세계에서 가스가 가장 많이 매장되어 있는 곳이죠. 캅카스산맥과 이어지는 거대한 농토와 카스피해의 수산자원이 바꾸 신도시의 1차산업을 이루고, 풍부한 석유와 가스를 이용한 석유화학산업이 바꾸 신도시의 2차산업을 이뤄 1차·2차 산업이 어우러진 도시를 만들려고 했죠. 또 바꾸 신도시는 아제르바이잔 정부가 신행정수도 이전을 목적으로 개발하는 것이기 때문에 자연스럽게 행정써비스라는 3차산업과 정부 관련 기업이 들어서게 되어 도시 경쟁력 면에서 우월한 조건을 갖고 있습니다. 아덴은 21세기 무슬림 씨티의 모델을 만들겠다는 욕심이 앞서서 도시경영 부분에 소홀했는 데 반해 바꾸 신도시는 철저하게 도시경영을 중심에 두고 설계했습니다.

현재 얼마나 진행된 상태인가요?

김석철 아제르바이잔 정부에 신행정수도위원회가 만들어지고 부통령이 한국토지공사까지 방문했었죠. 제가 아제르바이잔을 방문해서 프레젠테이션도 했고요. 그러다 아랍의 봄이 불어닥쳐 대통령이 물러서면서 일단 중단된 상황입니다.

양국의 대통령이 합의한 프로젝트인데 마음대로 무산시킬 수 있나요?

김석철 우선순위에서 밀린 것이죠. 하지만 양측에서 계약을 파기한 것이 아니기 때문에 프로젝트 자체가 아직 무산된 것은 아닙니다. 잠시 멈춘 것이죠. 양국 대통령의 의지만 있으면 언제든지 재개될 수 있다고 봅니다. 그래서 2011년 4월 이명박 대통령을 독대했을 때 대통령한테 직접 "노무현정권 때 계약까지 한 프로젝트를 정권이 바뀌었다고 추진하지 않는 것은 문제다"라고 말씀드렸죠.

이명박 대통령의 답변은 어떤 것이었나요?

김석철 제가 모르는 것이 있다며, 계약주체인 토지공사 자체가 문제인데다가 아제르바이잔의 일함 알리예프 정권도 위태롭다고 하더군요. 그러면서 프로젝트의 두 주체가 다 무너지다보니 일을 진행하기가 어렵다고 했습니다. 자신으로서는 방도가 없다며 시기를 보는 것이 좋겠다고요.

아덴 신도시 프로젝트와 바꾸 신행정수도 프로젝트로 정신없던 즈음 김석철은 밀라노디자인씨티까지 맡는다. 밀라노디자인씨티는 김석철이 2004년 베네찌아 비엔날레에서 특별상을 받은 도시계획안인 'I-city'가 모태가 된 프로젝트다. 경제자유구역·국제공항·국제항만이라는 삼박자를 갖춘 도시로는 인천

밀라노디자인씨티 마스터플랜

이 전세계에서 유일하다는 데 착안해 인천에 인텔리전스·인터내셔널·인포메이션의 개념을 갖춘 새로운 신도시를 건설하자는 도시계획안이었다. 한 건축가의 아이디어 수준이던 계획에 날개를 달아준 사람이 바로 안상수(安相洙) 전 인천시장이다. 인천경제자유구역 내에 들어설 물류단지를 찾던 안 시장의 요구와 인천공항 옆에 피에라밀라노라는 기반시설을 입주시켜 신도시를 발전시키자는 김석철의 아이디어가 맞아떨어진 것이다. 밀라노디자인씨티 계획안은 2007년 2월 모라띠 밀라노 시장이 인천을 방문하면서 급물살을 탔다. 인천경제자유구역을 돌아본 모라띠 시장이 피에라밀라노뿐 아니라 밀라노의 디자인산업을 함께 끌어들여 '밀라노디자인씨티'를 건설하자는 안 시장의 제안에 흔쾌히 동의했던 것이다. 모라띠 시장은 밀라노로 돌아간 후 직접 나서서 레오나르도 다빈치 박물관과 빠비아대학 등 밀라노의 핵심기관을 상대로 인천 영종도에 들어가도록 설득했다.

당시 아덴 신도시와 바꾸 신행정수도 프로젝트뿐만 아니라 밀라노디자인씨티 프로젝트도 맡아 바쁘셨던 것으로 압니다.

김석철 인천 밀라노디자인씨티는 세계 최고의 디자인 메카인 밀라노와 어깨를 나란히할 아시아의 밀라노디자인씨티를 인천에 만들어 인천을 중국으로 통하는 관문이 되게 하자는 프로젝트였습니다. 제가 2004년 베네찌아 비엔날레에서 특별상을 받은 도시계획안인 'I-city'를 발전시킨 것을 당시 인천시장이던 안상수 시장이 자신이 해보겠다고 나섰던 것이죠.

인천 밀라노디자인씨티의 경우 상당히 구체적으로 진행됐던 것으로 압니다.

김석철 인천공항 접근로는 인천대교를 지나 공항으로 들어가는 길과 서울에서 강변북로를 따라 공항으로 들어가는 길 등이 있는데, 그 사이 갯벌에 약 100만평의 삼각지가 있습니다. 여의도의 1.5배만한 크기를 가진 독립된 섬이죠. 여기에 밀라노를 세계 최고의 디자인 씨티로 만든 8개 기관을 유치해 21세기형 신도시를 만든다는 계획이었죠. 1단계 계획으로 트리엔날레 전시관을 지어 지난 2009년에 조르조 나뽈리따노 이딸리아 대통령과 프란꼬 프라띠니 외무부장관, 모라띠 밀라노 시장 등이 참석한 가운데 개관식을 열었죠.

트리엔날레 전시관 외부 디자인을 알레산드로 멘디니 씨가 맡았습니다.

2009년 트리엔날레 전시관 개막식에서 나뽈리따노 이딸리아 대통령에게 설명하는 모습

김석철　애초에는 저와 멘디니 선생이 함께 설계를 하려고 했는데 작업을 하다보니 아무래도 의견 충돌이 있을 수밖에 없어 기본설계는 제가 하고 멘디니 선생은 외부 디자인을 맡는 것으로 자연스럽게 일이 분담됐죠. 하지만 세세한 부분까지도 서로가 의견을 주고받으며 했기 때문에 공동설계나 마찬가지입니다.

밀라노디자인씨티는 1단계 사업으로 2009년 트리엔날레 전시관 개관 후 2011년에 시행사가 파산하면서 전면 중단된 것으로 압니다.

김석철　밀라노디자인씨티는 인천시에서 주도적으로 진행했던 프로젝트인데, 인천시장이 바뀌면서 이미 사실상 중단됐죠. 2011년에 이명박 대통령을 만났을 때 밀라노디자인씨티 프로젝트에 대해서도 말을 했습니다. 그때 이명박 대통령이 임기 말이어서 자신이 추진하기는 힘들다며 다음 정권에서 다시 추진해보라고 했죠. 그사이 밀라노 시장이 바뀌고, 피에라밀라노 측도 내부 조직이 바뀌는 등 이딸리아 쪽도 사람이 많이 바뀌었고요. 그래서 이참에 밀라노디자인씨티 계획을 업그레이드시켜 전혀 새로운 프로젝트로 만들고 있습니다.

어떻게 바뀌나요?

김석철　인천공항을 중심으로 한 보세구역 내에 시장산업과 항공산업, 병원산업, 그리고 카지노산업을 들여온다는 계획이죠. 시장산업으로 대표적인 전시-컨벤션 시설인 피에라밀라노인천이 들어오고, 그 옆으로 라스베이거스의 호텔카지노 및 존스홉킨스대학 병원 분원을 들여오는 것입니다. 또 전세계 1위 공항인 인천공항을 방문하는 파일럿, 승무원, 그리고 무엇보다도 항공정비사들을 위한 숙박·휴식·교육시설을 입주시키는 것이죠. 라스베이거스 호텔카지노 중에 벌써 몇곳이 관심을 보이고 있습니다. 존스홉킨스대학도 관심을 보이고 있고요. 피에라밀라노인천 설계는 제가 알레산드로 멘디니 선생과 함께 3년에 걸쳐 만들어놓은 것이 있고요.

하지만 밀라노디자인씨티가 재원조달에 실패해 한번 무산된 만큼 이를 다시 시작하는 것은 쉽지 않을 것 같습니다.

김석철　저는 지금 박근혜 대통령한테 필요한 것이 3년 안에 기적을 만들어내는 프로젝트라고 생각합니다. 장치산업은 이제 시작해서 임기 안에 결실을 보는 것이 불가능합니다. 하지만 밀라노디자인씨티는 이미 많은 투자가 이뤄졌기 때문에 대통령이 결단만 내리면 3년 안에 결실을 이룰 수 있습니다. 이미 부지 내에 도로도 다 놓여 있고, 가장 대표적인 시설인 피에라밀라노인천 설계까지 나와 있으니까요.

제19장

멈추지 않는 꿈 I : 희망의 한반도 프로젝트

김석철은 건축가로서, 도시설계가로서 한국사회가 나아갈 길을 제시해야 한다는 강박관념이 있다. 어려서 한학자 할아버지 밑에서 유교 교육을 받고, 약관의 나이에 종묘-남산 간 재개발계획, 여의도 마스터플랜, 경주 보문단지 마스터플랜 등 굵직한 대한민국 근대화 프로젝트를 잇따라 맡으며 생긴 책임감이다. 두번째 암수술에서 회복되자마자 그는 아무도 발주하지 않은 스스로의 프로젝트를 시작했다. 희망의 한반도 프로젝트, 즉 남한과 연계된 북한 도시건설 프로젝트다. 그리고 이를 구체화해 '수도권 도시회랑과 남북한 대운하'라는 이름으로 2007년 『창작과비평』 겨울호에 발표했다.

과거 맡으셨던 종묘-남산 간 재개발계획이라든지 여의도 마스터플랜은 정부 용역을 받아 진행하셨던 프로젝트입니다. 중간에 무산되기는 했지만 아덴과 바꾸 역시 확실한 발주자가 있는 프로젝트였습니다. 반면, 근래 잇따라 발표하신 동서관통운하와 백두대간 에너지도시는 발주자가 없는 프로젝트입니다. 발주자도 없는 프로젝트일 뿐 아니라 현실화 가능성조차 희박한 프로젝트에 왜 시간과 돈을 쏟으시는지 솔직히 이해가 되지 않습니다.

김석철 저는 평생 어떤 일이 주어지면 그 일을 용역받아 하는 일이라고 생각하지 않고 저에게 주어진 사명이라고 생각하며 일했습니다. 첫 도시설계 프로젝트인 종묘-남산 간 재개발계획을 만들 때도 사대문 안 구조개혁 프로젝트라고 생각하고 프로젝트를 확대해서 진행했습니다. 여의도 마스터플랜을 만들 때도 저에게 주어진 일은 여의도계획만 만드는 것이었지만 여의도를 넘어 한강연안 마스터플랜까지 함께 만들었죠. 늘 주어진 일보다 많은 일을 했습니다. 어차피 1년씩 밤을 새워 해야 할 일이라면 그 편이 저에게 더 큰 사명감을 주었으니까요. 과거 여러차례 한반도 프로젝트를 만들 때 저는 늘 휴전선 이남뿐만 아니라 이북까지도 염두에 두고 마스터플랜을 만들었습니다. 우리가 흔히 '한반도'라고 지칭하는 땅은 북한의 영토까지 포괄하는 개념 아닙니까.

희망의 한반도 프로젝트의 뿌리가 여의도 마스터플랜을 만들었던 스물여섯까지 거슬러올라간다는 말씀인가요?

김석철 그렇습니다. 제가 여의도 마스터플랜을 만들며 제출한 보고서 서문에 "지금 우리가 여의도 마스터플랜이라고 하는 것은 한반도 전체 계획을 염두에 둔 계획이다"라고 썼습니다. 그때부터 휴전선 이북을 염두에 두지 않은 한강개발계획은 반민족적 계획이라고 생각했죠. 이 때문에 북한 도시건설 프로젝트는 늘 제게 숙제였습니다. 사대문 안 구조개혁도 종묘-남산 간 재개발계획을 맡은 이래 계속 제 마음속에 남아 있던 숙제였고요. 사대문 안 구조개혁은 1967년 『중앙일보』에 '고도 서울 살리기'라는 제목으로 연재를 했고, 1970년에 신문회관에서 서울 비전 플랜 전시회를 통해, 1984년 예술의전당 현상공모 때 서울과 강남을 잇는 서울문화인프라 프로젝트를 제안하며 계속 발전시켜나갔습니다. 또 1994년 정도(定都) 600년을 기해 목구회 회원들과 함께 서울상징가로·북촌계획·청계천운하·종묘-남산 녹지축·동대문 디자인센터 등 '서울 사대문 안 특구: 다섯째 안' 초안을 만들고, 1998년 베네찌아대학 교수취임 강연으로 'IDEE PER SEOUL 2000'을 발표하기도 했죠. 한강연안 마스터플랜도 1969년 여의도 마스터플랜을 만든 이후 지난 40년 동안 꾸준히 발전시켜 왔습니다. 1996년에 칭화대 건축원 50주년 기념 강연에서 한강 중심 서울구조개혁안을 발표했고, 1999년에는 『조선일보』에 '꿈꾸는 한강'이라는 제목으로 5회에 걸친 연재물을 쓰기도 했죠. 또 1995년에 『아쿠아폴리스』(*Aquapolis*)에 게재했던 안을 발전시켜 1997년 애니 컨퍼런스에서 발표하기도 했고요.

종묘-사대문 안 재개발계획과 한강 마스터플랜만 정부에서 발주했던 것이지 이후 이어진 모든 프로젝트는 서울이라는 도시에 대한 제 사명감에서 했던 일들입니다. 이북지역에 대한 사명감 역시 늘 있었지만 자료가 부족해 숙제로 남아 있었죠. 두번째 암투병을 거치면서 더이상 미뤄서는 안 되겠다는 생각이 들어 회복된 뒤 본격적으로 북한지역에 대한 연구를 시작했습니다. 개성공단과 KEDO의 설계자 격인 심재원(沈載元) 사장이 북한 관련 정보를 주어 안을 발전시킬 수 있었죠. 도시설계는 이론만으로 되는 것이 아니라 구체적인 방안까지 만들어야 합니다. 실행 가능한 계획으로 발전시키지 못하면

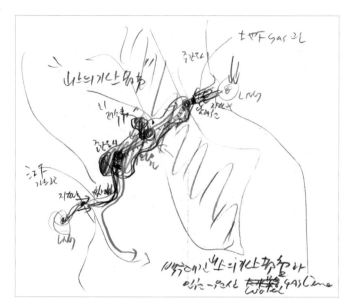

동서관통운하와 백두대간 에너지도시 스케치

의미가 없죠.

그래서 찾은 답이 동서관통운하와 백두대간 에너지도시 계획입니까?

김석철 동서관통운하와 백두대간 에너지도시는 북한을 살리는 계획이 아니라 한반도를 살리는 계획입니다. 남이냐 북이냐를 떠나 한반도 전체를 하나로 보고 만든 계획이죠. 저는 수도권 에너지 문제는 시베리아 천연가스에 길이 있고, 물 문제는 백두대간에 답이 있다고 생각합니다. 이들 문제를 일거에 풀 수 있는 길이 남북한 동서관통운하입니다. 추가령곡과 경원선 사이를 소형 운하화해 임진강과 남대천을 이으면 동해와 서해를 연결할 수 있습니다. 한강과 임진강을 도시권으로 연계하고 임진강이 추가령구조곡을 따라 동진하여 원산에 닿게 하는 것입니다. 지금 막다른 길에 몰린 수도권이 돌파구를 여는 길일 뿐 아니라, 임진강과 남대천을 잇는 운하를 통해 백두대간의 물을 흐르게 하고 운하 하부에 LNG 가스관을 부설하면 에너지 문제와 물 문제를 동시에 해결할 수 있습니다.

너무 생소한 이야기라 잘 와닿지 않습니다.

김석철 수도권의 가장 큰 문제는 토지입니다. 서울-수도권은 메트로폴리스가 됐으나 토지 부족과 인구 집중으로 특정 세력에 의한 토지과점과 그들의 토지 재투자가 이어지면서 부동산이 기득권층의 축재 수단으로 전락했죠. 현재 상황에서 수도권의 토지 부족을 해결할 수 있는 길은 임진강 쪽에 있습니다. 또한, 수도권의 두번째 문제는 에너지입니다. 사실 이는 수도권에만 국한된 것이 아니라 나라 전체의 문제이기도 합니다. 현재 수도권의 에너지는 중동의 천연가스를 인천 LNG기지로 들여온 뒤 가스관을 통해 공급됩니다. 2500만의 수도권 인구가 인천 LNG기지에 의존하고 있죠. 그런데 중동보다 가까운 시베리아에 엄청난 양의 저렴한 천연가스가 있습니다. 시베리아의 천연가스를 끌고 오면 수도권의 에너지 문제도 해결할 수 있죠. 수도권의 세번째 문제는 물입니다. 수도권의 물 부족은 앞으로 15년 안에 심각한 사태를 맞게 됩니다. 우리가 물을 공급받는 한강의 수원은 백두대간에서 비롯된 것입니다. 북한이 금강산댐을 만든 이유는 에너지 문제 해결을 위해서이기도 하지만 남한에 공급되는 수량을 조절하기 위함이기도 합니다. 백두대간의 물이 차단되면 수도권

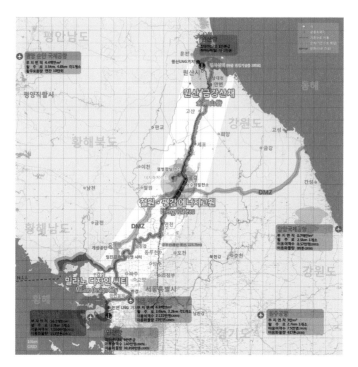

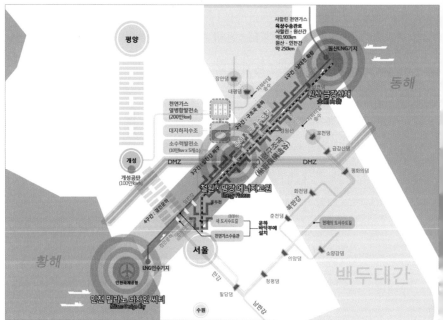

추가령구조곡 분석도(위)와 원산과 인천을 잇는 한반도 동서관통대운하 계획(아래)

에 공급되는 물이 줄기 때문이죠. 한편, 북한은 극심한 에너지 부족에 시달리고 있습니다. 원자력발전소를 지어 에너지를 얻기 위해서는 20년이 걸리고, 석탄·석유 발전소 건설에는 10년이 걸립니다. 가장 빠르고 효율적인 방법은 3년 안에 건설이 가능한 열병합발전소입니다. 열병합발전소는 가스와 물이 절대적으로 필요하기 때문에 해안선이나 수량이 풍부한 곳에 짓게 마련입니다. 수자원을 확보하여 천연가스와 결합시키면 열병합발전소를 건설할 수 있죠. 이러한 문제를 일거에 풀 수 있는 길이 한반도 동서관통운하입니다.

어떻게 한반도 동서관통운하를 만들겠다는 것이죠?

김석철 수도권을 남북으로 확장하는 일은 불가능하고 그래서도 안 됩니다. 또 수도권의 서측은 황해, 동측은 백두대간으로 막혀 있습니다. 서울의 도시와 토지를 지금 면적의 두배 이상 키우려면 휴전선과 백두대간을 넘어 한강과 임진강을 따라 동북축으로 확대하는 길이 최선이죠. 백두대간으로 인해 한반도의 동과 서가 차단된 것 같지만 중간에 추가령구조곡이란 침식곡이 있습니다. 일제시대 서울과 원산, 서해와 동해를 잇는 경원선이 이 골짜기를 따라 만들어졌죠. 추가령구조곡과 경원선 사이를 소형 운하화해 임진강과 남대천을 연결하면 동해와 서해가 연결됩니다. 한강과 임진강을 도시권으로 연계하고 임진강이 추가령구조곡을 따라 동진하게끔 하여 남대천과 잇고 원산에 닿게 하는 것이 막다른 길에 몰려 있는 수도권의 돌파구를 여는 길이죠.

어떤 돌파구가 열린다는 건가요?

김석철 피레네산맥으로 막힌 가론강을 미디운하로 연결하여 지중해와 대서양을 이은 덕분에 프랑스의 중부지방이 살아났어요. 그리고 항공산업단지 뚤루즈가 만들어졌습니다. 서해에만 닿아 있는 수도권을 동서관통운하를 통해 동해와 관통하게 하면 서울을 명실상부한 한반도의 중심도시로 만들 수 있죠. 또 임진강과 남대천을 잇는 운하를 통해 백두대간의 물을 흐르게 하고 운하 하부에 LNG가스관을 부설하면 에너지와 물 문제를 동시에 해결할 수 있습니다. 중동 천연가스 기지는 인천에, 시베리아 천연가스 기지는 원산에 두어 중동과 시베리아 에너지를 가스관으로 연결하고 운하 중간지대인 철원고원에 지하저수조를 만들어 백두대간의 물 흐름을 조직화하면 250만 킬로와트의 열병합발전과 5개의 50만 킬로와트 소수력(小水力)발전이 가능하고 이로써 평양 이남 전역에 에너지를 공급할 수 있죠. 열병합발전소와 소수력발전소가 결합하면 강력한 씨너지 효과를 볼 수 있습니다.

하지만 한반도를 관통하는 운하를 판다는 것이 간단한 일이 아닙니다.

김석철 백두대간 비무장지대를 횡단하는 동서관통운하는 에너지와 물과 문화가 흐르는 인간과 도시의 강입니다. 한강에 5000만톤 화물선을 띄워 낙동강으로 가게 한다는 이명박정부의 한반도대운하와는 근본적으로 다릅니다. 동서관통운하는 미디운하·이리운하같이 20~50톤의 배가 이동하는 휴먼스케일의 운하이므로 그 건설에 인력이 상대적으로 더 많이 필요하다고 볼 수 있습니다. 정치적으로 합의만 되면 북한의 노동력과 남한의 기술력으로 3년 안에 완성할 수 있는 사업입니다. 발전소와 댐 건설에 있어 우리나라 최고전문가인 심재원 사장과 함께 추가령구조곡과 경원선 일대의 토지를 수로로 연결해 동서관통운하를 확보하고 지하가스관으로 250만 킬로와트의 열병합발전소와 백두대간의 50만 킬로와트 소수력발전을 더한 에너지 회랑을 실현하기 위한 공사비를 계산해봤습니다. 공사비가 약 2조원이 필요한데, 이는 60년간 방치된 임진강 모래 채취사업을 통해 5년이면 확보할 수 있다는 결론이 났죠.

천문학적인 공사비도 문제지만, 개성공단마저 폐쇄 위기에 처할 만큼 교착상태에 빠진 남북관계를 고려할 때 비무장지대를 관통하는 운하를 만들겠다는 안은 꿈에 가까운 안으로 생각됩니다.

김석철 꿈꾸는 과정에서 현실의 돌파구가 찾아지는 것 아닙니까? 저는 북한이 우리의 적도 아니고 짐도 아니라 우리의 제2의 도약을 가능하게 할 파트너라고 생각합니다.

제20장

멈추지 않는 꿈 Ⅱ : 4대강, 길이 있다

김석철은 1969년 여의도 마스터플랜, 1995년 '꿈꾸는 한강', 2000년 한강과 서해안을 잇는 수도권 비전 플랜, 2002년 새만금 바다도시(아쿠아폴리스), 2006년 새만금-금강운하 프로젝트 등을 통해 한반도와 내륙을 잇는 운하도시 계획을 잇따라 발표했지만, 정치권뿐만 아니라 지식인들조차 대부분 이에 무관심했다. 그러던 중 2007년 이명박 대통령이 난데없이 한강과 낙동강을 문경새재를 통해 연결한다는 한반도대운하 프로젝트를 대선 공약으로 들고 나오면서 온 국민의 관심이 '운하'에 쏠렸고, 이명박 대통령의 무리한 계획으로 인해 한반도의 모든 운하 구상이 "말도 안 되는 구상"으로 폄하되는 결과를 낳았다. 이러한 풍조에 가장 가슴 아팠던 사람이 바로 김석철이다.

2007년 이명박 대통령이 대선 공약으로 한반도대운하 계획을 발표했을 때, 그리고 당선 후 심한 반대에 부딪쳐 한반도대운하 계획을 4대강 살리기 사업으로 변경시켰을 때 교수님께서는 침묵으로 일관하셨습니다.

김석철 사실 이명박 씨는 역대 대통령 중 가장 적극적으로 저에게 도움을 청했습니다. 서울시장이던 2004년에 가회동 사무실로 찾아오기로 약속까지 했었는데, 정작 약속한 토요일에 제가 심근경색으로 쓰러져 만남은 무산됐죠. 시장과의 약속시간에 연락도 못하고 사무실을 비워둔 셈이 돼서 늘 마음에 빚이 있었습니다. 그러다 그해 12월에 예술의전당에서 저의 40년 건축과 도시설계를 정리한 '건축 40년, 도시 40년' 전을 열었을 때 이명박 씨가 대선후보 신분으로 찾아와 30여분 함께 전시장을 둘러봤죠. 단둘이 있게 됐을 때 제가 "한강과 낙동강을 잇는 한반도대운하는 불가능하고 무모한 제안입니다. 강은 자연이 만든 수로이고 운하는 인간이 만든 수로입니다. 강에 배를 띄운다고 운하가 되는 것이 아닙니다. 한반도대운하 대신 해방 후 방치해둔 4대강으로 화두를 바꾸어야 합니다. 낙동강, 금강, 영산강의 하구언을 터서 단절된 강과 바다를 통하게 하고 템즈배리어 (Thames Barrier) 같은 가동댐을 만들어야 합니다. 그러나 당장은 어려운 사업이므로 먼저 자연하천으로 방치된 낙동강, 금강, 영산강의 본류와 지류 사이에 댐과 제방을 쌓아 강의 흐름을 제어하면서 상수원 보존과 홍수 예방과 함께 아름다운 강변 토지를 확보하는 일을 진행해야 됩니다"라고 말했습니다.

4대강 살리기가 그러면 교수님의 아이디어에서 비롯된 것인가요?

김석철 그렇다고 생각하지는 않습니다. 한반도대운하 공약이 4대강으로 바뀌기는 했지만, 제가 말하고자 한 본의는 실현되지 않았으니까요.

이명박 대통령이 당선 이후에는 교수님을 찾지 않았나요?

김석철 인수위원회에서 연락이 왔으나 가지 않았죠. 다음해 4대강
사업과 세종시 수정안으로 나라가 시끄러울 때 청와대 경제수석실
로부터 대통령이 건축정책위원장으로 저를 지명했다며 건강을 걱정
한다는 연락을 받았습니다. 개인적으로 접근이 어려운 남북 국토인
프라 자료에 접근할 수 있고, 평생의 소원이었던 남북 공동인프라 계
획을 펼칠 수 있을 것 같아 일단 할 수 있을 것 같다고 했죠. 일주일
뒤 담당국장 둘이 찾아왔을 때에야 1년에 몇차례 자문하는 비상임
직이 아니라 2명의 국장과 60명의 직원이 있는 상임위원장 자리라는
것을 알게 됐죠. 그들이 가져온 상임위원 명단을 보니 더욱 아니란
생각이 들었습니다. 또 해야 하는 일도 4대강 사업에 집중돼 있었습
니다. 그래서 "상임위원장은 건강상 어렵다. 중요한 사안이 있을 때
는 언제든지 개인적으로 돕겠다"라며 이미 대통령 결재가 난 사안을
고사했습니다.

그 다음해인 2009년 4월에 한승수(韓昇洙) 총리가 4대강과 새만금
에 대한 제 글을 읽었다며 관계부처 장차관들에게 4대강과 새만금
대안을 설명해달라고 부탁해왔습니다. 그래서 두차례에 걸쳐 4대강
의 특성과 상류, 본류, 하류 각각에 대한 인문적 대안을 설명하고, 새
만금에 대해 바다와 육지 모두에 대재앙을 가져올 1억평이 넘는 대
간척사업 대신 해수 유통을 전제로 한 바다도시를 만들어야 한다는
저의 새만금 아쿠아폴리스 프로젝트를 설명했죠. 새만금사업은 정권
이 네번 바뀌는 동안 계속 수렁으로 빠져드는 상황이므로 하루빨리

바다도시화로 대전환해야 한다고 역설했습니다. 하지만 강연을 듣는 그들의 모습을 보니 이명박정권에서도 새만금 프로젝트의 대전환은 불가능하다는 것을 알 수 있었죠.

강연을 듣는 공무원들의 모습이 어땠기에 그런 생각이 드셨나요?

김석철 4대강사업을 담당한다고는 하지만 얼결에 일을 맡은 것이고 머지않아 다른 자리로 옮겨갈 영혼 없는 관료의 모습이었죠. 백년을 갈 국토인프라인데 마지막 순간까지 기본을 다시 생각하고 더 나은 방책을 수용할 자세가 된 사람은 총리뿐이었죠. 관련부서 차관과 청와대, 총리실 책임자들은 쓸 만한 내용이 있으면 부분적으로 가져다 쓸 생각으로 보였습니다. 지난 수십년간 작업을 해온 저로서는 그 자리에서 얻을 것도 줄 것도 없었습니다. 치산치수를 통해 도농복합체의 중간도시 토지를 창출해야 하는 4대강과 바다도시로 가야 하는 새만금을 국토경영, 도시경영의 관점에서 봐야 하는데 그저 토건사업 벌이듯 하는 담당 공무원들에게서 답답함이 느껴졌죠. 국토인프라 개혁은 창조적 방안이 없을 때는 아무것도 하지 않는 것이 상책입니다.

이명박 대통령을 직접 만나진 않으셨나요?

김석철 두번의 강연 후 총리가 이 이야기를 이명박 대통령도 직접 듣는 게 좋겠다며 국무조정실에 말해 대통령과 그 다음주에 시간을 잡기로 했는데, 그 주에 노무현 대통령이 서거하여 일정이 취소됐죠.

『희망의 한반도 프로젝트』

그러다 2010년 가을 임태희(任太熙) 대통령실장이『희망의 한반도 프로젝트』를 읽고 질문이 있다며 혼자 제 사무실을 찾아와 4대강과 새만금, 과학벨트와 동남권 신공항에 대해 두시간 정도 이야기를 나눴습니다. 그뒤 이명박 대통령에게 직접 설명을 드렸으면 한다는 연락이 와 이명박 대통령에게 말하고자 하는 내용을 원고지 40매로 정리해 보냈죠. 이명박 대통령을 만난 것은 임기 말인 2011년 4월이었고요. 당시 국민적 관심사였던 과학벨트와 동남권 신공항뿐만 아니라 동서관통운하, 두만강 프로젝트 등 북한 프로젝트에 대해서도 이야기를 나눴죠.

한반도 운하에 대해, 그리고 한반도 수계에 대해 누구보다도 많은 공부를 하신 분으로서 이명박 대통령의 한반도대운하 계획과 이를 변경한 4대강 살리기 사업에 대해 어떻게 평가하시나요?

김석철　저는 한반도 인프라를 완성하기 위해 강을 제대로 살려야 한다는 주장 자체는 틀린 말이 아니라고 생각합니다. 문제는 한반도 대운하 프로젝트와 4대강 살리기 사업을 추진하는 데 있어 한반도 하드웨어에 대한 일관된 비전이 없었다는 것입니다. 이 두 프로젝트가 제대로 진행되기 위해서는 적어도 다음과 같은 세가지 전제조건이 필요했습니다. 첫째는 일관된 한반도 공간전략의 틀 속에서 남한의 4대강을 보아야 하고, 둘째는 강과 운하를 혼동하지 말아야 하며, 셋째는 한반도의 강은 모두 다른 강이므로 4대강을 하나의 해법으로 풀어서는 안 된다는 것입니다. 이명박정권에서 진행된 '4대강 살리기'에는 한반도 하드웨어에 대한 일관된 비전이 없었습니다. 한반도 하드웨어의 핵심은 강인데, 강과 운하를 말하려면 먼저 지난 100년 동안 한반도 하드웨어가 어떻게 변해왔는지를 살펴야 합니다. 선진국에서는 근대화를 이룰 때 먼저 강을 정비하고 운하를 건설한 다음 국도와 철도, 고속도로를 건설하고, 마지막으로 고속철도를 건설하는 것이 상례입니다. 한반도는 외국세력 주도로 식민지시대에 근대화가 이뤄지다보니 철도와 신작로가 먼저 만들어졌고, 그후 우리 정부가 국도와 고속도로를 닦고 고속철도를 놓을 때까지 강과 운하를 제대로 고민해보지 않았습니다. 이명박정부가 추진한 4대강에 대한 사업 역시 하구언을 만들어 홍수를 제어하고 상류에 댐을 건설해 수자원을 확보하는 정도였습니다. 강은 한반도 인프라에서 여전히 변방이었죠.

4대강 살리기 사업에서 강이 여전히 변방이었다는 것은 무슨 말인가요?

김석철　한반도의 강은 운하를 갖지 못해 강의 현대화를 이루지 못했습니다. 영국, 프랑스, 독일 모두 강을 효율적으로 도시공간화하기 위해서 운하를 만들었습니다. 운하는 강과 강, 강과 바다를 연결하는 장치입니다. 강이 닿지 않는 곳으로 강을 확장시키죠. 하지만 강과 운하를 혼동해서는 안 됩니다. 강은 강이고 운하는 운하입니다. 이명박 대통령이 한반도대운하를 주창한 것은 그 규모와 의욕에서는 박정희 대통령의 새마을사업과 중화학공단 건설에 버금갈 만한 일이었습니다. 하지만 치밀한 내용이 따르지 못했죠. 더구나 한강과 낙동강에 5000톤 화물선을 띄우고, 역사와 지리적으로 아무 연관이 없는 두 강을 연결한다는 억지가 국민의 공감을 얻지 못했죠. 한반도에서 가능한 조운(漕運)은 바다에서부터 하구를 통해 내륙의 도시로 들어오는 소규모의 것입니다. 강과 강이 연결되는 조운은 있을 수도 없고, 의미도 없습니다. 삼면이 바다로 둘러싸인 나라에서 낙동강을 문경새재를 넘어 한강으로 가게 하려는 것은 섬나라 영국에서 템즈강을 맨체스터나 스코틀랜드로 끌고 가려는 것 같은 망상이었습니다. 이명박정부가 경부대운하를 포기하고 4대강 살리기를 대신 추진하기로 한 것은 다행한 선택이었으나 대운하 때와 마찬가지로 관료와 관변학자들이 방향을 제대로 잡지 못했죠.

이명박정부의 4대강 살리기 사업의 문제점은 무엇이었습니까?

김석철　이명박정부의 4대강 살리기 사업은 홍수방지와 수자원 확보, 수변공간 확보를 통해 고용창출을 이루겠다는 것이었습니다. 하지만 하천준설은 중장비로 하는 일이지 고용을 창출하는 일이 아닙니다. 또한 하천준설이 수자원 확보와 수질개선의 방법이 되리라는 것도 잘못된 판단이었고요. 더구나 홍수방지를 위해 건설된 영산강, 금강, 낙동강 하구언은 배의 운행을 막을 뿐 아니라 홍수방지에도 도움이 되지 않습니다. 한강은 하구가 이북과 마주하고 있어 손을 대지 않았으나 한강에서보다 다른 3대강에 홍수가 더 많은 이유를 알았어야 합니다. 템즈강에는 밀물 때 닫았다가 썰물 때 열 수 있는 템즈배리어가 있는데, 이런 식으로 주운(舟運)과 수위조절을 겸할 수 있는 발상의 전환이 필요했습니다. 하지만 이런 지엽적인 문제 외에 보다 근본적인 문제로 '4대강 살리기'가 근본적으로 한반도의 어떤 공간전략을 목표로 하는 사업인지를 분명히 했어야 합니다.

교수님께서는 강과 운하를 아우르는 한반도의 공간전략이 어때야 한다고 생각하시나요?

김석철　한반도 남녘의 강은 모두 서남해안으로 흘러갑니다. 수천개의 샛강의 물이 모여 바다로 흐르는 큰 흐름이 4대강이고요. 4대강에 운하가 건설되지 않은 이유는 물줄기가 바다로 쉽게 흘러들어가고 그 하구가 거대한 생명과 수자원의 보고였기 때문에 운하의 필요성을 크게 느끼지 않아서입니다. 역사적으로 한반도의 강은 주운·조운의 역할을 했으나 육로와 느슨한 보완관계였습니다. 근대에 들어 산업화가 되면서 물류의 대종이 철도로 바뀌게 됩니다. 대한제국과 일제하에서 서울과 부산·인천·원산·신의주를 잇는 네개의 철도가 생겼고 철도와 철도역을 중심으로 신작로를 만들었습니다. 한반도 인프라의 근간이 강이 아닌 철도가 된 것이죠. 그러면서 철도역을 중

한강
한반도 통합의 꿈

금강
바다와 내륙의 소통

영산강·섬진강
다도해의 연결물길

낙동강
농·공업의 상생수변

강과 운하를 아우르는 한반도 공간전략 구상안

심으로 도시화가 이루어졌죠. 고려-조선까지 강을 중심으로 했던 한
반도의 인프라가 대한제국과 일제강점기를 지나며 철도역과 신작로
로 중심이 옮겨졌고, 고속도로 건설 이후에는 고속도로 나들목을 중
심으로 도시가 확대됐습니다. 예부터 한반도의 주요 도시들은 강변
에 있었지만 현대 한국의 도시는 철도역과 고속도로, 고속철이 중심
이 되어 한반도의 삶의 근원인 강과 차단된 것입니다.

　이런 측면에서 볼 때 류우익(柳佑益) 교수의 한반도대운하 구상 자
체는 의미가 있었다고 볼 수 있습니다. 4대강 사업은 수자원과 도시

화 토지 확보, 그리고 바다와 강이 만나는 하구유역 창출이 핵심이 되었어야 했습니다. 녹색성장은 강 없이는 말할 수 없습니다. 4대강 주변은 놀이공간이 아니라 21세기 한반도의 도시공간이 됐어야 했습니다. 서울이 인구 1000만의 도시가 될 수 있었던 것은 한강 주변을 도시화했기 때문입니다. 이를 위해 4대강을 수자원으로 사용하여 식수뿐 아니라 산업용수·공업용수·농업용수·생활용수 등을 적절히 관리할 수 있어야 하고, 더 중요한 것은 하구언으로 막혀 호수화된 강을 바다와 연결시켜 바다와 강의 중간지대를 회복하는 일입니다. 몰락하고 있는 도시화가 강변에서 이루어지도록 하는 것도 4대강을 살리는 길입니다. 바다와 강에 조운이 가능한 수변공간을 만들면 바다와 강 사이에 농촌/도시회랑인 중간지대를 만들 수 있습니다. 이명박정부의 4대강 사업이 문제가 많다고 해서 현정부가 한반도의 새로운 하드웨어를 고민하지 않는 것은 책임있는 자세가 아닙니다. 거듭 강조하지만 강과 운하를 혼동하지 말아야 하며, '4대강'으로 묶어서 부르는 강들이 각기 전혀 다른 강이라는 점을 염두에 두어야 합니다.

그렇다면 구체적인 안도 생각해보셨나요?

김석철 물론입니다. 가장 문제가 많은 낙동강의 예를 들어보죠. 저는 낙동강과 낙동강 하구에서 자란 사람입니다. 낙동강에는 안 가본 곳이 없죠. 서울에 올라와 한강 마스터플랜을 하면서 낙동강과 한강이 너무 다른 강이어서 놀랐습니다. 한강은 하구와 본류와 상류가 분명한 템즈강 같은 반면, 낙동강은 본류가 로테르담에서 사방으로 분리되는 라인강과 같습니다. 한강은 하구를 열어두고 본류를 제방으로 쌓아 도시화하고 상류를 완벽히 보존한다는 계획을 통해 오늘의 서울을 가능하게 했습니다. 하지만 상류가 도처인 낙동강은 손을 대면 안 되는 강입니다.

손을 대면 안 되는 강이란 건 어떤 뜻이죠?

김석철 낙동강은 수원이 동서로 분산되어 본류와 지류가 독립되기 때문에 강폭의 변화와 굴곡이 심합니다. 바로 그렇기 때문에 주변 풍경이 더 아름답고 강물의 자연정화에도 도움이 되죠. 한없이 넓다가 다시 좁아지는 낙동강을 토목공사로 운하화하는 것은 불가능한 일입니다. 삼국시대 가야와 백제와 신라가 무수히 전투를 치렀지만 낙동강에서 수전을 벌였다는 기록은 없습니다. 배를 타고 들어가서 싸울 수 있는 강이 아니었다는 것이죠. 낙동강 지류는 강바닥에 암반층이 많아 준설 자체도 문제가 많습니다. 한강은 상류만 식수원으로 하고 있지만 낙동강은 도처가 식수원입니다. 그런 낙동강 중상류에 세계 굴지 규모의 공단이 자리잡고 계속 증설 중입니다. 박정희 대통령의 경제건설은 위대했지만 낙동강의 공단도시들은 지속 가능하지 않은 경제성장과 도시화, 산업화의 표본입니다. 세계 산업이 녹색성장으로 전환하면 대구와 구미의 공단은 모두 강제적으로 문을 닫게 될 수도 있습니다.

그렇다면 해법은 무엇입니까?

김석철 이명박 대통령이 한반도대운하를 공약했을 때 저는 '서낙

서낙동강에 운하도시와 공항-항만 복합단지, 배후산업단지를 두는
서낙동강운하 도시특구 마스터플랜

동강운하'를 생각하며 그 방향으로 유도하려고 했습니다. 낙동강 서측에 별개의 운하를 만드는 계획을 구상했죠. 서낙동강운하는 사람의 흐름과 물의 흐름이 어울리는 정수장치 운하입니다. 공단의 가장 큰 문제는 인력과 폐수인데, 인력이 그 운하를 따라서 들어오고 폐수가 운하로 정화되도록 하는 것입니다. 폭 4~5미터 이하에 깊이 2미터 이하의 운하로 베네찌아처럼 사람들이 타고 채소와 과일을 싣는 작은 배만 다니게 한다는 구상이었죠. 낙동강 서측에 운하를 만들면 낙동강과 운하 사이에 토지가 생깁니다. 강변토지이기 때문에 아름답고 풍요로울 수밖에 없습니다. 그곳에 도농복합체를 만들면 운하와 수로를 따라 대구·구미·창원·부산에 새 도시회랑이 생기는 것입

니다. 그 수로를 따라 컨테이너가 아닌 채소와 과일, 막걸리가 움직이는 것이고요.

실현 가능한 안인가요?

김석철 이종상 전 한국토지공사 사장이 나서서 이 지역 운하의 가능성을 검토했습니다. 이 안은 강은 그대로 두고 운하를 파서 새로운 도시화와 산업화의 기능을 하도록 하여 강변도시 사업을 일으키면서도 낙동강의 자연을 그대로 두는 방안입니다. 그간 이룩된 한강 개발과는 정반대의 길이죠. 무작정 큰 공사를 해서 잇속을 채우려는 사람들은 구미·대구에서부터 부산까지 컨테이너가 지날 수 있는 토목사업을 원하지만, 중요한 것은 자연과 인간이 함께 가는 소통과 융합을 이루는 것입니다. 서낙동강운하는 낙동강을 살리기 위해 만든, 최소한의 물류와 사람이 다니는 수로여야 하고 낙동강은 그대로 둔다는 안입니다. 그대로 두되 바다와 낙동강을 통하게 하는 것이 관건이죠. 반면, 하구둑은 헐어 강이 훨씬 쉽게 정화되고 밀물과 썰물이 만나게 해야 하구가 살 수 있습니다. 강에서 중요한 것은 강변과 바다가 만나는 하구입니다. 낙동강은 하구에서 삼국통일을 이루어 오늘의 한반도를 만들어낸 강입니다. 낙동강을 훼손하면 역사와 지리가 저주를 내릴 것입니다.

이명박 대통령에 대해서는 어떻게 평가하시나요?

김석철 임기 말에 만났을 때 제가 받은 느낌은 자신이 생각지 못한 비상한 책략을 가진 소하·장량·한신을 휘하에 얻은 유방과, 통어하기에 벅찬 발군의 책사 범려와 자신보다 못한 부하들 사이를 오갔던 항우와 비교할 때 이 대통령은 자신이 만기총람(萬機總攬)해야 하는 불행한 지도자란 거였습니다. 나름대로 능력을 지녔는데 도덕적으로 국민과 생각의 차이가 크고, 주위에 청렴하고 유능한 동반자가 없는 외로운 지도자 같다는 느낌이었죠. 한국 최대의 건설회사 사장과 천만 도시의 시장을 지낸 사람이 국가와 역사에 자신을 던진 것인데 결과가 민망했죠.

제21장

역사와 승부하다

"건축은 당대의 인간들에 의해 평가받지만, 도시는 역사와 승부한다."

왜 건축보다 도시설계에 더 매력을 느끼느냐는 질문에 대한 김석철의 답이다. 스물아홉에 여의도 마스터플랜과 한강 마스터플랜을 만든 김석철은 경주 보문단지, 관악산 서울대 마스터플랜, 쿠웨이트 자흐라 주거단지 프로젝트 등에 잇따라 참여하며 1984년 예술의전당 현상설계에 당선될 때까지 건축설계보다는 도시설계에 더 많은 흔적을 남겼다. 이뿐 아니라 비록 실현되지 않은 프로젝트이지만 중국의 베이징 경제개발특구, 취푸 수상도시, 예멘의 신아덴, 아제르바이잔의 수도 바꾸 신도시 등의 도시설계안도 만들었다. 그는 "인생의 80퍼센트를 도시설계에 바쳤다"라며 인류역사상 도시설계를 자신만큼 많이 한 사람은 없다고 말한다. 전세계 유일한 도시설계 전문가라고 할 수 있는 그에게 도시설계 노하우를 물었다.

건축주가 있어야 건축가가 있을 수 있듯 도시설계는 하고 싶다고 해서 할 수 있는 일이 아니라 국가로부터 기회가 주어져야 가능한 일입니다.

김석철 서울 사대문 안 재개발계획과 여의도 마스터플랜은 애초 김수근 선생한테 그런 기회가 주어진 것이었고, 김수근 선생 밑에서 제가 실무책임자로서 프로젝트를 완성했던 것이죠. 김수근 선생 사무실에서 맡았던 모든 도시설계 프로젝트는 거의 제가 했으니까요. 그후에 계속 노력한 결과 쿠웨이트 자흐라 주거단지를 직접 할 수 있었던 것입니다. 돌이켜보면 내 인생의 80퍼센트 이상을 도시설계에 바쳤던 것 같아요. 정도전이 만든 600년 전 최고의 도시 한양을 다시 살리는 사대문 안 서울구조개혁안도 제가 만들었고, 2차대전 이후 만들어진 빠리의 신도시 라데팡스와 쌍벽을 이루는 여의도 마스터플랜을 내놓았고, 그리고 베이징이 막 일어서는 단계에서 베이징 신도시 계획을 주도했지요.

교수님은 자신을 건축가라고 보시나요, 아니면 도시설계가라고 보시나요?

김석철 레오나르도 다빈치 하면 흔히 〈모나리자〉와 〈최후의 만찬〉을 그린 화가로 기억되지만, 다빈치가 미술에 바친 시간은 인생에서 얼마 안 돼요. 저도 건축가로 알려졌지만 도시설계가(urban planner)로서 일을 더 많이 했다고 할 수 있죠. 그러면서 인문주의자(humanist)로 더 기억되고 싶습니다.

인문주의자요?

김석철 문명을 만들어낸 사람이란 의미에서죠. 도시를 설계한다

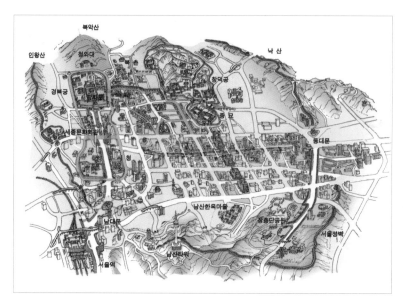

사대문 안 서울 구조개혁 스케치

는 것은 하나의 문명을 만들어내는 것이거든요. 도시를 만드는 일은 미래를 만드는 일입니다.

말씀하신 대로 하나의 도시를 인위적으로 만든다는 것은 하나의 문명을 만드는 일이라고 할 만큼 어려운 일입니다.

김석철　기본적으로 도시는 수많은 세대가 함께 이루어내는 역사적 사업입니다. 대부분의 도시가 그렇게 만들어졌죠. 이 때문에 서양에서의 도시설계는 기존 도시를 개보수하는 것이지 신도시를 만드는 일은 거의 없었습니다. 빠리만 보아도 나뽈레옹 3세 이후 크게 달라진 것이 없습니다. 하지만 아시아의 도시는 갑작스러운 인구팽

창을 경험하고 있죠. 서울만 해도 반세기 만에 100만 인구의 도시가 1000만 인구의 도시가 됐죠. 아시아 도시의 미래는 신도시밖에 없습니다. 아름다운 도시 한두곳을 지어서는 아시아의 도시 문제를 풀 수 없어요. 이것이 제가 여의도 마스터플랜부터 새만금에 이르기까지 일관되게 주장한 것입니다. 하지만 역사도시는 인류의 기억장치인 만큼 보전해야 합니다. 때문에 도시를 새로 만드는 것 못지않게 중요하게 생각했던 것이 천년 수도인 사대문 안의 서울과 개성을 어떻게 보존할 것인가였습니다.

교수님 말씀대로 하나의 도시를 설계해 그것을 실현시켜본 사람은 많지 않습니다. 교수님께서는 도시설계 프로젝트를 진행하실 때 어떻게 접근하시나요?

김석철 도시는 하나하나가 전혀 다른 거대한 유기체입니다. 그렇기 때문에 도시설계는 일반해(general solution)가 있어서 반복할 수 있는 것이 아니죠. 따라서 건축설계와 달리 도시설계는 매번 독창적이어야 해요. 또 졸작인 건축은 부수면 되지만 한번 만들어진 도시는 졸작이라 해도 파괴할 수 없습니다. 저는 도시를 설계할 때 그 지역의 역사와 지리에 대한 연구부터 시작합니다. 예를 들어 중국의 충칭 신도시를 설계할 때 저는 양쯔강을 먼저 연구했습니다. 양쯔강이 어디에서 와서 어디로 흘러가는지, 양쯔강의 상류·중류·하류는 어떤 곳인지, 그곳에 살던 사람들은 어떤 사람들이고 종교는 무엇인지, 그 지역에서 왜 유교보다 도교가 더 강력한 영향력을 행사했는지, 심지어 제갈량이 왜 그 지역으로 갔는지까지 공부했죠. 그런 뒤, 이 사람들이 지금 어떻게 살고 있고 또 앞으로 어떤 삶을 원하고 있는지를 함께 고민했죠. 쿠웨이트 자흐라 주거단지를 설계했을 때는 석유의 힘뿐만 아니라 이슬람의 도시에 대해서도 먼저 공부한 뒤, 그들의 신도시가 어떠해야 하는지를 제시했습니다. 이때 가장 중요한 것이 경제입니다. 즉 그 도시 사람들이 먹고사는 문제를 먼저 해결해야 한다는 뜻이죠.

교수님 개인의 도시에 대한 철학보다는 도시가 세워지는 지역의 역사지리와 경제가 더 중요하다는 말씀이시네요.

김석철　도시설계가는 신이 아닙니다. 오히려 제사장에 가깝죠. 르꼬르뷔지에와 루이스 칸 등 도시설계에 도전했던 많은 훌륭한 건축가들이 바로 그 부분에서 실수를 했죠. 르꼬르뷔지에는 인도의 찬디가르를 설계하면서 도시설계가로서가 아니라 건축가로서 접근했습니다.

모든 도시가 각기 다른 만큼 새로 만들어질 도시의 고유한 해법을 찾는 것이 도시설계의 첫번째란 말씀이시죠? 그렇다면 도시설계의 두번째 단계는 무엇인가요?

김석철　그 답을 찾은 뒤 그로부터 도시의 형이상학적 논리를 세우는 것이죠. 즉 도시의 하드웨어를 만들기 전에 그 도시의 혼을 만들어야 합니다. 많은 도시설계가들이 생략하는 부분이 바로 이 부분입니다. 한 예로, 한강 하류에 세워진 일산을 내륙의 주거도시 분당 같은 도시로 만든 것은 일산의 혼을 생각하지 않았기 때문입니다. 제가 만약에 일산을 설계했다면 운하를 파서 한강의 물길을 일산 안으로 끌어들였을 것입니다. 한국에서는 운하도시가 가능하지 않다고들 하는데, 강이 우리보다 적은 유럽에는 강의 숫자보다 운하의 숫자가 더 많습니다. 중국도 그렇고요.

도시의 혼을 만든다는 것이 막연한데, 그것은 어떻게 하는 것인가요?

김석철 바꾸 신도시를 설계할 때 저는 바꾸의 혼은 석유가 아니라 이슬람교와 카스피해라고 봤습니다. 신도시 후보지 일대를 사흘 동안 돌아다녔는데 허허벌판에 비행장이 덩그러니 있었어요. 도서관에 가서 자료를 찾아보니까 그곳이 캅카스산맥이 카스피해로 이어지는 길목에 위치한 거대한 대평원이더라고요. 그 평원에서 생산되는 채소가 전세계에서 가장 맛이 있어서 구소련 시절 공산당 간부들이 여기서 생산되는 채소를 먹었다고 합니다. 즉 바꾸에는 석유와 천연가스 등 천연자원만 있는 것이 아니라 농업도 있단 얘기죠. 그렇다면 바꾸 신도시는 농업과 어업과 석유화학이 삼합을 이루는 도시를 만들어야 한다는 결론이 도출되는 것이죠. 이것이 도시의 형이상학을 만드는 과정입니다.

교수님께서는 그러면 도시의 형이상학을 만드는 과정에 형이하학을 만드는 과정보다 시간을 더 투자하시는 건가요?

김석철 물론이죠. 형이하학은 사실 뻔한 것 아닙니까? 그것은 수학과 기하학에 대한 훈련이 돼 있는 사람이면 누구나 할 수 있는 것이죠. 도시설계에서 건축은 가장 마지막 단계입니다. 여성이 화장하는 과정에 비유한다면 가장 마지막에 바르는 립스틱 같은 것이죠. 형이상학에서 출발해서 그 형이상학을 거대한 어반 메커니즘으로 구현하는 것이 도시설계의 핵심입니다.

어반 메커니즘은 구체적으로 어떻게 구현하는 것입니까?

김석철 앞서 말했던 도시설계에서 가장 우선돼야 할 것이 경제입니다. 도시는 경제공동체니까요. 어반 메커니즘의 보이지 않는 기초가 경제죠. 경제 이전에 도시의 혼이 있는 것이고요. 도시의 매트릭스는 쉽게 말하면 움직임, 즉 교통입니다. 여의도만 해도 18만명의 도시인데 그 18만명이 자지 않고 깨어 있을 때 어떻게 움직이고, 그 움직임 속에서 어떤 일이 일어날지를 예측해야 했죠. 그 18만명이 움직이기 위해서는 걷거나 자동차를 타거나, 지하철을 타거나 해야 할 것 아닙니까. 도시 안에서 비행기를 타는 일은 없을 테니까요. 그러니 인도와 차도, 지하 레일이 도시의 매트릭스가 되는 것이죠. 궁극적으로는 도시의 경제와 이 매트릭스를 결합하는 것이 어반 메커니즘이고요.

말이 쉽지 그 작업이 쉽지는 않을 텐데요. 교수님께서는 이 문제를 어떻게 푸시나요?

김석철 도시의 경제는 결국 '요소'입니다. 다시 말해 도시에 어떤

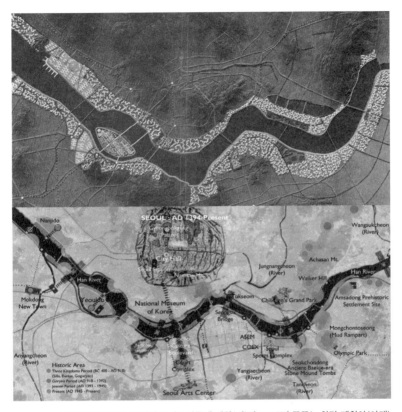

1969년 한강연안 및 여의도 마스터플랜 계획(위)과 1995년 꿈꾸는 한강 계획안(아래)

'요소'를 집어넣느냐의 문제죠. 당시 저는 여의도의 혼은 공업도시와는 맞지 않다고 생각했습니다. 오히려 금융도시와 맞다고 봤죠. 국회는 이미 여의도로 옮겨가기로 돼 있었으니까 여의도를 금융도시로 만들기 위해서는 금융기관이 들어가야 한다고 생각했죠. 또 금융을 하기 위해서는 제도가 뒷받침돼야 하니까 금융관련 인허가 기관을 끌어들여야겠다고 생각했고요. 시청을 여의도로 옮기자는 아이디어도 그래서 나왔던 것이죠. 그래야 여의도가 사대문 안과 경쟁할 수 있다고 생각했거든요. 제가 여의도 마스터플랜을 세울 때 경쟁자로 생각했던 사람은 사대문 안 서울을 기획한 정도전이었습니다. 정약용이 수원을 만들었지만 제가 볼 때 정약용의 수원은 도시의 경제문제를 해결하지 못한 미완의 계획이었거든요. 지금 수원에 삼성을 빼면 무슨 산업이 있습니까? 제가 정약용을 높게 평가하지만 그는 어반플래너는 아니었습니다. 반면, 정도전의 사대문 안에는 서울을 600년간 지속하게 한 힘이 있었고요.

도시의 경제 요소를 결정지었으면 그다음은 어반 매트릭스인데 매트릭스는 어떻게 만드나요?

김석철 도시의 어반 매트릭스는 도로와 상하수도입니다. 제가 만들었던 여의도 마스터플랜은 자동차 도로를 전부 지하로 넣는 거였습니다. 여의도는 넓지 않은 땅에 사대문 안의 기능을 담아야 했으니까 필시 고밀도 도시로 갈 수밖에 없었기 때문에 자동차 동선을 보행 동선과 완전히 분리시켜 지하로 넣고 지상은 보행자 중심의 도시로 만들려고 했던 것이죠. 사실 도시를 움직이기 위해 필요한 것들이 생각보다 많이 지하에 묻혀 있습니다. 우리가 사는 도시 지하에는 상하수도 외 전기, 통신과 에너지 관이 묻혀 있죠. 여의도는 제가 마스터플랜을 맡기 전에 이미 상수도를 팔당댐으로부터 공급받기로 결정이 나 있어서 큰 문제는 아니었고요. 제가 고민했던 것은 교통과 녹지를 어떻게 할지였습니다. 지금의 저라면 한강이 여의도를 관통해 지나가게 했을 텐데 그때는 제가 어려서 그 생각을 못했죠.

물길을 냈어야 한다는 말씀이신가요? 물길이 왜 중요한가요?

김석철 도시에서 가장 중요한 것이 자연, 즉 물과 바람과 녹지입니다. 뉴욕에도 센트럴파크가 맨해튼 한가운데 있고, 빠리에도 네개의 거대한 숲이 있습니다. 인간은 자연과 함께 호흡하면서 살아야 하기 때문에 자연을 어떻게 도시 안으로 끌어들이느냐는 도시설계에서 중요한 문제죠. 여의도는 물속에 있는 섬도시니까 호수를 파거나 한강의 물길이 이어지게 했어야 했는데 그 생각을 그때는 못했죠.

건축과 어반디자인은 도시의 매트릭스를 끝낸 다음에 시작되는 것인가요?

김석철 그렇죠. 건축가들에 의해 건물이 지어지는 것은 이 모든 것이 끝난 다음이죠. 어반플래너는 도시의 매트릭스를 만들고 난 다음에는 손을 털고 나가야죠. 하지만 저 역시 건축가로서 제 건물을 남기고픈 욕심이 있었고, 솔직히 국회의사당은 여의도의 가장 상징적인 건물이기 때문에 제가 설계를 하고 싶은 마음도 없지 않았습니다. 그래서 국회의사당 설계안을 다 만들었는데 건축가협회가 내지 말자고 결의해서 안 냈죠. 제가 그렸던 안으로 국회의사당을 지었으면 지금의 여의도와는 많이 달라졌을 것입니다.

이 모든 생각을 불과 스물아홉에 하셨다니 놀랍네요.

김석철 스물아홉이면 알렉산드로 대왕이 세계제국을 건설했던 나이입니다.

제22장

나는 오늘도 천년 후를 꿈꾼다: 두만강 하구 다국적 도시 프로젝트

신아덴 프로젝트와 신바꾸 프로젝트를 잇따라 맡으며 두번에 걸친 암투병 생활을 접고 다시금 건축과 도시설계에 대한 의욕을 불태우던 김석철 교수에게 2011년 가을 다시 암이 찾아왔다. 두경부와 임파선에 암이 전이됐던 것이다. 이미 두차례에 걸친 암수술과 인간의 한계치에 이른 방사선을 쐰 그에게 의사는 수술해도 가망이 없다고 얘기했다. 하지만 집에 누워 죽기를 기다리느니 또다시 암과 싸워보기로 했다. 그리고 두차례의 수술과 30회의 방사선치료를 다시 받았다. 그리고 그 와중에 '두만강 하구 다국적도시' 프로젝트를 완성했다.

2005년 식도암 수술을 받으신 이후 늘 진통제를 달고 사십니다. 신병을 비관해보신 적은 없나요?

김석철 당연히 있죠. 몸이 너무 아플 때는 죽고 싶어요. 방법도 고민해봤죠. 이미 식도와 위를 다 잘라내서 소화기능이 극도로 약하기 때문에 약을 먹으면 바로 토해낼 테니까 약을 먹는다고 죽진 않죠.

제가 유교 집안에서 태어나고 자라서 신체가 훼손되는 방법은 택할 수 없으니 뛰어내리는 건 안 되고, 남은 방법은 손목을 긋고 물속에 잠기는 것밖에 없겠구나까지 생각해봤습니다.

질문이 이상하지만, 자살을 선택하지 않으신 이유는 무엇입니까?

김석철 대학교 기숙사에 살 때 같은 고등학교 선배가 자기 방에서 자살한 사건이 있었습니다. 그때가 학기 말이어서 기숙사가 많이 비어 있었는데 그나마 남아 있던 친구들도 다들 도망가듯 딴 동으로 간 데다 금요일이어서 경찰이 올 때까지 이틀밤을 그 기숙사에서 보내야 했습니다. 그 경험을 통해 자살은 절대로 해선 안 된다는 깨달음을 얻었죠. 두번째 암수술에서 위와 식도의 대부분을 잘라냈습니다. 그리고 암수술을 두차례 더 받았고요. 인간이 감당할 수 있는 최고치의 방사선을 쬐고도 또 30번을 더 쬐었지요. 방사선에 조직이 파괴될 때 그 통증은 말로 형용할 수가 없습니다. 신병을 비관해 자살한다면 저는 진작에 했어야죠. 하지만 저는 항암치료를 받으면서도 매일 책을 읽고 스케치했습니다. 저는 부모보다 먼저 죽는 것은 불효라고 생각해서 자살을 인정하지 않습니다.

지난 2011년에 또 한번 시한부 선고를 받으셨습니다.

김석철 2005년 두번째 암수술을 받은 이후 4개월에 한번씩 정기적으로 검사를 받고 있었습니다. 그때마다 의사들이 절대로 술을 마셔서는 안 된다고 했지만, 술을 끊을 수는 없었죠. 술을 마시면 죽는다는 것을 알면서도 안 마실 수가 없었습니다. 정신과 치료까지 받았지만 술을 마시지 않으면 잠을 잘 수가 없었어요. 암이 전이됐다는 것이 발견되기 전, 하룻밤에 스카치 위스키 한병을 다 마신 날이 있을 정도로 매우 마셨습니다. 식도암으로 식도를 다 잘라낸 환자가 그랬으니 자살행위나 마찬가지였겠죠. 지금 생각하면 그때 이미 몸이 정상이 아니었던 것 같아요. 그러던 중 서울대병원에 정기검사를 받으러 갔다가 두경부암이 발견됐죠. 이미 임파선으로 전이된 상태였고요.

한창 의욕적으로 일하고 계시던 때가 아니었나요?

김석철 도시설계로는 바꾸 신도시를 하고 있었고, 건축은 성신여대 운정그린캠퍼스 막바지 작업과 제주도 힐링파크 설계 일을 하고 있었죠.

암이 재발했다는 사실을 알았을 때 어땠나요?

김석철 자업자득이라는 생각이 먼저 들었고, 이상한 표현이지만 약간의 안도감이 있었습니다.

안도감이라뇨?

김석철 암이 임파선에까지 전이됐기 때문에 두경부암 수술을 받는다고 해도 방사선치료가 뒤따라야 했습니다. 그런데 이미 제가 인간의 몸이 견딜 수 있는 최고치의 방사선치료를 받았기 때문에 더이상 방사선을 쐬는 것이 불가능한 상태였죠. 즉 두경부암 수술을 받는다고 해도 임파선에 다 퍼졌으므로 방사선치료가 불가피한데, 항암과 방사선치료가 더이상 힘들 것이라는 경고를 수차례 받아왔기 때문에 자포자기의 심정이 된 거죠. 며칠 고민하다가 두차례 더 수술을받고 항암치료와 30번의 방사선치료를 받기로 결심했습니다. 죽어도좋다, 한번 더 도전해보자 하는 생각이었죠. 극단적 선택을 하는 데서 오는 안도였던 것 같아요.

결국 또 한번 암을 극복해내셨습니다.

김석철 식도암 수술을 받았던 삼성병원으로 다시 옮겨 두경부암수술과 임파선암 수술을 받았습니다. 두경부암 수술을 위해 목을 다시 열었는데, 암이 임파선에 이미 완전히 번져서 수백개의 암덩어리가 임파선에 붙어 있었다고 합니다. 사람의 손으로는 수술이 불가능하고, 로봇수술을 받는다고 해도 다 제거할 수 있다는 보장이 없다고하더군요. 그래서 다시 퇴원을 했죠. 저는 현대의학을 신뢰하는 사람입니다. 의사가 지시하는 것은 술을 마시지 말라는 것 빼고는 대부분다 지켰죠. 그래서 결심도 쉬웠습니다. 수술을 받겠다 결심하고 있는데, 마침 삼성병원이 방사선치료를 이미 36회 받은 사람도 방사선치료를 더 받을 수 있는 기계를 막 수입해왔습니다. 독일서 개발된 기계인데 과거에는 의사가 직접 환자 몸에 방사선을 쐈는데, 이 기계는프로그래밍된 대로 컴퓨터가 쏘는 거여서 과거에 36회 방사선을 쐤었던 곳을 피해 방사선을 쏠 수 있다는 거였죠.

그래서 또다시 방사선치료를 받으신 건가요?

김석철　약물치료를 병행하며 또다시 방사선치료를 30회 받았죠. 제가 그 기계의 1호 환자였는데, 두번 받고 기계가 고장나 독일서 기술자가 와서 고치기를 기다렸다 다시 받았죠. 그런데 4회 만에 기계가 또 고장나고…… 그렇게 해서 두달 동안 30회를 또 다 받았죠. 항암주사는 6시간을 맞아야 해서 맞으러 갈 때마다 입원을 했고요.

그 힘든 과정을 어떻게 견뎌내셨나요?

김석철　기계가 고장나서 독일 기술자가 오기를 기다리며 삼성병원 특실에 누워 도시설계를 하던 바꾸를 생각하고 있는데 머릿속으로 캅카스산맥에서 흘러나온 물길이 카스피해로 흘러들어가는 광경이 보였습니다. 그러면서 캅카스산맥과 카스피해가 이어지는 역사와 지리가 백두산과 두만강 하구가 이어지는 형상과 비슷하다는 생각이 머리를 스치고 지나갔습니다. 그래서 바로 병실 바닥에 두만강 하구 지형도와 해도를 깔아놓고, 14세기 말 조선조를 일으킨 동북면 일대의 역사와 지리 공부를 시작했죠. 머릿속에 이런저런 구상이 떠오르면서 암의 통증이 잊혀졌죠. 그때 병실서 그린 도면에 저도 모르게 '행복한 암병동'이라고 적었습니다. 어떻게 보면 '두만강 하구 다국적도시' 마스터플랜이 저를 살린 셈입니다.

교수님을 살린 '두만강 하구 다국적도시'는 어떤 계획입니까?

두만강 하구의 3국 접경지대

　김석철　두만강 하구 굴포리 선사유적지 일대와 두만강 철교가 있는, 중국·러시아·북한의 3국 접경지대에 러시아·중국·일본·남한과 북한 다섯 나라가 함께 도시를 만든다는 계획입니다. 애초 구상은 뉴욕 컬럼비아대학 졸업설계 스튜디오를 담당하고 있을 때 시작됐습니다. 당시 뉴욕 공공도서관에서 6·25전쟁 관련 자료사진들이 50년 만에 공개돼 북한 관련 도서자료와 두만강 하구 자료를 볼 만큼 보았죠. 그때 두만강 하구의 남측에 베네찌아의 라구나(Laguna)만 한 거대한 호수들과 늪지대가 있다는 사실을 알게 됐습니다. 지형적으로는 파나마운하와 비슷했죠. 중국의 동북3성과 러시아의 시베리아, 일본 열도가 얽혀 지경학적으로 발칸반도같이 뜨거운 곳인 두만강 하구가 북한을 부자나라의 반열에 올라서게 만들 위대한 기회의 땅이란 생각이 들었습니다. 중국과 러시아와 일본이 두만강 하구에 동북3성과 시베리아와 동해를 아우르는 항만과 공항을 만들면 파나마운하보다 더 큰 경제권역을 이룰 수 있다고 보았죠.

왜 하필 두만강 하구인가요?

김석철　대한제국에 대한 저의 남다른 평가가 영향을 미친 것 같습니다. 러시아를 끌어들여 한·중·일 관계를 깨고, 영국과 미국을 제어하려고 했던 고종의 선택은 굉장히 자주적이고 외교적이었다는 것이 제 평가입니다. 20세기 초 세계를 지배하던 세계열강이 21세기에는 금융까지 장악해 교묘하게 이득을 취하고 있습니다. 근원적 착취가 이뤄지고 있는 이때 그들과 함께하는 네트워크가 필요하다고 생각합니다. 21세기에도 고종의 전략이 필요한 이유죠. 북한이 핵을 갖게 됐을 때, 주축은 미국·중국·러시아고, 가장 예민하게 반응할 곳이 일본이며, 그사이에 남과 북이 위치할 것입니다. 그렇기 때문에 이 여섯 나라가 공동체를 구성해야 한다고 보고, 그러기 위한 공간으로 두만강 하구 공동도시를 구상했던 것이죠.

우리 역사에서 두만강 유역은 크게 주목받아본 적이 없는 것 같습니다.

김석철　맞습니다. 저 역시 왜 두만강이 한국 역사에서 아무 역할을 못 했는지에서부터 연구를 시작했습니다. 두만강은 사행천(蛇行

川)이기 때문에 조운이 불가능해 강변의 도시화가 불가능했다는 것이 제가 찾은 답입니다. 하지만 베네찌아에서 지내다보니 거대한 라구나가 보였습니다. 두만강에도 운하를 파고 공항을 만들면 길이 있겠다는 생각이 들었죠. 베네찌아대학과 컬럼비아대학에 있으면서 안이 무르익기 시작했습니다.

컬럼비아대학에서 졸업반 학생들을 가르칠 때면 2003년입니다. 그때부터 쭉 두만강 하구 다국적도시 마스터플랜을 구상하신 건가요?

김석철 바로 그때 식도암이 찾아왔고 그 이후에는 아덴 신도시와 바꾸 행정수도 프로젝트를 맡느라 이 안을 발전시키지 못했죠. 하지만 계속 마음속 숙제로 안고 있었습니다. 2004년 한국과 이딸리아 수교 120주년을 기념하는 제1회 한국·이딸리아 포럼이 로마에서 열렸을 때 제 옆자리에 이딸리아 외무장관이 앉았는데 갑자기 저한테 남북통일에 대한 안을 만들고 있느냐고 물었습니다. 그래서 남북통일은 정치가들의 몫이고 제가 할 일은 통일 이후 한반도 디자인이라고 답하며 두만강 하구 다국적도시 계획에 대해 언급했죠. 이 말을 들은 외무장관이 로마대학 총장을 만나보라며 그 자리에서 전화를 연결시켜줬습니다. 로마대 총장을 통해 또다로(B. Todaro) 건축대학장을 만났는데 그 역시 이 프로젝트를 듣더니 흥미를 느끼고 같이하자며 서울까지 찾아왔었죠. 러시아가 발트해를 통해 유럽으로 나갈 수 있었던 것은 뾰뜨르 대제가 쌍뜨뻬쩨르부르그에 천도한 덕분이었습니다. 저는 두만강 하구가 동북3성의 쌍뜨뻬쩨르부르그 역할을 할 수 있다고 생각했기 때문에 두만강 하구 다국적도시를 그리기 위해서는 쌍뜨뻬쩨르부르그에 반드시 가봐야겠다고 생각했죠. 2010년에 마침 제4회 한국·이딸리아 포럼에서 연설하게 되어 밀라노에 갔다가 돌아오는 길에 쌍뜨뻬쩨르부르그에 들렀습니다. 도서관과 고서점에서 자료를 찾아보고, 발트해안 도시를 다니며 두만강 하구에 대한 생각을 정리하고 스케치도 그렸죠. 그런데 돌아오는 날 비행기 출발시간에 쫓겨 택시를 타고 정신없이 공항으로 갔는데, 쌍뜨뻬쩨르부르그에서 그린 두만강 하구 다국적도시 스케치를 택시에 두고 내렸습니다. 도시설계 스케치를 복원하는 일은 불가능에 가까운 일이죠. 그러다 바꾸 신도시설계를 하게 되면서 다시 두만강 하구 다국적도시를 생각하게 됐죠. 즉 이 마스터플랜은 어느날 갑자기 든 생각이 아니라 10년이 넘는 기간에 걸쳐 다듬어지고 또 다듬어진 제 마지막 도시플랜입니다.

바꾸 신도시 계획이 두만강 하구 다국적도시 계획에 영향을 미쳤다는 말씀이 잘 이해가 안 됩니다.

김석철 중앙아시아와 서남아시아(중동) 최대의 천연가스 생산지가 아제르바이잔이고 동아시아 최대의 천연가스 지대가 두만강 북측 시베리아입니다. 백두산이 동아시아의 영산이듯 캅카스산은 중앙아시아의 영산이고요. 백두산이 동해로 흘러내린 곳이 두만강이고 캅카스산에서 흘러내리는 물이 카스피해로 흘러간 곳이 바꾸 신도시 예정지였습니다. 아제르바이잔 신행정도시부와 한국토지공사의 계약 아래 아키반이 바꾸 신행정도시 기획과 설계를 맡게 된 뒤, 바꾸를 공부하며 드디어 두만강 하구 다국적도시의 서광이 열리는구

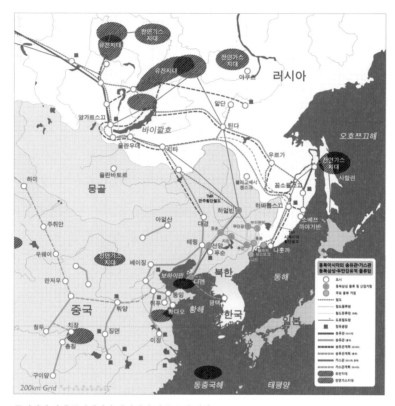

두만강변 일대 동시베리아 자원개발 및 송유관 현황

나 생각했죠.

　신아덴과 바꾸 신행정도시는 어찌됐든 발주자가 있는 프로젝트였습니다. 반면, 두만강 하구 다국적도시 프로젝트는 발주자도 없고, 다국적도시 건설이란 것이 정치적 영역인 만큼 솔직히 말씀드리면 언제 실현될 수 있을지조차 알 수 없습니다. 그럼에도 불구하고 10년이 넘는 기간 동안 교수님의 시간과 돈을 투자해 이 프로젝트에 매달리신 이유가 무엇입니까?

김석철　1969년 여의도 마스터플랜을 구상할 때 헬기를 타고 한강 상류부터 하구까지 내려다보면서 '통일 없이는 한반도가 없다'는 것을 몸으로 느꼈습니다. 한반도는 수천년 동안 독립국가를 유지하며 세계 최강의 중국과 겨룬 한민족의 본거지입니다. 지금처럼 남북으로 나뉘어서는 한반도가 가진 잠재력의 반도 누릴 수가 없습니다. 북한이 핵개발로 이룰 수 없는 경제기적을 달성할 수 있는 길이 두만강 하구 다국적도시에 있습니다. 공부를 하면 할수록 두만강이 제 눈에는 요충지로 보였습니다.

어떤 측면에서죠?

김석철　중국의 동북3성, 러시아의 연해주, 북한의 두만강변 일대는 지경학적으로 가장 민감하고 중요한 곳입니다. 동북3성과 시베리아가 바다로 나가고, 일본과 한국이 대륙으로 진출할 수 있는 길목이기 때문이죠. 1970년대 유엔개발계획(UNDP)이 이 일대를 세계전략처로 삼기도 했고, 이후 시베리아 유전 개발과 러시아의 동진정책, 중국 동북3성의 수출입항 건설 등이 잇따라 일면서 그 중요성은 1차대전 이전의 발칸반도만큼이나 높아졌습니다. 중국의 동북3성과 러시아의 시베리아-연해주-블라지보스또끄, 한반도의 함경북도가 두만강을 사이로 마주하고 있으며, 일본이 동해를 지나 두만강에 인접해 있습니다. 네 나라의 접점에 위치한 두만강 하구는 동북3성과 시베리아와 한반도를 연결하며, 동해를 지나 일본 니이가따를 거치면 토오꾜오에 바로 닿을 수 있습니다. 북한경제의 살길이 혁명적 도시 건설에 달려 있다고 할 때, 두만강 하구가 그런 혁명적 도시를 건설할 수 있는 요충지입니다. 남한의 경제성장은 울산에서 시작된 공단 도시가 포항·구미·창원 등 전국으로 확대되면서 이뤄졌습니다. 북한에서도 여러 곳에 경제특구를 만들었지만 아직 성공한 곳이 없습니다.

국토인프라를 다룰 때는 역사·지리·인문과 이미 구축돼 있는 국토인프라를 함께 다뤄야 합니다. 하지만 북한은 국토인프라 자체가 아직 제대로 건설되지 못했습니다. 이 때문에 북한 전체를 발전시키기보다 가능성이 큰 지역에 집중 투자해서 추동력을 일으키려면, 발전가능성이 압도적으로 높은 요충지에서부터 시작해야 합니다. 두만강 하구는 러시아와 중국과 북한의 접경지며 만주종단철도와 시베리아에서 유럽까지 가는 철도가 중국 훈춘까지 부설돼 있습니다. 또, 북한 영토에는 만포, 번포 등 거대한 호수와 굴포리 서포항 유적지를 감안하더라도 북한의 다른 지역과 독립된 독자적 개발을 할 수 있습니다. 중국이 세계로 가려면 중앙아시아를 지나 유럽으로 가는 길보다 태평양을 건너는 길이 훨씬 유리합니다. 수출이 중국경제의 반 가까이를 차지하는 상황에서 원자재 수입과 가공품 수출 대부분이 태평양을 통해 이뤄지기 때문이죠. 두만강 하구 앞바다는 세계 최대의 물류 길목 중 하나입니다. 두만강 하구를 운하화해 중국 동북3성의 중공업과 농축산업 물류가 동해로 바로 연결되면 태평양을 통해 일본과 미 대륙으로 바로 이어질 수 있습니다.

또한 천연가스 최대 생산국 러시아의 가장 큰 시장은 한·중·일 삼국인데, 천연가스 최대 소비국인 한국과 일본이 러시아와 가장 근거리에 있죠. 유럽은 중동과 카스피해 연안에서 천연가스 소비량의 대부분을 공급받고 있습니다. 두만강 하구에 천연가스 저장기지를 건설해 에너지 도시화하여 석유와 천연가스를 전기에너지화하면 한국과 일본 전역에 공급할 수 있고, 이로써 중국의 공산품과 농축산물, 러시아의 에너지가 모이는 공동시장을 이룰 수 있습니다. 일본의 경우도 일본이 유럽으로 가기 위해서는 주로 인도양 등을 통해 돌아가야 하고, 중국으로 갈 때는 다롄, 톈진 등 중국에서 가장 바쁘고 복잡한 항만을 거쳐야 합니다. 일본이 두만강 하구를 통할 수 있다면, 두만강 하구까지 온 뒤 시베리아 횡단철도와 중국 횡단철도를 통해 유럽과 중국으로 바로 갈 수 있습니다.

그렇다면 구체적으로 어떤 도시를 만들겠다는 것인가요? 구체적인 안을 이미 그리셨나요?

김석철 신도시는 원형성채와 굴포리 항만으로 이뤄집니다. 중국 영토에서 동해 쪽으로 가장 많이 돌출해 있는 팡춘공원 일대에 중국·러시아·북조선 세 나라가 원형성채를 이루고, 20미터 수심의 굴포리 조선만에 동북해안 최대의 국제항만을 만든다는 계획입니다. '운하철도'로 원형성채와 굴포국제항을 연결하면 고속철도로 선양·장춘·하얼빈에, TSR(시베리아횡단철도)로 블라지보스또끄와 하바롭스끄에 닿아 대륙과 연결되게 됩니다. 두만강 하구 다국적도시는 원형성채와 굴포국제항이 각각 2만 인구를 수용하게 되며 운하·철도 주변으로는 1만의 인구를 수용해, 총 5만의 도시를 이루게 됩니다.

두만강 다국적 도시 내의 원형성채 계획안

중국·러시아·북한 세 나라가 이룬다는 원형성채는 어떤 공간입니까?

　김석철　두만강역, 하싼역과 팡춘 사이에 북한·러시아·중국이 영토를 200만평씩 제공해 세계적 다국적도시를 만드는 것이죠. 3국 원형성채는 관광산업과 에너지산업으로 구성된 창조의 도시입니다. 도시 한가운데를 가로지르는 중국의 팡춘공원은 세계적 관광지로서의 가능성을 갖고 있습니다. 이 팡춘공원을 내부에 두고, 이를 둘러싸는 지름 2.5킬로미터와 6킬로미터로 이루어진 동심원의 형상을 띠는 원형성채를 건설하는 것입니다. 원형성채는 2만명의 주거공간으로 내부에 운하와 철도가 순환하는 다층구조로 이뤄지고, 그 동심원을 드넓은 공용공간이 가로지릅니다. 북측 중국 영역으로는 연해주와 동북3성의 비옥한 땅에서 생산되는 농산물과 동해안의 수산물을 가공·판매하는 시설이 들어서며, 서측 북한 영역에는 문화·교육·예술 인프라를 조성한다는 계획입니다. 동측 러시아 영역에는 사할린의 천연가스를 이용한 천만 킬로와트급의 열병합발전소가 들어서 한반도와 만주 일대 에너지시장의 수요를 충족할 것입니다.

굴포 항만공단은 어떤 공간입니까?

김석철 세 나라의 접경지대인 두만강 하구의 획기적인 도시화·산업화를 이루기 위해서는 세계와의 교역로 확보가 우선적 과제이며 세계 물류의 흐름을 타려면 동북3성, 시베리아와 연해주, 한반도, 일본 열도 서부해안을 아우르는 국제항만이 필요합니다. 중국이 50년 임대계약을 한 나진·선봉 특구는 국제항만이 되기에는 입지와 스케일에 문제가 많습니다. 두만강은 얕은 수심과 겨울철 동결로 조운과 주운에 적합하지 않습니다. 하지만 바다가 육지 안으로 들어온 내해는 얼지 않기 때문에 1년 내내 배가 들어올 수 있습니다. 두만강 하구의 내해인 서번포·동번포·만포를 가로지르는 운하를 통해 3국 공동도시가 운하와 호수군을 지나 굴포항으로 열결되면 바로 바다에 닿을 수 있죠. 굴포항은 나진·선봉항과 달리 항만조건이 어려워 아직 항구로 개발되지 못했습니다. 그러나 해안 바로 가까이 다가선 20미터 수심의 굴포 앞바다에 플로팅 아일랜드(floating island)를 만들어

두만강하구 다국적 도시 조감도

그 자체가 대량의 천연가스와 곡류를 저장하는 방파제가 되면 엄청난 가능성을 가진 항만이 될 수 있습니다. 굴포리 앞 수심 20미터의 바다에 국제항만을 건설하여 운하와 철도로 원형성채와 연결하면 로테르담 못지않은 선형 항만도시를 이룰 수 있다는 얘기죠.

굴포국제항은 세계 화물과 관광객을 원형성채로 유입하는 화물항과 크루즈항 역할을 하고, 육지로 끌고 들어온 바다 주변으로 공단과 도시산업시설, 녹지가 아우러진 항만공단지구를 만든다는 계획입니다. 굴포 항만공단에서 10킬로미터의 '운하철도'가 성채 내부로 이어지고 철도는 기존 고속철도, TSR과 연결되어 중국과 러시아 깊숙이 뻗어가도록 합니다. 운하철도에 인접한 번포 호수변으로는 국제공항과 경비행장을 지어 두만강역 일대 300만평의 3국 공동도시와 굴포항을 연결하는 운하가 자연스럽게 공항과 연결되게 하는 것입니다. 국제공항은 3국뿐 아니라 세계 물류의 교역과 승객 이동에 필요하며, 경비행장은 근거리 이동에 필요한 시설입니다. 두만강 하구의 호수와 늪지대는 공항을 쉽게 건설할 수 있는 지리적 여건을 갖추고 있습니다. 7년 동안 베네찌아 신공항 건설과정을 지켜보면서 내해에 공항을 만드는 최고의 기술을 보았습니다. 시장과 항만과 공항이 연계되면 두만강 하구 다국적도시는 날개를 다는 셈이 됩니다.

중국과 러시아, 북한이 각 200만평씩의 영토를 제공해 다국적도시를 만든다는 안은 정치적 문제를 논외로 하더라도 천문학적인 자본의 투자가 필요한 안입니다.

김석철 정주영 회장은 울산에 조선소를 건설하기 위해 미포만에 대지를 정한 뒤 미포만 모래사장 사진 한장과 외국 조선소에서 빌린 유조선 설계도를 들고 유럽을 돌며 자본을 유치했습니다. 물론 이런 에피소드적 기개만으로는 부족합니다. 국제자본이 매력을 느낄 만한 사업을 제안해야죠. 그것이 바로 제 몫이고요.

이미 북한은 나진·선봉과 황금평, 위화도 개발계획을 세우고 외자를 유치하기 위해 중국과 공동개발을 추진 중입니다. 나진·선봉과 굴포리는 불과 80킬로미터 거리인데, 또다른 국제항을 만들 필요가 있을까요?

김석철 두만강 하구 다국적도시는 나진·선봉과 별개로 진행되지만, 궁극적으로는 나진·선봉까지 살리는 대규모 도시사업 프로젝트입니다. 중국은 이미 오래전부터 나진항과 선봉항을 향한 장기적이고 치밀한 국가전략을 진행해오고 있습니다. 다롄과 톈진이 과포화에 이른 상태에서 태평양으로 열린 나진·선봉은 중국의 필수 선택인 것이죠. 중국 국무원은 이미 1985년에 훈춘시에 변경무역구를 신설해 개발하기 시작했고 이후 훈춘 주변 인프라에 집중 투자했습니다. 1990년에는 유엔개발계획으로부터 30년간 300억달러 투자를 유치해 항만과 철도를 건설하고 북한과 접경지대인 두만강 하류 종합개발계획까지 마련했습니다. 1994년에는 변경에 북한과 직접무역을 위한 세관을 개설했고요. 2009년부터 건설하기 시작한 고속철이 완공되면 중국 대부분의 지역에서 훈춘까지 24시간 내에 물류수송이 가능해져 동해를 통해 북한과 한국, 일본까지 해운이 현실화됩니다. 2011년부터는 인민폐가 나진·선봉 특구의 공식화폐가 됐고요. 중국이 나진·선봉 공동개발권을 확보한다면 30년 가까이 이어진 중국의 전략이 성공하는 셈이죠.

중국 입장에서는 나진·선봉 개발이 시급하지만, 나진·선봉 개발이 북한경제에는 큰 도움이 되지 못합니다. 나진항이 북한의 대외무역에서 차지하는 비중은 9.2퍼센트 정도이며 주로 시멘트·면화·타이어·합판·코크스(해탄) 등이 거래됩니다. 선봉항은 나진항으로부터 37킬로미터 떨어진 거리에 위치하는데 1980년부터 원유 수입 전용부두로 이용되고 있습니다. 인근에 입지한 승리화학연합기업소에 연간 20만톤의 원유를 처리할 수 있는 시설이 있으며 역시 인근에 35만킬로와트를 생산하는 북한 유일의 석유화력발전소가 위치해 있죠. 즉 나진·선봉 지역은 수출입기능을 갖춘 공단물류 항만인데, 두만강 하구 다국적도시는 시장·공장·항만·관광도시 등 4개의 특별도시권역으로 이뤄진 도농복합체이기 때문에 서로 씨너지 효과를 볼 수 있을 것입니다.

교수님께서는 도시설계에서 가장 중요한 요소로 늘 '경제요소'를 꼽으셨습니다. 두만강 하구 다국적도시의 경제요소는 무엇인가요?

김석철 리 커창 총리가 2004년 랴오닝성 성장일 때 진저우 항만공단도시를 계획하면서 수출입기능 항만뿐만 아니라 수상 배후공단을 만드는 안을 제안했습니다. 아덴 신도시는 세계 최대의 가와르유전이 사막을 통과하여 아덴에 이르도록 송유관으로 연결해 호르무즈 해협을 거치지 않는 석유수출항을 만드는 계획이었습니다. 바꾸 신행정수도 계획에서는 중앙아시아 일대 최대의 석유화학도시, 농축산도시, 카스피해 바다도시를 만드는 안을 구상했었죠. 이런 진저우·아덴·바꾸에서의 경험이 두만강 하구 다국적도시의 바탕이 됐습니다. 즉 두만강 하구 다국적도시는 진저우 항만도시, 바꾸 신행정도시, 아덴 신도시같이 공장과 시장이 함께하는 도시입니다.

중국은 황푸강(黃浦江)을 통한 상하이의 물류 이동이 어려워지자 양산항(洋山港)과 린강 신도시(臨港新城)를 건설해 항만과 신도시의 조합을 통한 세계 물류 흐름의 획기적인 성장을 이뤘습니다. 두만강 하구에 동해 최대의 만과 운하, 철도와 3국 공동도시를 10킬로미터 이내에 건설하면 상하이의 양산항과 린강 신도시 못지않은 도시를 만들 수 있습니다. 두만강 하구 다국적도시는 꿈같이 들릴 수도 있지만, 러시아·중국·북한이 합의하고 일본과 미국이 우리와 함께 투자한다면 충분히 실현 가능한 프로젝트입니다.

비포어 문라이즈(Before Moonrise)

2년에 걸친 인터뷰를 마치고 책 교정작업이 한창이던 지난 2013년 말 김석철 교수는 대통령 직속 국가건축정책위원회 3기 위원장으로 임명됐다. 당연직 위원인 국토교통부 장관을 비롯해 10개 부처 장관과 위촉직 민간위원들로 구성된 국가건축정책위원회는 대통령에게 국가건축정책을 조언하는 위원회로 지난 이명박정부 시절에 만들어졌다. 김석철 교수는 2008년 12월 국가건축정책위원회 출범 당시 이미 당시 이명박 대통령당선자로부터 초대 위원장 자리를 제안받았으나 거절했었다. 매일 출근할 수 없다는 이유에서였다. 하지만 6년 만에 똑같은 자리를 수락한 김석철 교수는 이번에는 의욕에 불탔다.

6년 전에 똑같은 자리를 제안받았을 때엔 비상임직인 줄 알고 수락하셨다가 상임직인 걸 알고 마지막에 고사하셨다고 말씀하신 적 있습니다. 그동안 여의도 마스터플랜, 보문단지 마스터플랜, 서울대 관악캠퍼스 마스터플랜 등 국가 프로젝트를 많이 맡으셨지만 공무원 신분으로 월급 받는 자리에 임명된 것은 처음이네요. 이번에 수락하신 이유가 무엇입니까?

김석철 우선 그때는 제가 아팠기 때문에 매일 출근할 수가 없었습니다. 지금도 몸이 안 좋긴 하지만 그때보다는 나아졌어요. 그래도 왕복 7시간이 걸리는 세종시로 출퇴근하는 것은 힘들어서 서울에 사무실을 얻어 그곳으로 출근하는 조건으로 수락했죠. 무엇보다도 국가건축정책위원회가 지난 5년 동안 수백억원의 돈을 쓰고도 정작 아무 일도 하지 않아 지리멸렬해졌습니다. 결국 위원회를 없앤다는 이야기까지 나왔던 것으로 압니다. 제가 나서야 할 때란 생각이 들었죠.

위원장직을 제안받고 고민 중이던 2013년 12월 초에 통증 때문에 병원에 입원했을 때 이젠 정말 죽을 수도 있겠단 생각이 들었던 것도 이유입니다. 그때 위원장직을 맡아야겠다고 결심했죠. 지난 십여년 간 새만금, 지방공항, 동서관통운하 등 우리나라 국토인프라 개발에 관한 안을 냈지만, 관료나 정치인이 찾아와 듣고는 "역시 천재는 다르군요" 하고 가서는 다들 감감무소식이었습니다. 뻔해요. 돌아가서 정치교수(폴리페서)들한테 검토시키면 "안은 훌륭한데 현실성이 없습니다"라고들 했겠죠. 그러곤 제가 내뱉은 적도 없는 말들에 대해 비판을 하죠. 예를 들어 국제회의에서 제가 발표했던 동서관통운하 안에는 5000톤 배를 띄운다는 내용이 없었습니다. 그런데 어디서 들었는지 모를 내용까지 얹어 허황된 안이라고 공격하죠. 이런 일을 번번이 겪다 보니 이럴 바에야 차라리 위원장을 맡아 직접 대통령과 국민을 설득해야겠다는 생각이 들었습니다. 이런 결심에 쐐기를 박은 사건이 김정은의 장성택 숙청사건이었고요.

장성택 숙청 사건이 교수님의 국가건축위원장직 수락에 영향을 미쳤다고요?

김석철 그렇습니다. 저는 개인적인 인맥을 통해 장성택 숙청 등에 대한 정보를 조금 일찍 접했습니다. 북한에 대변화가 오고 있다는 것을 알았죠. 북한의 기존 영구적 독재체제는 지금 세번째 큰 변화를 맞고 있습니다. 독재체제가 두번까지는 큰 변화를 견디지만, 세번째에는 무너집니다. 현재 시점에서 북한이 무너지면 중국이 북한을 흡수할 것입니다. 신라가 3국을 통일했다고 하지만, 결국 고구려 영토는 당에 흡수되지 않았습니까? 이런 결과가 발생하는 것을 막기 위해서는 한반도가 하나의 역사·문화·경제 공동체로서 외부세력에 의해 두번 다시 나뉠 수 없다는 것을 보여주어야 합니다. 그 안을 지금부터 준비해야 합니다. 죽기 전에 제가 하고 싶은 일이 바로 그 일이고요.

그렇다면 결국 남북통일을 대비하기 위해 위원장직을 수락하신 셈인가요?

김석철 그렇습니다. 세종시, 지방공항 위치선정 등 우리나라 국토인프라 현안뿐 아니라 통일 이후 한반도에 대한 안을 대통령께 직접설득할 수 있는 자리라고 생각했습니다. 그 일이 아니면 제가 지금나설 이유가 없죠. 위원장직을 제안받고 처음으로 한 일이 '위원장이된다면 하고자 하는 일' 세가지를 써서 청와대 비서실에 보낸 것이었습니다. 그 뒤 위원장직을 수락하며 두달에 한번은 대통령을 독대할수 있게 해달라고 요청했고요. 물론 권력의 속성상 대통령을 두달에 한번 독대하는 것이 쉽지는 않겠죠. 하지만 저는 대통령 독대가 안 된다면 위원장직을 그만둘 생각입니다. 제가 제2의 정도전 같은 역할을 해야겠다고 결심한 게 1962년입니다. 600여 년 전 정도전이 조선의 큰 틀을 설계한 후 남북통합 마스터플랜을 짠 사람이 아무도 없습니다. 이왕 공직을 맡은 이상 제가 마지막으로 이루고픈 일을 책임지고 제대로 해보고 싶습니다.

교수님께서 위원장을 맡으면서까지 마지막으로 이루시고 싶은 일은 구체적으로 무엇인가요?

김석철 세종시나 지방공항처럼 국가건축정책위원장으로서 풀어야 할 국가적 숙제도 있지만, 개인적으로 하고 싶은 일은 비무장지대(DMZ)에 21세기 모델도시 하나를 건설하는 안을 만드는 것입니다. DMZ의 총 길이가 200킬로미터쯤인데, 세곳 정도를 지정해 국제자본이 투자하고 싶어할 만한 도시모델안을 만들고 싶습니다. 이전에 발표한 두만강 다국적도시안은 도시가 들어설 땅이 대한민국의 영토가 아니기 때문에 근시일내 성사시키는 것이 쉽지 않습니다. 하지만 DMZ는 UN이 관리하는 땅이기 때문에 그들을 설득할 수만 있다면 불가능한 일이 아닙니다. 남북통일의 초석을 DMZ에 놓겠다는 명분도 있고요. 저는 이 안이 완성되면 예전에 예술의전당 현상안이 그랬듯 국민들이 직접 볼 수 있는 장소에서 이 안을 전시하며 국민들로부터 직접 평가받고 싶습니다. 허황되다고 비판하는 교수들이 있다면 직접 토론하려고 해요. 제 생전에 이 도시가 건설되는 것은 힘들 것입니다. 하지만 남북통일을 대비해 누군가는 이런 안을 만들어야 하지 않겠습니까?

또한 이런 안이 우리 내부에서 준비되고 있었다는 것을 전세계가 알아야 북한에 급변사태가 발생하더라도 남한과 북한이 별개의 나라가 아니라 하나로 얽힌 민족공동체라는 것을 내보일 수 있습니다. DMZ안이 순풍을 타게 되면 자연스럽게 두만강 다국적도시안도 빛을 볼 수 있을 테고요. 아무리 글을 쓰고 언론에 나가 인터뷰해도 아무도 귀 기울이지 않아 결국 제가 직접 국민한테 호소하고자 제 인생의 마지막에 위원장직을 맡은 것입니다.

건강은 어떻습니까?

김석철 사실 지난해 12월 초까지만 해도 매우 안 좋았습니다. 3시간에 한번씩 진통제를 먹었습니다. 과다한 방사선치료 후유증으로 몸의 조직이 파괴되어 진통제 효과가 떨어지면 눈물이 날 정도로 아팠습니다. 잠을 자도 3시간 간격으로 깼죠. 진통제와 수면제가 없으면 살 수가 없었습니다. 그러다가 12월 초에 병원에 실려간 적도 있고요. 그즈음에 위원장직을 제안받았습니다. 12월 초에 병원에 일주일 남짓 입원하면서 약을 바꿨는데 정말 거짓말처럼 통증이 확 줄었습니다. 덕분에 위원장직을 수락할 수 있었죠.

일흔이면 보통 사람들은 인생을 정리할 나이입니다. 그럼에도 교수님은 지금도 끊임없이 새로운 프로젝트를 구상하고 발전시키고 계시죠. 본인의 인생을 잠시 돌아보면 어떤 생각이 드세요?

김석철 열심히 살았다고는 생각합니다. 평생 다섯시간 이상을 자본 적이 없어요. 일을 통해 이득을 얻으려고도 하지 않았고요. 그 결과 건축과 도시설계 분야에서 제 나름대로 이룬 것이 있다고 봅니다.

후회되거나 아쉬운 프로젝트도 있습니까?

김석철 아쉬운 프로젝트는 많죠. 서울대학교 마스터플랜의 경우 실패의 원인은 저의 오만과 편견 그리고 공무원·건설업자의 결탁이었지만, 돌이켜보면 저 역시 너무 큰 이상을 품었던 것 같습니다. 당시 저는 인류의 공동선에서 가장 중요한 요소를 대학교육이라고 보아, 서울대 관악캠퍼스를 우리나라 대학 캠퍼스의 모델로 만들어야겠다고 생각했습니다. 단순히 하나의 대학공간 인프라 설계가 아닌 대학교육의 틀을 만들겠다는 생각으로 접근했죠. 서울대라는 폐쇄적이고 제한적인 브랜드 쏘사이어티를 없애고 봉천동과 낙성대, 과천까지 흡수해서 그야말로 국립대학이라는 역사적 사명을 가진 국가교육기관을 만들고 싶었죠. 가져선 안 될 생각은 아니었지만, 너무 큰 이상에 몰입하다보니 현실의 벽에 부딪쳐 자멸한 셈이죠. 이딸리아의 볼로냐, 영국의 케임브리지와 옥스퍼드 같은 대학도시가 만들어지는 데 보통 100년이 걸렸습니다. 저는 그것을 5년 만에 이루려고 했던 것이고요. 소수의 창조자가 세상을 이끌었다는 토인비의 역사관은 무력이 동반될 때의 이야기인데, 저는 그 점을 간과했습니다.

여의도 마스터플랜에 대해서는 어떻게 평가하시나요? 당시 우리나라의 경제수준에 비해 너무 이상적인 안을 만들었다는 평가가 있습니다.

김석철 이미 수많은 이해관계가 얽혀 있던 서울대 마스터플랜과 달리 여의도는 무에서 유를 만드는 프로젝트였습니다. 또 예산의 규모나 국가적 의미를 고려했을 때 여의도 마스터플랜이 훨씬 중요한 일이었음에도 당시 사람들의 관심은 오오사카 엑스포 한국관 프로젝트에 쏠려 있었죠. 여의도 마스터플랜을 담당한 KECC에서 유일하게 여의도의 의미를 알고 있던 사람이 정명식 전 포항제철 회장 정도였습니다. 그분이 저한테 "당신이 역사의 기회를 가졌다"라고 했었죠. 당시 우리는 역사를 만들려고 했습니다. 한국인의 독창성과 집단적 창의력을 모아 21세기 도시의 모델을 만들겠다는 사명이었죠. 당시 우리 안이 낮은 국민소득에 비춰보면 이상적이었다고들 하는데, 밀라노대성당은 밀라노에 하수구조차 없던 시절에 지어진 건물입니다. 그런데 그 건축물이 오늘날 밀라노의 대표적 공간이 되어 있죠. 국민소득이 높아졌다고 오늘날 밀라노대성당 같은 건물을 다시 지을 수 있다고 생각하십니까? 도시도 마찬가지입니다. 위대한 도시를 짓는 것은 소득수준의 문제가 아니라고 봅니다. 그 반대로 위대한 도시가 소득수준을 높이죠. 우린 그런 위대한 도시를 만들려고 했습니다. 다만 당시 제가 앎이 부족했고, 그래서 위험부담에 대한 겁이 많아 머뭇거린 측면이 있긴 하죠.

교수님께서 앎이 부족했다는 것은 무슨 말씀이십니까?

김석철 수문학(水文學)은 물론 도시공학 전반에 대한 제 공부가 부족했어요. 여의도 마스터플랜을 만들 당시엔 한강을 여의도 안으로 끌고 들어오려고 했습니다. 공사비가 크게 많이 드는 일도 아니었습니다. 그러한 상황에서, 비가 많이 오는 날 헬기를 타고 한강을 둘러보는데 망원동과 압구정 일대를 날고 있을 때 상류의 댐 세개를 방류하자마자 한강물이 순식간에 불어나 여의도를 덮쳐왔습니다. 상류에서뿐만 아니라 한강 하구의 바다 밀물까지 강을 거슬러 덮쳐왔죠. 수많은 문헌을 뒤졌지만 한강에 대한 연구를 찾지 못했습니다. 다산이 200년 전에 한반도의 강을 다룬 『대동수경(大東水經)』이라는 책을 썼는데 압록강부터 임진강까지만 썼어요. 한강을 다루지 않았다는 아쉬움에, 그 책을 읽고는 속으로 '아예 쓰지를 말지'란 생각까지 했습니다. 수문학에 대한 지식이 부족해 한강을 여의도로 끌어들이는 모험을 하지 못한 건 지금도 아쉽습니다. 남들은 제 성격이 과감하다고 하는데, 실은 상당히 조심성이 많은 성격입니다. 예술의전당은 어느정도 자신이 있어서 제 뜻을 밀고 나갈 수 있었지만 여의도는 제 뜻을 밀고 나가기에 저 스스로 너무 부족했죠.

또 아쉬운 프로젝트는 없으세요?

김석철 제주 영화박물관도 안타깝죠. 대표적인 아시아영화제로 제주영화제를 만들기로 해서 시작한 일인데 집 하나 짓고 말았습니다. 지금 생각해보면 제안자한테 영화제를 만들고자 했던 의지가 처음부터 크지 않았던 것 같습니다. 영화박물관은 영화산업과 보조를 맞춰야 하는데 지금은 영화박물관만 덩그러니 있죠.

반대로 생각하면, 당시만 해도 한국영화는 세계 변방에 있을 때인데 제주도에 영화제를 유치하고 영화산업을 일으킨다는 계획 자체가 무모해 보이는 게 사실입니다.

김석철 중국과 일본을 끌어들이면 가능하다고 봤습니다.

중국과 일본이 제주도에 투자하려고 했을까요?

김석철 당시가 제가 KBS 스튜디오를 설계한 이후이고 SBS 탄현 스튜디오를 설계하기 전이었는데, SBS가 일본 TBC와 자매결연을 맺게 되어 TBC 사장을 만날 수 있었습니다. 일본 영화인들이 영화제를 하고 영화산업을 일으키기에 제주도만 한 땅이 없다는 거였습니다. 제주도에 영화제를 유치하고 영화시장을 일으켰으면 지금의 제주도는 사뭇 달라졌을 겁니다.

어찌 되었건 일흔이라는 나이에 진통제까지 드셔가면서 끊임없이 새로운 일을 벌이고 계십니다.

김석철 오히려 저는 건축가로서 도시설계가로서 이제야 무엇을 할 수 있겠다는 생각이 듭니다. 인생의 새로운 시작점에 선 느낌이에요.

인생의 새로운 시작점에 섰다니 무슨 말씀이십니까?

김석철 역사에 남을 건축을 하고 싶다는 소원을 품고 건축의 길에 들어섰는데 최근까지는 그런 건축을 원하는 건축주가 없었습니다. 국가조차 원하지 않았죠. 용도에 맞는 적절한 집만 원했죠. 문화를 혁신하고 과거의 역사와 맥이 닿는 혹은 민족적 DNA를 품은, 한 민족의 역사와 지리와 연속이 되는 건축을 하고 싶었지만 어느 누구도 원하지 않았습니다. 모두가 제 머리만 이용하려고 했습니다. 저한테 일을 맡기면 합리적이고 경제적이며 과학적인 집을 지어주니까요. 역사에 답하고 미래를 제시하는 집을 누구도 원하지 않았습니다. 대학 캠퍼스처럼 명분 있는 건물에서조차 비슷했습니다. 도시설계 면에서도 30년 뒤를 내다보는 도시를 설계해달라고 하면서도, 실제로는 도시에 무지한 공무원들의 이권적 요구를 따라야 했죠. 그래서 제가 보문단지 이후 국내에서는 일체의 도시설계 용역을 받지 않고 제가 제안하는 도시설계안만 만들거나 해외 도시프로젝트를 맡았던 것입니다. 그런데 최근 1~2년 사이 이런 분위기가 바뀌고 있는 듯합니다. 최근 두 명의 건축주로부터 매력적인 설계를 의뢰받았습니다.

어떤 프로젝트인가요?

김석철 둘 다 큰 프로젝트는 아닌데, 건축주들이 당장의 이익이 아닌 한국 현대건축의 정수가 될 집을 원했죠. 특히 부암동 서울성곽 옆에 지어지는 주상복합건물은 건축주가 서울의 상징적 건물이 될 수 있는 집을 원하고 있습니다. 위대한 건축의 몫은 반이 땅입니다. 그런데 그 터가 매우 훌륭합니다. 그뿐 아니라 도시설계에 있어서도 연초에 『매일경제』 신문으로부터 『21세기 서울 도시선언』 대표집필을 의뢰받아 세계적 학자들과 함께 초안을 작성했습니다. 또 부산시장이 미래를 위한, 세계에 내세울 만한 부산의 어반플랜을 만들어달라고 찾아왔고, 김문수 경기도지사도 북한을 포함한 남북 공동의 '경기도 마스터플랜'을 만들어달라고 합니다. 전부 최근 1~2년 사이에 일어난 일입니다. 더이상 아프지만 않다면 많은 일을 할 수 있겠구나 싶어요.

최근 1~2년 동안에도 많은 일을 하셨습니다.

김석철   2012년 성신여대 운정캠퍼스 프로젝트를 마무리지었습니다. 성신여대 설립자인 이숙종 박사는 저의 할아버지와 소정 변관식 선생과도 가까운 사이였다고 들었습니다. 성신여대 돈암동 본관 자리는 고려대학교보다 나은 땅이었으나 미아리 공동묘지가 들어서면서 오그라들었죠. 미아동의 운정캠퍼스 부지는 돈암동 부지와 짝을 이루는 제2캠퍼스 자리인데 마침 신일학원 재단의 서울사이버대학 본관 부지와 나란히 위치해 있습니다. 신일학원 이세웅 이사장은 예술의전당 재단 이사장이기도 해서 저와는 잘 아는 사이죠. 그래서 심화진 성신여대 총장과 이세웅 신일학원 이사장과 함께 성신여대와 서울사이버대학이 상생할 수 있는 캠퍼스를 만들고자 합니다. 김포시의 가톨릭문화원은 저의 가장 최근 작품이죠. 가톨릭문화원은 무엇보다도 중소도시의 문화인프라에 대한 모범을 보여야겠다는 생각으로 지은 집입니다. 또, 한샘에서 제주도에 짓고 있는 한라힐링파크가 드디어 공사에 들어가 2014년 5월에 오픈할 예정이고요.

한라힐링파크면 2011년에 오픈한 다빈치박물관이 들어선 곳 아닌가요?

김석철 맞습니다. 다빈치박물관 오픈 이후 한샘 측 사정으로 공사가 지연되다가 얼마 전 다시 시작됐죠. 한라힐링파크에는 저 외에도 이딸리아의 거장 알레산드로 멘디니와 미국의 거장 로버트 벤추리, 중국의 우 량룽 교수 등이 참여합니다. 그동안 제주도는 아름다운 자연에 비해 인간이 만든 아름다운 건축이 없었는데 유럽과 미국, 아시아 최고의 건축가들이 모여 제대로 된 리조트를 만들어볼 생각입니다.

박정희대통령기념관도 준비 중이라고 들었습니다.

김석철 박정희대통령기념관은 2011년에 박지만 씨가 찾아와서 의뢰했던 일입니다. 박정희 대통령은 저 개인적으로는 여의도 마스터플랜과 해외 도시설계를 할 수 있게 한 분이라 설계비를 받지 않고 모형까지 만들었죠. 한옥과 글라스타워가 융화된 멋진 집이었습니다. 하지만 터가 육영재단이 있는 어린이대공원이어서 서울시의 허가가 필요했습니다. 그래서 제가 당시 오세훈 시장을 직접 찾아가기도 했죠. 오세훈 시장이 최대한 나서서 돕겠다고 했고요. 하지만 오 시장이 물러나면서 늦어졌고, 박근혜 씨가 대통령에 당선되면서 저한테는 금기의 프로젝트가 됐죠. 전 정치가 개입된 일은 맡지 않습니다.

최근에 준비 중인 다른 프로젝트는 없나요?

김석철 2013년 6월 캄보디아 프놈펜에서 열린 제37차 유네스코 세

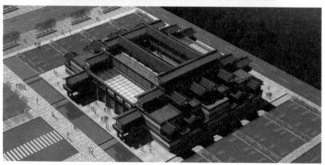

성신여대 운정 그린캠퍼스(위),
한라 힐링파크 단지 조감도(가운데), 박정희 대통령 기념관 조감도(아래)

계유산위원회에서 개성의 역사지구가 세계문화유산으로 지정됐다는 뉴스를 듣고 2007년에 구상했던 개성-서울 역사도시회랑 계획을 다시 꺼내 구체화하고 있습니다.

개성-서울 역사도시회랑이요?

김석철　한반도라는 큰 틀에서 볼 때 개성과 서울은 역사적·지리적으로 하나의 도시라고 해도 과언이 아닙니다. 개성과 서울 도성 중심까지의 거리는 불과 60킬로미터도 되지 않습니다. 개성은 919년에 만들어진 중세 최고의 도시입니다. 중세에는 계획수도의 예가 없습니다. 개성은 중세에 만들어진 최고의 신도시일 뿐만 아니라 한민족 최초의 통합수도입니다. 신라의 삼국통일은 고구려, 백제의 멸망에 따른 신라의 영토확장 개념이었지 오늘날과 같은 한반도 공간공동체의 시작이라고 보기 힘듭니다. 반면 개성은 세계제국이던 수나라와 당나라의 100만 대군과의 전투에서 살아남은 고구려의 수도 평양과, 중세문화의 원류를 이룬 백제의 수도 부여, 그리고 당나라와의 50여년에 걸친 전투 끝에 한반도의 상당부분을 통일한 신라의 수도 경주, 이 셋을 통합한 신수도로 만들어진 도시입니다. 고려가 후삼국을 병합한 후 개성에 통일왕조를 위한 신도시를 건설함으로써 비로소 한반도 전체를 아우르는 한민족 공간인프라의 근간이 시작된 것이죠. 개성은 한민족 통일국가의 수도로서 475년을 지속했고, 그후 조선조의 신도시 한양이 새로운 통일왕조의 수도로서 그 역할을 이어받아 600년을 지속했죠. 개성 역사지구에 이어 서울성곽과 사대문안 서울의 역사도시구역이 유네스코 세계문화유산에 등재되면 개

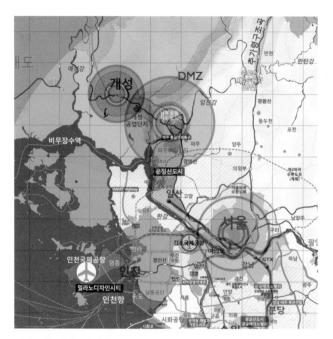

개성-서울 역사도시회랑

성-서울 일대 지역이 천년도시·천년건축으로 인정받는 세계 역사상 유례없는 쾌거가 될 것입니다. 다행히 이상해 성균관대 교수가 현재 유네스코 세계유산위원회 심사위원으로 있어 기회도 좋습니다. 아마도 3년 안에 되지 않을까 싶습니다.

　개성과 서울이 유네스코 세계문화유산으로 지정된다면 어떤 의미를 갖게 되는 것이죠?

김석철　개성에 이어 서울이 세계문화유산으로 지정되면, 그 기운을 받아 남북 정상이 개성과 서울 사이의 한강변에 통일한국의 통합행정수도를 10년 안에 착공하기로 선언한다면 세계가 놀라 우리를 다시 볼 것입니다. 제가 이렇게 생각하게 된 것은 한반도의 미래를 결정하는 6자회담을 한국도 북한도 아닌, 중국과 미국이 주도하고 있는 데 대한 안타까움 때문입니다. 남북한이 개성과 서울을 잇는 한강변에 통합행정수도를 착공하겠다고 선언하는 것 자체로 역사의 흐름을 바꿀 수 있을 것입니다. 이는 고구려 장수왕이 국내성에서 평양으로 천도한 것이나, 온조왕이 평양에서 떨쳐나와 한강변에 백제를 건국한 것보다도 더 큰 역사적 결단이 될 것입니다.

과거 교수님께서는 박정희 대통령이 추진했던 행정도시 건설도 반대하셨고, 노무현 대통령의 세종시에 대해서도 반대하셨습니다. 아무리 북한과의 통합행정수도라고 해도 현재의 세종시의 실패를 볼 때 쉬운 일이 아니지 않습니까?

김석철 제가 박정희 대통령의 신행정수도와 그 짝퉁인 세종시를 반대했던 것은 그 둘이 다 통일 한반도에 반한다고 생각해서였습니다. 특히 세종시는 되지도 않는 일이었을 뿐만 아니라 되어서도 안되는 일이었죠. 저는 수도를 옮긴다면 당연히 개성과 서울 역사도시 회랑 사이에 위치해야 한다고 생각했으니까요. 개성-서울 역사도시 회랑은 제가 여의도 마스터플랜을 그릴 때부터 구상해온 아이디어입니다. 다만 그동안은 이런 이야기를 꺼낼 분위기가 아니라고 생각했었는데, 최근 개성이 유네스코 세계문화유산으로 지정되고 서울도 곧 지정될 것이어서 이제는 이야기할 때가 됐다고 생각해 아이디어를 구체화하고 있는 중이죠.

개성과 서울 역사도시회랑 사이에 위치한다면 구체적인 입지는 어디
를 생각하시나요?

김석철 임진강과 한강이 만나는 곳입니다. 경의선과 1번 국도가
지나는 곳이죠. 이곳에 자연을 최대로 이용하고, 에너지를 거의 쓰지
않으며 역사·지리·인문이 함께하는 도시를 만들자는 것입니다. 개
성-서울 역사도시회랑 프로젝트를 다시 시작하면서 지금이 제 인생
의 before sunset이 아니라 before moonrise란 생각이 들었습니다. 정
말 더이상은 안 아팠으면 싶었고요. 이 일을 추진하기 위해 하버드
건축대학원을 졸업하고 미국에 취직해 있던 아들까지 불러들였습니
다. 이런 일은 목숨을 걸고 함께할 사람이 필요하니까요.

국가건축정책위원장을 맡으신 지금, 아키반건축사무소는 어떻게 운
영되고 있나요?

김석철 새로운 프로젝트를 맡을 수는 없겠지만, 앞서 말한 현재진
행중인 프로젝트는 잘 마무리할 것입니다. 개인적으로 요즘 단독주
택 설계에 다시 매력을 느낍니다. 100평대의 호화 단독주택이 아니
라 40평 정도의 중산층 거주용 단독주택 말이에요. 어느 틈엔가 우리
나라 건축에서 단독주택이 사라져버렸습니다. 그래서 조창걸 한샘
회장을 설득해서 한샘이 현재 짓고 있는 제주도 힐링파크에 40채 모
두가 다 다르면서도 앙상블을 이루는 단독주택 마을을 짓도록 설득

했습니다. 그외 밀라노디자인씨티 프로젝트도 계속 수정하고 있죠.

정말 끊임없이 일을 하십니다. 교수님 인생에서 일은 '네버엔딩'인 것 같습니다. 최근 건축을 전공한 아드님께서 아키반에서 교수님 일을 돕는 것으로 압니다. 결국 아키반은 아드님께서 이어나가는 것인가요?

김석철 두만강 다국적도시안처럼 도시설계는 목숨 걸고 일할 수 있는 사람이 필요합니다. 그래서 하바드대학에서 건축을 전공한 아들을 불러오기는 했지만, 아들이 아키반을 물려받지는 않을 것입니다. 『전쟁과 평화』속편을 똘스또이의 아들이 쓴다면 웃기지 않겠습니까?

인터뷰를 마치며

2011년 초 김석철 교수로부터 회고록 대담 제의를 처음 받았을 때 전직 기자로서 솔직히 욕심은 났지만 동시에 이를 맡을 엄두가 나지 않았다. 비록 7년간 기자로 일하며 숱한 인터뷰 기사를 써서 인터뷰의 '정리'에는 어느정도 자신 있기는 했지만 인터뷰 기사와 회고록 집필은 엄연히 다른 일임을 모르지 않았다. 더군다나 김석철 교수의 인생인즉 현대 한국의 건축사이니, 그의 회고록 집필은 곧 한 사람의 개인사가 아닌 한국건축사의 정리 그 자체가 될 것임을 알았다. 이는 한편으론 부담스러우면서도 다른 한편 한때 기자 밥을 먹었던 사람으로서 물리치기 쉽지 않은 제안이었다. 당시는 필자가 아직 로스쿨을 다니는 중이어서 집필에 얼마만큼 시간을 낼 수 있을지도 확신할 수 없었지만 결국 무리를 해서라도 해보자는 결심을 세웠다. 그만큼 김석철 인생에 매력을 느꼈기 때문이다.

인터뷰를 시작하기 전 기자로 생활하던 때 옆에서 지켜본 김석철 교수는 솔직히 종종 독선적으로 보이기도 했고 다가가기에 조금은 어려운 사람이었다. 하지만 인터뷰를 하며 그가 누구보다도 합리적이고 동시에 따뜻한 가슴을 가진 사람임을 알 수 있었다. 다만 변명할 줄 모르는 그의 곧은 성격으로 인해 세상에 쓸데없는 오해를 쌓고 있단 생각이 들었다. 부디 이 책이 그런 오해를 푸는 데 작은 보탬이 됐으면 한다.

인터뷰를 전후하여 종종 이런 의문이 들기도 했다. 그는 왜 현직 기자도 아니고 책 한권 써본 적 없는 필자를 자신의 회고록 대담자로 선택했을까. 그 이유는 집필을 마친 지금까지도 알 순 없지만, 개인적으로는 하루하루 인터뷰를 끝내고 나올 때마다 인터뷰를 했다기보다 마치 한편의 인문학 강의를 듣는 나오는 기분이었다. 매번 없는 시간을 쪼개서 인터뷰 장소로 향했지만, 늘 그 다음 인터뷰가 마치 보고 싶은 공연처럼 기다려졌다. 인터뷰를 마치고 길을 나설 때마다 스스로가 한뼘 한뼘 지적으로 성장하는 기분에 뿌듯했다. 결국 이 책은 김석철의 인생강의를 듣는 한 사람의 독자로서 나 자신에게도 큰 힘이 된 것이다.

책을 마치며 우선 가장 감사드리고 싶은 사람은 김석철 교수다. 인터뷰 내내 그는 저자의 질문을 참으로 솔직하게 마주했다. 간혹 꺼내기 싫은 기억에 관해 물었음에도 흔쾌히 답하곤 했다. 중요한 사실임에도 당장 기억이 나지 않으면 가까스로 짜낸 기억을 그다음 인터뷰에서 내놓곤 했다. 그는 진정 훌륭한 원석(原石)이었다. 그러므로 이 책에서 혹시 드러날 수도 있는 어떤 부족함은 전적으로 그 원석을 제대로 다듬지 못한 필자의 책임이라고 생각한다.

마지막으로 인터뷰 기간 내내 개인 시간을 쪼개어 인터뷰 사진을 찍어주신 최재영 전 중앙일보 사진국장님과 인터뷰 녹음 내용의 정리를 맡아준 전유나 씨에게 감사드린다. 또한 인터뷰 관련 내용의 사실 유무를 확인하고 본문에 쓰일 사진 등을 찾는 데 여러모로 도움을 주신 송정아 씨 등 아키반 관계자 분들과 편집을 담당해주신 창비 관계자 분들께도 감사 말씀을 전한다. 이 원고를 넘기기 직전에 들려온, 김석철 교수의 밀라노 엑스포 한국관 현상공모 1위 수상이라는 기쁜 소식이 김석철 교수뿐 아니라 아키반 관계자분들의 미래 여정에 많은 힘이 되길 바란다.

2014년 봄
오효림

도시를 그리는 건축가
김석철의 건축 50년 도시 50년

초판 1쇄 발행 / 2014년 5월 10일

지은이 / 김석철·오효림
펴낸이 / 강일우
책임편집 / 박대우
펴낸곳 / (주)창비
등록 / 1986년 8월 5일 제85호
주소 / 413-120 경기도 파주시 회동길 184
전화 / 031-955-3333
팩시밀리 / 영업 031-955-3399 편집 031-955-3400
홈페이지 / www.changbi.com
전자우편 / human@changbi.com

ⓒ 김석철·오효림 2014
ISBN 978-89-364-7241-2 03810

* 이 책 내용의 전부 또는 일부를 재사용하려면
  반드시 저작권자와 창비 양측의 동의를 받아야 합니다.
* 책값은 뒤표지에 표시되어 있습니다.